詩情
畵意

시정화의

조인희

明文堂

머리말

시의도詩意圖는 시인의 시정詩情을 화가의 화의畵意로 이루어낸 회화이다. 시와 회화는 표현 방법은 다르지만 인간의 심상, 정서, 사상을 표현하는 매체라는 공통점이 있다. 이러한 공통점으로 두 영역의 경계를 허물고 새로운 회화 영역을 이룬 것이 시의도이다. 무엇보다도 시의도의 전개는 한자문화권인 동아시아의 회화가 형사形似보다는 사의寫意를 중시하는 예술적 지향에 결을 같이하며 이루어진 것이다. 다양한 회화 영역 중 시의도에 대한 탐구는 인간이 표현하고, 공유하고, 공감하는 예술의 한가닥을 분명히 한다는 데 의의가 있을 것이다.

이 책의 글들은 크게 3장으로 나누어 묶였다. 제1장은 시의도에 대한 정의를 시작으로 중국에서의 탄생과 성장, 그리고 한반도에 전래된 양상을 주로 살펴보았다. 한반도에 전래된 시의도의 양상은 문인들의 글과 현존하는 소수의 작품으로 가늠했다. 제2장은 화가와 화제를 큰 축으로 조선시대 시의도의 흐름과 양상을 기술했다. 화가를 통한 조선시대 시의도의 흐름은 이징, 윤두서, 정선의 작품을 중심으로 살펴보았다. 이 화가들의 작품은 조선시대 회화사 중 시의도의 시작, 발달, 정착 지점에 핵심이 되기 때문이다. 화제를 통한 조선시대 시의 도의 양상은 화제가 된 시를 시가 지어진 시대로 나누어 당시唐詩, 송시宋詩, 조선시朝鮮詩를 화제로 한 작품들을 묶어 그 양상과 특징을 알아보았다. 특히 화단畫壇에서 선호되었던 중국의 왕유王維와 두보杜甫의 시를 화제로 하는 작품들과 조선 문인들의 시를 그리는 작품을 통해 시를 그리는 조선시대 회화가 어떻게 확산되고 정착되었는지를 규명하려 했다. 제3장은 조선, 중국(明·淸代), 일본(에도시대), 즉 한자문화권 3국의 시의도를 비교한 영역이다. 회화가 시대적 미감과 물질적 조건을 기반으로 이루어지는 문화 산물임을 감안할 때 한자문화권의 3국은 공통된 회화권을 형성하며 그 이면에는 각국의 독창성을 발현한다는 특징을 갖는다. 이러한 특징은 문학과 회화가 긴밀히 조응하는 시의도를 통해 가장 분명히 나타날 수 있다는 점에서 상호 비교가 이루어졌다. 17세기~19세기를 중심으로 3국에서 시의도가 성행한 배경과 시의도를 그린 화가들의 면면을 살펴보았다. 또한 왕유, 두보, 두목杜牧, 가도賈島 등의 작품 중 동일한 시구를 화제로 그린 3국 화가들의 작품을 비교하며 그 특징을 기술했다. 논의된 작품이 많지 못해 비교 연구의 의욕을 충족시키지 못한 아쉬움은 문학과 회화의 접점에서 이루어진 중국과 일본의 회화를 기웃거리며 위안을 삼았다. 부록과도 같은 이 부분은 동아시아 시의도의 비교 연구를 심화하려는 앞으로의 연구 지향에 바탕을 이룬 것이다.

이처럼 이 책은 시간과 공간을 씨실과 날실로 삼아 짜본 조선시대 시의도의 모습이다. 곳곳이 성글고 또 곳곳에 풀어야 할 매듭이 엉켜있어 그 결이 거칠기만 하다. 바라건대 가는 띠 정도로라도 짜졌다면 다양한 조선시대의 회화사, 문화예술사를 엮는데 한 가닥이라도 되면 좋겠다.

이 책을 세상에 내놓으며 가장 먼저 부모님께 큰 감사를 드리며 첫 책을 바친다. 여러모로 부족한 맏딸의 모든 것을 항상 믿어주시고 격려해 주신 부모님의 사랑이 없었다면 적지 않았던 지난 시간의 어려움에 주저앉았을 것이다. 또한 서툰 엄마 노릇에도 투정 없이 곁에서 용기를 준 은서와 홍록이에게 무한의 사랑을 이 책에 담아 전한다. 늦깎이 연구자의 서툰 발걸음을 바로잡아주시고 오랜 시간 지켜봐 주신 여러 스승님과 동학들께도 고개 숙여 존경의 마음을 표한다. 더불어 이 책의 출간을 허락해 주신 명문당의 김동구 대표님께 감사한다. 이 책이 창업 100년을 넘기며 인문학의 장을 잇고 펼치는 명문당의 위상에 누가 되지 않기를 바랄 뿐이다.

2025년 1월 조인희

| 차례 |

Ⅲ 한자 문화권 3국의 시의도

글을 시작하며

　　회화는 사물을 통해 일어나는 정서와 감각을 평면에 표현하는 예술이다. 사물을 화가의 창조적 방식으로 재현(mimesis)하거나 사물에 대한 화가의 감흥을 선과 색을 통해 화면에 구현하면서, 예술적 공감을 이끌어낸다는 점에서는 동양이나 서양이 크게 다르지 않다. 그러나 화가가 그림을 통해 '무엇을 보여주고자 했는가'에 따라 동서양 회화는 적지 않은 차이를 드러내고 있다. 서양회화가 사물의 사실성을 구현하는데 노력해 왔다면, 동양의 경우 사물의 사실적 재현 그 자체보다 사물의 내재된 뜻, 혹은 기운을 드러내는 사의성寫意性을 중시하여 발전해 왔다. 이런 점에서 동양의 사의적 회화는 시각적인 차원보다 사유적思惟的인 차원을 중시하는 특징을 보인다.

　　특히 동양회화는 사상에 기반하여 글과 그림이 하나의 화면에 결합함으로써 기호(글)와 표현(그림)의 분리에 기초한 서양회화와는 현격한 차이를 드러내왔다. 한대漢代부터 일러 말해진 '글과 그림

의 융합'은 송대宋代에 이르러 더욱 발전하게 되었다.[1] 소식蘇軾(1037~
1101)은 "시로 모두 표현할 수 없으면 그것이 넘쳐 서예가 되고, 그것
이 변해 그림이 된다"고 했다.[2] 시와 회화가 각기 다른 표현 형식임
에도 불구하고 본질적으로 같은 것으로 파악했던 것이다. 소식은 또
"형사形似로만 그림을 논한다면 그 안목은 아이나 다름이 없다. 시가
반드시 시 같아야만 한다면, 진실로 시를 아는 사람이 아니다. 시와
그림은 본래 한가지였으니 하늘의 공교로움과 자연의 맑고 신선함을
드러내고자 하는 것이 바로 그것이다"고 하여 시와 그림이 동일한 지
향성을 내포하고 있는 예술형식임을 강조했다.[3] 이러한 그의 언급은
글(기호)과 그림(선과 색채)이 갖고 있는 표현 형식의 차이보다 시화
詩畵가 추구하는 본질적 유사성에 주목한 것임을 알 수 있다.

　　사의寫意를 중시하는 동양회화의 전통은 시서화 일체론과 결합
하여 그 고유한 특성을 더욱 도드라지게 한다. 시가 함축된 언어로
사물의 내면을 읽어내고자 한다면, 그림을 통해 사물의 기운, 혹은 본
질을 표현하고자 하는 노력이 결합하는 것은 자연스러운 일이다. 게
다가 한자漢字가 가지고 있는 회화적 특성으로 말미암아 시와 그림의
만남은 결코 어색해 보이지 않는다. 동양에서 시서화 일체가 자연스
럽게 수용될 수 있었던 것도 사의를 중심으로 하는 예술 사상과 함께
한자의 회화적 특성이 중요한 요인으로 작용했기 때문이다.

이러한 과정에서 시의도詩意圖라는 회화 양식이 탄생하게 된다. 소식이 언급했던 시화일률은 시의도라는 양식으로 구체화되면서 동양회화세계에 한 흐름을 형성하게 되었다. 시의도는 한자문화권의 예술정신을 가장 잘 보여주는 회화 유형의 하나이다. 당대唐代 장언원張彦遠(815~879)이 쓴 『역대명화기歷代名畵記』 중 한대漢代의 『시경詩經』을 그림으로 그렸다는 기록이 있어 시의도의 처음을 추정할 수 있다. 초기 시의도는 일종의 도해 교과서로 백성들의 교화를 목적으로 집권자들의 치세 수단으로 제작되었다. 송대 이후 회화의 역할에 대한 인식 전환과 함께 시화일률詩畵一律 이론이 제시되면서 시의도의 역할과 유형의 발전이 이루어졌다. 시정詩情과 화의畵意가 한 화면에서 이루어진 시의도의 전형은 명대明代에 이르러 성립되었으며, 그 후 활발하게 제작되었다.

우리나라의 경우 고려 문인들에게 송대宋代의 시화일률론이 수용되어 시화 결합 논의가 본격적으로 이루어졌던 것으로 본다. 고려 문신 이인로李仁老(1152~1220)의 다음과 같은 글은 당시의 논의 수준을 보여준다. "시와 그림이 묘한 곳에서 서로 의뢰하는 것을 하나로 같다 말하며, 옛사람들은 그림을 소리 없는 시라고 하고, 시를 운이 있는 그림이라고 하였다. 대개 사물의 형상을 묘사하여 하늘이 아끼는 바를 파헤치고자 하므로 그 방법은 굳이 기약하지 않더라도 서로 같게 되는 것이다"[4] 그의 시화詩畵에 대한 이 같은 인식은 송대의 시화일률론에 바탕을 두고 있음을 알 수 있다.

　　이러한 인식은 조선시대로 이어지면서 본격적인 작품으로 발현되었다. 특히 조선 초기에는 문인들의 문집에 적지 않은 제화시가 수록되어 있어, 시와 회화의 조응 일면을 짐작할 수 있다. 조선 중기에는 시의도의 초기 형태를 짐작할 수 있는 글과 함께 이요李㴭(1622~1658), 어몽룡魚夢龍(1566~1617), 이징李澄(1581~?) 등의 작품이 전한다. 조선 후기에는 명대明代 문인 문화의 영향으로 조선 문인들의 시화에 대한 의식이 변화했다. 이에 따라 당시唐詩, 송시宋詩 등을 화제畵題로 한 시의도가 문인 화가와 화원들에 의해 활발하게 그려지게 되었다. 이처럼 시의도는 고려시대부터 시작해 조선시대로 이어졌고, 조선 후기에 이르러 활발하게 그려졌음을 알 수 있다. 특히 시의도는 특정 시기에 유행한 화목畵目이나 화풍畵風을 넘어 시대 이념과 사고를 응집한 문학과 조응하는 회화였다. 또한 조선시대 문인들의 문화 의식과 밀접한 관련을 맺으며 회화의 독특한 한 영역으로 자리 잡았다는 점에 주목할 필요가 있다.

　　이 글은 시정詩情과 화의畵意의 접점에서 이루어지는 회화인 시의도에 주목하고 집중하여 탐구하고 비교한 조선시대의 시의도에 관한 것이다.

I

시詩, 회화繪畫
그리고 시의도詩意圖

1

시의도란 무엇인가

    시는 사물의 형상에 대한 심상적인 자각과 정서를 운율이 있는 함축된 언어로 나타내는 문학의 한 갈래이다. 공자孔子(기원전 551~479)는 "시는 흥할 수 있고, 볼 수 있고, 무리 지을 수 있고 원망할 수 있다. 가까이로는 부모를, 멀리로는 임금을 섬길 수 있으며, 새와 짐승 초목의 이름을 많이 알 수 있게 한다"며 제자들에게 시의 학습을 권했다.[1] 공자는 시가 인간의 영감과 감정의 세계는 물론 인간관계에 있어 충효, 지식의 습득에도 필요한 것이므로 문인들의 작시作詩와 학시學詩의 중요성을 강조했다고 볼 수 있다. 반면 회화는 사물 자체의 형상을 드러내며 사물 자체에 내재해 있는 것으로 한정해 면에 표현되는 것이다.

    시와 회화는 서로 다른 방식으로 표현되지만 사물의 본질이나 형상을 묘사하여 독자의 상상과 연상을 통해 공감을 불러

일으키는 예술이란 점에서 공통점을 갖는다. 특히 동양에서는 서양과 달리 시와 회화는 천인합일의 자연관을 내면화한 창작자의 의지가 결집되어 표현되어 있다는 점에서 더 깊은 친연성을 갖고 있다. 또한 예술 공간에서 '소요유逍遙遊'를 제공한다는 점에서도 공통점을 찾을 수 있다.[2]

시와 회화는 내적 결합과 외적 결합의 방식으로 나누어 살펴볼 수 있다. 주희朱熹(1130~1200)는 "글은 말을 다 전할 수 없고, 그림은 뜻을 다 드러낼 수 없다(書不盡言 圖不盡意)"[3]고 했는데, 이 말은 글(詩)과 그림(畵)이 상호보완성을 갖고 유기적인 내적 결합이란 관계 맺음을 언급한 것이다. 즉 회화를 구상하고 형상화하고 색채를 더해 시화詩化되거나, 시를 구상하고 형상화할 때 언어가 화화畵化되는 것은 두 가지 예술의 공통점을 논할 때 인식의 기초가 된다.[4]

이러한 시와 그림의 결합, 즉 문학과 회화의 결합은 동양 회화사의 오랜 전통이었다. 선진先秦에서 시작되어 한대漢代로 이어진 시와 그림을 공용적功用的 차원에서 인식하고 결합을 시도한 현상은 이후의 역사에서 줄곧 계속되면서 중국 예술관의 한 특징을 형성하고 있다.[5] 이러한 결합에서 시와 회화 사이의 가치론 우열이 제기되었지만, 당대唐代 왕유王維(699~759)에 이르면 시와 그림이 같은 뿌리의 다른 모습이란 인식이 언표言表되기 시작했다. 왕유는 자신의 시에 "지금은 잘못되어 시인

이 되었지만 전생에는 반드시 화가였으리라(宿世謬詞客 前身應
畫師)"라며 스스로 시인 겸 화가임을 드러내고 있다.[6] 송대에 이
르면 시화일률, 시화일체, 시화동원 등의 명제로 시화의 관계가
정립된 문인화를 통해 비로소 시와 회화가 동등한 가치를 부여
받게 되었다.[7]

　　송대의 소식은 왕유를 시화詩畵를 겸비한 대가로, 문인화
의 시조로 자리매김했다.[8] 소식은 왕유의 〈남전연우도藍田煙雨
圖〉를 보고 "시 속에 그림이 있고 그림 속에 시가 있다(詩中有畫
畫中有詩)"라고 적고 있다. 이 밖에도 소식은 시와 그림이 흉중
의 뜻을 전달하는 다른 형식의 동일한 예술이라는 것을 여러 편
의 시 등을 통해 언급했다. 특히 소식의 시 「서언릉왕주부소화
절지書鄢陵王主簿所畫折枝」의 제1수에 "시와 그림은 본래 한 가지
이치이니 / 자연스럽고 청신한 것이 무엇보다 중요하다(詩畫本
一律 天工與淸新)"라고 한 후, '시화일률'이란 명칭은 시와 회화
의 상관관계를 이론적으로 정립한 단어가 되었다.

　　일반적으로 시와 회화의 외적 결합방식은 두 가지로 나누
어 볼 수 있다. 첫째는 시를 화제로 그림을 그리는 것이고, 둘째
는 그림을 보고 시를 쓰는 것이다. 두 가지의 외면적인 형태는
동일한 듯 보이지만 첫째는 시인의 시가 그림의 화제가 되어 그
려지는 경우로, 시의 내용은 화가의 작가적 상상력에 의해 화폭
에서 새롭게 재현되지만, 회화적 표현은 시의詩意에 의해 제한

을 받기도 한다.[9] 둘째는 그림을 보고 시를 쓰는 경우로, 이때 시를 제화시題畵詩라 한다. 제화시는 그림에 대한 비평, 그림에 대한 감동, 그림이 그려진 내력 등을 포함한다.[10] 이러한 결합 방식은 모두 시화일률, 시서화詩書畵 삼절三絶 등의 관점에서 함께 논의되지만, 결합방식의 선후에 따라 서로 다른 특성을 보이며 각각 시의도의 영역과 제화시의 영역으로 나뉘어 논의되고 있다.

시의도는 시를 그림으로 그렸다고 해서 '시화詩畵' 혹은 '시도詩圖'라고도 부른다.[11] 미술사 학계에선 시의도란 명칭으로 통용되고 있는데, 이러한 명칭은 기록상으로 『선화화보宣和畵譜』에서 처음 찾을 수 있다. 『선화화보』산수편 왕유 부분에 기록된 왕유의 작품 제목 중 〈설강시의도雪江詩意圖〉가 그것이다.[12] 현존하는 작품이 없어 내용을 상세히 알 수 없지만 눈 내린 강의 풍경과 운치를 읊은 시를 바탕으로 그려졌다는 의미를 분명히 표시하기 위한 제목으로 이해할 수 있다. 이 밖에도 시의도란 명칭은 같은 책 묵죽墨竹편에 이시민李時敏이 〈시의도〉 1점을, 허도녕許道寧이 〈추산시의도秋山詩意圖〉 2점을 그렸다는 기록과 함께 전한다.[13]

이러한 시의도는 기존의 연구에서 그 내용(內包)과 형식(外延)에서 다음과 같이 정의되었다. 즉 시의도는 고시古詩를 제재題材로 하여 그려진 회화 작품을 일컫는 것으로, 시인이 언어로

표현한 시의와 경물을 화가가 자신의 회화적 해석을 통해 시각적으로 화폭에 재창조해낸 것이다.[14]

또한 시의도는 화면에 쓰여진 시구를 통하여 시화의 상관관계를 비교적 쉽게 살펴볼 수 있는데, 대부분 당·송대의 오언, 칠언율시나 절구 중의 한 대구對句가 묘사되었다. 이는 간결하면서도 지극히 정련된 언어 이미지로 이루어진 오언시나 칠언시가 시각적 의상意象을 표출하기에 가장 적당하였기 때문으로 풀이된다.[15] 따라서 이상적인 시화의 관계는 상호보완적인 관계로 단순한 시구의 도해가 아닌 화가의 새로운 예술창조가 되며, 이를 보는 감상자는 회화의 시각적 이미지를 초월하여 회화에서 시를 보는 것처럼 다른 경계를 체험하게 되는 것이다.[16]

그러나 이 같은 기존의 시의도 정의는 구체적이고 명시적이나 제한적인 범주의 설정으로 인해 범주의 경계에 있거나 범주 밖에서 논외의 대상이 된 작품들에 대한 명확한 해명을 하기에는 충분하지 않았던 것도 사실이다. 따라서 화제가 된 시의 범주, 화면 형식, 화제 시구 등 시의도의 내연과 외포에 대한 재검토와 정의는 시의도에 대한 폭넓은 이해를 위해 반드시 선행되어야 할 사항이다.

먼저 시의도의 내용이 되는 시의 범주는 시구의 자수를 제한하지 않아야 하고, 시와 산문의 요소들을 결합한 한문 문체인 사詞나 부賦를 포함해야 한다. 즉 단순히 오언, 칠언의 율시나 절구만을 시의도의 화제로 규정한다면『당시화보唐詩畵譜』에 실린 왕유의 육언시「전원락田園樂」을 화제로 하는 회화는 시의도로 볼 수 없다는 것인가. 또한 장시長詩의 형태로도 이해되는 사詞를 화제로 하는『시여화보詩餘畵譜』의 작품들은 범주화의 경계에 선 작품으로 취급되며 학문적 탐구의 영역에서 제외시키게 된다.

시의도의 형식적인 면에서도 새로운 범주화가 필요하다. 기존의 논의에서는 화면에 시구가 쓰여진 경우를 시의도의 형식으로 정의하고 논의를 전개하였다. 그러나 시의도에 대한 인식이 이루어지고 이론적인 틀이 정립되던 송대에는 시를 화권畵卷의 앞부분이나 끝에 적었다는 점, 선면扇面의 앞뒤에 시와 그림을 나누어 실었던 점을 고려해야 한다. 화면상의 여백에 시를 쓰는 풍조가 성행하기 시작한 것은 시의도가 처음 그려지던 송대가 아닌 원대부터이기 때문이다. 이후 차츰 화면의 여백에 글을 넣는 것이 화의를 더하기 위한 역할도 했지만, 화면의 구성상 균형과 안정을 이루는 역할도 했고 형체로서의 서체가 화면의 다른 모티브들과의 조화를 이루어 이를 고려해 제작하기도 했다. 따라서 서화합벽첩書畵合璧帖 형태와 같이 시와 그림이 분리되어 병립竝立해 있는 형태도 시의도 형식의 범주에 포함시켜야 한다.

이렇듯 기존의 시의도 정의가 안고 있는 한계를 극복하기 위한 대안으로 화제畵題가 되는 시의 범주 설정과 시와 그림의 결합 방식 등의 범주를 재정립하여 시의도를 광의의 시의도와 협의의 시의도로 구분하여 정의할 필요가 있다. 광의의 시의도 란 화제가 되는 문학의 범주를 시에 국한하지 않고 사詞나 부賦 를 포함하는 것으로 하고, 화면 구성도 화첩의 형태 등을 고려해 글과 그림이 반드시 동일 화면에 함께한다는 제한을 두지 않는다. 반면 협의의 시의도란 율시나 절구의 시를 화제로 하며 시와 그림이 한 화면에 있는 작품을 의미한다. 이렇게 정의한 광의와 협의의 시의도는 시인의 시정을 화가의 재해석을 통해 화폭에 재창조하여 화의를 담은 회화라는 근본적인 특성은 유지하면서도 내포와 외연의 확장을 통해 다양한 회화를 이해할 수 있게 한다.

2

시의도의 탄생과 성장

한자문화권인 동아시아에서 시의도의 연원은 중국의 문학과 예술에서 찾을 수 있다. 중국 문헌을 통해 알 수 있는 시의도의 가장 초기 사례는 동한東漢 환제桓帝(147~167) 때 유포劉襃가 『시경』의 〈대아大雅〉편 「탕지십蕩之什」과 〈패풍邶風〉편 「북풍北風」의 내용을 각각 그린 〈운한도雲漢圖〉, 〈북풍도北風圖〉[17]이다. 장언원의 『역대명화기』에는 두 그림을 본 사람들의 감회에 대해 "일찍이 〈운한도〉를 그린 적이 있는데, 사람들은 그것을 보고 뜨거움을 느꼈다. 또한 〈북풍도〉를 그린 적이 있는데, 사람들은 그것을 보고 서늘함을 느꼈다(曾畵雲漢圖 人見之覺熱 又畵北風圖 人見之覺凉)"고 적고 있다.[18] 이는 감상자들의 감회를 전하고 있는 듯한데, 그 그림이 『시경』의 내용을 화제로 한 것임을 주목할 때 초기의 시의도 형태를 추론할 수 있다. 비록 후대의 모사

본으로 전하기는 하나 시, 부 등의 내용을 제재로 현존하는 회화
로는 진대晋代 고개지顧愷之(약 344~406)의 〈여사잠도女史箴圖〉도 1,
〈낙신부도洛神賦圖〉도 2 등이 있다. 이 같은 작품들은 시나 부의 내
용 전부를 그린 것으로, 횡권 형태로 이루어져 화면 중간이나 그
림 말미에 글이 쓰여지는 형식으로 글과 그림이 각각 독립성을
갖고 있었다.[19] 초기 시의도의 화목으로 인물화가 많은 이유는
시의 효능을 감계에 두었기에 인물에 관한 내용이 많았기 때문
으로 짐작한다. 이것은 당시 공자가 언급한 시의 기능이나 장언

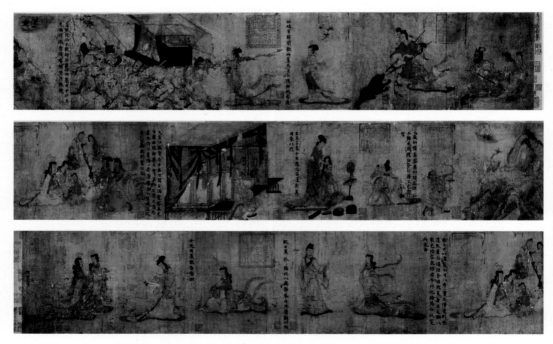

도 1 (傳) 고개지, 〈여사잠도〉(당대 모본), 견본채색, 25.0×348.5cm, 영국 The British Museum

도 2 (傳) 고개지, 〈낙신부도〉 (송대 모본), 견본 채색, 27.1×572.8cm, 북경 고궁박물원

원이 논한 그림의 효능이 교훈적 감계 기능에 초점이 맞춰진 것과 맥을 같이했다고 볼 수 있다. [20]

    당말唐末 오대五代의 혼란기에 접어들자, 정국의 불안과 현실에 대한 불만을 가진 많은 문인들이 은둔하며 시를 짓는 동시에 그림을 그리는 현상이 나타났다. 그동안 그림에 대한 감상자의 역할을 하던 문인들이 창작자로 전환한 것이다. 그러나 이때까지도 스스로 시와 그림의 상호 관련에 대한 이해를 하거나 이를 바탕으로 논의를 진전시키지는 못했다. 그림의 창작과 감상

에 긍정적인 견해를 갖게 된 변화만 일어났던 시기였다. 더 나아가 문인들은 그림의 지위를 지식인의 영역이었던 서예의 지위와 동렬에 놓으려는 노력을 더해 회화의 지위가 예전에 비해 다소 높아졌다.[21]

　　시와 그림에 관한 인식은 특히 산수화의 출현과 더불어 달라졌다. 산수화의 출현은 송대 성리학적 자연관을 기본으로 하는데, 이를 바탕으로 그림을 그리고 글을 짓는 것이 자기 수련의 한 방편이란 생각에서 자연에 대한 인식의 변화를 초래했다.[22] 시의 효능 변화는, 곧 시의도의 역할 변화로 이어지고 다른 양상의 시의도 탄생을 유도하게 되었다. 즉 시문詩文의 내용 전부가 그대로 그려지는 것이 아니라 시의 한두 구절이 화가의 회화적 영감을 자극하여 직접적인 창작 동기를 제공하는 새로운 시화의 관계를 지닌 시의도가 송대 문인 화가들에 의해 시작되었다.[23] 이때 주목된 것이 왕유의 전원시와 산수시로 시에서 그림을 보는 듯하다는 '시중유화詩中有畵'와 그의 그림에서 시를 보는 듯하다는 '화중유시畵中有詩' 언급이 시의도 이론의 바탕을 이루게 되었다. 소식, 미불米芾 부자 이후부터는 문인화의 성행으로 문장의 흥취를 회화에 적용함으로써 화제의 중요성이 크게 부각되었고 시정과 화의가 혼연 일치되었다.[24] 『선화화보』에서 이미 시화는 서로 표리를 이룬다고 했을 만큼 시화의 관계가 회화에서 적극적으로 다루어지는 계기가 되었다.

또한 곽희郭熙(1060~1080 활동), 곽사郭思 부자에 의해 엮어진 『임천고치林泉高致』에 실린 '시는 형상 없는 그림(無形畵)이요, 그림은 형상 있는 시(有形詩)'라는 시와 그림의 관계에 대한 정의를 통해 북송대의 시화관을 잘 알 수 있다. 더 나아가 구체적인 작화의 일례를 다음과 같이 언급하고 있다.

나는 여가가 생기면 진晉, 당唐의 고금 시편을 읽고 그중 사람의 내면을 잘 드러낸 것이 있으면 그것을 눈앞의 경치로 그려내곤 했다.[25]

이 같은 언급은 좋은 구절을 찾아 그림을 그리는 화가가 그림의 기교나 형사에 치우치지 않고 정신성을 강조하게 되었음을 의미하는 것으로 볼 수 있다. 또한 곽사는 "나는 부친이 고인의 훌륭한 시와 문장을 암송하고, 좋은 구절이 있으면 그것을 그림에 애용하신 것을 기억한다(思因記先子嘗所誦道古人淸篇秀句 有發於佳思而可用者)"며 왕유의 시 「종남별업」의 한 구절인 "가다가 물길이 끝나는 곳에 이르면 / 앉아서 구름 이는 그때를 바라보네(行到水窮處 坐看雲起時)"라는 시구를 포함해 두보, 위응물 등의 시 16편을 열거해 놓았다.[26] 특히 그림은 송대에 이르러 휘종의 도화원 화가 선발 일화를 통해 전통적인 화법을 지키면서도 시의를 중하게 여기게 되었음을 알 수 있다. 휘종은

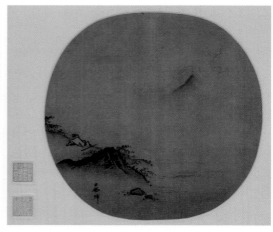

도 3 (송) 이종 글씨(좌),
마린 그림(우), 〈좌간운
기도〉, 견본수묵, 25.1×
25.0cm, 1256년, 25.1
×24.9cm, 미국 The
Cleveland Museum of
Art

화원의 시험문제에 시를 제목으로 줌으로써 화가들의 구상력과
화의가 얼마나 교묘한가를 심사했다.[27]

　　남송대부터는 북송대 소식과 문인들이 주창했던 시화일
률론을 이어 더욱 활발하게 시의도가 제작되기 시작했다. 이
때 시의도의 형태는 글과 그림이 부채의 앞뒷면을 이룬 형식이
있고, 글과 그림이 마주 보며 짝을 이루었던 화첩 형식도 제작
되었을 가능성이 크다.[28] 선면 형식의 시의도는 마린馬麟(1216~
1256 활동)이 그리고, 이종理宗(1225~1264 재위)이 왕유의 「종남별
업」 시구를 쓴 〈좌간운기도坐看雲起圖〉도 3가 있다. 또한 화첩의
형식은 1254년 제작된 유장경劉長卿(725?~791?)의 시 「배왕명
부범주陪王明府泛舟」의 두 구절인 "산은 가을빛을 가까이 머금
었고 / 제비는 석양으로 천천히 날아가네(山含秋色近 燕度夕

陽遲)"를 화제로 마린이 그리고, 이종 황제가 시구를 적은 〈석양산수도夕陽山水圖〉도 4가 있다.[29] 이 작품은 이종 황제가 서국공주를 위해 마린에게 그림을 의뢰한 것으로 섬세한 시정을 표현한 작품이다.[30]

이와 더불어 마화지馬和之 (1131~1189 활동)와 유송년劉松年 (생몰년 미상)에 관한 기록 중 남송대에 그려진 시의도의 다양함을 알 수 있는 근거 또한 적지 않다. 원대元代 하문언夏文彥이 편술한 『도회보감圖繪寶鑑』 중 마화지 부분에는 "고황제, 효황제가 모시毛詩 삼백 수를 쓸 때 그 그림을 마화지에게 그리게 했다

도 4 (송) 이종 글씨(상) 마린 그림(하), 〈석양산수도〉, 1254년, 견본수묵담채, 51.5×27.0cm, 일본 네즈미술관

(高孝兩朝深重其畵每書毛詩三百篇令和之圖寫)"는 대목이 보인다.[31] 이러한 기록과 관련해 『시경』의 시를 화제로 그린 마화지의 〈청천명학淸泉鳴鶴〉도 5이 북경 고궁박물원에 현존한다. 또한 유송년 부분에 "영종 때에 유송년이 경직도를 그려 올려 금대를

하사받았다(寧宗朝進耕織圖旨賜金帶)"는 내용이 있다.[32] 〈경직
도〉는『시경』의 〈빈풍편〉이나『서경』의 〈무일편〉을 화제로 한
〈빈풍도〉나 〈무일도〉를 원류로 볼 때 유송년이 그린 〈경직도〉
역시 감계를 목적으로 하는 시의도의 일종이었다. 이러한 기록
을 통해 볼 때, 남송대에는 다양한 내용의 시를 화제로 그린 시
의도가 일반화되었음을 알 수 있다.

13세기 후반, 원이 성립하면서 사회적, 정치적 지위와 권
력을 상실한 문인 계층이 증가하며 시, 서, 화를 생활의 방편으
로 삼아 자적하는 삶을 사는 지식층이 늘어갔다.[33] 이러한 상황
에서 원대 회화는 시화의 융합이 더욱 활발하게 되었다. 문인 화
가 전선錢選(1235~?), 조맹부趙孟頫(1254~1322) 등은 화면 위에 자
신의 시문詩文을 직접 쓰기 시작했고 이러한 형식은 문인들 사

이에서 유행했다. 특기할 것은 원대에 이르러 글씨와 그림이 한 화면에서 시각적으로 어우러지는 새로운 형식의 시의도가 자리 잡게 된 것이다.[34] 이렇듯 시문이 화면에 등장하여 글씨가 화면의 일부를 이루게 되면서 시의 내용과 그림의 조응이란 측면에서 감상자의 이해를 돕게 되었다. 더 나아가 글이 화면의 구성 요소로서 화면의 미적 가치를 더해 시, 서, 화가 한 작품에서 어우러지는 새로운 경지를 추구하게 되었다.

　　명대明代에 이르면, 관계에 진출하지 않은 문인들에 의해 시의도가 활발히 제작되었다. 특히 그때는 교환에서 매매 대상으로 회화의 사회적 상품화가 이루어지는 분위기였고 심주沈周(1427~1509), 문징명文徵明(1470~1559) 등 오파吳派의 문인 화가들의 문기를 더한 작품이 관심을 모았다. 이러한 변화는 시장경제의 발달로 경제적 부를 축적한 상인 등이 서화의 수집과 감평에도 참여하며 회화 수요층의 저변을 확대하면서 이루어졌다. 더불어 이 당시 이루어진 인쇄술의 발달은 각종 화보를 출간했고, 특히 『시여화보詩餘畵譜』(1612년), 『당시화보唐詩畵譜』(17세기) 등의 출간은 시의도에 대한 인식은 물론 시의도의 활발한 제작의 일면을 보여주는 한 형태였다. 이후 같은 시구를 묘사한 것이라도 화가의 시구 해석력, 개성적 화풍, 표현 형태 등에 따라 다양하고 특징 있는 시의도가 탄생했다.

　　이렇듯 중국에서의 탄생과 성장을 이룬 시의도는 같은 한

자문화권인 한반도에 전해지고, 특히 조선시대에 시를 그리는
회화로서의 고유한 영역을 확장하며 화단에 정착하게 되었다.

3

한반도로 전래된 시의도

1) 조선 초기의 문헌 기록

　조선 초기(1392~약 1550)의 사대부들은 계급 질서를 중시하는 성리학 사상의 영향으로 말기末技, 천기론賤技論을 앞세워 작화作畫에 대해 소극적인 태도를 보였다.[35] 중국에서 전래된 그림이나 화원 등이 그린 그림에 제시題詩나 제문題文을 남기는 정도의 소극적이고 단편적인 활동을 했을 뿐이다. 그들은 고려 후기 중세적 관료 지식인으로 새롭게 등장했던 능문능리형能文能吏型 문사들로서 그들의 회화관의 중심에는 고려시대에 전래되었던 북송대 소식에 의해 본격적으로 정립된 시화일률론이 자리잡고 있었다.[36] 이러한 인식을 바탕으로 점차 조선 초기의 문인들은 회화를 말기로 폄하하는 의식을 극복하고 수기修己를 위한 하나의 방편으로 인식하기 시작한다.[37] 조선 초기 문헌에는 그림을 보고 시를 지은 기록이 남아있다.[38] 또한 『조선왕조실록朝鮮王朝實錄』이나 조선 초기 문인들의 문헌을 통해 시를 화제로 그림을 그린 시의도 제작의 기록을 찾을 수 있다.

먼저 조선 초기의 『조선왕조실록』을 살펴보면, 조선에서의 시의도 전개는 회화를 향유하는 계층의 회화 효용론과 연관되어 있음을 알 수 있다. 왕조의 입장에서는 효율적 통치를 수행하기 위해 교화와 인륜을 돕는 긴요한 시각매체로 회화를 적극 활용하였다. 태종 2년(1402, 재위 1400~1418)에 "예조전서 김첨에게 본받을 만한 고사를 궁전 벽에 그리게 했다"는 기록과 "문왕의 침소에 문안드리는 그림을 완성하고 〈빈풍도〉를 바친 김첨에게 말을 내렸다"는 기록을 통해 본받을 만한 고사화와 『시경』을 화제로 한 〈빈풍도〉가 그려졌음을 알 수 있다.[39] 또한 태종 10년(1410)에는 '임금의 탄신일을 축하해 풍해도 도절제사 유은지柳殷之(1369~1441)가 〈무일도〉를 올렸다'는 기록도 보인다.[40] 성종 7년(1476, 재위 1469~1494)에는 '화공에게 중국 역대 왕의 권려할 만한 일과 선후가 다른 일을 그리게 했다'는 기록이 보여 조선 초기에는 감계를 목적으로 하는 시의도가 주로 그려졌던 것으로 보인다.[41]

이와 더불어 안평대군安平大君 이용李瑢(1418~1453)이 안견安堅(15세기 활동, 생몰년 미상)에게 두보의 시를 화제로 〈이사마산수도李司馬山水圖〉를 그리게 했다는 박팽년朴彭年(1417~1456)의 기록이 전한다.[42] 이는 당시를 화제로 한 당시의도에 관한 최초의 기록으로, 시의도가 감계의 목적뿐만 아니라 감흥 교류와 심의 표출의 매체로도 제작되었음을 알 수 있다.

특히 시와 회화의 교융과 관련하여 살펴볼 수 있는 것이 〈소상팔경도瀟湘八景圖〉와 「소상팔경시」이다. 중국의 실경을 뛰어난 경치로 인지하고 이상향으로 환치시키는 특색을 보이는 '소상팔경'은 고려시대에 처음 들어와 조선인의 문학과 회화의 소재로도 꾸준히 활용되었다.[43] 「소상팔경시」를 읊은 기록이 문헌에 전하고, 이를 화제로 그린 〈소상팔경도〉의 경우 고려시대 진화陳澕(13세기 초 활동, 생몰년 미상)에 의해 수용되어 조선 초기에는 안견파安堅派화풍으로 중기는 절파浙派화풍으로, 조선 후기에 이르면 남종화풍으로 그려지는 등 화풍은 바뀌지만 오랜 시간 꾸준히 그려진 화제이다. 이렇듯 시와 회화의 상호 융화가 선후를 이루며 애호되었던 '소상팔경'이란 주제 중 시의도와 연관하여 「소상팔경시」를 화제로 〈소상팔경도〉를 그렸다는 조선 초기와 중기의 기록만을 살펴보면 다음과 같다.

조선시대의 〈소상팔경도〉에 관한 기록 중 가장 앞선 것은 1442년 이영서李永瑞(?~1450)가 쓴 「소상팔경도시권瀟湘八景圖詩卷」의 서문이다.[44] 이 글에 따르면, 안평대군이 1442년 송나라의 영종寧宗(재위 1198~1224)이 쓴 「팔경시八景詩」를 보고 그 글씨를 보물처럼 귀하게 여기다 베껴 쓰게 하고, 이를 화제로 〈소상팔경도〉를 그리게 했다는 것이다. 이 시권에는 고려의 진화, 이인로 두 사람의 시를 붙이고 당대에 시를 잘하는 문사들에게 청하여 오언, 육언, 칠언시를 지어 덧붙였다. 안평대군이 누구에게 그리게 했다는 기록은 없으나 안평대군의 서화 관련 기록 등을 근거로 〈팔경도〉를 그린 화가는 안견이었을 것으로 추론되기도 한다.[45] 또한 영종이 지은 「팔경시」의 순서는 조선 초기에 제작된 소상팔경도의 순서와 관련해 후대의 〈소상팔경도〉 시와 그림의 팔경 순서의 모본으로 작용했다고 볼 수 있다.[46]

조선 중기에 이르면, 성종成宗의 「소상팔경시」를 화제로 〈소상팔경도〉가 제작되었다는 기록이 전한다. 이 같은 사실은 효종孝宗(재위 1649~1659)의 장인인 장유張維(1587~1638)가 그의 문집 『계곡집谿谷集』 권 7에 수록한 「성묘어제소상팔영첩서成廟御製瀟湘八詠帖序」에 기록되어 있다.[47]

이 서문에 따르면, 인조仁祖(재위 1623~1649)는 성종이 지은 「소상팔경시」를 노신老臣 8인에게 베껴 쓰게 하고, 이를 바탕으로 화원 이징李澄에게 그림을 그리게 하여 시화첩으로 제작하였다는 것이다.[48] 성종은 안평대군이 왕족이나 신하들과 더불어 도화원桃花源이나 소상팔경과 같은 이상적인 경관을 그리게 하고 문사들에게 시를 짓게 했던 일을 동경하여 이를 추종하고자 했고, 인조는 이러한 성종의 뜻을 재현하려 한 것으로 볼 수 있다.[49] 기록에 언급된 작품이 현존하지 않아 정확한 〈소상팔경도〉의 화면 구성과 화풍은 정확히 알 수 없다. 국립중앙박물관에 소장되어 있는 이징의 《소상팔경도》도6를 통해 추정할 수 있을 뿐이다. 이징의 《소상팔경도》는 산시청람山市晴嵐, 연사모종煙寺暮鐘, 어촌낙조漁村落照, 소상야우瀟湘夜雨, 원포귀범遠浦歸帆, 동정추월洞庭秋月, 평사낙안平沙落雁, 강천모설江天暮雪의 팔경인데, 제목에서 암시하는 시정의 표현을 상징적 경물과 시간적인 배경, 계절적 분위기 등을 통해 산수화로 그려내고 있다. 화면의 한편에 경물을 주로 배치하여 화면의 중심을 주고 근경과 원경 묘사를 통해 화면의 깊이를 더했다. 둥근 산봉우리의 표현, 폭포의 묘사 등에서 이징 특유의 화풍을 읽을 수 있고 해조묘蟹爪描로 표현한 소나무에서는 안견의 화풍을, 명암을 대비시킨 바위의 표현에서는 중국 절파浙派의 영향을 찾을 수 있다.

소상팔경에 대한 조선 중기 문인들의 동경과 흠모는 문인들로 하여금 시를 짓게 하였고, 이를 바탕으로 한 시의도 제작도 적극적으로 이루어졌음도 알 수 있다. 현존하는 문집 등을 통해 볼 때 「소상팔경시」를 짓고 이를 화제로 그림으로 그리게 한 기록은 남용익南龍翼(1628~1692)의 『호곡집壺谷集』 권 16에서도 찾을 수 있다.[50] 이 글에 따르면, 남용익은 친구인 홍주국洪柱國(1623~1680)이 죽은 후 그의 아들이 아버지(洪柱國)의 시 「소상팔경」과 이를 화제로 한 그림을 그려 작은 병풍으로 꾸며 집

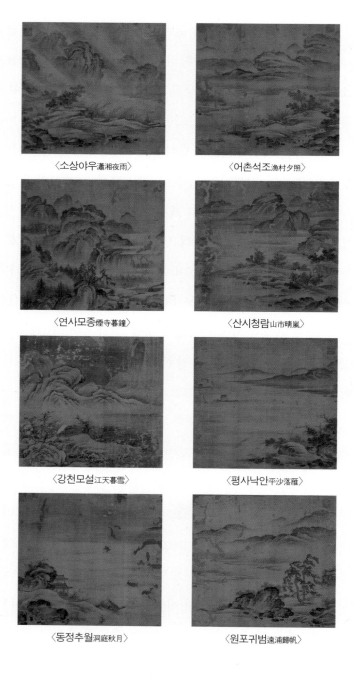

도 6 이징,《소상팔경도》,
견본수묵담채, 각 37.8×
40.5cm, 국립중앙박물관

〈소상야우瀟湘夜雨〉

〈어촌석조漁村夕照〉

〈연사모종煙寺暮鐘〉

〈산시청람山市晴嵐〉

〈강천모설江天暮雪〉

〈평사낙안平沙落雁〉

〈동정추월洞庭秋月〉

〈원포귀범遠浦歸帆〉

안의 보물로 간직하다 남용익에게 보이며 발문을 요청했다고 한다. 홍주국은 임인년(1662년) 겨울에 「소상팔경시」를 지었는데, 칠언율시의 형태로 각 장면마다 관념화된 소상팔경의 정취를 읊고 있다. 남용익의 발문에는 홍주국의 「소상팔경시」가 한때 문인들 사이에서 회자되었다는 상찬은 있으나 누가 그렸다는 것에 대한 기록은 없다. 다만 홍주국의 시를 화제로 해 그려진 〈소상팔경도〉를 단병短屛으로 꾸몄는데 "그림 속에 시가 있고, 시 속에 그림이 있다(詩中畵畵中詩)"라고 자신의 감상을 적고 있다.

　　이상에서 알 수 있듯이, 조선 초기와 중기에는 중국의 실경인 소상팔경이 시로 읊어지고, 이를 다시 조선 문인들 사이에서는 승경, 절경으로 동경되며 〈소상팔경도〉로 시각화되면서 소상팔경은 조선인의 이상향으로 자리잡게 되었다. 이처럼 소상팔경은 시간의 흐름에 따라 화풍의 변화는 있지만 조선시대 전반에 걸쳐 꾸준히 읊어지고 그려지며, 조선시대 사대부들의 시와 그림에 대한 인식의 단면을 보여주는 주제로 자리했다.

2) 조선 중기의 시의도

(1) 조선 화단에 끼친 명대明代 오파吳派의 영향

조선 중기(약 1550~약 1700) 기록 중 《천고최성첩千古最盛帖》에 관련되는 내용은 조선시대 시의도 전개에 중요한 역할을 한다. 《천고최성첩》은 1606년 명나라 사신이었던 주지번朱之蕃(1546~1624)이 조선에 전래한 것으로, 중국의 유명 시문을 화제로 그림을 그린 명대 오파의 특징과 화풍을 잘 보여주는 서화합벽첩書畵合璧帖이다.[51]

중국 소주를 중심으로 활동했던 심주, 문징명 등의 명대 오파는 자연 속에서 시문과 서화로 자적했던 시서화 삼절의 문사들이다. 이들은 문기士氣가 충만하여 자신의 품격과 정회情懷를 화면에 표현하는 회화의 방향을 제시하며 오파의 본류로 자리했다. 특히 소주는 수도에서 멀리 떨어져 있어 정치적으로 자유로운 분위기였고 생산물이 풍부해 부유한 경제생활을 누릴 수 있는 곳이었다. 이 같은 환경적 요인을 바탕으로 문인들은 모임을 통해 서화를 제작, 감상하며 예술적 풍격을 추구했다.[52] 특히 명대 오파가 시서화의 제작과 감상 등에 주력할 수 있었던 것은 무엇보다도 문인으로서 문학 학습과 서예가로서의 훈련 등을 바탕으로 회화에서의 성취까지 가능했기 때문이다.[53] 그들은 문인으로서의 문기와 기법적 수련을 바탕으로 중국 시문을 화면에 옮겼고, 작품들은 단순한 여기의 산물을 넘어 오파의 특징과 공적으로 자리했다. 오파의 특성을 반영한 《천고최성첩》은 현존하지 않지만, 화원 이징이 이것을 임모했다는 허균許筠 (1569~1618)의 기록을 통해 수록된 내용을 유추할 수 있다.[54]

《천고최성첩》에 수록된 작품은 현존하는 여러 첩의 임모본에 수록된 내용 등을 참고해 볼 때, 도잠陶潛(365~427)의 「도화원기」(혹은 왕유의 「도원행」), 나대경羅大經(1196~1242)의 「산정일장」, 백거이의 「비파행」, 두보의 「악양루」, 소식의 「적벽부」 등 중국 유명 시문이었음을 알 수 있다.[55] 따라서 조선의 문인들은 《천고최성첩》을 감상하고 임모하며 문학작품을 화면에 옮긴 명대 오파의 특성을 받아들여 시의도 수용과 제작에 밑바탕을 삼았던 것으로 추론할 수 있다. 이처럼 조선 중기에 전해진 《천고최성첩》은 기존의 시, 화 관계가 주로 그림을 보고 시를 짓는 형식에서 더 나아가 시를 화제로 그림을 그리는 형식으로 변화하는 데 적지 않은 영향을 주었다. 현재에도 조선 중·후기에 제작된 것으로 추정되는 여러 첩의 《천고최성첩》 임모본이 남아있는 것을 볼 때, 이 화첩에 대한 문인들의 관심을 알 수 있다. 따라서 당시 문단文壇과 화단畵壇에서 「소상팔경」과 「망천」 등 중국의 실경을 시로 읊고 〈소상팔경도〉, 〈망천도〉 등을 그림으로 그리고 감상하던 것과는 또 다른 체험이 되었을 것이다.

이 밖에도 이징이 48세가 되던 1628년에 나만갑이 소장했던 석경石敬의 《화첩畵帖》을 복원하며 10폭의 시의도를 그렸다는 기록이 전한다. 이 같은 내용은 이식李植(1584~1647)의 『택당선생집澤堂先生集』 제9권에 실린 「나몽뢰가장화첩서羅夢賚家藏畵帖序」에 조선 중기 문신인 나만갑羅萬甲(1592~1642)이 정묘호란 중에 가전되던 《화첩》을 잃고 이징에게 이를 복원하게 했다는 내력을 통해 알 수 있다.[56] 또한 글의 내용만으로는 각 폭의 화목이나 구성을 짐작하기는 어렵다. 하지만 석경이 "안견의 제자로 사법師法에 능하였다"는 문헌 기록이 있고, 『택당선생집』 중 "집 안 뜨락이나 시골마을에서 늘상 보는 것을 소재로 한 것이니…"란 내용으로 보아 안견풍의 산수화나 대나무 그림이 아니었을까 짐작한다.[57] 이 밖에도 훼손되어 망실된 그림은 원래 시화합벽첩 형식에 금니金泥로 그려진 형태로 추정한다.

앞서 언급한 이식의 서문 중 그림의 화제가 된 시의 작가나 내용이 전해지지 않지만 "우리 고왕부高王父 용재공容齋公의 시 한 편도 그 속에 끼어 있었다"는 내용을 통해 이행李荇(1478~1534)의 시, 즉 조선인의 시 또한 그림으로 그려졌던 것을 알 수 있다.

나아가 이식의 서문을 통해 시의도에 대한 당시 문인들의 인식과 이징의 시의도에 대한 평가를 알 수 있다. 즉 당대의 문인 사대부들은 시의도를 보고 경물을 감상하였고, 직접 명승을 찾아가 시문을 짓고 즐기는 것을 대신하여 시의도를 통해 와유臥遊했던 일면도 알 수 있다. 또한 "뒤에 이 화첩을 보는 자들이 석경의 그림을 잃어버렸다고 한스럽게 여기지는 않을 것이다"라고 언급한 대목 등으로 미루어 이징의 작품을 석경의 작품 못지않게 높이 평했다.

이렇듯 조선 초기와 중기에는 고려시대부터 전해진 시화일률론을 문학·예술론의 바탕으로 삼았다. 나아가 시의도에 대한 왕조, 문인들의 구체적인 인식과 제작 사례 등을 적은 문헌을 통해 조선에서의 시의도 전개 양상을 추론할 수 있다.

(2) 문인의 수기修己를 위한 시의도

현존하는 시의도 중 가장 시기가 앞선 것은 조선 중기(약 1550~약 1700)의 작품들이다. 문인 화가로 매화 그림을 잘 그린 어몽룡魚夢龍은 "날이 다하도록 봄을 찾아 헤매었건만 봄은 보지 못하고 / 짚신 발로 산 언덕의 구름만 밟고 다녔구나 / 돌아와 웃으며 매화가지 집어 향기 맡으니 / 봄은 가지 끝에 이미 한창이더라(終日尋春不見春 芒鞋踏破嶺頭雲 歸來唉撚梅花嗅 春在枝頭二十分)"는 시구를 적은 〈묵매도〉도 7를 그렸다. 어몽룡은 화면을 대각선으로 가로지르는 매화의 큰 줄기를 중심으로 상하로 자란 작은 가지에는 담묵으로 처리한 매화 송이를

도 7　어몽룡, 〈묵매
도〉, 견본수묵, 20.3×
13.5cm, 간송미술문화
재단

그렸다. 좌측 상단에 시구를 적고 화제의 말미에 지은 이를 원나라의 매화니梅花尼라고 적고 있으나 송대 재익載益의 시 「심춘深春」과도 같고 일부 글자가 다르지만 나대경의 『학림옥로』에도 실려 있어 송대에 지어진 것으로 볼 수 있다.[58] 또 다른 어몽룡의 〈묵매도〉도 8에는 원대 만씨萬氏(생몰년 미상)의 시 전문인 "깨끗하고 뛰어난 모습이 특별하고 기이하다 / 찬바람이 불 때의 마음을 누가 알겠느냐 / 처의 마음은 오히려 곧고 흰 것(매화) 같아서 / 베갯머리에 슬며시 매화 한 가지를 수놓았다(灑瀟英標 別樣奇 歲寒心事有誰知 妻心正猶同貞白 枕上殷勤繡一枝)"가 화제로 적혀 있다.[59] 단정한 필체로 화제를 적은 이 시의도는 앞서 살펴본 〈묵매도〉와 화면의 구성, 크기, 화풍이 같아 동일한 화첩에 장첩되었던 작품인 듯하다. 이처럼 어몽룡은 오도悟道와

주관적 심회를 표현한 시구
를 화제로 한 〈묵매도〉를 그
려 시의도의 초기 단계를 보
여준다. 어몽룡의 시의도는
수기修己를 위한 매체로 회
화의 역할을 인식했던 당시
문인들의 회화관과도 맞닿
아 있다.

도 8 어몽룡, 〈묵매
도〉, 견본수묵, 19.0×
12.7cm, 개인 소장

　　이요李㴌의 〈일편어주
도一片漁舟圖〉도 9는 소식의
「서이세남소화추경書李世南
所畵秋景」 2수 중 1수를 화제
로 한 시의도이다. 이요는
시 중 "작은 배 노저어서 어
디로 돌아가나 / 집은 강남
땅의 노란 낙엽 지는 마을인
가 보다(扁舟一櫂歸何處 家在江南黃葉邨)"라는 3, 4구와 자신의
호인 '송계松溪'를 화면에 적었다.[60] 이 시의도는 이요가 당시 문인
들 사이에서 추앙되던 소식의 시를 화제로 했고, 화면의 경물 표
현에서 남종화법이 구사되고 있어 주목된다. 또한 현존하는 조선
시대 시의도 중 선면에 그려진 것으로 시대가 가장 앞선 것이다.

도 9 이요, 〈일편어주도〉, 견본담채, 15.6×28.8cm, 서울대박물관

이 같은 화면의 양식과 선면에 그려진 형식은 이요가 청淸을 오가며 직접 보고 익힌 것으로 추정할 수 있다.[61] 이요의 이 작품은 화면에 시와 그림이 함께 있다는 점에서 뒤이어 그려지는 시의도의 화면 구성 등의 변화를 예고하는 작품으로 주목된다.

(3) 기록과 감계鑑戒를 위한 시의도

주자성리학은 조선의 건국이념으로 시간의 흐름과 더불어 모든 삶을 관통하게 되었다. 개창開創 이래로 조선의 문인들은 시문詩文을 통해 이러한 이념을 공고화하고, 이를 화제로 한 회화들은 보다 적극적인 시각적 표현을 더해 유효하게 전달하고 있다. 조선 중기의 화원인 이징이 그린 《난죽병蘭竹屏》과 〈화개현구장도花開縣舊莊圖〉는 그 예이다. 이징의 《난죽병》은 7폭의 그림과 1폭의 발문으로 이루어졌다.[62] 이 작품은 조광조趙光祖 (1482~1519)의 제화시를 화제로 그려진 시의도이다. 특히 이 작품은 조선 중기의 대나무, 난초 그림이 많이 남아 있지 않은 현실에서 조선 중기의 사군자화에 대한 이해를 얻을 수 있는 중요한 작품이다.[63]

조선시대 통치 이념의 기본이 된 성리학과 더불어 주희와 관련된 각종 서적은 16세기가 되어 활발하게 조선에 수입되어 주희와 성리학에 대한 이해를 넓혔다. 또한 주희는 학문의 종주로서 존경과 흠모의 대상이 되었다.[64] 특히 주희가 머물며 강학하고 저술에 전념했던 무이구곡은 중국의 실경을 넘어 주희 학문의 발양지로 인식되었다. 이때 지어진 「무이도가武夷棹歌」를 화제로 그린 〈무이구곡도〉는 주희의 학문과 행적을 상징하는 회화로도 인식되었다.[65] 「무이도가」는 원대의 학자 진보陳普 (1244~1351)가 1곡에서 9곡까지의 시의 전개를 도道로 나아가는 순서로 풀이했고 이후 조선에서도 이를 받아들여 단순한 서정을 넘어 설리說理의 추구라는 시의詩意를 추가하게 된다.[66]

주희의 「무이도가」를 화제로 그린 〈무이구곡도〉는 고려 말에 우리나라에 전해졌다. 특히 고려자기 중에는 「무이도가」 중

도 10 〈금채 무이산풍
경문 천목잔〉, 고려시
대, 13세기, 규격 미상,
우림정요지박물관

일부가 그림과 함께 적혀 있어
주목된다.도 10 현존작을 통
해 볼 때 〈무이구곡도〉는
16세기 이후 주자 성리학
이 체계적으로 이해되고
각종 성리학서가 수입되
며, 성리학에 대한 본격적
인 연구가 이루어지는 분위
기 속에서 활발하게 그려졌다
고 추정할 수 있다.

조선 초기의 작품을 살펴보면, 그
형식이 횡권 형식과 전도全圖 형식으로 크게 나눌 수 있다. 횡
권 형식은 이성길李成吉(1562~?)의 〈무이구곡도권武夷九曲圖卷〉
(1592년)도 11이 있다. 이 작품은 4미터에 이르는 긴 비단에 무
이구곡의 모습이 그려져 있고 이어서 화제가 적혀 있다. 화면에
묘사된 구곡의 산세는 완만한 능선의 산이 아닌 기암의 절벽의
산으로 강조하며 묘사되어 있다.

작자 미상의 호림박물관 소장 〈무이구곡도〉도 12와 개인
소장의 〈무이구곡도〉도 13는 전도 형식이다. 호림미술관 소장의
〈무이구곡도〉는 지명은 생략한 채 도식화된 지형으로 그려졌고,
4곡에서 6곡을 거쳐 7곡에 이르는 부분을 태극의 형상으로 표

도11 이성길, 〈무이구곡도권〉, 1592년, 견본담채, 33.5×398.5cm, 국립중앙박물관

도 12 작자 미상, 〈무이구곡도〉, 17세기, 지본담채, 112.5×93.3cm,
　　　호림박물관

도 13 작자 미상, 〈무이구곡도〉, 지본, 97.0×45.0cm,
　　　개인 소장

현했다. 양변兩邊에 「무이도가」 9수와 서시를 적어 설리적인 시
의도의 특징을 잘 드러낸다.[67] 또한 작자 미상의 전도식 〈무이
구곡도〉는 무이구곡의 형상을 태극의 형상으로 시각화하고 있
는데, 성리학에서 강조하는 만물의 운행 원리인 이理를 뜻한다
는 점에서 주목된다.[68]

　　현존하는 조선 중기의 시의도를 살펴볼 때, 화목畵目은 산
수화와 사군자가 주를 이루었음을 알 수 있다. 이 같은 점은 당

시의 화단에서 많이 그려지던 화목이 산수화였음을 고려할 때 그 연관성을 찾을 수 있다. 또한 이징의 《난죽병》, 어몽룡의 〈묵매도〉와 같은 사군자류도 시의도로 그렸다. 이요, 어몽룡의 시의도를 통해 문인 사대부들이 회화를 여기로 폄하하던 기존의 인식에서 벗어나며 수기와 감상의 방편으로 회화를 이해하기 시작했음을 알 수 있다. 또한 화원 이징은 사대부들의 요청으로 기록과 감계를 위한 시의도를 그렸는데, 이 같은 경향은 조선 후기 시의도로 이어지게 된다.

II

조선시대朝鮮時代의
시의도

1

화가畫家에 따른 시의도의 흐름

1) 이징李澄(1581~?)

　　허주虛舟 이징은 조선 중기 화단을 대표하는 화가 중의 한 명이다. 허균許筠(1569~1618)은 "이징은 학림정鶴林正 이경윤李慶胤의 서자이다. 그의 부친과 숙부가 모두 그림을 알았기 때문에 이징이 그 배움을 이어받아 마침내 스스로 명가가 되었다. 산수화, 인물화 외에도 영모, 대나무, 나무, 풀벌레, 꽃에까지 모두 그 법칙을 얻었다. 사람들은 그렇게 하기가 어려운 일이라고 칭찬한다. 나옹懶翁 이정李楨이 죽은 후 그가 곧 우리나라의 제일가는 화가가 되었다"[1]고 상세한 기록을 남겨 이징의 삶과 당대의 평가를 알 수 있게 해준다. 이징은 화원으로 활동하며 산수, 영모 등 모든 화목에서 고른 기량을 발휘했고 인조仁祖 때 최고

의 산수화가로 평가받고 있다.[2]

　　이정이 활동했던 조선 중기는 조선 왕조의 통치이념으로 채택되었던 성리학이 점차 보편화되어 정착되었다. 조선왕조는 임진왜란(1592~1598), 정묘호란(1627), 병자호란(1636~1637) 등 끊이지 않고 이어지는 전란으로 정치, 경제, 사회 등 여러 분야에서 점증되는 사회 모순과 함께 급속한 사회 변화를 맞이하게 된다. 정치적으로는 여러 차례 사화士禍를 거치면서 성숙되어온 사림 정치가 차츰 붕당정치로 바뀌어 학파의 정치적 유착과 함께 당쟁으로 변모하게 된다. 경제적으로는 삼정三政의 문란이 심각해져 백성들의 삶은 도탄에 빠지게 되며 사회적인 신분제의 동요도 일게 된다.[3]

　　이 시대의 회화는 산수, 인물, 영모, 화조, 사군자 등 다양한 화목에서 안견파 화풍을 잇고, 중국에서 전래된 절파계 화풍, 남송원체 화풍, 남종 화풍 등 다양한 화풍을 접목시켜 독특한 양상을 띠며 발전하였다.[4] 〈소상팔경도〉이나 〈서호도西湖圖〉는 중국의 승경勝景에 대한 동경을 간접적으로나마 감상하는 매개체가 되었고, 〈어초문답魚樵問答〉, 〈탁족濯足〉, 〈조어釣魚〉 등 사대부의 은둔을 반영한 주제들과 묵난, 묵죽화 등의 소재는 선비의 절의를 상징하는 화목으로 그려졌다. 연행 사행원들을 통해 중국으로부터 들어오기 시작하는 서적류, 화적畵籍 등의 문물은 중국 문화의 생경함을 동경과 추종으로 바꾸었고, 이러한 사

고의 변화는 회화 자체에 대한 인식 변화를 유도하게 되었다.

이러한 시대에 이정은 각 화목에 고른 기량을 보이며 활발히 활동했는데, 이는 여러 폭의 〈소상팔경도〉, 〈산수화첩〉(국립중앙박물관 소장) 같은 산수화와 〈우마도牛馬圖〉, 〈화조도花鳥圖〉, 〈난죽도蘭竹圖〉 등 현재는 80여 작품이 전한다. 또한 『조선왕조실록』과 개인 문집 등에 실린 이정에 관한 기록들은 조선 중기의 대표적인 화가로서의 위상을 알 수 있게 해준다. 특히 이정의 기량은 시를 그림의 화제畫題로 그리는 시의도 제작에도 발휘되었다. 이정의 시의도는 조선 중기의 시의도로서 조선시

人生本日靜請整乃
其真穩穩督香德行
殊罕與人

荀生獍苗葉菲長却
成竹覩物做工夫如
斯期臭學

穀竿緑督而葉下
垂：天憲雅間出
貞恕年葉

南迎風不迂灵寧表
吳皇血淸威斑竹涙
鷟漢岑湘

도 14 이징,《난죽병》
우측부터 1폭~5폭과 8
폭 발문(1635년, 견본
수묵, 116.0×41.8cm,
개인 소장), (6, 7폭은
최근 발견되어 추가)

대 시의도의 흐름을 살피는데 중요한 자료이며, 조선 후기로 이어지는 가교 역할은 물론 시의도의 진정한 의미를 정립하는데 기본 토대를 이루었다는 중요성이 있다.

(1) 현존 작품

조광조趙光祖의 제화시를 그린《난죽병蘭竹屏》

이징의《난죽병》도 14은 그림 7폭과 발문 1폭으로 이루어진 작품이다. 이 그림은 1635년 11월에 제작된 것으로 50대 중반에 들어선 이징이 조광조의 시를 화제로 그린 시의도이다.

이 병풍의 내력은 병풍 한 폭에 쓰여진 조선 중기 문신 정온鄭蘊(1569~1641)의 발문을 통해 알 수 있다.[5] 발문에 의하면, 중종中宗 때의 문신 강은姜隱(1492~1552)이 윤언직尹彦直(생몰년 미상)이 그려준 8폭의 〈난죽도〉를 소장하고 있었는데, 조광조가 이 그림에 8수의 오언절구 제시題詩를 써주었다. 그러나 임진왜란 때 이 작품이 소실되어 시와 그림을 모두 잃게 되었다. 다행히 조광조의 학문과 뜻을 흠모하던 조수륜趙守倫(1555~1612)과 김의원金義元(1558~?)이 예전 그 병풍에서 보았던 조광조의 시 8수 중 7수를 기억해 냈고, 조광조의 고손高孫인 조송년趙松年(?~1628 이후)은 '명화가'에게 난죽 그림을 그려 받아 작품을 복원했다는 것이다. 이 같은 내용의 정온의 발문을 받고 병조참지인 이시현李示玄(1584~1637)이 글을 써 8폭의 병풍으로 다시 제작되었다는 것이다.

청온이 쓴 발문에는 화가에 대해 막연히 '명화가'로 지칭되었으나 인조 연간 문인인 김상헌金尙憲(1570~1652)의 『청음집淸陰集』에 실려있는 「난죽병발蘭竹屛跋」에 "이번에 제작된 것은 이징의 작품이라고 한다"고 언급한 것[6]과 허목許穆(1592~1682)의 『기언記言』에 실린 「조문정난죽시화첩발趙文正蘭竹詩畵帖跋」에 '당세에 화가로 이름난 이징을 초빙하여'라는 글귀[7]를 통해 '명화가'

가 바로 이징임이 밝혀지게 되었다.[8]

　　이 작품은 두 가지 점에서 주목할 만하다. 첫째, 이징이 난초를 그린 그림이어서 관심이 집중된다. 현재 조선 중기의 대나무, 난초 그림이 많이 남아 있지 않아 조선 중기의 사군자화에 대한 이해를 얻을 수 있기 때문이다. 둘째, 조선 문인의 시를 화제로 그려졌다는 점에서 조선시대 시의도의 일면을 알 수 있다.

　　이징의《난죽병》에 그려진 대나무 그림을 살펴보면, 줄기가 가늘고 잎이 크게 묘사되어 조선 초기와 유사한 화풍을 보이고 있다. 또한 원경과 근경에 각각 위치한 대나무는 먹의 농담을 활용해 표현하고 있어 선조 연간의 화가 탄은濰隱 이정李霆(1541~1622)의 화풍을 잇고 있다.[9] 특히 화면에 묘사된 바위는 음양이 뚜렷한 농담 대비로 표현해 중국 절파의 양식 또한 보인다. 이징의《난죽병》에 그려진 난의 경우 난 잎의 강약이 절제되어 유연하게 표현되어 있고, 특히 혜란蕙蘭을 주로 그렸다. 이렇듯 난과 대나무 그림은 대체로 필선의 유연함, 농묵과 담묵의 혼용으로 먹색의 변화를 주며 조선 중기의 시대 양식을 보여준다.[10] 조광조는 윤언직이 그린 8폭의〈난죽도〉를 본 후 중국 소상강과 관련된 고사와 연결하거나 대나무의 속성을 군자의 삶에 빗대어 제시를 지었던 것이다. 이를 화제로 이징에 의해 그려진《난죽병》각 폭의 화면상 특징은 다음과 같다.도 15

| 1폭 부분 | 2폭 부분 | 3폭 부분 | 4폭 부분 |

　　제1폭에는 "남방으로 순시 나가 돌아오지 않으니 / 황제皇
帝를 찾아 곡하다 아황娥皇과 여영女英은 죽었다네 / 그 피가 물
들어 반죽斑竹이 되었고 / 눈물은 소상강을 적시며 흘러갔다네
(南巡飄不返 哭帝喪英皇 血染成斑竹 淚沾漾碧湘)"란 시가 쓰여
있다. 이징은 이 시의 3, 4구절에 중점을 두고 충실하게 묘사하
였다. 화면 후면에 담묵으로 처리한 대나무의 표면을 얼룩이 진
반죽斑竹으로 나타냈고, 화면 하단에 물결을 그려 흐르는 소상
강 물을 상징했다. 소상강 주변의 대나무는 얼룩무늬가 있는 반
죽이었음은 당시 문인들의 시를 통해서도 잘 알려져 있고, 이를
인지하고 있던 이징은 3, 4구절에 충실한 상징적 표현이 가능했
을 것이다.[11] 제2폭은 "몇 줄기 대나무에 비가 내리니 / 그 잎이
우수수 아래로 향하네 / 하늘은 한결같이 적셔주고 싶지만 / 그

5폭 부분   6폭 부분   7폭 부분

욱한 정절은 말라버릴까 두렵네(數竿蒙瞥雨 葉葉下垂垂 天意雖同潤 幽貞恐卒萎)"를 그린 것으로 비 맞는 대나무의 모습을 읊은 첫 구절에 중점을 두고 그린 듯하다. 충분한 먹을 사용하여 습윤한 분위기의 대나무, 비를 맞아 아래로 향한 댓잎을 적절하게 표현하고 있기 때문이다. 제3폭은 "죽순이 순간적으로 잎이 나오고 / 어린 듯 자라더니 문득 대가 되었네 / 사물을 바라보고 공부 지어 나감이 / 이와 같이 학문도 진보되기를(筍生俄茁葉 稚長却成竹 觀物做工夫 如斯期進學)"이란 시가 적혀있다. 원경遠景에 담묵으로 그려진 죽순, 한 무리의 대나무와 전면에 짙은 먹으로 하늘을 향해 새순을 펼친 어린 대나무를 그려 대비시키고 있다. 이 시의 1, 2구절을 표현한 듯하다. 먹의 농도에 따른 강한 대비를 통해 화면에 긴장감을 주고 있으며, 이를 통해

시간의 흐름을 역동적으로 느낄 수 있다. 제4폭은 "사람은 날 때부터 고요한 것이라 / 맑고 가지런함이 그 참모습이라네 / 평온하고 향기로운 덕이야 / 초목과 사람이 어찌 다르리(人生本自靜 淸整乃其眞 穩毓馨香德 何殊草與人)"라는 시를 형상화했다. 특히 이징은 이 작품에서 후각의 시각화를 시도했다. 즉 '평온하고 향기로운 덕'이란 시구의 표현에 뜻을 두고 군자의 덕을 '향기'로 승화시키며 사군자 중 개화한 혜란을 선택해 화면에 그렸다. 제5폭에는 "그윽한 향기를 뉘 함께 감상할까 / 높은 절개를 모두 다 시기하네 / 이런 까닭에 숨어사는 군자들이 / 외로운 회포를 이에 기대어 펴본다네(幽芳誰共賞 高節衆同猜 所以隱君子 孤懷倚此開)"란 시가 적혀있다. 이징은 화가로서 구체적인 경물보다는 '상징적' 성격의 시구를 재해석하며 화면에 펼치고 있다. 그윽한 향기를 품어내고 있을 듯 만개한 꽃을 단 혜란은 1구절의 '그윽한 향기'를 표현한 것으로 보인다. 이어 3구절의 '숨어 사는 군자'란 구절은 돌 뒤쪽에 대나무를 그려 표현했다. 즉 군자의 절개를 상징하는 대나무가 괴석 형태의 돌 뒤에 숨은 듯 그려진 것은 마치 평탄치 못한 세속을 피해 몸을 감춘 은자隱者를 표현하려 한 의도가 아니었을까. 한편 최근에 발견된 나머지 2폭의 내용은 다음과 같다. 제6폭은 "여리디여린 잎이 바위틈에 자라고 / 외로운 뿌리가 구름 골에 서렸네 / 야일한 회포를 그림으로 그려서 / 그윽히 감춘 덕을 취해 왔구려

(嫩質托巖隈 孤根依雲壑 倩描寓逸懷 擬取幽潛德)"를 화제로 그
렸다. 이징은 '바위 틈에 자라'고 '구름 골에 가린' 어린 대나무를
화면에 묘사하며 1, 2구절을 중심으로 표현해 놓았다. 제7폭은
"절벽이라 난도 거꾸로 자랐고 / 돌에 막혀 대나무도 드문드문
/ 괴로운 절개는 평안하거나 험난함에 변함이 없고 / 절벽에서
뿜는 향기는 여전히 그윽하네(崖懸蘭亦倒 石阻竹從疏 苦節同
夷險 危香郁自如)"를 화제로 '절벽에서 거꾸로 자라는 난'을 묘
사하고 있다. 또한 화면 하단에 듬성듬성 묘사된 어린 대나무
의 모습은 두 번째 구절을 염두에 둔 표현으로 보인다.

이징의《난죽병》에서 주목되는 것은, 화면 구성에서 조선
중기 시의도의 새로운 형태를 보여준다는 점이다. 조선 초기 이
래의 시의도가 합벽첩 등의 형태로 시와 그림이 각각 다른 장에
배치되던 것과는 달리 화면 안에 시를 적어 놓은 것이다.[12] 이처
럼 화면 속에 그림과 더불어 시가 쓰여진 것은 조선 후기가 되어
많이 나타나는 형식으로 조선 중기에는 그 예를 찾기 어렵다. 화
첩이나 계회도契會圖와는 달리 한 화면에 그림과 시를 함께 담을
경우 시가 쓰여진 위치나 시를 쓴 서체 등이 화면의 조형 요소로
서 역할을 하고, 시정詩情과 화의畵意의 조응이 더욱 긴밀해진다
는 점에서 이 작품은 시의도 형식의 변화를 예시한다는 중요한
의미를 지니고 있다.

정온은《난죽병》발문에 "후세에 이 그림을 보는 사람들

은 난초로만 난초를 보지 말고 선생의 향기로운 덕을 생각할 것이며, 대나무로만 대나무를 보지 말고 선생의 맑고 곧은 절개를 생각해야 한다. 또한 한갓 그 시만 외우지 말고 이것으로 어버이를 섬기고, 임금을 섬기며, 몸을 닦고 사람을 다스리는 도를 생각하여 얻음이 있다면, 이 병풍이 세속을 교화함에 도움이 됨이 크고 중요하다 하지 않겠는가"라고 기술하고 있다. 이 글을 통해볼 때 이《난죽병》은 순수하게 난과 죽에 관한 시와 그림을 감상하려는 목적보다는 조광조의 시를 통해 조광조의 학덕과 곧은 절개를 기릴 목적으로 제작된 것임을 알 수 있다. 이징은 이 같은 주문자의 의도에 무난하게 부합되는 그림을 그리기 위해 시구의 내용을 충실히 표현하는데 작가적 표현 능력을 집중했다. 시의 내용이 교훈적이라는 점과 당시 조광조의 위상과 그를 추종하던 후학들에 의해 병풍이 제작되었다는 점을 고려하면 이징의 시의도는 조선 중기 시대상과도 밀접한 연관이 있음을 알 수 있다.

정여창鄭汝昌(1450~1504)의 시를 그린 〈화개현구장도花開縣舊莊圖〉

〈화개현구장도〉는 1643년(인조 21년) 63세의 이징이 성리학자인 정여창의 시 「악양」을 바탕으로 그린 작품이다.[13]도 16 즉 이징은 시에 묘사된 실경인 화개현花開縣(현재의 경남 하동군 지

곡면)에 직접 가지 않고 정
여창이 짓고 소요하던 악
양정岳陽亭에서 지은 시「악
양」과 조선 전기의 문신
이자 시인인 유호인俞好仁
(1445~1494)이 지은 시「악
양정」,「악양정시서岳陽亭
詩序」를 참고해 그린 것이
다. 이 같은 점은 그동안
〈화개현구장도〉를 정여창
의 옛 주거지를 그렸다는
점에서 별서도別墅圖의 한
부분으로만 다루었던 것
과 달리 시를 화제로 했다
는 점에서 조선시대 중기
시의도의 한 형태로도 볼
수 있다.[14]

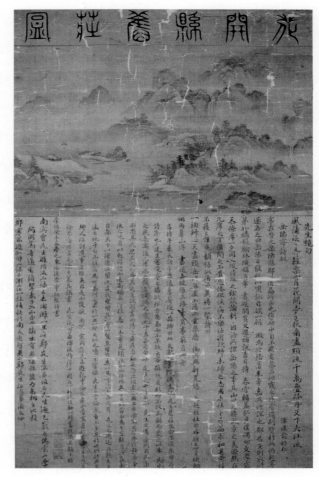

도 16 이징, 〈화개현
구장도〉, 1643년, 견본
담채, 89.3×56cm, 국
립중앙박물관

　　정여창은 훈구세력을 견제하려는 의도로 성종에 의해 중
앙의 정치 무대에 등장하게 된 대표적인 사림士林 인물이다. 길
재吉再(1353~1419)의 학통을 이어받은 김종직金宗直(1431~1492)의
제자로, 성종 14년(1483) 진사시에 합격하였으나 벼슬길이 열

리지 않자 지리산에 들어가 3년간 학문을 닦으며 지냈다. 이어 모친상을 당해 3년간 시묘살이를 하고 난 후 섬진강가로 나와 악양정을 짓고 은거하며 강학하는 사림의 삶을 살았다. 성종 20년(1489) 4월, 김일손金馹孫(1464~1498)이 찾아와 함께 지리산을 유람하고 섬진강가에서 지은 시가 바로 〈화개현구장도〉의 화제가 된 「악양」이다. 성종 21년(1490) 학행學行으로 추천되어 서울로 올라온 정여창이 동료들에게 자주 악양정에 대한 이야기를 했고, 유호인이 이와 같은 내력을 시로 쓴 것이 바로 「악양정」과 「악양정시서」이다.[15]

〈화개현구장도〉의 제작 동기는 조선 중기의 문신이며 선조의 사위인 신익성申翊聖(1588~1644)이 쓴 발문을 통해 상세히 알 수 있다. 이에 따르면 인조 21년(1643) 이무李袤(1599~1683)는 정여창의 위패가 모셔진 남계서원藍溪書院의 유생이 기록한 구장舊莊과 유호인의 「악양정시서」를 가지고 신익성을 찾아와 생전에 정여창이 악양정을 그림으로 남기고자 했지만 뜻을 이루지 못하고 죽임을 당했다며 그의 뜻을 기려 화개도花開圖를 그려달라고 청한다. 이에 신익성은 당대 최고 화가인 이징에게 그림을 의뢰하여 〈화개현구장도〉를 그리게 된다.

이 그림은 상, 중, 하 3단으로 구성되어 상단의 〈화개현구장도花開縣舊莊圖〉란 제목이 쓰여있고, 중단에는 섬진강변에 있던 정여창의 주거지와 악양정이 담채로 그려져 있다. 하단에는 앞서 언급한 시詩, 신익성이 제작 배경을 적은 발문跋文, 조식曹植의 〈유두류산록〉과 정구鄭逑의 〈유가야산록〉이 신익성의 글씨로 가지런히 쓰여있다. 중단의 그림 부분을 살펴보면, 이징은 근경에는 섬진강, 중경에는 정여창의 집과 정자, 원경에는 두류산智異山을 그리는 삼단 구도로 화면을 구성하고 있다. 특히 강가에 세워진 소박한 초정草亭으로 악양정을 표현했다. 그림을 보는 사람들의 시선이 편하게 머물 수 있는 화면 중심 부분에 경물을 배치해 놓아 이 건물이 이 그림의 중심 소재가 됨을 알 수 있다. 이 같은 삼단 구도와 더불어 좌우의 경물 배치에 양적인 차이를 둔 편파 구도가 보여 절파의 화풍이 잔존하고 있음을 알 수 있다. 또한 16세기 후반기부터 계회도에 나타나기 시작한 안견파 화풍의 변화, 즉 편파 구도에서 수평적인 구도로의 변모는 물론 확장된 공간감, 원경의 단순화 등이 계회도 형식으로 그려진 이 그림에서도 읽혀지기 시작해 주목된다.[16] 낮고 부드러우며 안정감 있게 표현된 산수는 조선 중기의 다양한 화풍을 구사하던 이징이 완숙기(60代)에 들어선 때에 그린 작품의 특징을 알 수 있게 한다. 그림의 주요 제재가 된 정여창의 시 〈악양〉은 다음과 같다.[17] "산들바람에 부들풀은 하늘하늘 / 4월 화개에 보리가 벌써 익었네 / 두류산 천만 굽이를 다 보고 나서 / 외로운 배를 타고 다시 큰 강으로 내려간다(風蒲泛泛弄輕柔 四月花開麥已秋 看盡頭流千萬疊 孤舟又下大江流)"

화면 하단 좌측에 묘사한 배는 열린 물길을 따라 나아가고 있고, 배 안에는 두류산의 경치를 바라보는 선비와 노를 저으려 다리에 힘을 주는 사공의 모습이 그려져 있다. 이는 이징이 정여창의 시구詩句 중 특히 '외로운 배를 타고 다시 큰 강으로 내려간다(孤舟又下大江流)'라고 읊은 부분을 묘사했음을 알 수 있다. 배산임수背山臨水한 승경에 위치한 정여창의 집 표현은 정여창의 선비다운 인품을 암시하는 모티브로써 승경勝景에 집을 짓고 소박한 삶을 영위하며 강학하는 선비의 삶이 이상理想 중의 하나였던 당시의 문화사조와도 연관된다.

〈화개현구장도〉는 실경實景을 시구詩句에 의존해 승경勝景의 관념 산수의 틀로 환치해 그려졌다는 점에서 문학과 회화의 주된 소재였던 '소상팔경瀟湘八景'에 대한 이징의 인식적 연관성과 도상적 친연성을 찾을 수 있다.

우선 정여창이 별서지에 세운 '악양정岳陽亭'의 '악양岳陽'이란 명칭은, 소상팔경에서 읊어지는 동정호의 '악양루岳陽樓'와 동일한 명칭으로 승경勝景으로서의 실경을 의미하는 메타포로 읽힌다. 또한 문학적 측면에서 인식된 '소상瀟湘'의 이미지가 초楚나라 굴원屈原(기원전 343경~289)이 정치적 암울기를 보낸 은둔, 은일의 상징으로도 인식되었다는 점을 고려하면 왕으로부터 부름을 기다리며 지방에서 강학하고 있던 사림의 삶, 정여창의 삶과도 인식적인 동질성을 찾을 수 있다. 이징은 실경을 보지는 않았지만 시와 글을 통해 정여창의 별장과 악양루를 화폭 중심에 위치시킴으로 이 그림을 주문한 의뢰인의 의도를 충분히 반영하고 있다.[18] 또한 그에게 익숙한 화목인 소상팔경의 승경 이미지를 염두에 두고 각 장면의 특징적 경물을 한 화면에 적절히 표현함으로써 정여창의 학덕을 기리는 시의도에 사림들이 인식했고 승경으로 동경했던 소상팔경의 풍광을 중첩해 나타내고 있다.

(2) 문헌 기록을 통해 본 시의도 제작

『천고최성첩千古最盛帖』임모

이징이 그린 시의도의 면모는 문헌 기록을 통해서도 알 수 있다. 관련 기록 중 가장 앞선 것은『천고최성첩千古最盛帖』의 임모臨摹에 관한 것이다. 『천고최성첩』은 중국의 시, 부賦 등 문학 작품을 화제로 한 서화첩이다. 명나라의 주지번朱之蕃이 신종神宗의 황손皇孫 탄생을 알리기 위해 영황태손탄생조사領皇太孫誕生詔使의 자격으로 조선에 왔을 때(1606년) 가지고 온 것이다.[19] 이 화첩이 전해지고 조선에서는 수많은 임모본이 제작되었다는 사실은 현존하는 문헌 기록이나 임모본 등을 통해 알 수 있는데, 이로써 당시 조선에서 이 화첩에 대한 관심의 정도 또한 알 수 있다. 허균은 궁중의 소장본이던『천고최성첩』이 몇 년 후 민가로 나와 이징이 이를 임모했다는 다음과 같은 기록을 남기고 있어 주목된다.[20]

"주 태사가 오망천吳輞川의 솜씨를 빌려 소경小景 20폭을 그렸다. 모두 명인의 시문 중에 그림에 넣을만한 것을 취하여 실었으며, 또 손수 문과 부와 시를 해당되는 그림 밑에 썼으니, 참으로 좋은 일이었다. 그 화본이 궁내에서 나와 지금은 의창군義昌君의 집에 있다. 사형舍兄(허성許筬을 가리킴)께서 이징의 솜씨를 빌려 그 그림을 베끼게 하고 그의 적형嫡兄 이숙李潚이 글씨를 썼다. 글씨는 비록 주공에 미치지 못하지만 그림은 더 우수하였다. 도화원桃花源, 시상柴桑, 산양山陽, 산음山陰, 학림장鶴林莊, 토원兎園, 업원鄴園, 죽루竹樓, 자릉대子陵臺, 등왕각滕王閣, 악양루岳陽樓, 기부성夔府城, 촉도蜀道, 풍락豐樂, 취옹정醉翁亭, 적벽赤壁, 희우정喜雨亭, 여산廬山 등 각처가 모두 그 가운데 있다. 대체로 내가 놀아보고 싶었던 곳들을 눈을 들어 한 번에 다 볼 수가 있으니, 어찌 인간의 일대 유쾌한 일이 아닌가. 내 심히 기뻐하며 감상하여 마지 않았다."

허균의 이 같은 발문에 따르면, 이징은 〈도화원행〉, 〈귀거래사〉, 〈낙지론〉, 〈난정수계서〉, 〈학림옥로〉, 〈설부雪賦〉, 〈월부月賦〉, 〈황주죽루기〉, 〈비파행〉, 〈등왕각서〉, 〈악양루기〉, 〈추흥팔수〉, 〈촉도난〉, 〈취옹정기〉, 〈전적벽부〉, 〈희우정기〉, 〈이군산방기李君山房記〉 등 당시 조선에 알려져 있던 왕유王維, 도잠陶潛, 중장통仲長統, 왕희지王羲之, 나대경羅大經, 사혜련謝惠連, 사장謝莊, 왕우칭王禹偁, 백거이白居易, 왕발王勃, 범중엄范仲淹, 두보杜甫, 이백李白, 구양수歐陽脩, 소식蘇軾 등 중국 문인들의 유명 문학 작품을 화제로 한 그림을 임모한 것으로 보인다. [21] 이 같은 내용을 담은 『천고최성첩』은 감상자의 예술적 취향을 만족시켜줄 뿐만 아니라 고문古文의 감상과 학습을 도와주는 자료로서 역할을 했다. [22] 반면 화가의 입장에서는 문학작품을 화제로 그림을 그린다는 새로운 작화作畵 체험과 학습을 할 수 있었다. 특히 이 무렵은 이징의 나이 20대 중반에 해당되는 시기로, 화원으로서 화력을 쌓아가던 이징이 『천고최성첩』을 통해 시의도의 구체적인 형태와 이 화첩의 주요 화풍이던 중국 오파의 화풍을 익힐 기회가 되었을 것이다. [23]

〈소상팔경도〉의 제작

이징의 〈소상팔경〉 관련 시의도는 인조仁祖가 성종成宗이 지은 「소상팔경시」를 신하 8인에게 베껴 쓰게 하고, 이를 바탕으로 이징에게 그림을 그리게 해서 시화첩으로 제작하였다는 기록을 통해 알 수 있다. 이 같은 사실은 효종孝宗의 장인인 장유張

維가 쓴 「성묘어제소상팔영첩서成廟御製瀟湘八詠帖序」에 상세하다.[24]

"소상팔경의 경치가 온누리에 그 명성을 떨쳐서 고금에 걸쳐 시인들이 이에 대해 읊은 것들이 헤아릴 수 없이 많다. 그 솜씨의 미추美醜와 교졸巧拙이 시인의 재질에 따라 각각 다르게 나타나고 있다. 그런데 우리 성종 대왕께서도 만기萬幾를 처리하시는 여가에 장난삼아 단율短律 16장을 지으신 적이 있었다. 한 경치마다 2장씩으로 된 이 시가 지금까지 예원에 전해져 내려오고 있는데, 이에 대해서 모두들 말하기를, '성인聖人의 입장에서 본다면 물론 여사餘事에 지나지 않는 것이겠지만 사인詞人 묵객墨客으로서는 도저히 미칠 수 있는 경지가 아니다'고 했다. 그 뒤 우리 전하께서 원훈元勳 여덟 사람에게 명하여 각각 2장씩 베껴 써서 바치도록 하였다. 그런데 오직 연평부원군延平府院君 이귀李貴만이 미처 써서 바치지 못한 채 죽고 말았는데, 그 집에서 초본을 구해보니 자획이 많이 이지러졌고 종이 또한 같지가 않았다. 그래서 화사 이징에게 명하여 그림으로 그리게 한 다음 연이어 거첩을 만들도록 한 것인데, 그 일이 완성되자 나에게 명하여 이 일을 기록하게 하였다"

이 기록에 따르면, 많은 문사들이 읊던 소상팔경 시를 성종 또한 희작戱作하여 단율 16장으로 지었고, 이를 8명의 신하에게 나누어 쓰게 했으며 이징에게 그림으로 그리게 한 후 첩으로 만들었다는 것이다. 현재 성종의 소상팔경시 2편은 전하고 있으나 이때 그린 이징의 〈소상팔경도〉는 남아 있지 않다. 따라서 두 편 중 어느 시를 화제로 그렸는지는 확실하지 않다. 그러나 2편의 시 내용을 볼 때 공통적으로 나타나는 경물과 시의 분위기를 통해 이징이 그렸을 시의도의 형태와 화면의 분위기를 추정할 수 있다.

성종이 지은 「소상팔경시」의 내용을 살펴보면 '산시청람'의 경우 푸른빛의 산, 비가 개어 맑아진 하늘, 바위, 등나무가 있는 산의 모습, 골짜기를 흐르는 물, 한 무리의 닭들이 공통 경물로 나타나고 있다. '연사모종'은 등불(연기)이 있는 저녁 분위기, 산속의 사찰, 흩어지는 종소리 등이 백팔번뇌와 스님이란 단어가 주는 불교 이미지를 표현하고 있다. '어촌낙조'는 물가에 자리한 가옥들, 갈대가 자란 물가, 허름한 어선들이 경물로 있는 어촌의 풍경을 읊고 있다. '원포귀범'은 석양이 지는 강, 바람에 밀려돌아오는 배들, 물결과 파도로 일렁이는 강물이 주요 경물이며 '소상야우'는 물 많은 강변의 밤, 대나무 숲, 고깃배가 경물로 나타나고 비가 오거나 습윤한 분위기를 느낄 수 있다. '평사낙안'은 하늘에 나는 기러기, 모래가 펼쳐진 강가 등의 경물을 통해 가을의 분위기를 전하고 있다. '동정추월'은 가을 하늘에 둥실 뜬 달, 달빛을 비추는 물, 물가의 누각이 찬바람이 일기 시작하는 계절 분위기를 자아내는 경물로 나타난다. '강천모설'은 눈 내리는 저녁, 바람과 대나무, 술 마시는 정경 등이 주요 경물로 표현되어 있다.

이처럼 성종이 지은 「소상팔경시」는 특정지역에 대한 승경의 이미지와 이를 상징적으로 표현한 경물들이 도상화되어 규범화되고 재생산된 것임을 알 수 있다.[25] 성종도 송대宋代에 이미 확립된 소상팔경도의 전통과 규칙을 그대로 따르며 그려진 〈소상팔경도〉를 보고 그 감흥으로 제화시를 지었을 것으로 추정할 수 있다. 따라서 화풍의 차이를 고려하지 않는다면 시간이 흐를수록 정형화된 경물과 분위기를 답습하는 「소상팔경시」와 〈소상팔경도〉의 유형과 크게 다르지 않았을 것으로 본다.

이징이 〈소상팔경도〉를 그렸다는 또 다른 기록[26]과 아울러 이징의 〈소상팔경도〉는 현재 화첩 형태(국립중앙박물관 소장), 병풍 형태(국립중앙박물관 소장), 〈산수도〉로만 제목이 기록되어 있으나 화풍상 소상팔경도인 작품(국립중앙박물관 소장) 등 세 종류가 있다. 이러한 사실은 이징에게 〈소상팔경도〉가 그 어느 것보다도 익숙한 화목이었음을 알 수 있게 해준다. 현존하는 이징의 〈소상팔경도〉(화첩 형태, 국립중앙박물관 소장)를 참고할 때 화면의 구성 경물, 분위기들이 성종의 「소상팔경시」에 읊어진 경물과 이를 통해 형성된 시의 분위기가 유사해 성종의 시

를 화제로 한 시의도 〈소상팔경도〉의 형태는 어렵지 않게 유추
할 수 있다.

나만갑羅萬甲의《석경石敬 화첩》복원

이징이 48세가 되던 1628년에 10폭의 시의도를 그린 것으
로 보이는 기록이 전한다. 이 같은 사실은 조선 중기의 문신이
며 학자로, 당시의 문풍을 주도했던 이식李植(1584~1647)의 글을
통해 알 수 있다.[27]

"나학사 몽뢰羅學士 夢賚의 선군先君인 목사공牧使公이 석경
의 그림 10첩을 오래도록 소장하고 있었는데, 그 화첩은 까만
바탕에 황백의 금가루를 써서 붓 칠을 한 것이었다. 그리고 좌
측에 각각 시를 첨부하였는데, 그 시들이 모두 한 시대를 울린
명가의 작품으로서, 우리 고왕부高王父 용재공容齋公의 시 한 편
도 그 속에 끼어있었다. 본집을 상고해 보건대, 이것은 바로 윤
주부탕尹主簿宕이 만든 것이었는데, 어떻게 전해져서 나씨의 소
유가 된 것인지는 모르겠다. 몽뢰가 일찍이 이 화첩을 새로 단
장하려고 그림과 시를 따로 떼어놓았었는데, 정묘호란을 당하
는 바람에 그림은 바닷가에서 잃어버리고 시만 홀로 온전하게
남게 되었다. 이에 나라의 화공인 이징에게 부탁하여 시의 내용

을 근거로 그림을 그리게 해서 일체 옛 모습대로 복원한 뒤 다시 시를 그 자리에 배치하였다. 그리고는 몽뢰가 나를 찾아와 이에 대한 대략적인 내용을 기록해 달라고 부탁하면서 말하기를, "뒷사람들이 보면 이징이 그린 것을 석경의 작품이라고 오인할까 걱정이 된다" 하였다.

내가 듣건대, 석경이나 이징이나 모두 이름 있는 화가로 일컬어지고 있는데, 평자評者들 중에는 석경에 대해 단지 시대가 오래되어서 희소가치가 있을 뿐 이징에 비해 보면 조금 뒤떨어지는 점이 없지 않다고 말하는 이도 있고 보면, 뒤에 이 화첩을 보는 자들이 석경의 그림을 잃어버렸다고 한스럽게 여기지는 않을 것이다.

더구나 이 열 폭에 그린 그림으로 말하면, 집안 뜨락이나 시골 마을에서 늘상 보는 것을 소재로 한 것이니, 가령 다시 살아나서 사생寫生한다 하더라도, 석경의 그림인지 이징의 그림인지 어떻게 구별할 수가 있겠는가.

돌아보니, 그 당시는 태평을 구가하여 관각館閣에서도 별로 할 일이 없었던 때로서 그림을 보고 경물을 감상하며 얼마나 멋들어지게 창수唱酬했는지를 지금도 이 시들을 통해 상상해 볼 수가 있다. 하지만 지금이 비록 병화를 겪고 난 혼란기라 하더라도, 이따금씩 명승을 찾아가서 시문의 묘한 경지를 펼쳐낸다면, 어찌 그것이 이징과 더불어 뛰어난 재질을 다투는 정도로만 그친다 하겠는가. 나군이 만약 이 시에 상응하는 그림들을 모두 구해 얻을 수만 있다면, 후대에 더욱 기이한 보배로 전해질 수 있을 것인데, 나도 여기에 참여하여 같이 볼 수 있게 된다면 얼마나 다행이라 하겠는가"

이 글에 따르면, 조선 중기 문신인 나만갑羅萬甲이 정묘호란 중에 가전되던 석경이 그렸던 〈화첩〉을 잃고 그림 곁에 첨부되어 있던 시의 내용을 근거로 이징에게 이를 복원하게 했다는데, 한 시대를 울린 명가의 시를 화제로 검정 바탕에 금니金泥로 그린 시화합벽첩의 형태였음을 알 수 있다. 위의 내용만으로는 각 폭의 화목을 정확하게 짐작하기 쉽지 않다. 그러나 집안 뜨락이나 시골의 마을에서 늘상 보던 것을 소재로 한 것이란 기록을 보면, 석경이 "안견의 제자로 사법師法에 능하였다"란 기록으로 보아 안견풍의 산수화나 대나무 그림 등으로 짐작된다.

그림의 화제가 된 시의 작가나 내용이 전해지지 않아 이를 그린 시의도를 정확히 알 수는 없으나 주목되는 것은 이식의 서문 중 '우리 고왕부 용재공의 시 한 편도 그 속에 끼어있었다'는 내용을 통해 당시唐詩, 송시宋詩뿐만 아니라 조선 초기의 문신인 이행李荇의 시도 그림으로 그려졌음을 알 수 있다.

또한 이식의 서문에서 당시 시의도에 대한 문인들의 인식과 이징의 시의도에 대한 평가도 찾을 수 있다. 당시의 문인 사대부들은 시의도의 그림을 보고 경물을 감상하며 창수하였고, 명승을 찾아가서 묘한 경지를 시문으로 펼쳐냄을 대신하는 것으로 시의도를 인식하였다. 이 같은 인식을 가능하게 해준 화가 이징과 관련해 "뒤에 이 화첩을 보는 자들이 석경의 그림을 잃어버렸다고 한스럽게 여기지는 않을 것이다"라고 언급한 대목은 이징의 작품을 석경의 작품 못지않게 높이 평가하고 있음을 알 수 있게 한다.

(3) 이징 시의도의 특징과 의의

조선 초기에 그려진 시의도는 현존하는 작품이 없어 유형을 논하기 어렵다. 시의도에 대한 인식이 있기는 했지만 조선 초기에는 오히려 시의도보다는 기존 그림에 시로써 그림에 대한 내력이나 감상, 평가를 적는 제화시題畵詩가 많이 쓰였음을 현존하는 문인들의 문집 등을 통해 알 수 있다. 이같이 제화시가 많이 쓰였음은, 곧 현존하는 이징의 시의도가 제화시를 화제로 한 시의도라는 점을 이해할 수 있는 근간이 되기도 한다. 앞서 논의한 이징이 그린 시의도의 주요한 특징을 살펴보면 다음과 같다.

첫째, 시의도의 화제가 된 시들은 조선 문인들의 시와 제화시가 주류를 이룬다. 임모했다는 기록이 전하는『천고최성첩』을 제외하고 석경이 그린 〈화첩〉에는 이행 등의 시가 화제가 되었다는 기록이 있고, 〈화개현구장도〉는 정여창과 유호인의 시 등 조선 문인의 시를 화제로 그린 시의도이다. 또한 이정의 〈소상팔경도〉, 《난죽병》은 각각 성종과 조광조의 제화시를 화제로 그린 시의도이다. 이 같은 특징은 조선 초기와 중기에 그림을 보고 제시하며 시화일체를 추구하던 당시 문인들의 회화관을 보여준다. 이 같은 경향은 조선 후기 화가들이 당시唐詩나 송시宋詩를 주된 화제로 시의도를 그린 것과도 다른 양상이다.

둘째, 화제로 한 시의 내용이 개인적인 상념이나 감상 등의 서정적인 표현을 넘어 당시의 사회상을 보여준다. 《난죽병》의 경우 대나무와 난초의 상징성을 빌어 성리학적 이상과 교훈을 담고 있는 조광조의 제화시를 표현했고 통치 이념으로서의 주자 성리학이 정착한 조선 중기의 시대상을 대변한다. 〈화개현구장도〉의 경우는 사림士林이 주도하던 조선 중기에 사림의 거두인 정여창의 학덕을 기리기 위해 후학들의 주문으로 제작된 것으로 시대의 정치적 흐름에 조응하는 예술의 단면을 보여준다. 〈소상팔경도〉, 〈화개현구장도〉의 시들은 경관에 대한 순수한 감상이라기보다 중국 특정 지역에 대한 조선 중기 문인들의 동경과 이상이 무엇이었는지를 보여주고 있다. 현존하는 이정의 〈소상팔경도〉를 통해볼 때, 성종이 지은 〈소상팔경시〉의 내용과 다르지 않은 관념화되고 답습된 화면으로 묘사하고 있음도 알 수 있다.

셋째, 왕공 사대부의 주문에 의해 시의도가 제작되었다. 이것은 당시 사대부들의 그림에 대한 이해와 맞물려 이정의 신분이 화원畵員이란 점과도 밀접한 연관이 있다.[28] 주문에 의한 시의도 제작은 주문자의 의도를 충실히 반영해야 하기 때문에 이정 자신의 취향에 따른 화제의 취사선택보다는 시구의 충실한 묘사로 이어진 듯하다. 이러한 점은 남태응南泰膺(1687~1740)이 『청죽화사聽竹畵史』를 통해 "일정한 화법의 테두리를 벗어나지 못하였으니, 비록 넓었으나 웅장하지 못하였고, 비록 정밀하였으나 묘하지 못하였고, 비록 공교하였으나 변화되지 못하였으니 범상함이 그 폐단이었다"[29]고 이정을 평가한 대목을 주목하게 한다. 화원이라는 신분의 한계는 시의도 제작에 그림을 그린 이와 시문을 쓴 사람이 각각 다르다는 점에서도 알 수 있다. 〈난죽병〉은 이시현李示玄이, 〈화개현구장도〉는 신익성申翊聖이 글씨를 쓰고 있다. 이같이 그림을 그린 사람과 글씨를 쓴 사람의 분리는 조선 후기 시의도의 주된 양상과는 다른 면이기 때문이다.

넷째, 시의도의 화면 형태는 시와 그림이 각각의 화면에 분리된 것이 주를 이룬다. 기록에 보이는 내용과 현존 작을 통해 볼 때 계회도 형식(〈화개현구장도〉), 시화합벽첩 형식(〈석경 화첩〉, 〈천고최성첩〉 임모)으로 장정되어 기본적으로 시문과 그림이 서로 다른 화면에 분리되어 제작되었다. 다만 병풍 형식의 〈난죽병〉은 한 화면 안에 그림과 시가 함께 위치해 구도상 조선 후기에 주로 보이는 형식의 초기 형태임을 알 수 있다.

다섯째, 시의도의 화목은 산수화, 사군자가 주를 이루었다. 특히 〈난죽병〉과 같이 난초와 대나무가 함께 그려지는 것은 조선 초기 이래로 흔하지 않던 경향이다. 이 같은 경향은 사군자의 상징성을 통해 군자의 자세를 표현하고자 했던 당시 왕공 사대부들의 생각이 그림의 효능 중 교화를 중시했던 시대상과 맞물려 표현되었기 때문으로 생각할 수 있다.

이러한 특징을 바탕으로 볼 때, 이징의 시의도는 조선 중기 시대상을 표현하는 작품으로, 조선시대 시의도의 초기 형태를 보여준다는 점에서 그 의의를 찾을 수 있다. 이징의 시의도를 바탕으로 시를 화제로 하는 그림은 조선 후기 화단으로 이어졌고 다양한 화제를 통한 시의도 제작이 활발하게 이루어졌다.

2) 윤두서尹斗緖(1668~1715)

공재恭齋 윤두서는 조선 후기 선비 그림의 종장宗匠[30]으로 진정한 문인화의 선구로서 새로운 예술정신을 창조했다.[31] 특히 그는 다양한 서적을 통해 회화를 연구하고 회화관을 정립했으며, 이를 바탕으로 인물화, 풍속화, 사의산수화 등을 그렸다. 그 결과 앞선 시대에는 말예末藝, 완물상지玩物喪志라 폄하되던 회화를 선비의 사상과 학문을 담는 도구로 더 나아가 사대부의 인격 표현의 한 매체로 격상시켰다.[32]

특히 윤두서를 필두로 낙서駱西 윤덕희尹德熙(1686~1766), 청고靑皐 윤용尹愹(1708~1740)에 이르는 3대는 18세기 조선 후기 화단에 이름을 남긴 문인 화가들이다. 조선 후기 회화 비평가인 남태응南泰膺은 "공재의 아들 덕희 또한 그림을 세습하여 화명을 얻었으나 아버지 재주의 공교함만을 얻었을 뿐 그 신묘함을 얻지 못해 마치 창강滄江 부자와 같다. 윤덕희의 아들 윤용 또한 재주가 빼어나 앞으로 나아감을 아직 헤아릴 수 없을 정도이다. 그 성공이 어떠할까 기다릴 뿐이다"고『청죽화사聽竹畵史』에 적고 있어 당대 조선 화단에서의 윤두서 3대에 대한 인식과 평가를 알 수 있다.[33]

윤두서 3대가 활동했던 조선 후기 화단은 새로운 회화관이 기반을 이루며 남종화의 유행, 진경산수화의 대두, 풍속화의 풍미, 서양화법이 화단에 수용되었다.[34] 이러한 신경향은 곧 문인 화가, 중인 화가, 화원 등에 의해 다양한 화목의 회화 작품으로 발현되었다. 이 같은 조선 후기 화단의 흐름은 해남 윤씨가의 윤두서에서 단초를 찾을 수 있고, 세대를 이은 윤덕희, 윤용의 작품을 통해 그 전개상을 살필 수 있다고 해도 지나침이 없을 것이다. 특히 윤두서의 이 같은 회화사적 성취는 중국 송대에 이르러 시화일률, 시화일치, 시화일체, 시화동원 등의 명제로 정립된 문인화에 대한 조선 사대부의 인식과 적용을 보여준다고 할 수 있다.[35] 이와 관련해 그의 작품 중에는 그림에 제시를 하거나 유명한 시인의 시를 화제로 하는 작품이 다수 전하는데, 이러한 작품은 시와 회화의 조응을 통해 문인화에서 중시되는 사의寫意가 본격적으로 구현되었다는 점에서 조선 회화사에 중요한 방점을 찍게 된다. 이러한 선친 밑에서 아들 윤덕희는 18세기에 새롭게 유행했던 다양한 화풍에 관심을 보였고,[36] 손자 윤용 또한 문기文氣 충만한 회화 표현으로 가전화풍家傳畵風을 이었다. 윤덕희와 윤용 또한 시의도를 남기고 있어, 이를 통한 윤두서 3대의 작품 활동은 문인 회화 중 시의도의 흐름을 살피는데 중요한 지표가 된다.

(1) 사의성寫意性에 대한 인식

　　문인 화가 추구하는 궁극의 예술적 성취는 사의성의 구현
이다. 윤두서가 활동하던 시기의 화단은 명대의 절파화풍이 주
류를 이루는 가운데 중국에서 유입된 화보나 진작眞作 등을 통
해 중국에서의 새로운 화풍인 남종화풍이 전래되어 조선 화가
들의 화면에 적용되기 시작했다. 남종화는 명대의 동기창董其
昌(1555~1636)이 당대唐代 선종禪宗을 구분하던 남종과 북종이란
명칭을 화단에 적용하며 화가의 신분, 회화의 양식을 토대로 대
립적 개념으로 분류한 것에서 비롯되었다. 그러나 조선에서는
피마준, 미점 등의 준법을 사용해 선염하는 기법으로 정세하고
묘사적인 서술성보다는 간일하고 평담한 심의를 표현하는 사의
성을 강조하는 양식의 개념으로 화단에 정착했다.[37]

　　뜻을 그려낸다는 의미의 사의寫意는 사실적 묘사에 의한
재현보다는 화가의 상상력을 대상에 투영해 그 내면성을 표현
하는 것이다. 이러한 점은 남종 산수화풍을 통해 곧 하나의 화
풍으로 자리했고, 조선 문인들은 산수화를 통해 주로 구현하였
다.[38] 회화에 있어 형사形似뿐만 아니라 사의에 대한 인식의 폭
을 넓힌 일면은 윤두서와 윤덕희가 남긴 글과 이들이 보았을 화
보나 서적에 실린 화론을 통해 추론할 수 있다.

윤두서의 회화론

남태응은 윤두서에 대해 "한 획이라도 마음에 맞지 않거나 한 작품이라도 화법에 부합하지 않으면 즉시 폐기해 버리면서 그동안 공들인 것을 조금도 아까워하지 않았다. 반드시 충분히 득의하고 충분히 조화롭고 공교로워야 내놓으려 했다"고 적고 있다.[39] 이렇듯 창작에 신중하고 학구적이었던 윤두서의 회화론은 어떠하였을까. 그동안 앞선 논의에서 형사를 중시했던 윤두서의 화론이 주로 논해졌고, 사의에 대한 문인적 관심도 언급되었다.[40] 시화일률을 이루었던 작품의 근간이 되는 사의적인 작화作畵와 관련된 그의 회화관을 소장했던 서적의 내용을 통해 영향 관계를 추론하고 서술했던 논의를 알아보면 다음과 같다.

먼저 윤두서가 사의성을 중시하는 문인화론을 익히고 화론을 정립하는 데는 소장했던 중국 서적과 화보를 학습하며 그림을 연구한 것이 중요한 자료가 되었을 것이다. 윤두서가 소장하고 있던『고씨화보』에는 중국의 역대 화가들에 대한 이력과 작품은 물론 일부 화가에 대해선 평이 실려 있어 윤두서가 자신의 화론을 정립하는데 적지 않은 영향을 받았을 것으로 생각한다.

특히 윤두서가 그의 작품이나 화평 등에서 거론하고 있는 왕유, 소식, 전선錢選, 조맹부에 관해『고씨화보』에 실린 내용을 살펴보면 그 영향 관계를 추론할 수 있다. 명대에 이르러 시화일치를 이룬 문인화의 비조鼻祖로 숭앙되었던 왕유에 대해 장여림張汝霖은 "… 시를 지으면 형태 없는 그림이 되고, 그림을 그리면 말이 없는 시가 되었다. 대개 품격이 초절하여 청적의 묘한 기운이 때때로 붓 끝에 드러났다 …"[41]고 평하며, 시와 화의 격을 같은 궤도에 놓은 왕유에 대해 기술하고 있다. 또한 왕순정王舜鼎은 소식에 대한 제를 적으며 "… 마른 나무와 기이한 돌을 그리길 좋아했는데 때때로 파격적이고 기발한 생각이 튀어나왔다. 나뭇가지는 새끼 용처럼 구불거리고 돌은 울퉁불퉁하고 더욱 굳세 보인다. 대개 뜻을 표현한 것이지 형태의 닮음을 구한 것이 아니다"[42]라며 형사보다는 사의를 중시했던 소식의 회화를 평하고 있다. 이처럼 『고씨화보』에 실린 왕유와 소식 조는 두 화가의 화평을 통해 문인화의 사의성에 관한 내용을 명확하게 전달하고 있음을 알 수 있다. 왕병王昺은 전선에 관한 제에 "… 혹은 토끼, 혹은 다람쥐 그림은 정밀하고 뛰어남을 형용할 수가 없다. 마음에 맞는 것을 만나면 문득 스스로 시를 짓고 그 틈에 썼다고 했다"[43]고 쓰며 사물의 묘사에 정밀함을 중시하지만 마음에 맞는 작품에 제를 하며 시화일치를 추구한 문인 화가의 면모를 소개했다. 양사근楊寺勤이 적은 조맹부에 관한 제에는 "… 산수, 인물, 날짐승, 말, 불상 그림을 잘 그렸다. 일찍이 초계도를 그렸는데 … 그 기량이 아주 정밀하고 뛰어나 좋아하는 사람들을 보배롭게 여겼다"⁴⁴고 밝히고 있다.

윤두서는 동기창의 화론인 「화지畵旨」가 실린 『용대집容臺集』도 수장하고 있었다.⁴⁵ 동기창은 「화지」를 통해 본격적인 양식론을 제기했고 상남폄북론을 펴며 사의적 표현을 중시하는 남종화, 즉 문인화론의 기틀을 마련했다.⁴⁶ 따라서 「화지」를 통해 익힌 동기창의 화론 또한 윤두서의 회화관 정립과 창작에 적지 않은 영향을 주었을 것으로 본다.

이 밖에도 윤두서가 필사해서 익혔던 황공망의 화론인 「사산수결寫山水訣」에는 "그림을 그리는데 중요한 요점은 사邪, 첨甛, 속俗, 뢰賴라는 4개의 글자를 제거하는 것이다"⁴⁷고 적혀 있다. 이는 그림을 그리는데 중요한 것은 보는 사람의 눈을 속이면서까지 잘 그리려는 삐뚤어진 마음(邪), 보는 사람의 눈에 아첨하는 것(甛), 자연스럽지 못하고 속된 것(俗), 유명한 앞선 사람의 것을 흉내 내고 답습하는 것(賴)을 버려야 한다는 것이다. 이 중 '뢰賴'의 개념은 윤두서와 친분을 쌓았던 이하곤李夏坤(1677~1724)의 견해에서도 다시 한번 언급되며 사대부의 그림에 대한 논의를 심화시켰다. 이하곤은 문인의 그림, 즉 사대부의 그림을 "옛사람의 사법死法을 답습함이 없이 모름지기 자신의 가슴속에서 구학을 보아 이루고 푸른 산봉우리와 기이한 장관 중에 별도로 일종의 빼어나고 윤택하며 고아한 의태가 갖추어져야 가히 진정한 사대부의 그림이라고 할 수 있다"
고 하였다.[48] 이외에도 윤두서는 「사산수결」의 한 구절인 "그림
은 뜻과 생각을 표현하는데 불과할 뿐이다"를 회화인식에 대
한 좌표로 삼고 방법론인 필법과 묵법의 연구에도 매진했으리
라 본다.

　　윤두서는 『기졸記拙』의 「화평」에서 사의성에 대한 문인 화
가로서의 인식과 공감을 표현하고 있다. 그는 소식의 〈묵죽도〉
에 대해 "동파 시에서 말하기를, 왕유는 형상 밖에서 얻었다고
했는데, 사람들이 내 화의는 본래 법이 없이 이루어진 것으로
그린 대나무가 실제 대나무를 그렸다고 하였다"고 한 평가로 사
의에 대한 인식의 틀을 보여주고 있다. 이러한 인식을 바탕으로
윤두서는 조맹부의 말 그림을 평가한 〈자앙유마화子昻遊馬畵〉에
서 "그 형을 그리지 않고 그 의를 그렸으며, 그 상象을 그리지 않
고 그 신神을 그렸으니, 부드럽고 아름다운 것을 어찌 족히 혐오
할 수 있겠는가"라고 적으며 사의를 중시한 회화관을 밝히고 있
다. 이와 같이 회화와 관련된 서적을 통해 학습하고 창작하며
예술정신을 구현했던 윤두서는 형사에 대한 중요함과 더불어
사의 또한 문인화의 정수로 여겼음을 알 수 있다.[49]

윤덕희의 회화론

윤덕희는 회화에 대한 자신의 견해를 밝힌 글을 남기고 있지 않지만 아버지 윤두서의 행장에 서술한 문장의 행간行間과 그의 문집『수발집溲勃集』에 실린 제화시를 통해 추론할 수 있다.[50] 윤덕희가 쓴 「공재공행장恭齋公行狀」 중 아버지의 회화에 대해 "… 공이 그림을 그릴 때는 오직 물체의 형상을 그대로 그리는 것을 주로 했었지만 정신과 의태가 완전히 생동했다 …"[51]고 적은 문장을 통해 사물의 형사形似에 치중하는 것과 아울러 사의寫意로서 문인화를 완성하는 자세를 인지하고 중요시했음을 알 수 있다.

더불어 윤덕희의 사의적 회화관은 제화시에 언급한 '흉중경胸中景'이라는 단어로 드러났다. 그의 나이 26세인 1710년에 지인이 그린 그림에 쓴 제화시 「만제화선漫題畵扇」에는 '종이는 하늘 모습으로 둥글게 자르고, 묵염은 조화롭게 무늬를 새긴다. 가슴속에 바위와 골짜기가 있어 붓을 드니 연운이 생긴다'[52]고 읊고 있다. 또한 37세인 1721년에 쓴 제화시 「제화삽題畵箑」에는 "군의 손 안의 부채를 펴서 내 마음속의 경치를 그린다. 바위와 골짜기는 붓을 따라 꺾이고 구름과 안개는 발묵을 따라 움직인다"[53]고 적고 있다. 이들 제화시는 다른 사람의 작품에 대한 화평과 감상을 적은 것으로, 이를 통해 윤덕희는 실제 경치가 아닌 사의 산수도 회화의 한 요체로 의식하고 있음을 알 수 있다. 또한 제화시에 '흉중경'이란 단어를 사용함으로 문인화에 대한 사의성의 인식은 물론 사의를 중시하는 창작관을 가졌음도 알 수 있다. 이처럼 윤두서 부자는 형사 못지않게 사의 또한 중시하는 회화관으로 문인화의 요체를 균형 있게 인식하고 있었다.

(2) 윤두서 일가의 시의도

형사와 사의가 이룬 윤두서의 시의도

윤두서는 초상화, 풍속화, 말 그림 등의 화목과 달리 시와 회화를 더한 사의산수화 등을 남기고 있다. 자신의 그림에 자작시를 적었으며, 문학작품인 시를 감상하고 그 시정을 문인 화가의 화의로 전환하여 표현하는 시의도를 그렸다. 현재 윤두서의 시의도로는 『관월첩貫月帖』에 실린 〈좌간운기시坐看雲起時〉와 〈강행江行〉 두 작품이 전한다.[54]

윤두서의 〈좌간운기시〉도 17는 종남산에 있던 자신의 별장에서의 한적한 생활을 읊은 왕유의 시 「종남별업終南別業」을 화제로 한 시의도이다. 윤두서는 화첩 한 면에 「종남별업」 중의 구절인 "흥이 나면 자주 홀로 오가며 / 좋은 일도 그저 혼자 알뿐

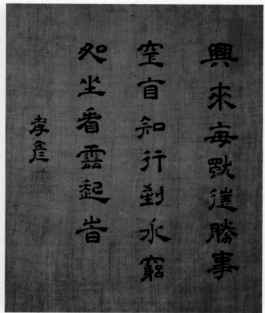

이다 / 가다가 물이 끝나는 곳에 이르면 / 앉아서 구름 이는 그때를 바라보네(興來每獨往 勝事空自知 行到水窮處 坐看雲起時)"를 예서체로 적고 있다. 화면 중앙에는 나무 아래에 '홀로 찾아가 앉아서 구름이 이는 그때'를 바라보고 있는 인물이 묘사되어 있다. 오른쪽 다리를 접어 왼쪽 다리 위에 얹고 깍지 낀 두 손으로 감싸고 있다. 그윽하게 먼 곳을 응시하는 듯한 인물의 표정과 더불어 세심한 자세 묘사로 인물의 탈속적인 태도와 고아함을 표현하고 있다. 시의도 화면 하단에 공간을 구획한 듯 그어진 선과 화면 전면의 돌 표현을 통해 조선 중기 절파 양식이

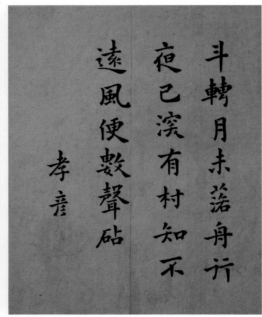

도 18 윤두서, 〈강행〉
『관월첩』 견본수묵, 19.1
×15.2cm, 국립중앙박
물관

잔존함을 알 수 있다.

　『관월첩』에 실린 또 다른 윤두서의 시의도는 〈강행〉도 18이
다. 이 시의도는 당대 시인인 전기錢起(722~780)의 「강행무제江行
無題」 100수 중 28번째인 "북두성 기울고 달은 아직 지지 않았는
데 / 뱃길에 밤은 이미 깊었네 / 마을이 멀지 않은 것을 알겠구
나 / 바람결에 문득 다듬이질 소리 들려오니(斗轉月未落 舟行夜
已深 有村知不遠 風便數聲砧)"를 화제로 하고 있다. 윤두서는 한
면에 해서체로 시의 전문을 썼고, 뒤에 그의 자字인 '효언孝彦'을
적었다. 왼쪽 면에는 배가 떠있는 강의 모습, 잎이 무성한 두 그

도 19 정선, 〈강안선유도〉, 지본담채, 33.0×52.0cm, 일본 오쿠라컬렉션

루의 나무를 그렸다. 특히 윤두서는 '밤(夜)'이라는 시어가 주는
서정을 표현하려는 듯 경물 간의 명암의 차이를 최소화하였다.
강 건너의 산자락에 위치한 가옥들의 윤곽을 표현하며 멀지 않
은 '마을(村)'을 묘사하고 있다. 1cm 남짓한 사공의 묘사에서 일
필로 그린 삿대의 묘사는 윤두서의 표현력을 잘 보여준다. 이처
럼 윤두서는 시의 전문을 감상하고 화가로서 화면에 표현하여
시와 회화가 이룬 새로운 정감을 드러내고 있다. 윤두서의 시의
도 〈강행〉과 연관해 주목되는 것은 정선의 〈강안선유도江岸船遊
圖〉도 19이다. 정선의 이 작품은 전기의 「강행무제」 100수 중 12
번째 시의 두 구절인 "높은 나무 많아 해를 가리고 / 배를 매어

두고 나무를 하네(翳日多喬木 維舟取束薪)"를 화제로 한 시의도이다.[55] 정선은 화면 전면에 구름에 가려 나무 끝이 보이지 않는 키 큰 나무(喬木)와 정박한 배를 묘사해 화제로 한 시구의 시의만을 충실하게 표현했다. 전체적인 구도는 윤두서의 시의도와 유사함을 알 수 있다.

윤두서의 시의도 〈좌간운기시〉과 〈강행〉은 시와 그림이 분리되어 있는 화첩 형태이다. 이는 윤두서가 조선화단에 시의도의 양상을 본격적으로 소개한 『당시화보』의 화첩 형식을 따랐다고 볼 수 있다. 시와 그림의 조응이라는 측면에서 윤두서의 다른 그림들과 비교할 때, 자신의 그림 화면 안에 제시하는 것과 시를 화제로 하는 시의도는 다른 화면 형태로 표현한듯하다.[56]

이 같은 윤두서의 시의도가 화제의 선택과 표현에서 앞 시대의 시의도와 차별성을 가지는 것은 '만물의 정情에 능통하는 직識과 뜻과 형상을 얻어 도道로써 짝지우는 학學과 법도에 맞게 만드는 공工과 궁리한 대로 거리낌 없이 손을 놀리는 재才'를 통해 그림의 도를 이루려 한 자신의 회화론과 연관해 생각할 수 있다.[57] 윤두서가 문인과 회화라는 상호 관계를 명확하게 인지하고 시의도를 창작한 것은 조선 중기 문인 화가였던 어몽룡이 수신修身의 한 방도로 회화를 이해하고 오도시吾道詩를 화제로 하여 문인들이 즐겨 그렸던 사군자를 그린 〈묵매도〉(도 7, 도8)를 남기고 있는 것, 화원이었던 이징이 선인들의 학덕을 숭앙하고

기리기 위해 제작한 시의도 〈난죽병〉(도 14)과 〈화개현구장도〉
(도 16)를 남기고 있는 것과는 시의도 제작 의도나 형태면에서 차
이를 보인다.

교류를 통해 공감대를 이룬 윤덕희의 시의도

　　다수의 산수화, 풍속화, 신선도 등을 그린 윤덕희는 문인들
과 교류하며 서화를 감평하고 제화시를 남기며, 당시 화단의 인
식을 공유하는데 적극적이었던 것으로 보인다.[58] 이 같은 경향
은 그의 시의도인 〈위응물시의도韋應物詩意圖〉, 〈월하범주도月下
泛舟圖〉, 〈송하문동도松下問童圖〉를 통해 알 수 있다.

　　〈위응물시의도〉도 20는 위응물韋應物(737~약 786)의 시 〈추
야기구이십이원외秋夜寄邱二十二員外〉의 구절인 "가을밤 그대
생각에 / 산보하며 서늘한 밤 하늘 아래서 시를 읊는다 / 빈 산
에 솔방울 떨어지는데 / 은둔한 그대도 응당 잠 못 들겠구나(懷
君屬秋夜　散步詠凉天　空山松子落　幽人應未眠)"를 화제로 했다.
이 작품은 시화합벽첩 형태로 화제시는 설천雪川 이의병李宜炳
(1683~?)의 글씨이다.[59] 화면 중앙에는 그리움의 시를 읊는 듯 고
개를 들어 하늘을 응시하는 인물과 그를 따르는 시동을 묘사하
고 있다. 원경에 담묵으로 묘사된 산과 인물 주변에 그려진 소
나무는 시에서 읊어진 경물을 표현하며 시정을 돕고 있다.

　　윤덕희의 〈월하범주도〉도 21는 당대唐代 여류 시인인 설도
薛濤(768~831)의 「송우인送友人」을 화제로 하였다. 화면 우측 상단
에는 이의병이 "강변 갈대에 밤이면 서리 내려 / 달빛 차가운 산
색은 모두 푸르다 / 누가 말하는가? 오늘 밤 천리 저쪽으로 간다
고 / 돌아갈 꿈은 아득해 변방이 긴 것 같다(水國蒹葭夜有霜　月
寒山色共蒼蒼　誰言天(원문은 千)里自今夕　歸(원문은 離)夢杳如關
塞長)"라는 시의 전문을 적고 있다. 화면 전경에 갈대 곁에 배에
앉은 인물을, 원경에 짙은 먹으로 산을 그려놓았다. 시에서 알 수
있는 시간적 정서는 홍염법으로 둥근 달을 그려 표현하였다.

반면 윤덕희의 〈송하
문동도〉도 22는 비록 화제는
화면 안에 적혀있지 않지만,
화면에 묘사된 내용을 통해
가도賈島(777~841)의 시 「심
은자불우尋隱者不遇」를 화
제로 한 시의도로 볼 수 있
다.[60] 이는 김명국(17세기
활동), 정선(1676~1759), 장
득만(1684~1764), 김득신
(1754~1822) 등에 의해 그
려진 시의도와 비교해 볼
때 화면의 유사함으로 알
수 있다. 역시 화제는 쓰여
있지 않으나 김명국의 〈송
하문동〉(간송미술문화재
단 소장) 화면이나 가도의

도 21 윤덕희, 〈월하범
주도〉, 지본담채, 23.0×
17.1cm, 개인 소장

시 전문을 적어 화첩 형태로『만고기관첩』에 실린 화원 장득만의
〈송하문동자〉(삼성미술관 리움 소장)와 같고, 시의 전문을 화면
안에 적은 김득신의 〈송하문동도〉도 23와도 같다. 이들 시의도
는 가도의 시구 중 '스승님은 약초를 캐러 가셨다'는 두 번째 구

도 22 윤덕희, 〈송하문동자〉, 1732년, 『산수인물화첩』(동원 2176), 지본담채, 31.5×20.0cm, 국립중앙박물관

절을 표현한 듯 동자가 손을 들어 먼 산을 가리키고 있는 화면으로 정형화되었다. 이 시구의 회화적 정형화는 도자기의 문양을 통해서도 알 수 있다. 국립중앙박물관 소장의 보물 1329호 〈백자청화소상팔경문팔각연적〉의 한 면에는 '송하문동자'라는 글귀가 적혀 있고, 화면 좌측면에 소나무 아래 두 인물이 묘사되어 있어 가도의 이 시구를 화제로 한 화면이 당시 사회에 얼마나 대중화되었는지를 알 수 있다.

이처럼 윤덕희의 〈위응물시의도〉와 〈월하범주도〉에는 이의병이 화제를 쓰고 있어 시의도를 통해 예술적 공감대를 이루었던 문인 사대부의 문화적 삶의 단면을 알 수 있다. 또한 윤덕희 역시 당시 많은 화가에 의해 그려진 화제와 이에 따른 화면의 정형화를 따르고 있음은 〈송하문동도〉를 통해 알 수 있다.

도 23 김득신, 〈송하
문동도〉, 지본수묵, 49×
29cm, 서울대박물관

문기文氣를 바탕으로 새롭
게 시도한 윤용의 시의도

윤용은 송대宋代 문인인 오
격吳激(약 1090~1142)의 11개의
「구句」중 2번째 구절인 "위로 솟
은 나뭇가지에 연기 어려 담백
하게 머물고 / 더운 기운 산허리
에 서려 푸른빛 깊어지네(煙拂
樹(원문은 雲)梢留淡白 氣蒸山腹
出深靑)"를 화제로 〈증산심청도
蒸山深靑圖〉도 24를 그렸다.[61] 윤
용은 화면 중심에 윤두서의 화
풍을 이은 듯한 개자점介字點을 찍어 잎이 무성한 나무를 그리
고, 먹의 농담으로 잎을 그리며 원근을 표현하고 있다. 윤용이
이같이 화면 중앙에 나무를 그려보는 이의 시선을 집중시킨 것
은 화제 시의 원문 중 '운雲'자를 '수樹'자로 쓰며 새로운 서정의
표현을 시도했기 때문이다. 화면에는 중국풍의 유복을 입은 인
물이 산허리를 돌아 내려오는 시동을 바라보는 장면이 묘사되

도 24 윤용, 〈증산심
청도〉, 지본수묵, 26.6×
17.7cm, 서울대박물관

炯拂樹抄當淡
白氣
蒸山腹出深
青
君悅寫

어 있다. 특히 시동의 표현에서 할아버지인 윤두서가 필사했던 황공망의 「사산수결」의 한 대목인 "멀리 있는 사람은 눈이 없다"는 구절이 연상된다.[62] 윤용은 작은 화면이 가득 차게 꼼꼼한 세필로 암벽과 산골짜기를 담담히 표현하고 있다. 〈증산심청도〉의 화면 구성 중 가장 큰 특징은 화면 안에 화제를 적고 있다는 것이다. 이 같은 점은 시간의 흐름에 따라 변화한 시의도의 형식과 일치하는 경향이다.

오격의 이 구절은 『개자원화전』의 〈모방명가화보〉 중 방미우인법倣米友仁法으로 그린 시의도[25]의 화제이다. 또한 강세황의 〈강상조어도江上釣魚圖〉(삼성미술관 리움 소장)와 이방운李昉運(1761~?)의 〈기증심청도〉(국립중앙박물관 소장)도 이 구절을 화제로 했다. 강세황의 경우 『개자원화전』의 화면과 방향만 반대일 뿐 유사하게 묘사하고 있고 화제인 오격의 시 원문 중 '운雲'자를 '임林'자로 바꾸어 적고 있다. 이는 윤용의 작품이 화제와 유사한 시정으로 전환해 화면을 표현한 것과는 차이를 보인다. 반면 이방운은 "오언고吳彦高 시구를 미우인법米友仁法으로 그렸다"는 『개자원화전』 화면의 글을 인지하고 고려한 듯 미점米點을 찍어 주

도 25 『개자원화전』 〈모방명가화보〉 중 〈오격시의도〉

산主山을 표현하고 말을 탄 인물을 화면에 그리며 작가의 창의성을 덧붙이고 있다. 이 같은 점을 비교해 볼 때 윤용의 시의도는 문인적 소양을 바탕으로 새로운 시정을 펼치며 독창적인 구성과 표현으로 시의도를 그렸음을 알 수 있다.

(3) 3대 시의도의 특징과 의의

윤두서는 조선 중기에서 후기로 이어지는 조선 화단畵壇에 가교 역할을 하며 인물화, 진경산수화, 말 그림 등에서 형사를 중시하는 화가적 면모를 보였고 문기文氣를 바탕으로 한 사의산수화, 시의도에서는 사의를 추구하며 진정한 문인화의 표석을 마련했다. 이를 통해 그는 말예末藝, 완물상지玩物喪志라고 폄하되던 회화를 사대부의 인격 수련의 한 방안으로 격상시켰고, 시화일률을 추구하는 시와 그림이 어우러진 사의산수화나 시의도를 그렸다. 이 같은 그의 창작은 형사뿐만 아니라 사의 또한 문인화의 정수로 인지한 그의 회화론이 바탕이 되었다. 이는 그가 학습했던『고씨화보』와 같은 중국 화보나 중국화론 등을 참고해 이루어졌음을 알 수 있다. 윤두서의 시의도 〈좌간운기시〉와 〈강행〉은 특히 같은 화제로 그려진 다른 화가들의 작품과 비교해 볼 때 그 표현이나 구성에 문인 화가였던 윤두서만의 작가적 고심과 성취가 드러나 있다. 이를 통해 비로소 회화가 문인들의 여기餘技나 수기修己의 도구가 아닌 진정한 '나'의 인격과 예술적 지향을 표현한 하나의 방안이 되었음을 알 수 있다.

그의 아들인 윤덕희 또한 아버지의 회화관과 가전화풍을 이으며, 당시 문인들 사이에서 널리 회자된 시를 화제로 시의도를 그렸다. 이의병이 화제를 쓴 〈위응물시의도〉와 〈월하범주도〉를 통해서 당시 문인들과의 교류, 이를 통한 문화적 공감대 형성을 어렵지 않게 추론할 수 있다. 화보의 경물을 차용해 그린 작품을 통해 남종문인화풍을 적극적으로 수용했으며, 여러 화가들이 시의도 화제로 선호했던 시를 그린 〈송하문동도〉를 통해 화면의 정형화를 따르고 있음도 알 수 있다.

윤용은 윤두서의 경물 표현을 따르고, 보다 안정된 남종문인화풍을 구사한 〈기증심청도〉를 남기고 있다. 특히 윤용은 자신의 문기를 바탕으로 화제시의 시정을 변화시키고 정치한 필세로 화의를 펼치며 화보에 구애받지 않고 독창적으로 시의 정서를 표현하려 한 문인 화가의 면목을 보여준다.

이처럼 윤두서는 문인 사대부에게 진정한 회화의 의의를 정립했다. 이를 바탕으로 사의적 회화인 시의도를 창작했던 선구적인 문인 화가로서 조선 후기 시의도 융성에 주춧돌이 되었다. 또한 윤덕희와 윤용은 가전화풍을 이으며 조선 후기 화단에서 문인화의 발전을 이루는데 역할하였다.

3) 정선鄭歚(1676~1759)

　　겸재謙齋 정선은 조선 후기의 화가로 "진경산수화풍을 창출한 인물"이다.[63] "기존의 화풍을 쇄신하면서 자신의 독특한 조형세계를 구축"[64]해 "조선중화주의에 입각하여 국토의 아름다움과 민족문화의 우수성에 대한 자긍을 고차원적인 회화미로 표출하는데 성공한 화성畵聖"[65]이다. 따라서 그는 "18세기 전반 조선 사대부와 지식인들에게 중요하게 여겨진 현실 인식문제를 진경산수화라는 예술을 통해 반영해 내 당파와 신분을 넘어서는 호응"[66]을 받은 화가로 인식되고 있다. 정선에 대한 이러한 수식들은 그가 조선시대 회화사의 한 획을 그을 만큼 중요한 위치에 서있음을 의미한다.

　　조선 후기는 서화에 대한 새로운 인식을 통한 수집과 감평 활동이 활발히 이루어지던 시기이다. 회화를 매개로 한 문인 사대부들의 문화 역량을 키우는데 정선의 진경산수화, 관념산수화, 고사인물화는 물론이고 문학작품을 화제로 한 작품 등이 큰 역할을 하였다. 사대부 문인들이 지향하던 시화일체론詩畵一體論의 구현은 시와 회화의 조응으로 이루어졌는데, 조선 후기에 들어오면 회화를 보고 감상과 감평의 시를 짓는 제화題畵 문화가 더욱 발달했고, 시를 화제로 그림을 그리는 시의도의 제작 또한 본격적으로 이루어졌다. 정선은 조선 후기 화단의 문을 여

는 선구적인 인물로 자신만의 화풍 창안을 통한 시의도 제작에
도 활발히 참여해 뒤를 잇는 조선 후기 시의도의 전성기를 앞서
이끌었다.

(1) 시의도 제작 배경

정선은 누구보다도 활발한 활동을 한 화가이다. 현존하는
그의 작품과 평가를 통해볼 때 조선 후기 화단에서 선구적인 역
할을 했음을 알 수 있다. 이러한 정선이 많은 시의도를 제작할
수 있었던 요인으로는, 조선 후기의 사회문화적 배경과 개인적
역량 등이 큰 요소로 작용했다. 조선 후기 문인 사대부들 사이
에서는 서화 애호 풍조와 수집, 감평 활동 등 문화 향유에 대한
움직임이 활발히 이루어졌다. 문인 사대부의 문화관의 중심에
는 시화일체론이 자리를 잡았고 명나라에서 수입된 화보나 그
림 등으로 시의도에 대한 인식은 물론 이를 바탕으로 한 수요도
증가했다. 정선은 당시 조선에 전래된 중국 화보나 회화 등을
통해 중국의 유명 화가들의 화풍을 학습했고 단순한 답습과 모
방에서 벗어나 자신만의 화법을 이루는데 힘을 기울였다. 문학
작품의 회화화繪畵化라는 정선의 작화 능력은, 곧 축약된 언어
로 지은이의 심성과 감상을 전달하는 시를 매체로 그려지는 시
의도 제작에서도 발휘되었다.

서화애호 풍조와 시의도의 대중화

중국 만명기晩明期의 서화애호 풍조와 탈속, 심미적 문인 취향이 조선에 전해진 것은 17세기 무렵이었다. 당시 연경燕京을 왕래하던 사행원들이 중국의 서적과 서화를 수입해 왔고, 이에 대한 관료 문인들의 애호와 수집열은 지속적으로 확산되었다.[67] 18세기에 이르면, 중국의 서적과 서화뿐만 아니라 조선의 서화도 수장하는 등 서화 애호와 수장에 관한 과열현상을 보이기도 했다. 이때 그 문화의 중심에 있던 인물들은 김창협, 김창흡 등 장동 김씨 세력이었다. 이들은 당시에 유행하던 와유문화와 연관해 진경 산수에 대한 관심이 높았고 서화 감평의 결과물을 제화시문題畵詩文으로 남겼다.

정선은 이들의 관심에 그림으로 부응했다. 그는 많은 그림을 그리며 18세기 전반에 과열되기까지 한 서화 수집, 감평 문화의 주된 역할을 하는 유능한 화가였다. 기록에 의하면, 그는 단순히 당시 세력의 중심에 있었던 노론老論뿐만 아니라 정치적 입장을 달리하는 남인南人 등의 문인 모임에 고루 참석하며 화가로서의 역량을 발휘했다. 특히 서화 수집의 과열 현상과 관련해 정선에게 쏟아지는 주문을 마다하지 않으며 많은 수응화를 그려냈다.[68] 밀려드는 주문에 정선이 택할 수 있던 소재 중 가장 용이했던 것은 시의도 등 문학과 관련된 주제의 그림이었을 것이다. 시의도는 그림을 요구하는 문인들이 익히 알고 있는 문학 작품을 그린 것이기에, 그 화격이 낮지 않고 감상자 또한 이해하는데 어려움이 없기 때문이다. 또한 이 시대는 시와 그림은 본연적으로 같다는 시화일체론에 대한 이해가 있었고 문인들이 바라는 이상적인 문인 생활과 맞아떨어지는 때였다. 특히 그림의 화제가 되는 내용이 문인들에게 많이 알려진 문학 작품일 경우 그 이미지 표현과 이해에 보다 원활하게 공감의 폭을 넓힐 수 있었을 것이다. [69]

중국 화보의 유입과 시의도에 대한 인식 고양

17세기 들어 중국에서 발달한 목판인쇄술은 화보의 제작과 보급에 많은 영향을 끼쳤고 이 시기 조선의 화단에 본격적으로 소개된다. 조선에 전래된 중국의 화보는 단순히 그림을 그리는 기법뿐만 아니라 중국의 화론畵論, 화법, 화풍, 중국 화가들에 대한 이해, 그림과 글의 어울림과 감상 등 조선 문인들이 가지고 있던 기존의 회화에 대한 생각을 전환할 수 있게 도움을 주었다. 중국의 대표적인 화보인『당시화보唐詩畵譜』,『시여화보詩餘畵譜』는 문기文氣를 중시하는 남종화풍의 유행과 함께 시를 화제로 그리는 회화를 조선의 화단에 자연스럽게 퍼지게 하는데 영향을 주었다. 눈앞에 보이지 않는 특정 내용을 화가의 재해석으로 그려내야 하는 시의도의 경우 적당한 모티브를 화보로부터 차용하기도 했다. 특히『개자원화전』에 실린 경물의 도상 습득과 화면 구성에 대한 학습이 이루어졌고 그림들 중에는 제시가 함께 실린 것이 있어, 이를 본 조선시대의 화가들은 화면상에 시화일률을 반영하는 구체적인 한 유형으로 받아들였다. 즉 화보에 실린 작품들 중 화면 안에 시가 실린 형식은 화첩, 계회도의 형식과는 달리 화면 안에 글을 쓰는 형식을 일반화했다. 이는 시서화 일체라는 문인 사대부들의 궁극적인 예술적 지향점을 추구하는 방안으로 이해되었다. 더 나아가 시의도 화면의 새로운 형식으로 그 인식을 확대시켰다고 볼 수 있다.

정선은 황공망, 문징명, 동기창 등 중국 남종화의 대가들은 물론 송대의 곽희 등을 연구했다.[70] 이와 같은 중국 화가, 회화, 화법에 대한 정보는 앞서 언급한 중국으로부터 수입된 화보와 사행원들이 가져온 중국 작품으로부터 얻었을 것이다. 정선이 다른 화가들보다도 중국 화적畵籍을 많이 접했을 것이라는 점은 신돈복辛敦復(1692~1779)의 글을 통해 확인할 수 있다. 이병연과 같은 마을에 사는 신돈복은『학산한언鶴山閑言』에 "하루는 내가 사천 이공李公을 방문했는데 중국본 상아꽂이로 포장한 책들이 사방 벽에 가득했다. 내가 어떻게 이처럼 책이 많으냐고 묻자 이공이 웃으며 말하길, 모두 1,500권인데 내가 구한 것이라 했다. 자신이 정선과 가장 친해 많은 그림을 얻었는데 북경의 그림 가게에서 정선의 그림을 중하게 여겨 연경으로 가는 사신에게 부탁해 책과 바꾸어 오게 해서 모은 것이라 했다"는 글을 남기고 있다.[71]

이러한 일화는 신돈복이 자신의 경험을 적은 것으로 서적수에 대한 어느 정도의 과장이 있을 수는 있으나 당시 서화 수집에 열심이었던 이병연의 취향을 고려한다면 설득력 있는 기록으로 참고할 만하다.[72] 이병연은 정선의 그림을 팔아 다양한 중국의 화적畵籍을 사서 모았고, 정선은 다른 화가들보다 많은 양의 다양한 중국 그림과 관련 서적을 보면서 시의도의 소재와 화풍 등을 익혀 문인 사대부들의 다양한 주문에 응했을 것이다.

(2) 시의도의 유형과 특징

당시의도唐詩意圖

18세기 이후 화단에 중요한 경향으로 등장했던 시의도는 정선의 작품 유형에서 사의화寫意畵의 한 갈래로 당시唐詩의 일부 시구를 화제로 제작되었다. 정선의 대표적인 당시의도는 〈좌간운기坐看雲起〉, 〈황려호黃驪湖〉, 〈초객초전樵客初傳〉, 〈월명송하月明松下〉,〈송하문동자松下問童子〉,〈기려도騎驢圖〉,〈소년행少年行〉,〈절강관조도浙江觀潮圖〉 등이 있다.

정선의 당시의도 중에는 왕유王維(699~759)의 시구를 그린 작품이 많다. 〈좌간운기〉도 26는 왕유의 「종남별업終南別業」 중 "가다가 물길이 다한 곳에 이르면 / 앉아서 구름 이는 그때를 바라본다(行道水窮處 坐看雲起時)"라는 구절을 그린 것이다. 정선이 노년에 제작한 것으로 추정되는 이 작품은 폭포가 내려다보이는 산에 올라 넓은 바위에 앉아 마주보며 담소하는 선비들의 모습과 구름이 피어나는 모습을 그리고 있다. 수직의 암벽은

도 26 정선, 〈좌간운기〉, 지본담채, 19.8×32.2cm, 개인 소장

힘찬 부벽준으로 강세를 더하고 있고, 습윤하고 짙은 먹빛은 피어오르는 구름과 대비되어 화면에 안정감을 주고 있다.

〈황려호〉도 27는 왕유의 「적우망천장작積雨輞川庄作」 중 "넓은 논에는 백로 날아다니고 / 그늘진 나무에 꾀꼬리 지저귀네 (漠漠水田飛白鷺 陰陰夏木囀黃鸝)"는 구절을 그린 시의도이다. 현재 전해지는 이 그림은 상단에 종이를 덧대어 제題를 달고 있다. 정선은 세밀한 필치와 습윤한 먹으로 화면 중앙 오른쪽에 넓은 논을 묘사했고, 화면 전면에 꾀꼬리가 앉아 울 것 같은 우거진 수목을 그렸다. 원경에 보이는 산들은 나지막하게 윤곽만을 표현해 횡으로 배치하고 있어 화면 상단 오른쪽에서 중단 왼쪽을 향해 사선으로 힘차

도 27 정선, 〈황려호〉, 1732년, 견본담채, 102.0 ×52.0cm, 개인 소장

도 28 정선, 〈송하문동자〉, 지본담채, 22.0×65.0cm, 개인 소장

게 그려낸 산줄기의 웅장함을 받쳐주고 있다. 화면 전면에 표현한 물가의 빈 배 등 사의산수화풍으로 전체적인 화면을 그려냈다.

〈송하문동자〉도 28는 가도賈島(779?~843)의 시 「심은자불우 尋隱者不遇」의 한 구절을 그린 부채그림이다. 정선은 가도의 시 중에서 "소나무 아래에서 아이에게 묻다(松下問童子)"라는 첫 구절을 화면에 옮겨 개울을 건너 지인을 찾은 선비와 그를 맞는 지인의 동자가 두 그루의 장송長松 아래에서 만나는 장면을 표현했다. 지인의 거처를 묻는 상황을 강조하려 한 듯 정선은 선면 좌우에 여백을 두고 모든 경물을 중심으로 배치하며 인물에 초점을 맞추고 있다. 흥미로운 것은 정선과 같은 시대에 활동

도 29 장득만, 『만고기관첩』 중 〈송하문동자〉,
지본담채, 38.0×30.0cm, 삼성미술관 Leeum

한 화원 장득만張得萬(1684~1764)은 "스승님은 약초를 캐러 가셨
다 하네(言師採藥去)"는 두 번째 구절을 구체적으로 묘사한 듯
동자가 손을 들어 먼 산을 가리키고 있다는 점이다.도 29 이러한
장득만의 화면 구성은 후배 화원인 김득신에게 이어져 화면 속
에 전문을 써넣은 형식으로 시의 위치는 달라졌지만 거의 동일
한 화면으로 표현되어 있다.(도 23 참조)

도 30　정선, 〈기려도〉,
견본수묵, 24.3×16.8cm,
서울대박물관

정선의 〈기려도〉도 30
는 이상은李商隱(812경~858
경)의 「방은자불우성 이절
訪隱者不遇成 二絶」 중 "너
른 강과 흰돌에 어초하는
길에서 / 해 저물녘 돌아올
때 비가 옷을 적시네(滄江
白石魚樵路 日暮歸來雨濕
衣)" 구절을 화면에 담은
시의도이다. 정선은 습윤
한 먹으로 젖은 산과 나무
를, 화면 전면에 도롱이와
우장을 갖춰 입은 인물이
나귀를 타고 가는 모습을
표현했다. 시구 중 언급한
비로 인해 물이 불어 물길
이 세차졌는지 망설임 없는 한 획으로 성급한 물결을 표현하고
있다.

　〈소년행〉도 31은 최국보崔國輔(생몰년 미상, 8세기 활동)의 「소
년행少年行」 중 "산호 채찍을 잃고 나니 / 백마는 버릇없이 가지
를 않네(遺却珊瑚鞭 白馬驕不行)"라는 앞의 두 구절을 그린 시

의도이다.[73] 정선은 오른손으로 말
고삐를 잡고 채찍을 잃어 빈손인 선
비가 봄날 물가에 늘어진 버드나무
를 올려다보는 장면으로 이 구절을
표현하고 있다. 참고로 최국보의 시
「소년행」 중 뒤의 두 구절은 "장대
(한나라 때 장안에 있던 기원妓院 이
름)에서 여인과 희롱하니 봄날 길가
의 정취로다"인데, 이 중 "봄날 길가
의 정취로다(春日路傍情)"란 구절
은 화가 김홍도金弘道(1745~?)와 그
의 아들 김양기金良驥(1792?~19세기)
에 의해 묘사되어 전한다. 〈소년행
락〉도 32이란 제목으로 잘 알려진 김
홍도의 시의도는 정선과 다른 구절
을 화면에 적고 있으나 백마를 탄 소
년이 봄물이 오른 버드나무 곁을 지

도 31 정선, 〈소년행〉, 지
본채색, 104.0×54.4cm,
국립중앙박물관

나가는 모습으로 그려냈다. 정선과 유사한 경물과 화면 구성임
을 알 수 있다. 김홍도는 화면에는 적지 않았으나 시의 전문을
알고 있는 듯 버릇없이 가지 않는 백마의 고삐를 채며 길을 재
촉하는 모습으로 표현하고 있다. 정선의 그림에선 말 탄 선비

도 32 김홍도 〈소년행락〉, 지본담채, 21.8×26.0cm, 간송미술문화재단

가 춘흥에 겨워있다고 한다면 김홍도의 그림에는 채찍질이 없
어 버릇이 없어진 봄날의 나른한 백마에게 화가의 시선이 머문
듯하다. 반면 김양기의 시의도 〈춘일로방정〉도 33은 시의 전문
내용과는 무관하게 인용한 시구만을 표현한 듯하다. 봄물 오른
버드나무에 집을 짓고 짝을 지으려는 까치 한 쌍으로 춘흥을 표
현하고 있다. 동일한 시구를 화제로 시의도를 그려도 화가의
화의畵意는 다른 표현으로 나타날 수 있음을 잘 보여준다. 정선
과 김홍도는 서로 다른 구절을 화면에 쓰고 있지만 〈소년행〉이

도 33 김양기, 〈춘일로방정〉, 지본담채, 23.7×32.4cm, 간송미술문화재단

란 시에서 읽을 수 있는 봄, 소년의 춘흥, 백마의 태도 등을 기묘하게 접목시켜 시의 전문을 연상하게 하고 있다. 특히 '장대절양류章臺折楊柳'라는 구절의 화면 표현이 절묘하다. 이 시구를 화면에서는 단어 그대로 버드나무로 그려내면서도 은유하는 바는 인물의 태도와 주변 경물을 통해 춘흥에 겨운 젊은 소년의 봄날로 절묘하게 표현하고 있다.

〈절강관조도〉도 34는 송지문宋之問(656?~712)의 시 「영은사靈隱寺」의 한 구절인 "누각에 올라 푸른 바다 해를 바라보고 / 창문을 열어 밀려오는 절강의 파도를 대하네(樓觀蒼海日 門對浙江潮)"를 선면에 그려낸 시의도이다.[74] 이 시구는 송지문이 관직

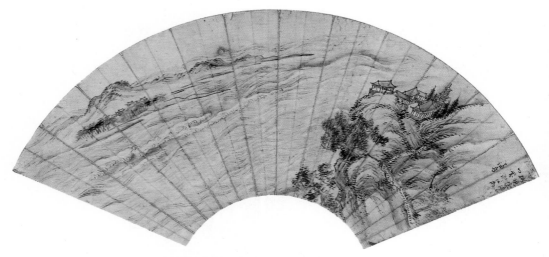

도 34 정선, 〈절강관조도〉, 지본담채, 25.1×69.0cm, 일본 개인 소장

에서 좌천되자 벼슬을 그만두고 항주로 왔다가 우연한 기회에
영은사를 돌아보다 묵으며 시상詩想에 골몰할 때 유명한 시인
낙빈왕駱賓王이 준 시구라고 전한다. 선면 오른쪽에 절벽과 누
각을 그려놓고 왼쪽 화면은 넓은 바다를 강조하듯 특별한 경물
없이 툭 터놓았다. 또한 원경의 나지막한 산들은 바다의 공간감
을 알 수 있게 해주는 역할을 하고 있다. 높은 절벽 위의 누각과
넓은 바다는 화면 속에 그려져 있지만 감상자는 누각 안에서 내
려다보는 듯 보는 이의 시선을 이끈다.

이처럼 당시를 화제로 한 정선의 시의도는 문인 사대부 사
이에서 널리 알려진 것을 주로 제작되었다. 남종화풍으로 그려

진 정선의 당시의도는 시의 전문 중 선택된 시구의 시정을 표현
하기 위해 경물을 선택하고 적절히 배치했다.

이처럼 정선이 당시를 화제로 한 시의도를 제작한 것은 당
시가 가지는 회화성이 그림으로 옮기는데 용이했기 때문으로
보인다. 이는 다른 시인의 시보다도 왕유의 시가 많이 그려진
것, 왕유 시의 특징이 회화적 시구 표현인 것과도 무관하지 않
다. 또한 도시 생활에서 시은市隱을 추구하려 했던 조선 후기 문
인들의 성향과 은거를 주제로 하는 왕유의 시가 상응한 것으로
풀이할 수 있다.

지우知友의 시를 그린 조선 시의도

정선과 평생 교유했던 사천槎川 이병연李秉淵(1671~1751)은
영조英祖 대의 대표적인 시인으로, 특히 조선의 절경을 남다른
감수성과 정감으로 읊어 조선 산천에 대한 애정을 그의 시에 담
았다.[75] 이병연은 당시 사상계思想界와 정계政界를 주도하던 서
인西人 계열의 노론老論 가문 출신이었다.[76] 그는 노론들이 모여
살던 북악산(혹은 백악) 아래 북부 순화방北部 順化坊(현재의 종로
구 청운동 일대)에서 태어났고, 이곳은 바로 정선이 태어난 곳이
기도 하다. 또한 시론詩論을 세우며 당시 문단에 이름을 날리던
삼연三淵 김창흡金昌翕(1653~1722)에게서 새로운 시풍詩風을 배

운 이병연과 동리인同里人[77]으로서 교유하며 정선은 예원藝苑의 사조를 익히며 지적 공감대를 넓힐 수 있었다.

정선과 이병연은 서로 우의를 쌓았고 금강산 등 이름난 절경을 함께 기행하며 공유한 경험을 바탕으로 각각 사경시寫景詩를 짓거나 사생寫生하였다. 이병연은 북악 아래서의 정선과의 교유를 「취미대호운원백공미필문정우빈동翠微臺呼韻元伯公美弼文鄭禹賓同」, 「태고정여원백공미념두율운太古亭與元伯公美拈杜律韻」 등의 시에 구체적으로 읊고 있다.[78] 또한 1711년, 1712년 두 차례 함께 금강산을 여행하며 이병연은 그림을 그리는 정선의 모습을 읊은 시 「관정원백무중화비로봉觀鄭元伯霧中畵毗盧峯」을 짓기도 했고, 1740년 정선이 양천현감(지금의 강서구 가양동 일대)으로 발령을 받아 떠날 때는 송별시 「송정원백지임파릉送鄭元伯之任巴陵」을 지어주었다. 정선은 이병연과의 교류 장소가 된 곳을 〈취미대翠微臺〉와 〈청풍계도淸風溪圖〉에 남기고 있다. 이병연과 함께한 두 차례의 금강산 기행후 제작한 정선의 《신묘년풍악도첩辛卯年楓嶽圖帖》과 《해악전신첩海嶽傳神帖》이 제작되어 전하고 있다. 이병연의 송별시를 받고 떠나 양천현감으로 부임한 정선은 양천에서 5년간 머물며 이병연과 '시화환상간詩畵換相看'을 하며 주변의 경관을 화폭에 담았다. 이 밖에도 1712년 정선은 이병연에게 〈망천십이경도〉를 그려주었고 1732년에는 회갑을 맞은 이병연에게 〈천년송지도〉를 그려 선물로 주었다. 같은 해 이병연은 삼척부사三陟府使를 제수 받는데, 이때 조영석이 쓴 송별시「송삼척부사이병연서送三陟府使李秉淵序」를 통해 정선은 삼척으로 떠나는 이병연에게 〈대관령도〉를 그려주었음을 알 수 있다.[79] 한편 대관령을 넘어 먼곳으로 벼슬을 하러 가는 이병연이 옛집인 '취록헌翠麓軒'을 그려달라고 정선에게 청한 기록도 전한다.

이 밖에도 정선은 모친상을 탈상(1737년)하고 청풍淸風, 단양丹陽, 영춘永春, 영월寧越 등 4군의 명승지를 여행하며 그린 그림을 『사군첩四郡帖』으로 묶어 이병연에게 주었다. 1739년 4월 이춘제李春躋(1692~1761)의 옥류동에서 열었던 시회詩會를 기념해 〈옥동척강도玉洞陟崗圖〉를, 1740년 윤 6월 이춘제의 서원에서 이병연, 조현명 등과 가진 아회를 기념해 〈서원소정도西園小亭圖〉를 제작하는 등 이병연과의 교류는 지체 없이 정선의 화폭에 담겼다. 이 같은 두 사람의 교류에 대해 이규상李圭象(1727~1799)은 '시에 이병연 그림에 정선'이라 평했을 만큼 두 사람은 각각 시와 그림이라는 영역에서 두각을 나타내었고 서로 교류하며 그 재능을 키워갔다.[80]

이 같은 두 사람의 교유를 잘 알 수 있는 것이 정선의 『경교명승첩』이다. 이화첩은 1740년부터 1741년 사이에 이병연의 시찰詩札과 정선의 그림을 합장해 화첩으로 꾸민 것이다. 그후 정선의 2남 정만수鄭萬遂(1710~1795)가 조카 정황鄭榥(1735~1800)의

권유를 받고 심환지沈煥之(1730~1802)에게 전수했다. 따라서 이 시화첩에는 정만수의 서찰과 심환지의 발문이 함께 수록되어 있다. 특히 심환지의 발문에 의하면, 원래 1권이었던 것을 1802 년에 2권으로 개첩改帖했다고 한다.[81]

상권에는 〈독서여가讀書餘暇〉와 〈녹운탄綠雲灘〉, 〈독백탄 獨栢灘〉, 〈우천牛川〉 등 한강 주변의 풍광 18점 등 총 19점의 그 림을 싣고 있다. 특히 한강 주변의 풍경을 그린 〈목멱조돈木覓朝 暾〉, 〈안현석봉鞍峴夕烽〉, 〈공암층탑孔岩層塔〉, 〈금성평사錦城平 沙〉, 〈양화환도楊花喚渡〉, 〈행호관어杏湖觀漁〉, 〈종해청조宗海聽 潮〉, 〈소악후월小岳候月〉, 〈설평기려雪坪騎驢〉, 〈빙천부신氷遷負 薪〉 10점에는 정선이 이병연의 시를 당화전唐花箋에 써서 함께 붙여놓았다. 하권에는 〈인곡유거仁谷幽居〉, 〈양천현아陽川縣衙〉, 〈시화환상간詩畵換相看〉, 〈홍관미주虹貫米舟〉, 〈행주일도幸洲一 棹〉, 〈창명낭박滄溟浪泊〉 6점이 실려있는데, 이 중 〈인곡유거〉를 제외한 5점의 그림 화면 중에는 시구詩句가 쓰여있다. 또한 일 부 그림 뒷면에 이병연의 시찰詩札이 함께 실려 있어 그림의 내 력을 정확하게 아는데 도움을 준다.

이러한 《경교명승첩》은 이병연과 정선의 교유를 통해 볼 때 시와 그림의 상호 융합과 이를 통한 시정화의詩情畵意의 승 화가 가장 잘 이루어진 화첩으로 볼 수 있다. 상권의 경우 정선 의 그림을 보고 지은 이병연의 제화시題畵詩가 실려있고, 하권

의 경우 이병연의 시를 화제로 정선이 그림을 그린 것이다.[82]

하권에 실린 〈시화환상간〉도 35은 1741년 봄에 이병연이 정선에게 보낸 시찰에 있는 시구 중 "내 시와 자네의 그림을 서로 바꾸어 보세 / 그 사이의 경중을 어떻게 값으로 따지겠는가(我詩君畫換相看 輕重何言論價間)"라는 구절

을 화면에 담고 있다.[83] 정선은 화면 중심에 오랜 세월 동안 변치 않는 푸르름으로 자리를 지킨 소나무와 그 아래에 격의 없는 옷차림으로 마주 앉은 두 사람을 그려놓았다. 또한 화면 하단 좌측에는 미점으로 이끼를 찍은 굳건한 바위, 우측에는 흐르는 물을 표현해 두 사람 사이의 우정을 은유하고 있다. 소나무와 바위의 항상성이 두 사람 사이의 우정이고, 그 우정은 세월이 물처럼 흘러간다 해도 변하지 않을 것이란 표현인 것이다. 정선은 〈시화환상간〉의 시구를 화제로 한 이 작품에서 지필묵紙筆墨을 앞에 놓은 두 선비, 즉 지필묵을 통해 마음과 뜻을 나누던 이

병연과 자신의 모습을 표현한 듯하다. 자세와 표정이 진지한 것은 비록 물리적인 거리를 사이에 두고 만남의 횟수가 적어지더라도 서로의 시와 그림을 교환하며 그동안의 우정을 이어가자는 결의로 보인다. 화면 중앙에 소나무를 그려 생길 수 있는 시선의 분산을 막기 위해 산등성을 완만한 사선으로 표현했고 담묵과 태점으로 그린 바위, 시냇물로 시선을 이끌고 있다. 정선의 이러한 경물의 배치는 자연스럽게 소나무 아래 앉은 두 사람을 감싸며 소나무(松), 돌(石), 물(水)의 상징성을 담아 이병연 시의 진의眞意를 화폭에서 다시 펼쳐놓은 것이다.

〈양천현아〉도 36는 1740년 양천현령으로 부임한 정선에게 보낸 이병연의 시찰 중 "양천에 떨어져 있다고 말하지 마시게 / 양천에 흥이 넘칠 것이네(莫謂陽川落 陽川興有餘)"[84]라는 시구를 그린 그림이다. 이병연은 이 시찰을 통해 가족을 남겨두고 홀로 양천현령으로 부임한 정선을 위로하고 격려하고 있다. 이에 대해 정선은 자신이 현령직을 수행할 양천현아의 모습을 그려 "이러한 곳에서 잘 지낸다"는 답장을 보낸듯하다. 실경에 대한 화가로서의 이해와 표현방식을 이미 숙달한 정선은 자신의 환경을 잘 전달할 수 있는 부감법俯瞰法을 이용해 현아의 곳곳을 단정한 필치로 그렸다. 인물은 생략했으며 주요 건물과 지표가 될 나무만을 화면에 담고 있다.

〈홍관미주〉도 37는 1741년 초봄에 보낸 이병연의 시찰 중

도 36 정선, 《경교명승첩》 중 〈양천현아〉, 견본담채, 29.0×26.5cm, 간송미술문화재단

"다만 용들이 황산곡의 부채를 다툴까 겁냈으나 / 응당 무지개
가 미불집 물건을 실은 배에 걸려오리라(秖恐龍爭山谷扇 定應
虹貫米家舟)"[85]는 구절을 화제로 그린 그림이다. 이 시찰에는 다
음에서 살펴볼 〈행주일도〉의 화제가 된 시도 함께 실려 있다.
정선은 화면 중앙에 담묵의 시원한 한 획으로 배를 그려놓았
다. 또한 중앙 상단에는 훈염법暈染法으로 무지개를, 화면 우측

도 37 정선, 《경교명승첩》 중 〈홍관미주〉, 견본담채, 27.0×30.2cm, 간송미술문화재단

에는 망설임 없는 필치로 수초를 그려놓았다. 화제가 된 시는 이병연이 한강을 사이에 두고 자신의 시와 정선의 그림이 배를 이용해 오고 가는 것을 생각하며 산곡山谷 황정견黃庭堅(1045~1105)의 부채와 미불米芾(1051~1105)의 배(米家舟)에 관련된 고사故事를 바탕으로 지은 듯하다. 고사에 따르면, 중국의 왕영로王英老라는 사람이 관강觀江을 건너려는데 풍랑이 심해 며칠간 건너지 못하고 있었다. 이때 강변에 사는 노인이 강의 신인 왕씨가 가진 보물을 원한다는 말을 하고 이를 왕영로가 듣고 소지품을 던지던 중 송대 명필인 황정견의 시를 쓴 부채를 던지자 비로소 잠잠해져 강을 건널 수 있었다는 것이다. 또한 미불은 고서화를 많이 수장한 송대 서화가로 유명한데, 배에 자신이 모은 서화를 싣고 다니며 유람했다. 어느 밤에 미불의 배에서 광채가 비치자 사람들이 이를 '미가홍월선米家虹月船'이라 했고, 이에 대해 황정견이 '맑은 강 짙은 어둠에 무지개빛 달이 떴으니 / 이것은 필히 미가의 서화를 실은 배이리(澄江夜夜虹貫月 定是米家書畵船)'

도 38 정선, 《경교명승첩》 중 〈행주일도〉, 견본담채, 29.5×26.5cm, 간송미술관문화재단

란 시를 지었다는 내용이다. 정선은 이 같은 황정견의 부채와 미불의 배 일화를 자신의 시화환상간에 비유한 이병연의 시정 詩情을 자신감 있고 군더더기 없는 필치로 표현했다.

〈행주일도〉도 38는 앞서 살펴본 〈홍관미주〉와 같이 중국의 고사, 지명 등을 인지하고 비유를 통해 묘사한 이병연 시의

한 구절인 "묵은 구름 먹 뿌려 난주를 적시니 / 동정호 파릉으로 상수는 흐르네(宿雲散墨點蘭洲 洞庭巴陵湘水流)"를 화면에 옮긴 것이다.[86] 이병연은 당시 행호를 중국의 동정호에 비겨 시를 읊었고, 정선이 있던 양천을 파산巴山 아래 동네인 파릉으로 별칭했던 것을 중국의 동정호 동쪽에 위치한 지명 파릉과 환치換置시켜 절묘하게 시 구절을 완성해 놓았다. 이에 대해 정선은 화면 앞쪽에 담청색으로 훈염된 바위 산과 그 뒤에서 서서히 모습을 드러내는 돛단배를 그려 '봄을 맞아 술 싣고 운정에 온 손님'을 표현했다. 이는 화면에 적지 않은 이병연의 나머지 시구 3, 4행을 표현하고 있는듯하다. 원경遠景의 높고 낮은 산들을 담묵으로 펼쳐놓아 중국의 동정호와 같은 행호의 넓이를 더하고 있다.[87]

　　이상에서 살펴본《경교명승첩》중의〈양천현아〉,〈행주일도〉의 경우 진경산수의 대가 정선이 실경과 시의詩意를 접목시킨 독특한 시의도이다. 정선의 이 같은 표현은 자신이 집무하고 거주하는 생활공간과 주변 경관을 정제된 필치로 그려 이병연의 시찰에 대한 회화 답장이라 할 수 있다. 가감이 필요 없는 회화 표현으로 자신의 안부를 전하는 독특한 효과를 낳고 있다.〈홍관미주〉는 현실에서 이루어지는 정선과 이병연의 시화 환상간의 장면을 시인 이병연은 비유되는 시어詩語를 사용해 읊었고, 화가 정선은 대담한 구도와 담박한 필치로 그 시정을 그려내고 있다. 또한《경교명승첩》중의 시의도에 보이는 화면상의 특징은 이병연의 시구를 화제로 삼았다는 것을 분명히 하기 위해 시찰의 한두 구절을 화면에 써놓고 있다. 이러한 유형은 양천 주변의 경관을 그려보낸 그림에 고사도故事圖처럼 제목만을 단 것과 확연히 구분된다. 화면 중에 시의 구절을 써넣는 것은 함축시킨 시의 의미가 화가의 해석을 통해 화폭에 옮겨지고, 이를 다시 관람자가 보고 이해하는데 생길 수 있는 의미 전달의 공백을 메울 수 있는 역할을 한다.

《사공도시품첩司空圖詩品帖》

당대 말기의 시인인 사공도司空圖(837~908)의 「시품」을 화제로 그린 정선의 《사공도시품첩》(국립중앙박물관 소장)은 사공도의 시를 화제로 한 조선의 유일한 화첩임에 주목된다. 이 화첩은 사공도의 24편의 시를 화제로 정선이 그림을 그리고, 원교圓嶠 이광사李匡師(1705~1777)가 시의 원문을 쓴 것을 장황한 서화합벽첩書畵合壁帖이다.[88] 현존하는 합벽첩에는 제1면 침착沈着을 시작으로 자연自然, 형용形容, 진밀縝密, 광달曠達, 전아典雅, 위곡委曲, 정신精神, 고고高古, 함축含蓄, 호방豪放, 섬농纖穠, 표일飄逸, 충담冲淡, 소야疎野, 웅혼雄渾, 초예超詣, 실경實境, 기려綺麗, 경건勁健, 비개悲慨, 유동流動 그림 22면이 남아 있고 세련洗練과 청기淸奇는 누락되어 있다. 다른 면의 「시품」은 전서篆書, 예서隸書,

해서楷書, 행서行書, 초서
草書 등의 서체로 18면에
각각 쓰여있는데 섬농纖
穠, 초예超詣, 실경實境,
기려綺麗 4편은 원본이
망실된 후 후대에 덧붙
인 듯 별도의 종이에 쓰
여 붙어져 있다.

특히 「유동流動」에
관한 그림과 시가 있는
화첩의 끝부분에 '기사
자월하완칠십사세옹겸
재己巳子月下浣七十四歲翁

謙齋'란 관지를 통해 정선이 74세이던 1749년 11월 하순에 그린 그
림임을 알 수 있다. 또한 이광사도 「유동流動」시구를 적고 '신미윤
하 서사공표성 시평이십사칙우번천견일정상辛未閏夏 書司公表聖
詩評二十四則于樊川見一亭上'이라는 관지를 남겨 1751년 윤 5월에 번
천에 있는 견일정에서 글씨를 썼음을 알 수 있다.[89]

각 화폭 중 특징적인 화폭을 살펴보면 다음과 같다. 〈소야〉도 39
는 '다듬지 않은 자연스런 자세에서 이루어져 진솔하고 매이지
않는 풍격'을 말하는 것으로, 시에서는 은거생활을 하며 "소나무

아래 집을 짓고 모자를 벗고 시를 읊조리는"은 자隱者의 모습으로 표현하고 있다. 이 시구의 표현과 화면의 분위기는 당시 문인들이 추구했던 은일隱逸 문화와 연관해 관직에서 물러나 자연 속에 거하며 시를 지으며 지낸 도연명의 삶이 재현된 듯하다.

도 40 정선, 《사공도시품첩》 중 〈초예〉 (그림 부분), 견본담채, 27.8× 25.0cm, 국립중앙박물관

〈초예〉도 40는 '매우 뛰어남'을 뜻하는 말로, 다른 장면들과는 다른 정선의 독특한 산수 표현이 눈에 띈다. 일반적으로 미점을 찍어 산을 표현하던 정선이 피마준을 사용해 독특한 형세로 난산亂山을 묘사하고 있고 흰 구름을 산허리에 걸쳐놓으며 교목으로 이어지고 있다. 이 장면 중 나무의 독특한 표현에 깊은 인상을 받았는지 "내가 밭과 들 사이에서 매양 고목을 보았는데, 성글고 가지가 없는지라 문득 이 그림을 생각했다"는 글이 화면 우측 상단에 적혀 있다.

〈실경〉도 41은 '생각과 마음의 대상이 되는 실제'를 의미하는

것으로, 시에서는 세 사람의 행동과 분위기를 표현하고 있다. 정
선은 소나무 밑에서 거문고를 연주한 사람, 듣는 사람, 나뭇짐을
진 사람의 묘사를 통해 "맑은 시냇물이 흐르는 골짜기 / 푸른 소
나무 그늘이 지는 곳에서 / 한 사람은 나뭇짐 지고 가고 / 한 사람
은 금을 듣고 있다(淸澗之曲 碧松之陰 一客荷樵 一客聽琴)"라는
시구를 표현했다. 각 인물들의 자세, 경물 등의 모티브는『개자원

화보』의 영향을 감지할 수 있다. 물소리와 함께 들리는 가야금 소
리에 모여든 사람들의 태도에서 다음 시구인 "정성이 이르는 곳 /
기묘함은 스스로 찾지 않고 / 천연으로부터 오는(情性所至 妙不
自尋 遇之自天)" 경지를 은유적으로 담고 있는 듯하다.

　　〈비개〉도 42는 '슬퍼하고 개탄하는 감정'으로 정선은 「비개」
의 시구를 바람 부는 숲속에서 큰 칼을 잡고 선 인물의 모습으로 표현했다. 정선은 인간의 감정 중 자신이 추구하던 뜻과 이상이 좌절되어 갖게 되는 슬픔과 탄식을 인물의 얼굴, 태도에 이입시켜 나타내려 했다. 이러한 정선의 화의畵意를 읽어내고 동감했는지 "장쾌하게 형가전을 천만 번 읽은 후에 이 그림을 본다(快讀荊軻傳千萬遍然後試看此幅)"라는 글이 적혀있다. 형가荊軻(?~기원전 227)는 사마천司馬遷의 『사기史記』 중 「자객열전刺客列傳」에 나오는 인물로, 진시황을 암살하려 했던 인물로 유명하다.[90] 자신의 목숨을 건 진시황 암살을 실패했을 때 형가의 마음이 어떠했을까. 정선은 비분강개한 형가의 그 마음을 그린 듯하다.

이처럼 정선이 그린 《사공도시품첩》에 실린 그림들의 가장 큰 특징은 화제가 된 시어詩語의 추상성을 구체적인 사물 등에 비유해 형상화한 시의도란 점이다. 서정抒情, 서경敍景적인 일반 시와는 달리 시경詩境의 풍격과 미를 표현하며 시 창작의 주된 요소들을 제시한 사공도의 「시품」은 제목의 특성상 언어의 추상성으로 인해 읽는 독자에게 다른 차원의 상상력과 이해를 요구한다. 이러한 시어는 설명할 때, 서술할 때 표현상의 어려움이 따르고 그림으로 형상화할 때는 그 의미의 명료한 전달을 위한 화가의 문학적 기량이 요구된다. 정선은 구체적인 사물을 통해 추상의 시경詩境 이해를 추구한 듯 구체적인 사물과 경물을 담은 시구를 중점적으로 형상화하였다.

시라는 순수예술의 지향점이 인간과 자연의 합일 추구라
는 점을 인식의 전제로 정선은 붓으로 시어詩語에 제시된 시각
적 이미지를 형상화했다. 즉「시품」의 대부분의 시들은 그 시의
습득자인 인물을 주인공으로 묘사했기에 정선의 시의도 또한
그림을 보는 사람의 정서적 이입을 유도하고 있다. 따라서 정선
은 〈웅혼〉을 제외한《사공도시품첩》각 장의 화면에 인물을 배
치하여 인물산수화 양식으로 다시 탄생시키고 있다. 정선은 앞
서 살펴본 〈소야〉, 〈실경〉에서처럼 시구에 묘사된 인물의 모습
을 배경이 되는 경물과 함께 충실하게 표현하고 있다. 그러나
이러한 정선의 표현은 단순한 묘사에 그친 것이 아니라 시의 내
용을 체득하고 난 후 화면에 표현한 것이기에 화면에서 느끼는
분위기는 더욱 고양되어 보는 사람에게 다가선다. '자연 속에서
의 인물'이란 표현은 중국 청대清代에 간행된《시품화보대관詩品
畵譜大觀》의 표현 양식과 동일하다. 그러나 이 화보의 그림과 정
선의 시의도 사이의 도상적 유사성은 찾기 어려워《사공도시품
첩》은 만년의 정선이 일생에 걸쳐 체득한 화의畵意와 필법으로
그린 것으로 볼 수 있다.

정선의《사공도시품첩》은 특정 시인의 시만을 화제로 한
시의도란 특징이 있다. 이같이 특정 시인의 시만을 화제로 해 화
첩으로 제작된 시의도는 중국의 경우 명대 육치陸治(1496~1576)의
《당인시의도唐人詩意圖》, 청대 왕시민王時敏(1592~1680)의《두보

시의도》, 석도石濤(1642~1707)의《도잠시의도陶潛詩意圖》등 유례가 있으나 조선에서는 정수영鄭遂榮(1743~1831)의《백거이 시의도첩白居易 詩意圖帖》외에 그 예를 찾기 어렵다.

　　이러한 특징과 더불어《사공도시품첩》의 제작 배경에서도 특징을 찾을 수 있다. 「시품」의 작가에 대한 논란이 중국 학계에 대두된 가운데 「시품」에 대한 작가의 규명이 이 글과 같은 맥락을 이루는 것은 아니지만 이 화첩이 그려진 시기와 작가에 대한 고찰은 사공도의 「시품」 전래와 밀접한 관련이 있다. 우리나라에서의 사공도에 대한 인식은 고려시대부터 있어 왔으나 〈시품〉에 대한 언급은 17~18세기 문인들의 기록에서도 찾을 수 없다. 이러한 「시품」은 『전당시全唐詩』에 사공도의 작품으로 수록되어 전해졌는데, 1712년 동지사겸사은사冬至使兼謝恩使로 연경에 들어갔던 김창집, 김창업 일행이 청나라 강희康熙황제로부터 받아온 3백여 본의 서책 중에 포함되어 1713년 국내에 유입되었다. 개인적으로 『전당시』를 구입한 이의현李宜顯(1669~1745)의 기록 등을 통해 그 대중화는 1721년 이후일 것으로 판단된다.[91] 즉 18세기 이후 활발해진 청과의 교류에서 연행 사행 등을 따라갔던 노론계 인사들이 구입해 오는 중국 서적을 통해 「시품」의 존재가 조선문단에 알려진 것으로 볼 수 있다. 따라서 1749년 정선이 시의도첩을 그린 것은 1713년 청나라에 연행했던 김창집에 의해 「시품」이 실린 청나라 서적이 유입되었고, 그의 아우들인 김창협, 김창흡, 김창업의 문단 활동과 무관하지 않다.[92] 즉 당시 시문장에 관해 문풍을 새롭게 진작시키려 한 김창흡과의 교유 관계 등은 화력의 완숙기에 들어선 정선만이 추상의 언어를 화폭에 옮겨 그릴 수 있던 시의도첩이라 할 수 있다.[93]

(3) 정선 시의도의 의의

정선은 조선 초기부터 꾸준히 그려지던 〈소상팔경도〉를 비롯하여 도연명의 「귀거래사」를 그리며 시간과 장소를 초월하는 문학과 회화의 접목을 이어왔다. 이것은 당시 문인 사대부들이 추구하던 문화 예술적 지향점과도 밀접한 관련이 있다. 즉 서화를 애호하고 회화의 수장과 감평에 대한 문화적 열기 속에서 시화일체를 추구했던 문인 사대부들의 지향점은 회화에 대한 제시題詩 활동이나 시의도 제작 등으로 구체화되었다. 이러한 분위기에서 시의도를 그리는 선도적인 역할은 바로 정선의 몫이었다.

조선회화사에서 정선 시의도의 의의는 첫째, 시의도 화제의 영역을 폭넓게 넓힌 것이다. 조선 중기 시의도의 면모는 현재 전해지는 작품을 중심으로 볼 때, 이징이 그린 〈화개현구장도〉, 〈난죽병〉 등에서 그 예를 찾을 수 있다. 이징의 시의도는 조선 문인들의 시를 화제로 선인의 학덕을 기리고 숭모하려는 의도에서 그려진 경우이다. 시와 회화의 만남이 이루는 접점에서 느낄 수 있는 예술 본연의 정취보다는 기록적, 계도적 의미가 강함을 알 수 있다. 시화일체 정신이 토대가 된 문인화와는 다소 거리를 두었고 소극적으로 그려지던 조선 중기 시의도와는 달리 조선 후기 문단에서 주목받았던 중국의 당시를 화제로 그 영역을 확장하고 심화시켰다.

둘째, 《경교명승첩》의 회화에서 보여지듯 정선은 진경산수와 시의 접목을 통한 새로운 형태의 시의도를 창출했다. 정선의 다른 시의도는 중국 화보의 습득과 그 영향으로 남종화풍의 관념 산수화의 양식으로 대부분 그려졌다. 반면 〈양천현아〉, 〈행주일도〉와 같은 시의도는 진경산수와 시를 접목시킨, 정선에 의해서 처음으로 제시된 독특한 양식의 시의도라 볼 수 있다. 이러한 점은 정선이 조선 시인의 시를 조선의 산천을 묘사한 진경 화풍으로 그려내려는 화가적 의지가 없었다면 시도되기 어려운 일이다.

셋째, 관념적이고 추상의 언어를 묘사한 시를 구체적인 형상을 빌어 화폭에 옮겼다는 것이다. 이것은 일반적으로 시의도의 화제가 갖는 여러 영역 중 가장 시각화하기 힘든 부분에 속하는 것이다. 화가가 시의 내용을 충분히 익히고 내면화하지 않으면 시에서 언급된 구체적 사물이나 경물을 나열하고 묘사하는 수준에 그칠 수 있다. 그러나 《사공도시품첩》에서 알 수 있듯 정선은 단순한 사물과 경물의 표현을 너머 자신이 체득한 시의 정서를 담은 경물과 상황의 화면적 통합을 이루었다.

　이러한 과정에서 정선은 중국에서 들어온 화보를 통해 익힌 것을 시의도 제작에도 활용했다. 『당시화보』, 『시여화보』, 『개자원화전』를 통해 문기를 중시하는 남종화를 체득했고, 시와 회화의 조응으로 이루어지는 시의도에 대한 인식을 넓혔다. 시의도의 화제 선택, 화면 구성, 구체적인 인물, 경물 등 모티브의 차용에도 활용했다. 이 같은 정선의 선구적인 시의도 제작은 뒤이어 전개된 조선 후기 화단에서의 활발한 시의도 제작에 큰 영향을 주게 된다. 시화일체를 추구하던 문인들의 회화는 물론이고 1783년부터 본격적으로 그 직제와 역할을 부여받던 자비대령화원들에게 치루어지던 정기 시험에 중국 당대, 송대의 유명 시구가 시험문제로 출제되는 현상 등은 정선 이후 시의도에 대한 관심이 얼마만큼 증폭되었는가를 알 수 있게 해준다.

　이상에서 살펴본 정선의 시의도는 조선화단에서 시의도가 새로운 영역으로 자리매김할 수 있는데 선구적 역할을 하고 있음을 잘 보여준다. 정선 이후 조선 후기 화단은 시의도에 대한 인식의 폭을 넓혔고, 그의 화풍을 익히고 화맥畵脈을 이은 심사정, 김희성 뿐만 아니라 김홍도, 이인문 등 화원화가들에게도 많은 영향을 끼쳐 활발하게 시의도가 그려지게 된다.

　그 어느 때보다도 역동적으로 움직였던 시대인 조선 후기는 무엇보다도 우리 것에 대한 관심이 커지며 우리가 삶의 주체로 자리하려는 움직임이 활발했던 시대였다. 이러한 시대의 회화사繪畫史에서 조선의 산천을 유람하고 자신만의 화법으로 진경산수를 그려낸 화가, 진정한 선비의 삶과 인생의 관조를 고사은일도를 통해 제시했던 화가 겸재 정선을 이제는 시화일체의 예술적 지향을 시의도에 담아 추구했던 화가로 새롭게 조명할 수 있을 것이다.

2

화제畵題로 나누어 본 시의도의 내용

조선시대에는 중국의 여러 시대의 시를 화제로 시의도가 그려졌다. 그중 가장 많은 비중을 차지하는 것이 당시唐詩와 송시宋詩이다. 일반적으로 당시는 정감이 풍부하고 서정적이며 운韻이 뛰어나고 회화적이다. 반면 송시는 이지적이고 심원하며 뜻이 뛰어나 사변적인 경향이 짙다는 특징이 있다.

1) 주지적主知的 내용의 송시의도宋詩意圖

회화는 시대와 동떨어져 존재하지 않는다. 시대의 사상, 문학과 함께 호흡하며 한 시대의 예술을 주조해 나간다. 조선시대는 성리학을 치국治國 이념으로 한 왕조로서 성리학은 국가운

영과 일상적 삶을 규율하는 지배 이데올로기로 작용했다. 따라서 성리학 관련 서적들은 왕실의 후원 아래 적극적으로 수입되고 재출판되었다.[94] 이러한 과정을 통해 문인 사대부들은 송문학에 대한 인식의 폭을 넓혔다. 자비대령화원 녹취재에 출제된 화제 중에는 송대의 시詩, 기記, 부賦 등 문학작품과 송대 인물의 고사에 관한 화제가 다수 포함되어 있다.[95] 그중 송시의 시구는 영모, 초충, 매죽 화목에서 많이 출제되었다. 자비대령화원의 녹취재에 출제된 화제는 왕을 비롯한 권력층이 앞세우고 있던 이념과 시대를 풍미하던 문풍의 흐름을 보여주고, 이를 그린 회화를 통해 조선시대 문화의 단면까지도 알 수 있게 한다. 성리학적 세계관을 담고 있는 송시의 시정이 화폭에 담길 때, 어떻게 화의와 어우러져 표현되었는지를 알아보는 것은 그동안 조선 회화사에서 간과하고 있던 한 흐름을 찾는 일이기도 하다.

(1) 송시를 화제로 한 회화의 유형과 특징

현존하는 조선시대 작품 중 중국 송대의 문학을 화제로 하는 주요 작가와 작품은 주희朱熹의 「무이도가武夷櫂歌」, 나대경羅大經의 「산정일장山靜日長」, 구양수歐陽修(1007~1072)의 「추성부秋聲賦」, 임포林逋(967~1028)의 「산원소매山園小梅」, 진여의陳與義(1090~1138)의 「회천경지로인방지懷天經智老因訪之」, 소식蘇軾의

「십팔대아라한송十八大阿羅漢頌」등이다. 이 같은 송대 작품은 강세황, 심사정, 김희성, 김홍도, 이인문, 신위, 이재관 등 주로 조선 후기의 화가들에 의해 그려졌다. 이들이 그린 송시의도는 첫째는 성리학의 이념을 담는 등 설리적說理的 성격의 시의도가 많다. 둘째, 당시의도와는 다른 유형으로 은거隱居를 다룬 시의도가 제작되었다. 셋째, 사군자와 같은 화훼에 성리학적 군자의 결기를 기탁하였다.

설리적說理的 시의도

주희에 의해 집대성된 성리학은 자연과 사회의 발생과 운동을 이기理氣 개념으로 풀이했다. 성리학 이념은 다시 문학에도 영향을 미쳐 주리적主理的이고 지성적이며 설명적인 문학 특성으로 연결된다. 조선 후기에 주희의 시가 화면에 작품화된 것 중 대표적인 것은 〈무이구곡도武夷九曲圖〉와 〈주부자시의도朱夫子詩意圖〉이다. 조선시대에 회자된 주희의 시는 순수문학작품이면의 이념적인 면과 맞물려 화면으로 작품화된 경향이 짙다. 또한 송대의 문호로 추앙받는 구양수의 작품도 문학적인 성취 이면에는 성리학적 이론에 바탕을 둔 사상이 내재해 있음이 〈추성부도秋聲賦圖〉를 통해 알 수 있다.

〈무이구곡도武夷九曲圖〉

〈무이구곡도〉는 무이산에 은거하며 강학하던 주희가 무이산의 승경을 노래한 「무이도가」를 화제로 그린 작품이다. 무이산의 구곡과 서시序詩를 바탕으로 그려진 〈무이구곡도〉는 16세기 이후 활발하게 그려졌다. 〈무이구곡도〉의 화제인 「무이도가」가 성리학에 대한 교화적인 성격을 띠게 된 것은 원대元代의 학자 진보陳普(1244~1351)가 1곡에서 9곡까지의 시의 전개를 도道로 나아가는 순서로 풀이한 것에서 비롯되었다.[96]

현존 작품을 살펴보면, 그 형식이 횡권 형식인 것과 전도全圖 형식인 것으로 크게 나눌 수 있다. 횡권 형식의 작품은 작가 미상의 〈주문공무이구곡도朱文公武夷九曲圖〉(1565년, 영남대박물관 소장), 이성길의 〈무이구곡도권〉(1592년), 강세황 작 〈무이구곡도〉이다. 반면 전도식은 호림박물관 소장본의 〈무이구곡도〉(17세기) 등이 있다.

횡권 형식의 작품 중 주목되는 것은 강세황이 1753년에 그린 〈무이구곡도〉도 43이다. 이 작품은 4m가 넘는 길이에 섬세한 묘사를 생략한 채 간략한 필치로 그려졌다. 이러한 강세황 필세의 의도는 이익李瀷(1681~1763)에게 그려준 〈도산도陶山圖〉의 발문에서 밝힌 회화관과 연결해 볼 수 있다. 강세황은 실경을 보지 않고 그리는 것은 어려우나 실경인 〈도산도〉, 〈무이구곡도〉의

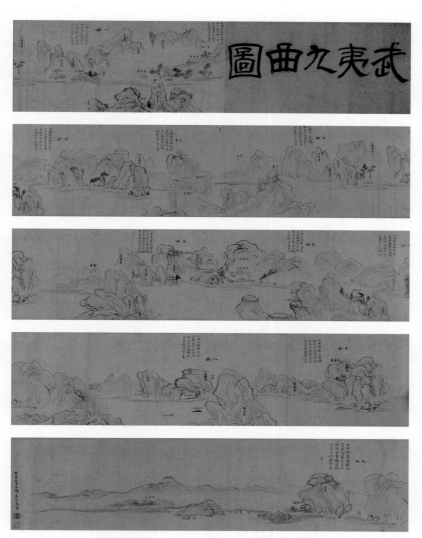

도 43 강세황, 〈무이구곡도〉, 1753년, 지본담채, 25.5×406cm, 국립광주박물관

경우 사실적으로 묘사하는 것보다 그 정신을 드러내는 것이 중요하다는 입장을 밝히고 있다.[97] 이러한 기술 후 2년 뒤에 제작된 사의적 화풍의 〈무이구곡도〉는 동일 주제의 다른 작품들과는 달리 화면상에 각 곡마다 지명의 이름을 붙이고 1곡부터 9곡까지의 「무이도가」를 적고 있다. 강세황이 그린 〈무이구곡도〉의 횡권 형식은 마치 무이구곡의 뛰어난 경치를 입구부터 차례로 감상하듯, 주희의 도학道學에 이르기 위해 차례로 익히며 나아가려는 강세황의 의지를 화폭에 담은 것으로 풀이할 수 있다. 이 같은 횡권 형식은 현존하는 조선 후기 당시의도에서는 유례를 찾기 어렵다.[98] 강세황의 〈무이구곡도〉는 시를 통해 그림의 내용을 보다 풍부하게 하며 두 장르의 상호 조응을 효과적으로 하고 있다는 점에 의의가 있다.

전도식의 작품 중 호림미술관 소장의 〈무이구곡도〉의 경우, 지명은 생략한 채 도식화된 지형으로 경물을 그려내고 있지만 4곡에서 6곡을 거쳐 7곡에 이르는 부분을 태극의 형상으로 표현해 성리학적 자연관을 구현하고 있다. 특히 양변에 나누어 적은 「무이도가」 9수와 서시를 통해 설리적인 시의도의 특징을 잘 보여준다.[99] 이처럼 조선시대의 〈무이구곡도〉는 주희의 삶을 동경하던 조선 문인들이 주희의 강학 생활에 흠모와 존경의 마음을 가지며 직접 가보지 못한 실경을 시구에 의존해 이상향의 관념 산수로 표현한 특성이 있다.

〈무이구곡도〉는 시간이 흐를수록 초기의 총도식 화면에서 각 곡을 한 폭의 화면에 담는 형식으로 변화했다. 쓰여진 화제도 시의 전문에서 제목 일부만 쓰거나 상징적인 지명만을 쓰며 하나의 산수화 화제로 단순화, 정형화되는 경향을 보인다. 「무이도가」는 자비대령화원의 녹취재 화제로도 출제되었는데 〈무이도가〉, 〈무이구곡〉처럼 제목으로 출제되거나 '만정봉 그림자는 맑은 냇물에 잠기네(幔亭峰影蘸晴川)'처럼 시구 중 일부가 화제로 제시되기도 했다.[100]

〈주부자시의도朱夫子詩意圖〉

김홍도의 〈주부자시의도〉도 44는 주희의 시 8편을 화제로 1800년에 그려진 작품이다. 이 작품은 원래 8폭 병풍으로 제작되었는데, 현재는 6폭만이 전한다. 현존하는 화폭은 제2폭 〈춘수부함도春水浮艦圖〉, 제3폭 〈만고청산도萬古靑山圖〉, 제4폭 〈월만수만도月滿水滿圖〉, 제6폭 〈생조거상도生朝擧觴圖〉, 제7폭 〈총탕맥반도葱湯麥飯圖〉, 제8폭 〈가가유름도家家有廩圖〉이다. 각 폭에 주희의 시와 성리학자인 웅화熊禾(1247~1312)의 주석을 적고 있는데 시와 주석의 글자 크기를 달리해 쓰고 있다. 각 폭마다 화면 상단에 적힌 시구의 내용을 화면에 충실하게 묘사하고 있는데 3폭과 4폭을 간략하게 살펴보겠다.

146

도 44 김홍도, 〈주부자시의도〉, 1800년, 견본담채, 125×40.5cm, 삼성미술관 Leeum(좌로부터 2, 3, 4, 6, 7, 8폭)

제3폭 〈만고청산도〉는 "천고의 심법心法을 주희가 이미 본받고서, 또 세상의 모든 시내에 비치는 밝은 달로써 사람들 각자에게 그 덕을 밝혀 도를 맡음에 자중하는 뜻을 보이려고" 한 시 「기적계호장급류공부寄籍溪胡丈及劉共父」 중 1수를 화제로 그리고 있다.[101] 화면 중앙에 깎아지른 절벽의 높은 산을 배치하고 전경과의 거리감을 위해 구름을 사이에 그려놓았다. "둥근 창 앞머리에는 푸르름이 병풍을 두른 듯하고(甕牖前頭翠作屛)"의 시구는 전경에 둥근 창을 가진 기와집을 그려 묘사하고 있다. 김홍도는 한가롭게 책을 펴는 그림 속의 주인공을 위해 푸른 소나무, 괴석, 파초, 대숲, 두 마리의 학을 주변에 그려 학자의 고고함을 상징적으로 표현하고 있다. 제4폭 〈월만수만도〉는 「무이도가」 중 4곡을 화제로 그렸다.[102] X자 구도로 시선을 중앙에 모으며 이 시의 주요 소재인 폭포와 달을 표현했다. 만월로 인해 천지에 가득 찬 달빛의 부드러움은 메마르지 않은 먹으로 부드럽게 경물을 묘사한 필획과 조응하고 있다. 폭포 하단에는 물속에 반쯤 잠긴 바위들과 사이를 흘러내리는 물결을 단선으로 변화있게 표현하여 지형의 높낮이를 가늠하게 한다. 특히 우측 암벽의 하단을 물속에 잠기게 하며 물길을 열어놓은 구성은 폭포에서 떨어져 못에 가득찬 물이 정체하지 않고 흘러내려갈 듯한 운동감을 느끼게 한다.

김홍도의 〈주부자시의도〉는 정조正祖(1752~1800, 재위 1777

~1800)가 "주자의 시는『시경』300편의 뜻을 온축하여 후세에 미친 교화의 공이 크고 넓으니, 지금의 선비들은 마땅히 주자의 시를 배워야 한다"라며 주희의 시선집인『아송雅誦』의 출간 목적을 밝힌 것과 밀접한 연관을 갖는다.[103] 특히 다른 화제畵題 기술과는 달리 시와 주석을 나란히 상단 중앙에 함께 써넣은 김홍도의 화면 구성은 이 그림이 시로써 백성을 교화하려 했던 정조의 시교詩敎 의도와도 부합함을 알 수 있다. 이렇듯〈주부자시의도〉는 도학과 문학이 결합한 시문을 최고의 전범으로 여겨 교화의 도구로 생각했던 정조의 뜻과 김홍도의 화의가 부응해 이루어 놓은 설리적이고 교화적 성격의 시의도이다.

도 45 작자 미상,《천고최성첩》중 〈추성부도〉(그림 부분), 저본채색, 25.8×32.7cm, 국립중앙박물관

〈추성부도秋聲賦圖〉

'문득 가을소리에 유한한 인생의 무상함을 깨닫는다'는 내용을 담은 구양수의「추성부」는 송대 문학의 설리적인 특징을

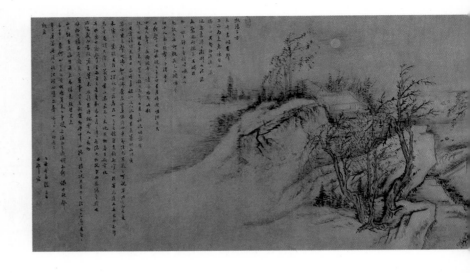

잘 보여준다. 특히 구양수는 「추성부」 내용 중 여러 곳에 가을과 관련되는 단어를 사용해 가을의 속성을 음양오행론陰陽五行論으로 풀어 이야기하고 있다.[104] 이를 그린 〈추성부도〉는 1606년 명明의 사신 주지번朱之蕃이 가지고 온 『천고최성첩』을 임모한 여러본의 서화합벽첩에 처음 보인다. 이 중 국립중앙박물관 소장의 〈추성부도〉도 45 화면의 내용은 구양수가 집 밖의 강가에 서서 앙상한 가지의 나무들을 올려다보는 장면으로 묘사되어 있다. 이 같은 화면은 「추성부」의 내용 중 계절의 순환과 인간 삶이 다르지 않음을 깨달으며 생각에 잠기는 구양수의 모습

도 46 김홍도, 〈추성부도〉,1805년, 지본담채, 56×214cm, 삼성미술관 Leeum

을 묘사한 것으로 보인다. 글의 내용 중에 집 밖으로 나와 주위
를 보며 생각에 잠긴다는 구체적인 내용은 없으나 '추성'을 매개
체로 자연과 인간 삶의 순환논리를 유추해 내는 내용을 '사색'
장면으로 형상화한 것이다.

　　1805년 그렸다는 관지가 있는 김홍도의 〈추성부도〉도 46는
그의 마지막 기년작이다. 김홍도는 동자를 통해 '추성'의 실체를
깨닫는 순간을 묘사하고 있다. 화면 중앙에 선비가 앉아있는 초
옥, 집 주변에 마른 잎을 떨어뜨리는 듯한 큰 나무들, 좌측 상단
에 그려진 둥근 달은 밤의 풍경임을 보여준다. 특히 손을 들어

도 47 최북, 〈공산무
인도〉, 지본담채, 31.0
×36.1cm, 개인 소장

한 곳을 가리키며 이야기하
는 동자와 동자의 말을 듣
는 듯 동자를 향해 시선을
주는 선비의 모습이 주요한
장면이다. 이는 「추성부」의
내용 중 "초옥에서 글을 읽
던 선비가 무슨 소리를 듣
고 동자에게 무슨 소리인가
를 묻자, 동자가 숲을 가리
키며 달 밝고 별이 총총한

데 은하수만 떠있을 뿐, 사방에는 인적이 없으나 숲속에서 소리
가 난다"는 구절을 형상화한 것임을 알 수 있다. 김홍도는 갈필
의 하엽준을 쓰며 가을밤의 느낌을 화면에 더했고, 화면 중심으
로 모든 사물을 모으고 주변을 여백으로 처리함으로써 '비어 가
는 시간' 표현에 시정과 화의의 조화를 모색하고 있다.

〈공산무인도空山無人圖〉

　　최북(1712?~1786?)의 〈공산무인도〉도47는 소식의 「십팔대
아라한송」 중 '제9존자' 부분의 마지막 구절인 "빈 산에 사람 없
고 물 흐르고 꽃이 피네(空山無人 水流花開)"를 화제로 했다.[105]

화면 우측에 인적이 없는 '빈 산(空山)'임을 강조하듯 소박한 빈 누
각을 그렸고 좌측에는 '물이 흐른다(水流)'는 시어를 적극적으로
표현했다. 좌측 상단에는 호방한 필체로 작품의 화제를 적었다.

　　이 같은 최북의 화면은 조선 후기 일부 시의도에서처럼 중
국으로부터 전래된 화보의 영향이 드러난다. 특히 시어를 구체
적으로 시각화한 화면 좌측에 표현된 물줄기와 우측의 빈 누각
표현은 『당해원방고금화보唐解元倣古今畵譜』에 실린 「약도인若道
人」 시[106]를 그린 작품과 유사함을 알 수 있다.도 48 이 화보에 실
린 시의도는 화면 우측 하단에는 누각으로 이르는 길을 적극적
으로 묘사해 이곳을 많은 이가 찾는다는 것을 암시했다. 이 같
은 회화적 표현은 시선을 따라 사람이 없는 빈 누각과 이어지며

도 49 김홍도, 〈수류
화개〉, 지본담채, 23.0
×27.4cm, 간송미술문
화재단

산속의 적막함을 강조
했다. 특히 3, 4구의 내
용은 "외로운 나이 해
질녘에 찾아오는 이
없는데 / 그늘진 벼랑
에서 새소리만 어지럽
게 들려오네(孤年落日
無人來 陰厓只聞鳥聲
亂)"는 인적이 끊긴 숲
의 모습을 읊었다는 점

에서 최북이 화제로 한 소식의 시구인 "빈 산에 사람 없고 물 흐르
고 꽃이 피네(空山無人 水流花開)"와 유사한 시정을 나타내고
있음을 알 수 있다.

소식의 이 시구를 화제로 한 또 다른 조선시대의 시의도는
김홍도의 〈수류화개〉이다.도 49 김홍도는 물길을 향해 드리운
나무가 있는 어느 산속의 계곡 모습으로 시의를 표현했다. 몇몇
경물과 더불어 화제까지도 좌측 화면에 집중시키며 우측 화면을
비웠는데, 김홍도의 이 같은 화의畵意는 화면의 깊이를 더함과 더
불어 '비어 있다(空)'는 시어를 적극적으로 표현한 것으로 보인다.

도 50 작자 미상,《천고최성첩》중 〈산정일장〉(그림 부분), 저본채색,
25.8×32.7cm, 국립중앙박물관

도 51 정선, 〈산처수반도〉, 견본수묵담채,
22.0×15.0cm, 개인 소장

새로운 유형의 은거隱居 표현

나대경의 문집『학림옥로鶴林玉露』중 은거지에서 여름을
보낸 일상사를 묘사하며 적은 글이「산정일장山靜日長」이다. 이
를 화제로 그린 것이 〈산정일장도〉이다.[107] 조선시대의 작품 중
서화합벽첩 형태로는 국립중앙박물관 소장의『천고최성첩』임
모본에 실린 작자 미상의 〈산정일장도〉도 50가 있다. 화면 한쪽
에 화제의 전문을 적고 다른 한쪽에 그림을 그려 엮은 것이다.

반면「산정일장」전문 중 일부분을 화제로 한 정선의 〈산
처수반도山妻修飯圖〉도 51는 "죽창 아래로 돌아오면 / 산 사람이

도 52 오순, 〈누각산
수도〉, 18c말~19c 초,
지본수묵담채, 56.7×
36.3cm, 삼성미술관
Leeum

된 아내와 어린 자식들이 / 죽
순과 고사리 나물을 만들고 보
리밥을 지어 나와 / 혼연한 마
음으로 배불리 먹네(既歸竹窓
下 卽山妻稚子 作筍蕨 供麥飯
欣然一飽)"라는 부분을 표현한
것이다.[108] 이 작품은 원경에 담
채로 묘사된 산에 미점으로 산
맥을 강조했으며 전경에 초옥,
인물 등은 간략한 필치로 그려
내고 있다. 중경에 연운을 그
려 깊은 산중에서의 은거를 효
과적으로 암시하고 있다. 오순
吳珣(생몰년 미상, 18세기 활동)의
〈누각산수도〉도 52는 나대경의
시 두 구절만 화제로 적었다. 전경에 사선 구도로 바위산이 그려
져 있고 부감법으로 내려다본 산중 표현은 중경에 누각으로 이
르는 다리를 놓아 물이 흐름을 유추할 수 있게 한다. 원경의 산
은 높이 솟아 있어 깊은 산속에 집이 위치함을 은유하고 있다.

전문全文의 글을 나누어 일부분을 화제로 화면에 적고, 이
를 화첩이나 병풍의 형태로 제작한 작품들도 전한다. 김희성金喜

誠(생몰년 미상, 18세기 활동)의《옥로일단화첩玉露一段畵帖》(간송미술문화재단 소장)은 6폭에 전문의 일부를 나누어 적고 각 폭마다 부드러운 필치로 담묵의 효과를 더한 화면으로 화제를 재현하고 있다.[109] 이인문李寅文(1745~1821)의 〈산정일장도〉는 글의 내용을 나누어 병풍 형태로 제작한 작품으로 현재 3점이 남아있는 것으로

도 53 이인문,《산정일장도》중 2폭, 견본수묵담채, 110.0×41.8cm, 국립중앙박물관

파악된다. 이 중 간송미술문화재단 소장의《산정일장호두병山靜日長護頭屛》은 '산정일장山靜日長', '수의독서도隨意讀書圖', '좌롱유천도坐弄流泉圖', '맥반흔포도麥飯欣飽圖', '농필전첩도弄筆殿帖圖', '계변해후도溪邊邂逅圖', '의장시문도倚杖柴門圖', '월인전계도月印前溪圖' 등 8폭으로 구성되어 있다. 역시 간송미술문화재단 소장의 6폭《산정일장도》와 국립중앙박물관 소장의 4폭《산정일장도》도 53

도 54 이재관, 〈오수도〉,
지본담채, 122×56cm,
삼성미술관 Leeum

의 구성은 낙폭을 고려하더라도 작품마다 구의 선택에 따라 화면에 묘사된 그림의 내용이 달라짐을 알 수 있다.[110] 화원이었던 이인문은 특히 이 화제의 시의도를 많이 그린 것으로 알려졌는데, 그의 신분을 고려할 때 이러한 삶을 이상으로 했던 문인 사대부들의 그림 수요와도 연관이 있음을 추론할 수 있다.[111] 이재관李在寬(1783~1837)의 〈산정일장도〉는 이전 그림에 비해 산수 배경은 크게 생략되고 인물을 중심에 배치하며 인물의 행동에 중점을 두었다. 이러한 화면의 구성은 '산'이란 장소적 의미보다 '산거'하는 인물의 행동에 더 많은 의미를 두려한 것임을 알 수 있다. 현존하는 것은 4폭으로 〈오수도午睡圖〉도 54에는 '새소리 위아래로 오르내릴 때 낮잠에 막 드네(禽聲上下午睡初足)'라는 화제가 적혀 있다. 이외에도 〈치자공반도稚子供飯圖〉(간송미술문화재단 소장본)에는 '산 사람이 된 아내와 어린 자식들이 / 죽순과 고사리 나물을 만들고 보리밥을 지어 나오네(山妻稚

子 作筍蕨供麥飯)', 〈전다도煎茶圖〉(개인 소장본)에는 '창가에 앉아 글씨를 쓰고 / 다시 쓴 차를 달여 한 잔 마시네(弄筆窓間 再烹苦茗)', 〈삼인해후도三人邂逅圖〉(개인 소장본)에는 '밭둑의 노인과 냇가의 벗을 만나 / 뽕나무와 삼베 농사를 묻고 벼농사를 얘기하네(邂逅園翁溪友 問桑麻說秔稻)'라는 화제가 각각 적혀 있다.[112]

이상에서 살펴본 〈산정일장도〉는 은거를 내용으로 하는 〈당시의도〉와는 소재와 화면 형식에서 구별된다. 〈당시의도〉에서는 은거자를 주로 어부, 나무꾼의 모습으로 표현하며 도시에 살면서 시은市隱을 통한 자유를 누리고 싶어 하는 문인들에게 대리만족을 주는 효과를 지향하는 특징이 있다.[113] 반면 〈산정일장도〉의 주인공은 문인들이 추구했던 성리학적인 학자의 상으로 인식되어 그려졌다.

주희가 '둔옹遁翁'이란 호를 사용하며 은일했던 것과 연관할 때, 당시 조선의 문인들에게는 좋은 은둔생활(好遁), 아름다운 은둔생활(嘉遁), 여유로운 은둔생활(肥遁)만이 어지럽고 복잡한 현실을 피하는 최선의 선택이며, 적절한 시기에 은둔하는 것이 이상적인 학자의 모습으로 인식된 듯하다.[114] 〈산정일장도〉의 은일자는 노동이 배제된 학자의 모습이다. 글을 읽고 쓰는 학자, 학자를 모시며 차를 끓이는 시동의 표현은 사회에서의 신분제를 보여준다. 자연과 물아일체를 꿈꾸며 현실의 '나'를 잊는 당시의도에서의 은거와는 달리 〈산정일장도〉에서의 '나'는 책을 읽고 쓰며, 농부들과 만나 농사에 관한 환담을 나누는 현실을 떠나지 않은 '나'로 그려진다. 이러한 '내'가 산나물로 식사를 해야 하는 현실은 은둔 생활에 뒤따르는 어려운 삶의 환경도 안빈낙도해야 할 환경이다. 이런 환경에서 사는 것은, 곧 낙천지명의 삶을 사는 참된 학자의 자세로 인식된 듯하다. 이렇듯 조선시대 문인들의 삶, 은거라는 이상은 〈산정일장도〉를 통해 새로운 양상으로 구현되었다.

화훼를 소재로 한 시

송시는 매화, 국화, 대나무, 파초와 같은 화훼류의 생태적 속성에 성리학에서 추구하는 이상적인 군자상君子像을 의탁하는 특징이 있다. 당시가 대나무, 매화 등을 소재로 정한情恨을 표현한 것과는 구별되는 것이다. 송시의 이 같은 경향은 성리학의 영향을 받은 시인들이 시 창작에 있어 소재의 폭을 넓히며 설리적說理的인 표현을 했다는 특징과 무관하지 않다.[115] 조선시대에

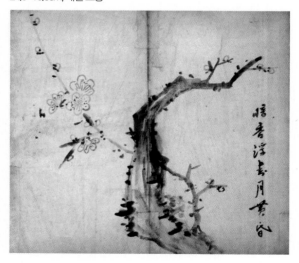

도 55 강세황, 『국조서첩』 제10책 배면화 〈묵매〉, 1737년, 지본수묵, 24.9×13.8cm, 개인 소장

는 화훼의 생장 속성과 성리학적 군자상이 중첩된 송시를 화제로 한 매화, 대나무, 국화가 그려진다.

추위를 이기고 고고히 피어나는 매화는 탈속하여 은일하며 절개를 지키는 군자의 모습에 비유된다. 매화를 읊은 시를 화제로 한 작품은 조선 중기 어몽룡魚夢龍의 〈묵매도〉(도 7 참고)가 가장 이르다. 조선 후기 송시의도로는 강세황, 심사정, 방희용方羲鏞(1805~?)의 작품이 있다. 매화 그림에 화제로 쓰인 시 중 임포林逋의 「산원소매山園小梅」는 가장 잘 알려져 있다. 강세황은 역대 명가의 글씨를 임서한 《국조서첩國朝書帖》 제10책 뒷면에 매화 습작 두 폭을 남기고 있는데, 그중 한 폭에 "그윽한 향기 달빛 어린 황혼에 떠도네(暗香浮動月黃昏)"라 적고 있다.도 55 이 작품은 1737년 강세황의 나이 25세에 그린 것으로 잔가지 없는 간결한 구성, 나무에 비해 꽃이 크고 꽃술이 긴 특징이 있다. 심사정의 〈매월제금梅月啼禽〉도 56은 '성긴 그림자 비스듬히 맑고 얕은 물에 비치니 / 그윽한 향기 달빛 어린 황혼에 떠도네(疏影橫斜水淸淺 暗香浮動月黃昏)'라

도 56 심사정, 〈매월제금〉, 지본담채, 50.2×20.2cm, 간송미술문화재단

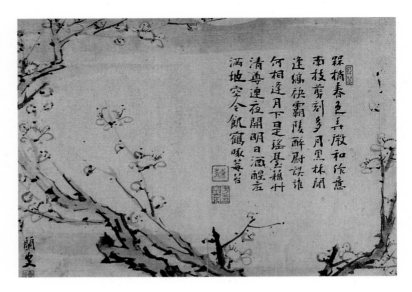

는 구절을 화제로 하고 있다. 화면 하단의 늙고 굵은 매화 줄기
에 새 한 마리가 앉아 머리를 돌리며 시선을 위로하고 있고, 화
면을 가득 채운 가지에는 활짝 핀 매화가 그려져 있다. 이 구절
은 헌종 2년(1836년) 자비대령화원 녹취재 화제로도 출제되어
오랜 기간 동안 매화도를 상징하는 화제로 자리했다. 방희용은
소식의 「고금체시古今體詩 42수」 중 한 수를 화제로 적은 〈매화
도〉도 57를 남기고 있다. [116] 이 작품은 화면 좌우면과 아랫면에
매화를 그렸고, 중앙의 여백에 화제를 적어 화면의 균형을 이
루고 있다.

　　북송대에 문인화로 정립된 묵죽화는 곧은 성정性情, 고매한
인품을 지닌 강직한 군자의 상징으로 성리학자들의 이상에 부합

한다. 송시의도 중 묵죽 작품으로는 신위申緯(1769~1845)의 〈죽석도竹石圖〉도 58가 있다. 이 작품은 황정견黃庭堅의 시「제죽석목우題竹石牧牛」중 "돌은 내가 무척 아끼는 것이니 / 소를 풀어 뿔을 갈게 하지 마오 / 소가 뿔을 가는 것은 그래도 괜찮지만 / 소가 싸운다면 내 대나무를 부러뜨릴까 걱정이오(石吾甚愛之 莫遣牛礪角 牛礪角尙可 牛鬪殘我竹)"를 화제로 하고 있다. 신위는 대나무 그림을 통해 문인화 특유의 아취를 드러내고 있다. 좌측 화면에서

도 58 신위, 〈죽석도〉, 1840년, 지본수묵, 80×51cm, 개인 소장

시작된 대나무는 다소 유약해 보이는 죽간竹幹 상부에 잎을 달고 성글거나 빽빽하지 않게 그려져 있다. 하단에 간결하게 그려진 돌로 화면의 균형을 이루었다. 특히 먹의 농담을 달리해 원근감을 표현했다. 우측 하단 공간에 화제가 쓰여 화면의 균형을 이루었는데, 신위는 1840년 자신의 나이 72세에 그린 것임을 밝히고 있다.

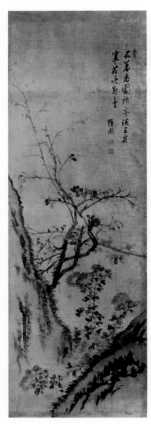

국화는 기품과 청향淸香을 풍기며 찬서리를 아랑곳하지 않고 피는 오상화傲霜花로 지조와 절개라는 군자의 덕목을 상징한다. 김홍도의 《화훼도》 4폭 중 〈국화〉도 59는 한기韓琦(1008~1075)의 「구일수각九日水閣」 중 한 구절인 "오래된 정원의 맑은 가을 모습에도 부끄럽지 않아 / 추운 철에 피는 꽃이 늦은 철에 향기 냄을 보노라(不羞老圃秋容淡 且看寒花晩節香)"라는 구절을 화제로 한 시의도이다. 이 시구는 한기가 '평소 초기의 절개는 지키기 쉽지만 늦게까지 절개를 지키기는 어려워 만년의 절개를 잘 지켜야 한다'고 말했다는 일화와 더불어 찬서리에도 고고히 피는 국화의 속성이 '절개'로 치환되어 상징되었다.[117] 김홍도는 이 시구의 의미를 더욱 분명하게 드러내기 위해 국화와 열매를 단 가을 나무를 화면 하단 중앙으로 집중시켜 대비하고 있다. 전면에 그려진 국화는 진한 먹으로 표면을 강조한 비탈 뒤에서 피어있고 꽃봉오리부터 만개한 국화까지 크게 세 부분으로 나누어 그려놓았다. 곧은 줄기가 지나치게 곧지 않고, 누운 줄기는 땅에 닿지 않게 허리를 들어 하늘을 향하는 모습이 서리에도 시들지 않는다는 국화의 속성을 적절하게 표현하고 있는 듯하다. 이러한 속성은 화면 중간에 그려진 가을 나무의 표현을 통해 강조된다. 국화가 심어진 비탈

도 59 김홍도, 《화훼도》 4폭 중 〈국화〉, 지본 수묵담채, 138×47.5cm, 삼성미술관 Leeum

과는 반대 방향의 위치에 사선 구도로 그려진 나무는 앞쪽의 국
화 기세를 더욱 돋우고 있다. 두 소재의 대비를 통해 만절향을
지닌 국화는 군자가 겸비해야 할 기세와 절개로 자연스러운 전
이가 이루어졌다. 이 구절은 순조 34년(1834년) 9월의 녹취재
초충 부분의 화제로도 출제되었다.

(2) 중국 화보의 영향

조선에서 남종화의 흥성은 명청대에 제작되어 조선에 유
입된 화보들의 영향이 뒷받침되었다.[118] 다른 나라의 그림을 보
고 화풍을 익힌다는 것은 단순히 도상의 차용을 넘어 회화에 대
한 인식 전환에 큰 역할을 한다. 송시의도를 그린 화가들이 작
화법의 이해를 얻는 경우, 화제의 인용을 학습하는 경우, 도상
을 차용하는 경우 등에서 중국 화보의 영향을 찾을 수 있다.

김홍도의 《화훼도》 4폭 중 〈국화〉는 군자의 기개처럼 서리
에도 시들지 않는 국화의 특성을 표현하기 위해 『개자원화전』의
「국보菊譜」 중 〈화국전법畵菊全法〉의 내용을 충분히 숙지하며 따
르고 있음을 알 수 있다.[119] 즉 국화의 속성을 군자의 기개와 절개
로 이해할 때 가슴속에 전체의 모습이 구비되는 진정한 국화를 그
릴 수 있다는 것이다. 이와 같이 특정 소재의 표현에 있어 그 소재
의 특성을 파악하고 인격화한 이해를 바탕으로 해야 진정한 그림

을 그릴 수 있다는 화보의 내용은 화가가 단순한 도상의 모방을 넘어서 화의畵意를 담은 작품 제작에 도움을 주었을 것이다.

　　화보와의 연관성은 일차적으로 단순한 도상 차용과 화가의 화의를 완벽하게 표현하기 위해 화면상에 나타나는 기타의 요소들을 익히는 차용으로 분리해서 생각할 수 있다. 특히 시의도를 그린 화가들에게는 화보에 실린 화제가 쓰여 있는 그림을 보며 화제의 선정과 적용을 익히는 것이 도움이 되었을 것이다. 그

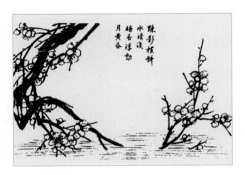

도 60 『개자원화전』 중 「매보」

도 61 『개자원화전』 중 「국보」

예로 조선 후기에 그려진 국화, 매화 그림에 쓰여진 화제와 화보의 화제가 같은 경우를 들 수 있다. 『개자원화전』의 「매보梅譜」 중에는 임포의 시구인 "성긴 그림자 비스듬히 맑고 얕은 물에 비치니 / 그윽한 향기 달빛 어린 황혼에 떠도네(疏影橫斜水淸淺 暗香浮動月黃昏)"가 쓰여진 작품도 60이 수록되어 있다. 『십죽재서화보十竹齋書畵譜』(1627)의 「매보梅譜」에도 '암향부동暗香浮動'이란 제목의 작품이 수록되어 있다. 『개자원화전』의 「국보菊譜」 중 〈국죽도〉도 61에는 한기의 「구일수각」 중 한 구절인 "오래된 정원의 맑은 가을 모습에도 부끄럽지 않

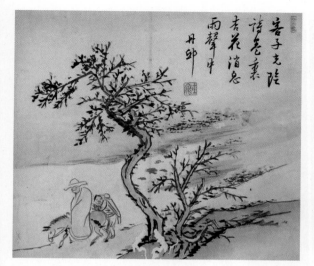

도 62 김홍도, 〈기려행려도〉, 지본담채, 22×25.8cm, 간송미술문화재단
도 63 『개자원화전』「인물옥우보」 중 점경인물 부분

아 / 추운 철에 피는 꽃이 늦은 철에 향기 냄을 보노라(不羞老圃
秋容淡 且看寒花晩節香)"가 쓰여졌다. 이는 김홍도의《화훼도》
4폭 중 〈국화〉(도 59)에 쓰여진 화제와 같다. 이 같은 예를 통해
화가가 화제를 익히고 시의도 제작에 적용하는데 화보가 미치
는 영향을 알 수 있다.

또한 김홍도의 〈기려행려도〉도 62는 차용하는 도상에 대한
화가의 인식이라는 면에서 화보와의 관련성을 살펴볼 수 있다.
이 그림은 진여의陳與義의 시 「회천경지로인방지懷天經智老因訪
之」 중 "나그네 세월은 시권 속에 있고 / 살구꽃 소식은 빗소리 가
운데 있네(客子光陰詩卷裏 杏花消息雨聲中)"라는 구절을 화제

도 64 김희성, 《옥로일단화첩》 중 〈산처치자〉, 1754년,   도 65 『고씨화보』의 〈동원〉 부분
지본담채, 37.0×30.0cm, 간송미술문화재단

로 그린 시의도이다. 이 작품의 인물 표현은 『개자원화전』의 「인
물옥우보人物屋宇譜」 중 점경인물点景人物에 실린 도상도 63과 유
사함을 알 수 있다.[120] 화보의 도상을 설명하는 "파교를 건너며
나귀 위에서 시를 생각하네(詩思在灞橋驢子背上)"라는 시구가
있어 주목할 만하다. 김홍도 작품의 화제가 된 시구와 화보에서
도상을 설명하는 내용이 서로 유사함은 화보를 통한 화가의 이
해, 습득, 적용을 바탕으로 시의도가 제작되기도 함을 보여준다.
　　화보를 통해 도상을 차용할 경우 전체를 차용한 경우와 시
구에 적절한 단일 소재의 도상만을 차용한 경우가 있다. 도상

전체를 차용한 경우는 김희성이 「산정일장」
중 "산 사람이 된 아내와 어린 자식들이 / 죽
순과 고사리 나물을 만들고 보리밥을 지어
나온다(山妻稚子 作筍蕨供麥飯)"를 표현한
〈산처치자〉도 64의 경우를 예로 들 수 있다.
김희성은 『고씨화보』 중 〈동원董源〉부분도 65
을 그대로 차용했다.[121] 반면 단일 소재의 도
상만을 차용한 일례는 김홍도의 〈주부자시
의도〉 6폭 중 제2폭 〈춘수부함도〉의 거함

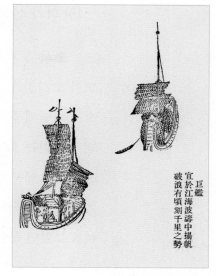

巨艦으로 『개자원화전』 〈인물옥우보〉의 거

도 66 『개자원화전』
「인물옥우보」의 〈거함〉

함도 66의 모습을, 제8폭 〈가가유름도〉에 그려진 추수하는 농부
들의 모습은 『패문경직도佩文耕織圖』 〈경부耕部〉의 제18도 〈절구
질〉과 제20도 〈키질〉의 도상을 합해 재구성한 것이다.[122]

　　이처럼 조선에 전래된 각종 화보는　단순히 그림을 그리
는 기법뿐만 아니라 그림에 대한 견해와 화풍의 이해(『개자원화
전』), 중국 화가들에 대한 이해(『고씨화보』), 그림과 글의 어울
림과 감상(『당시화보唐詩畵譜』, 『시여화보詩餘畵譜』) 등 조선 문인
들이 지니고 있었던 회화에 대한 기존의 이해 폭을 넓힐 수 있
는 기회를 제공했다. 따라서 각종 화보는 새로운 문화에 대한
인식의 변화, 화풍의 변화는 물론 시의도 화제의 선정, 서술 기
법의 예도 제시해 주었음을 알 수 있다.

(3) 화가 신분에 따른 작품의 특징

조선 후기에 이르면, 화가의 신분에 관련 없이 많은 시의
도가 그려진다. 이 같은 원인으로는 무엇보다도 당시에 본격적
으로 화단에 풍미했던 남종화풍의 영향을 들 수 있다. 조선에서
의 남종화는 화가 신분과는 무관한 하나의 화풍을 지칭하는 것
으로 중국에서 발생되어 정의된 것과는 다르게 정착되었다. 문
기文氣를 중시하는 남종화의 유입과 확산은 특히 그림을 여기餘
技로 보았던 문인들의 사고 전환에 적지 않은 영향을 주었고, 당
시나 송시를 화제로 하며 시화일률을 추구하는 적극적인 작화
활동을 하게 되었다.

화가의 신분에 따른 송시의도는 화목畵目과 제작 의도에서
다른 면을 보인다. 문인 화가인 강세황, 심사정, 신위 등은 매화,
대나무 등 화훼를 소재로 한 송시를 화제로 화의를 담고 있다.
반면 화원 화가인 김희성, 김홍도, 이인문 등은 직업 화가라는
특성상 그 당시 문단에서 많이 읽혀진 송대 문인의 작품을 산
수, 화훼 등의 화목으로 다양한 화면에서 다루고 있다.

문인들이 송시를 화제로 시의도를 그린 경우는 구체적인
시 내용의 묘사보다는 문인으로서 시정과 화의의 합일을 이루
기 쉬운 매화, 대나무와 같은 사군자류에 많이 보인다. 강세황
의 〈무이구곡도〉, 〈묵매도〉, 심사정의 〈매월제금〉, 신위의 〈묵

죽도〉는 시의 내용을 상세히 묘사하거나 대상 경물을 핍진하게 표현하는 것보다 시의 의미와 경물의 속성을 성리학 이념에 비추어 그림에 의탁하며 그 뜻을 승화시키고 있다.

반면 화원 화가인 김희성, 김홍도, 이인문 등이 송시를 그린 그림은 조선 후기의 정치 이념과 사대부의 문화 취향에 적극적으로 호응해 이루어진 경향이 짙다. 김홍도의 〈주부자시의도〉는 자신의 후원자인 정조의 치국론과 문학관을 정확하게 이해하고 제작한 시의도로 설리적, 교화적 성격이 강한 작품이다. 〈추성부도〉도 역시 단순히 늦가을에 대한 감상에서 비롯된 작품을 넘어 자연의 순리와 변화의 이치를 성리학의 논리 속에서 풀어내 그리고 있다. 현존 작품을 중심으로 살펴볼 때 김희성, 이인문의 〈산정일장도〉는 당시 문인들이 중시했던 성리학 이념 속에서의 생활과 이상을 대변하는 소재의 그림을 제작하는 것에 역량이 발휘되었다. 특히 화보를 통해 익힌 남종화풍으로 자신들의 회화 세계를 넓혀 나갔다.

(4) 송시의도의 특징

조선시대 화단에서 남종화의 유행은 화풍이란 외면적 변화와 문기를 중시하는 그림에 대한 인식 전환이라는 내면적 변화를 동시에 이루었다. 특히 그림에 대한 인식의 변화는 시화동원詩畵同源이란 송대 화론의 수용 이후 조선 후기에 공고해졌다.

　　성리학을 치국이념으로 한 조선시대는 정치, 사상, 문화 모든 분야에서 성리학적 세계관이 자리하며 삶을 조율했다. 특히 송대 문학을 화제로 한 조선의 송시의도는 동시대에 그려진 당시의도와 비교할 때 내용, 화면의 형식에서 다음과 같은 차이가 있음을 알 수 있다.

　　내용적으로는 설리적 시의도의 제작이 활발했다. 조선 성리학의 근간이 된 주희의 이론은 그의 작품인 「무이도가」를 그린 〈무이구곡도〉를 통해 성리학을 익혀 궁극점에 이르는 길로 이해되었다. 따라서 조선 후기의 〈무이구곡도〉는 학문이나 사상적으로 도道에 이르려는 학자들의 삶과 이상을 대변했고 현실의 실경이 이상향으로 환치되기도 했다. 김홍도의 〈주부자시의도〉 역시 주희의 시가 감상을 위한 시의도의 범주에서 더 나아가 주자 성리학을 설명하는 매개체 역할을 하고 있음을 알 수 있다. 자연의 순환에 대한 인식을 바탕으로 쓰여진 구양수의 「추성부」를 김홍도는 화면에 옮겨 설리적 특성을 더하고 있다. 이 같은 양상은 자연에 대한 태도가 감성적이고 정한情恨의 비중이 큰 당시의도와는 구별되는 특성이라 할 수 있다.

　　특히 송시에 나타난 은거에 대한 개념 변화 역시 당시의도와는 구별되는 점이다. 편안하지 못함과 물질적 빈곤에도 안빈낙도하며 서적을 탐독하고 글을 쓰는 은거자의 모습은 당시의도에서 어부, 나무꾼으로 묘사되던 것과는 다르고 노동을 배제한 모습, 사회 계급의 존재를 긍정하는 모습으로 그려진다. 〈산정일장도〉에서 보이는 은거자의 모습은 탁족하며 혼탁한 현실은 피하지만 농부와 농사에 관한 환담을 나누는 현실에 있는 '나'를 그리고 있고, 그 삶은 낙천지명하는 성리학적 군자상인 것이다.

이 밖에도 매화, 대나무, 국화 등 화훼류에 성리학에서 이상으로 삼은 군자상을 기탁해 표현하는 시의도가 그려졌다. 이는 성리학이 모든 사물에서 도의 실체를 찾으려 한 것을 바탕으로 송시의 소재가 확대된 특성과도 연관된다. 지조와 충의를 지키는 고고한 모습의 군자상은 곧 화훼류의 생태적 속성에 기탁되었고, 이 같은 시정은 곧 흉중에서 그려진 〈묵매도〉, 〈죽석도〉 등의 사의화로 재탄생되었다.

또한 다양한 화면 형식으로 시의詩意를 더했다. 주지적, 서술적인 송시의 내용상 특징과 산문화의 경향은 기존 당시의도와는 달리 화제와 그림이 번갈아 이어진 횡권 형식, 전문을 화제로 화면에 쓰는 형식, 전문을 부분적으로 나누어 화폭에 담고 내용의 흐름을 완상하는 형식 등 그 형태가 다양하게 나타난다. 특히 강세황의 〈무이구곡도〉와 같은 횡권 형식의 시의도는 조선 후기의 당시의도에서는 찾아보기 힘든 특이한 화면 형식이다.

이처럼 조선시대에 송시를 화제로 그려진 작품들은 당시를 화제로 한 작품과 내용, 화면 형식 면에서 차이를 보인다. 다만 화풍상으로는 남종화풍을 주로 사용해 당시의도와 차별화된 모습을 찾기는 어려운데, 이는 조선 후기 화단에서의 당시나 송시에 대한 인식이 이념을 기준으로 이루어졌다기보다 다른 나라 문학이란 동일 범주로 이해했고 화제가 갖는 작화의 구속성 등으로 명확한 차별이 이루어지지 못한 것으로 본다.

성리학은 중국 서적의 수입과 재출간을 통해 조선시대 사대부의 인식의 기반을 마련했고 치국 이념으로 삶의 전반을 조율했다. 특히 문기를 담는다는 남종화의 유행과 맞물려 송시를 화제로 한 시의도는 산수, 사군자 등의 화목에서 성리학적 이상을 추구하는 설리적인 특성을 보이며 조선 화단의 한 흐름으로 자리했다.

2) 두보杜甫의 시정詩情을 그린 당시의도唐詩意圖

중국 최고의 시인이라 일컬어지는 두보杜甫(712~770)의 시는 조선시대 시의도의 화제로 많이 그려졌다.[123] 사계절의 정취, 은일자의 삶과 서정, 중국 승경 등을 읊은 그의 시들은 조선 문인과 화가들에게 선호되었다. 두보와 두보의 시는 이미 고려시대부터 잘 알려졌는데, 조선시대에도 변함없이 문인들 사이에서 사랑을 받았고 시학詩學의 전범典範이 되었다. 두보 시를 그린 시의도 제작은 조선 초기의 문집 등에 언급되어 있어 이른 시기부터 시의도를 통한 두보 인식이 이루어졌음을 알 수 있다. 이어 조선 후기에 이르면 강세황, 이인상, 최북, 심사정, 이방운 등 문인 화가와 김홍도, 이인문 등의 화원 화가가 두보 시를 화제로 한 작품을 남기고 있어 화가 신분의 구별 없이 선호되었음을 알 수 있다.[124]

(1) 두보와 두시杜詩에 대한 위상

중국에서의 위상과 상징적 표현

당대唐代의 시인 두보는 질곡의 시대를 거친 인물이다. 그는 젊은 시절 독서와 여행을 통해 문학적 자질을 키웠지만 쉽게 벼슬에 오르지 못했다. 안록산의 난 때는 포로가 되어 고초를 겪었고, 궁핍한 생활의 가족을 위해 벼슬을 얻기 위한 방랑의 삶을 살기도 했다. 이러한 그의 일생은 곧 나라에 대한 충성심, 벼슬을 찾아 떠돈 삶의 여정, 노년의 가난과 질병 등이 묻어난 1,400여 편의 시에 유려한 문체와 진솔한 표현으로 담겼고 중국 최고 시인의 반열에 올랐다.

중국에서 두보에 대한 평가는 일찍부터 이루어졌다. 중당대中唐代에는 두보 시의 애국애민사상이 강조되었고, 만당대晚唐代에는 두보 시의 형식 예술을 중요시하는 문단의 풍토가 조성되었다.[125] 또한 동시대를 산 이백李白(701~762)과의 우열론은 이미 그 시대 문인들 사이에서 해답을 얻기 어려운 논쟁이었다. 중당대中唐代의 문학가이고 두보의 묘지명을 썼던 원진元稹(779~831)은 "시인 이래로 자미만한 자가 없었다(詩人以來 未有如子美者)"며 두보를 선인들의 시문詩文을 광범위하게 학습하고 수용해 집대성한 시인으로 평했다. 또한 맹계孟棨(생몰년 미상, 9세기 후반에 활동)는 두보를 '시사詩史'라 칭했다. 이는 두보가 안록산의 난이 일어나자, 이를 피해 지방을 유랑하며 자신이 겪은 일을 빠짐없이 시에 서술했던 사실에서 유래한 것이다.[126] 두보를 지칭하는 '시사'라는 이 명칭은 송대 구양수歐陽脩 등이 편찬한 『신당서新唐書』에도 쓰이며 두보 시에 대한 인식을 이어갔다.[127]

송대에 이르러 두보의 시는 문학의 전범典範으로 자리 잡았다. 왕안석王安石(1021~1086)은 두보의 시를 모아 주석하여 『두집杜集』을 펴냈고, 황정견黃庭堅 등의 강서시파江西詩派는 시의 종조宗祖로서 두보를 세우는 등 두보의 위상을 정립했다. 소식은 두보가 벼슬을 구하기 위해 유랑하고 가난과 불우했던 삶 중에도 남겨놓은 우국우민憂國憂民의 시에 주목하며 "식사 때마다 임금을 잊지 않은(一飯未嘗忘君)" 두보의 충군忠君의식에 주목했다.[128] 구양수는 「당중화상탐제득두자미堂中畫像探題得杜子美」라는 시를 통해 "살아서는 일신이 곤궁하더니 죽어서는 만세의 보물이라 / 말을 후세에 드리울 수 있다면 선비는 빈천이 부끄럽지 않다"고 읊어 두보를 '빈천에 굴하지 않는 사대부의 표상'으로 삼았다.[129] 현실을 망각하지 않고 개인적인 명리에 급급하지도 않은 시인으로 두보를 상징한 '시성詩聖'이란 지칭과 "두보의 시에 앞 시대 시인의 성과가 묻어나지 않은 것이 없다(無一字無來處)"라는 평가는 모두 송대에 이루어진 두보와 두보 시에 대한 위상이 되었다.

두보의 이 같은 위상은 후대로도 이어졌다. 사상 중심으로 두보에 대한 평가가 이어진 송대와는 다르게 명·청대에는 서정성을 중시하는 두보의 시법詩法과 시문詩文을 중심으로 문인 두보를 평가하는 경향을 보였다.[130] 여기서 주목되는 것은, 두보가 회화에 대한 제시를 지어 회화와 시의 상관관계를 직접적으로 논의한 최초의 인물로 평가된 것이다.[131] 청대의 시인 왕사정王士禎(1634~1711)은 "육조 이래로 제화시는 드물게 보였지만 두보가 비로소 소나무, 말, 매, 산수 그림에 대한 시를 지어 그 오묘함을 다하고 글로 조화로움을 보충했다"며 두보를 진정한 제화시의 창시자로 보았다.[132]

이상에서 살펴보았듯이, 두보와 두시에 대한 인식과 상징이 문인들의 글로 표현된 것과 더불어 두보의 행적과 두시는 회화와 잡극雜劇으로 표현되었다. 북송 초부터는 두보의 초상이 그려져 이를 본 시인들은 화상찬畫像讚을 짓기도 했는데, 왕안석은 시 「자미화상子美畫像」을 지어 두보의 기구한 일생과 그의 내면을 묘사했다.[133] 두보의 초상을 그리는 것은 후대로도 이어져 원대의 조맹부趙孟頫(1254~1322)도 〈두보상杜甫像〉도 67을 남기고 있다. 두보가

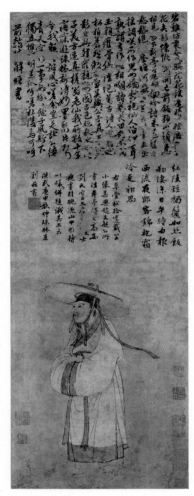

도 67 조맹부, 〈두보상〉, 견본수묵, 69.7×24.7cm, 북경 고궁박물원

시를 통해 읊은 자신의 모습은 화면에도 등장했다. 후대 화가들은 장안長安의 곡강曲江이나 사천성 성도成都의 완화계에서 술에 취한 채 나귀를 타고 돌아가는 두보를 소재로 그렸다. 또한 화창한 봄날 유쾌하게 술을 마시는 두보를 그려 상춘賞春을 상

도 68 조규, 〈두보시
의도〉(부분), 견본수묵,
24.7×212.2cm, 상해
박물관

징했다.

두보의 시 또한 회화의 소재가 되었다. 두보 시를 화제로
한 시의도로 가장 오래된 작품은 북송대 조규趙葵(1186~1266)가
그린 〈두보시의도杜甫詩意圖〉이다.도 68 이 작품에는 화제 시가
적혀있지 않지만 청대 건륭제乾隆帝(재위 1736~1795)가 화면 위
에 쓴 '송조규두보시의도권宋趙葵杜甫詩意圖卷'이란 제목으로 인
해 「배제귀공자장팔구휴기납량만제우우 이수陪諸貴公子丈八溝攜
妓納涼晩際遇雨 二首」 중 "대숲은 깊어 손님을 머물게 하는 곳 / 연
꽃 깨끗하고 더위를 식히는 때(竹深留客處 荷淨納涼時)"라는 두
구절을 화제로 한 최초의 두보시의도로 논의되고 있다.[134] 명대

II. 조선시대朝鮮時代의 시의도 *179*

에 이르면 동일한 시를 화제로 문백인文伯仁(1502~1575), 사시신謝時臣(1487~1567), 동기창董其昌 등이 시의도를 그렸고, 우구尤求(16세기 활동, 생몰년 미상), 이사달李士達(1550~1620), 장충張翀(16세기 활동, 생몰년 미상), 청대의 진홍수陳洪綬(1599~1652) 등은 두보의 시「음중팔선가」를 화제로 하는〈음중팔선도〉를 남기고 있다. 왕시민王時敏, 왕휘王翬(1632~1717), 전두錢杜(1764~1845) 등도 두보 시를 화제로 하는 시의도를 그려 회화로 표현된 두보에 대한 인식을 보여준다.[135]

　　한편 두보는 송대에 발달한 잡극雜劇에도 본격적으로 주인공으로 등장했다.「두보유춘杜甫遊春」,「두공부유곡강杜工部遊曲江」,「완화계浣花溪」의 주된 내용은 두보의 장안 시절과 성도 시절 중 곡강과 완화계에서 즐긴 봄놀이를 소재로 하고 있다. 실제로 이 시기는 말년의 두보가 벼슬을 구하기 위해, 서남지역을 유랑하던 힘겨운 시기였다. 그러나 잡극에서는 좋은 세상에서 상춘하는 두보로 묘사되었는데, 이는 이 시기에 쓴 두보 시를 통해 '성세盛世'를 추억하려는 의도로 볼 수 있다. 즉 두보는 시성詩聖, 좋은 세상에서 상춘하는 두보 등 각 시대 사람들의 바람이 담긴 모습으로 표현되며 지향되었다.[136] 이러한 중국에서의 두보 인식과 표현은 고려시대는 물론 조선시대에 이르기까지 적지 않은 영향을 주었다.

고려, 조선시대의 두보杜甫와 두시杜詩 인식

두보와 두보 시에 대한 인식은 고려, 조선시대에 쓰인 문인들의 시화詩話를 통해 알 수 있다. 고려 때에는 남송대의 채몽필蔡夢弼(생몰년 미상)이 엮은 『두공부초당시전杜工部草堂詩箋』 등 중국에서 편집된 두보 시집을 가져다 복각하여 두루 읽고 읊었다.[137] 고려 중기의 문신인 이인로李仁老는 「제이전해동기로도후題李佺海東耆老圖後」라는 글을 통해 "내가 일찍이 두자미의 「음중팔선가」를 읽으니, 황홀하게도 이 몸이 천보년 사이에 나서 팔선과 더불어 손을 서로 잡고 같이 노는 듯한 느낌이었다(僕嘗讀杜子美飮中八仙歌 怳然若生於天寶間 得與八仙交臂而同遊焉)"라는 기록을 남기고 있다.[138] 특히 이인로는 두보를 독보적인 시인으로 추앙하는 앞 시대 사람들의 평은 "비록 한 끼 밥을 먹을 때에도 일찍이 임금을 잊은 적이 없는" 군주에 대한 충성심이 시에 잘 표현되어 있기 때문이라고 하였다.[139] 소식이 언급했던 두보에 대한 위상을 그대로 수용하고 있음을 알 수 있다. 또한 이인로는 "두보의 시가 시구 조탁에서 기묘함을 다했다(琢句之法 唯少陵獨盡奇妙)"며 시의 형식미에 있어서 두시가 최고라고도 평가했다.[140] 곤궁한 상황에서도 시의 구절구절에 군신의 절의를 잊지 않은 시인이란 두보에 대한 인식은 최자崔滋(1188~1260)의 글에도 보인다.[141] 이 같은 기록을 통해 볼 때 고려

시대 문인들은 우국충절한 시인, 시구의 조탁에 기묘함을 다한 시인으로 두보를 평가했음을 알 수 있다.

이러한 고려시대의 두보와 두시에 대한 인식은 조선시대로 이어졌다. 서거정徐居正(1420~1488)은 두보가 칭송되는 이유는 단순히 시를 잘 지어서만이 아니라 그의 우국우민憂國憂民 정신 때문이라고 보았다.[142] 이 같은 서거정의 견해는 두보에 대한 고려 문인들의 인식과 크게 다르지 않다. 조선 중기에는 소식, 황정견을 본받고자 한 조선 초기의 시풍이 퇴조하고 당시를 학습하려는 풍조가 나타났다. 이때 문인들은 실증적이고 고증적인 분석 태도로 중국 역대 시인들을 분석했고, 특히 두보와 관련된 조항을 많이 다루며 높아진 관심을 보였다.[143] 신흠申欽(1566~1628)도 두보를 시성으로 존중하며 두시를 시학의 전범으로 여겼고, 시를 배우려면 반드시 두시를 배우는 것부터 착수해야 한다고 강조했다.[144]

조선시대에는 왕실의 적극적인 주도 아래 두보의 시집이 출간되었다.[145] 세종은 집현전 학자로 하여금 교정하고 주석을 하게 한 후 세종 16년(1434)에 『찬주분류두시纂註分類杜詩』를 간행했다. 『찬주분류두시』는 이후 효종 때까지 5차례에 걸쳐 간행되었는데, 이 같은 점으로 두시가 당시 문인들에게 미쳤을 영향을 짐작할 수 있다. 또한 이 시집은 우리나라 최초의 외국 시집 번역서인 『두시언해杜詩諺解』의 기본서가 되었음도 주목된다.

『두시언해』의 간행은 세종이 시작하고 성종 12년에 마친 국가적인 사업이었다. 국가 주도로 이루어진 『두시언해』의 간행은 두보 시를 통해 백성과 조정을 사랑하는 마음을 기르고, 후대에 시도詩道를 전하는 지침서를 편찬하는 사업이었다.[146]

조선에서도 두보와 두시에 대한 인식은 문인들의 시문뿐만 아니라 그림으로도 표현되었다. 두보 시를 화제로 한 시의도에 관련된 기록 중 안평대군이 화원 안견에게 명하여 두보의 시를 화제로 하는 〈이사마산수도李司馬山水圖〉를 그리게 했다는 것이 가장 앞서 보인다.[147] 시의 제목만을 통해볼 때, 두보가 광덕 2년(764년) 겨울에 지은 「관이고청사마제산수도 삼수觀李固請司馬弟山水圖 三首」 중 한 수의 시의를 화면에 옮기지 않았을까 한다. 또 다른 두보시의도는 1606년에 명나라 사신 주지번이 전래한 《천고최성첩》의 내용을 통해 추정할 수 있다.

현재 주지번이 전래한 《천고최성첩》은 남아 있지 않지만 허균許筠이 화원인 이징에게 임모하게 했다는 글이 전한다.[148] 특히 허균의 글을 통해 《천고최성첩》에 수록된 그림과 그림의 화제가 된 시문을 추정할 수 있는데, 이 중 두보의 시 「등악양루登岳陽樓」가 화제로 그려진 듯하다.[149] 실제로 현존하는 여러 첩의 《천고최성첩》 임모본에는 두보의 시 「등악양루登岳陽樓」를 화제로 한 〈악양루도〉와 「추흥팔수」를 화제로 한 〈추흥팔수도〉가 포함되어 있다. 김상헌의 시문집인 『청음집淸陰集』에는 「제윤

세마경지음중팔선도題尹洗馬敬之飮中八仙圖」라는 글이 실려 있어 두보의 「음중팔선가」가 이미 조선 중기에도 시의도로 그려졌음을 알 수 있다.

조선 후기에 이르면 신분을 불문하고 많은 화가들에 의해 두보시의도가 그려진다. 특히 화원들이 그린 두보시의도와 관련해 주목되는 것은 자비대령화원에게 실시되었던 녹취재 시제試題이다. 조선 후기에 실시되었던 녹취재에는 「추흥팔수」, 「단청인」, 「춘야희우」 등 20여 편의 두보 시가 인물, 산수, 누각, 영모, 초충, 매죽 등 각 분야에 고르게 출제되었다.[150] 두보의 시가 시제로 자주 출제되었다는 사실은 당시 두시에 대한 이해의 공감대가 넓게 형성되었다는 것과 두시를 화면으로 옮기기에 어렵지 않았음을 의미한다. 또한 국가적 회사繪事는 물론 사대부들의 회화 수집에 수응했던 화원들의 역할을 고려할 때 두보시의도가 대중화되는데도 적지 않은 영향을 주었으리라 본다.

이처럼 조선 문인들에게 두보는 탁월한 언어 조탁의 시인이었고, 우국우민하는 충절의 시인이었다. 또한 두보의 시는 시학의 전범으로 자리했을 뿐만 아니라 백성에게 교훈을 주고 세상의 풍습을 잘 교화시키기 위한 교재로 활용되었다. 두보 시의 풍부한 시의를 화면에 펼치며 두보시의도는 조선 문인들의 공감을 이끌어냈다.

(2) 두보시의도의 유형

현존하는 조선시대 두보시의
도를 화제가 된 시구의 내용에 따
라 살펴보면 사계의 풍광을 담은
것, 산수의 정취를 담은 것, 그리고
중국의 고사 인물을 표현한 것으
로 나누어 볼 수 있다.[151]

두보시의도 중에는 사계의 정
서와 풍광을 통해 계절적 특징에
주목한 것이 가장 많다.[152] 봄에 관
련된 시의도는 김홍도, 이인상의
작품이 있다. 김홍도의 〈노년간화
老年看花〉(간송미술문화재단 소장)
와 〈선상관매船上觀梅〉도 69는 두보
의 시 「소한식주중작小寒食舟中作」
중 "나이 들어 꽃들이 마치 안갯속
에서 보는 듯하네(老年花似霧中
看)"라는 구절을 화제로 한 작품이
다. 김홍도는 시의 전문을 의식한
듯 배를 타고 물가 언덕에 핀 꽃을

도 69 김홍도, 〈선상
관매〉, 지본담채, 164×
76cm, 개인 소장

도 70 이인상, 〈강남춘의도〉, 지본담채, 24×66cm, 국립중앙박물관

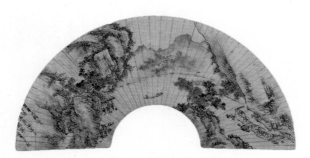

도 71 최북, 〈누각산수도〉, 지본담채, 40×79cm, 개인 소장

완상하는 인물을 그려 시의
를 표현했다. 이 시는 두보가
생을 마친 770년에 지은 것으
로, 늙고 병들어 떠돌던 두보
의 말년을 읊은 것이다. 김홍
도는 인생의 마무리를 향해
가는 인물이 화사한 봄꽃을
감상하는 모습으로 그려 애
잔한 정서를 표현했다.

　이인상의 선면 〈강남춘
의도江南春意圖〉도 70는 두보의
시 「부강범주송위반귀경涪江
泛舟送韋班歸京」 중 두 구절인

"꽃은 무수한 나무들 속에 섞여있고, 구름은 곳곳의 산 위에서 가
볍네(花雜重重樹 雲輕處處山)"를 화제로 한 시의도이다. 이인상은
봄물이 오른 물가의 버드나무를 그리며 시구를 화면에 옮겼다.

　여름의 풍광과 계절 정서는 최북의 〈누각산수도樓閣山水圖〉
와 이방운李昉運(1761~1815 이후)의 〈죽림가竹林家〉에서 찾을 수 있
다. 최북의 〈누각산수도〉도 71는 「엄공중하왕가초당겸휴주찬嚴
公仲夏枉駕草堂兼攜酒饌」 중 "평생 외진 곳에 살아 사립문 먼데 / 오
월의 강은 깊고 초가집은 쓸쓸하네(百年地辟柴門迥 五月江深草

閣寒)"라는 구절을 화제로 그린 시의도이다. 최북은 선면에 섬세한 필치로 절벽과 누각, 한가롭고 소박하게 사는 어부의 모습을 그렸는데, 이를 통해 여름날 자연과 동화된 인간의 일상을 보여준다. 이방운의 〈죽림가〉도 72는 두보의 시 「배제귀공자장팔구휴기납량만제우우 이수陪諸貴公子丈八溝攜妓納涼晚際遇雨 二首」의 한 구절인 "대숲은 깊어 손님을 머물게 하는 곳 / 연꽃 깨끗하고 더위를 식히는 때 (竹深留客處 荷淨納涼時)"를 화제로 했다. 이방운은 주변에 대나무가 우거진 수각 위의 인물로 여름의 정취를 표현했다.

도 72 이방운, 〈죽림가〉, 견본담채, 12×30.8cm, 개인 소장

도 73 김유성, 〈나월로화〉, 지본담채, 21.8× 18.5cm, 간송미술문화재단

　가을 경치와 정취를 표현한 두보시의도는 이인상, 김유성,

도 74 작자 미상, 《천고최성첩》 중 〈추흥팔수〉, 저본담채, 27.0×30.7cm, 선문대박물관

도 75 강세황, 《사시팔경도》 중 〈초추〉, 견본담채, 90.3×45.5cm, 국립중앙박물관

도 76 강세황, 《사시팔경도》 중 〈초동〉, 견본담채, 90.3×45.5cm, 국립중앙박물관

강세황, 이방운의 작품이 있다. 이인상의 〈송월도松月圖〉(개인 소장)와 김유성의 〈나월로화蘿月蘆花〉도 73는 「추흥팔수」 중 제2수의 한 구절인 "보라, 바위 위 등나무에 걸렸던 달이 / 이미 물섬 앞 갈 대꽃을 비추고 있지 않은가(請看石上藤蘿月 已映洲前蘆荻花)"를 화제로 그린 시의도이다. 김유성은 산 중턱에 올라 달을 감상하는 두 인물을 표현하고 있는데, 한 명이 손을 들어 달을 가리키고 있다. 이 같은 표현은 《천고최성첩》 임모본에 실린 〈추흥팔수〉도 74 의 인물 표현과 유사하다. 이는 화면에서 인물의 구체적인 행동 묘사를 통해 시의를 보다 적극적으로 표현하려 한 화가의 의도로 풀이된다. 강세황의 《사시팔경도四時八景 圖》 중 〈초추初秋〉도 75는 두보의 시 「유구 법조정하구석문연집劉九法曹鄭瑕丘石門宴 集」의 한 구절인 "가을 물 맑아 바닥이 보 이지 않는데 / 쓸쓸한 나그네 마음을 씻 어주네(秋水淸無底 蕭然淨客心)"를 화제 로 그렸다. 강세황은 물가 정자에 홀로 앉 아 가을 풍경을 바라보는 인물을 통해 화 제로 택한 시구의 시정을 표현하고 있다. 이 밖에도 강세황의 《사시팔경도》 중 〈초 동初冬〉도 76과 이방운의 《팔폭 산수도》 중 〈제7폭〉도 77은 두보의 시 「등고登高」

도 77 이방운, 《팔폭 산수》 중 〈제7폭〉, 지 본담채, 56.2×32.9cm, 국립중앙박물관

도 78 이방운, 〈설경산
수도〉, 지본담채, 29.0×
37.0cm, 개인 소장

도 79 이인문, 《한중청
상첩》 중 〈산촌설제〉, 지
본담채, 31.0×41.1cm,
간송미술문화재단

중 "끝없이 낙엽은 우수수 지
고 / 그침 없는 장강은 도도히
흐르네(無邊落木蕭蕭下 不盡
長江滾滾來)"라는 구절을 화
제로 했다. 강세황과 이방운
은 모두 간일한 필선으로 강
가의 풍경을 그려 시의를 표
현했다. 특히 강세황은 전통
적인 사시도四時圖의 전통에
남종화법을 운용하여 강세황
특유의 화풍으로 두보시의도
를 구현했다.[153]

겨울의 풍광과 정취를
표현한 두보시의도는 이방운
의 〈설경산수도雪景山水圖〉와
이인문의 〈산촌설제山村雪霽〉
를 들 수 있다. 이방운의 〈설
경산수도〉도 78는 두보의 시
「회금수거지 이수懷錦水居止 二
首」 중 일수의 "눈 덮인 봉우리는 하늘과 경계를 이루며 희다(雪嶺界
天白)"라는 시구를 화제로 했다. 반면 이인문의 〈산촌설제〉도 79는

「초당즉사草堂卽事」의 "동짓달 황량한 마을에 새로 지은 집에 달 떠있고 / 나무 한 그루 우뚝한 곳은 나 늙은이의 집이네(荒村建子月 獨樹老夫家)"는 구절을 화제로 했다. 이 작품은 화면에 쓰인 시구만을 표현했다기보다는 전체 시 내용의 계절적 분위기를 염두에 두고 표현했음을 알 수 있다.[154] 이렇듯 사계의 정취를 읊은 시구로 시의도가 많이 그려진 것은 인간의 삶이 자연의 변화와 궤를 같이 한다는 성리학적 인식과 무관하지 않다.[155] 또한 두보 시가 계절에 관련된 상징적 표현이 풍부한 회화성을 가지고 있다는 특징이 있고, 이러한 점은 사계산수도로 그린 시의도 화제에 적합했음을 알 수 있다.

이와 더불어 산수자연의 정취를 담고 이에 동화되어 살아가는 인간의 삶을 표현한 두보시의도로는 심사정의 〈강상야박도江上夜泊圖〉, 〈모강고주도暮江孤舟圖〉, 성재후成載厚(18세기 활동)의 〈월하송별도月下送別圖〉, 홍대연洪大淵(1749~1816)의 〈임간급탄林澗急灘〉 등이 있다. 심사정의 〈강상야박도〉도 80는 두

도 80 심사정, 〈강상야박도〉, 견본담채, 153.0×61.0cm, 국립중앙박물관

도 81 심사정, 〈모강고
주도〉, 견본담채, 28.0×
17.0cm, 개인 소장

보의 시 「춘야희우春夜喜雨」 중 "들길도
구름과 더불어 검은데 / 강가 배의 불빛
만이 홀로 밝네(野徑雲俱黑 江船火獨
明)"라는 두 구절을 화제로 했다. 심사
정은 어둠이 내린 강가의 수목들을 안
갯속에 표현했는데, 특히 배 위에 밝혀
진 불빛을 강조하며 시구의 내용을 충
실히 그리고 있다. 심사정의 〈모강고주
도〉도 81는 「절구絶句 육수」 중 제1수 전
문을 화면 상단 중앙에 적고 있다. 화제
로 적은 1수는 "강물 움직이니 달은 돌
로 옮겨가고 / 물 맑아 구름이 꽃에 걸
려있다 / 새들은 옛길에 깃드는데 / 조
각배가 유숙할 집은 어디인가(江動月
移石 溪虛雲傍花 鳥棲知古道 帆過宿誰家)"라는 내용이다. 심사
정은 간일한 필체로 물가의 수각과 주변의 교목으로 전체적인
분위기를 묘사했고, 간략하게 조각배 한 척을 그려 마지막 절을
구체적으로 표현하며 화제의 시의를 보여준다.

성재후의 〈월하송별도〉도 82는 「남린南隣」의 두 구절인 "흰
모래밭과 푸른 대숲 어우러진 강가 마을에 날이 저물면 / 손님
전송하는 사립문에 비치는 달빛이 새롭구나(白沙翠竹江村暮 相

送扉門月色新)"를 화제로 한 시
의 도이다. 성재후는 흰 모래밭,
푸른 대숲, 달빛 등 담담한 색채
표현과 송별하는 두 인물로 화제
가 된 두보의 시구를 표현했다.
홍대연의 〈임간급탄〉도 83은 시
「백제성白帝城」 중 "높아진 강물
과 가파른 삼협은 천둥과 다투고
/ 오래된 나무와 푸른 등나무는
해와 달을 가리네(高江急峽雷霆
鬥 古木蒼藤日月昏)"라는 두 구
절을 화제로 그렸다.[156] 울창한
숲, 그 사이의 계곡을 빠르게 흐
르는 물로 화제를 표현했다.

　　한편 두보시의도의 다른 유
형으로 중국의 유명 인물의 행적
이나 고사故事를 바탕으로 지어
진 시를 화제로 한 작품을 들 수
있다. 이 같은 유형의 시는 과거
에 대한 회상을 통해 현재 상황을
빗대어 표현한 것으로 볼 수 있

도 82 성재후, 〈월하송
별도〉, 지본담채, 28.5×
20.5cm, 선문대박물관

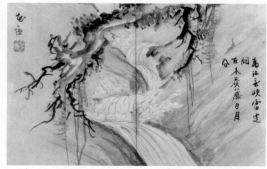

도 83 홍대연, 〈임간
급탄〉, 지본담채, 22.2×
33.2cm, 간송미술문화
재단

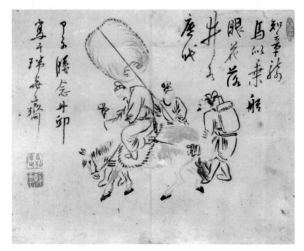

다. 두보시의도 중에 노자老子, 하지장賀知章(659~744), 이백李白, 주운朱雲(701~762) 등 중국 인물의 고사를 소재로 한 작품이 전하는 것은 애국충정의 시인으로 일컬어지던 두보의 위상과 적지 않은 연관을 갖는다.[157]

중국 유명 인물들의 고사를 소재로 한 두보 시와 이를 화제로 그린 시의도는 다음과 같다. 김홍도의 〈노자출관老子出關〉도 84은 두보의 「추흥팔수」 중 제5수의 "동쪽으로 자색 기운 함곡관에 가득하다(東來紫氣滿函關)"라는 구절을 표현한 시의도이다. 두보는 『노자화호경老子化胡經』에 실린 노자의 함곡관 출관 이야기를 빌어 「추흥팔수」 중 한 구절을 지었다. 김홍도는 이를 바탕으로 노자의 고사와 연관되는 이 구절을 소를 탄 노자의 모습으로 그려냈다. 김홍도의 〈지장기마도知章騎馬圖〉도 85와 이한철의 〈취태백도醉太白圖〉도 86는 두보의 「음중팔선가飲中八仙歌」를 화제로 그린 시의도이다. 「음중팔선가」는 두보가

도 86 이한철, 〈취태백도〉, 지본담채, 지름 80cm, 서울대박물관

장안에서 벼슬을 구하던 시기에 지어진 것이다. 출사를 위해 노력했으나 성취하지 못했던 좌절과 가난을 이겨내야 했던 두보가 여덟 명의 주선酒仙들의 행적을 표현한 시이다. 김홍도의 〈지장기마도〉는 "하지장은 말 탄 것이 배 탄 것처럼 기우뚱거리다가 / 눈이 아찔하여 우물에 빠지면 물속에서 그대로 자고 있다네(知章騎馬似乘船 眼花落井水底眠)"라는 구절을 화제로 적고 있어 팔선 중 하지장을 그렸음을 알 수 있다. 김홍도는 술에 취해 말에 오른 하지장과 그를 부축하며 따르는 인물들을 묘사했다. 화면 상단에 가득한 화제에서 취기醉氣가 느껴진다. 이한철의 〈취태백도〉는 "이백은 술 한 말에 시 백 편을 짓고 / 장안의 주막에

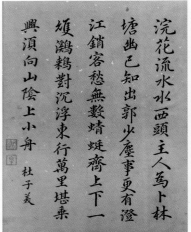

도 87 양기성, 《예원합진》 중 〈완화복거〉, 지본채색, 37.9×29.4cm, 일본 대화문화관

서 자고 있네 / 천자가 오라고 불러도 배를 타지 않으면서 / 스스로 신은 술속의 신선이라고 한다네(李白一斗詩百篇 長安市中酒家眠 天子呼來不上船 自稱臣是酒中仙)"라는 구절을 화제로 팔선 중 이백을 그리고 있다. 이한철은 술에 취해 주점의 평상에 앉아 있는 이백을 섬세한 필체로 그리며 시의를 표현했다. 이같이 술에 취한 인물들을 그린 두보시의도는 조선 후기의 '음중팔선'에 대한 인식과 무관하지 않다. 정조 14년(1790) 3월 3일에 규장각 검서관들은 정조의 명령으로 〈음중팔선도〉를 보고 글을 지어 올리게 된다. 이때 이덕무李德懋(1741~1798), 유득공柳得恭(1748~1807), 박제가朴齊家(1750~1805)의 글을 보면 8명의 주선酒仙을 훌륭한 관리, 유명한 문인으로 인식하고 이러한 인물

들을 찾아 임금 곁에 두고 학덕과 능력을 바로 쓰게 해야 한다고 하였다. [158]

한편 일본의 대화문화관大和文華館 소장의《예원합진藝苑合珍》에는 양기성梁箕星(?~1755, 18세기 활동) 등의 화원들이 그린 두보시의도인〈완화복거浣花卜居〉,〈주운절함朱雲折檻〉이 실려 있다. 양기성의〈완화복거〉도 87는 두보가 서남을 유랑하던 시기인 761년, 완화계에 땅을 잡아 초당을 짓고 농사를 짓던 시절에 지은 시「복거卜居」를 화제로 한 것이다. 양기성은 화면 좌측에 경물을 주로 그려 시구 중의 '서쪽'을 표현했다. 초당에서 글을 읽는 인물은 한적한 곳에 터를 잡고 세상사와 거리를 둔 두보를 표현한 듯하며 화면 전면에 그려진 한 척의 배는 마지막 구절인 "내 반드시 산음 가는 작은 배에 올라보리라(須向山陰上小舟)" 표현한 것이다. 즉 임금이 불러주면 산음으로 가려 한 두보의 의지를 상징한다고 볼 수 있다. 따라서 이 시의도는 때를 만나지 못하면 은거해 살지만, 때를 만나 임금의 부름이 있으면 출사하리란 유교적 선비의 삶을 두보의 시를 통해 보여주는 것으로 풀이할 수 있다. 작자 미상의〈주운절함〉도 88은 두보의「절함행折檻行」을 화제로 한 것으로, 두보는 왕의 그릇된 판단에 대해 죽음을 불사하며 충언하는 신하 주운의 모습을 읊었다. 화면 상단에 성제成帝와 간신 장우張禹를, 화면 하단에 부러진 난간을 잡고 끌려나가는 주운과 갓을 벗고 주운의 사면을 구하는 신경

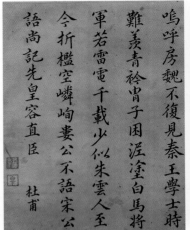

도 88 작가 미상,《예원
합진》중〈주운절함〉, 지
본채색, 37.9×29.4cm,
일본 대화문화관

嗚呼房魏不復見秦王學士時
難羨青衿冑子困泥塗白馬將
軍若雷電千載少似朱雲人至
今折檻空嶙峋妻公不語宋公
語尚記先皇容直臣　杜甫

朱雲折檻

기辛慶忌를 그려 주운 고사의 모든 내용과 인물을 한 화면에 담아

놓았다.

　　이상의 두 작품은 각각 두보의 삶과 주운의 고사를 통해 임

금을 충성으로 섬기는 현명한 신하의 자세를 보여주고 있다.《예

원합진》이 중국의 유명 시문을 화제로 그린 그림들을 서화書畵

합벽의 형태로 모아 왕실의 교육용, 감상용으로 제작되었음을[159]

고려할 때 두 작품은 유가적儒家的 삶에 대한 조선시대의 인식

을 두보시의도로 재현했음을 알 수 있다.

(3) 두보시의도의 표현 특징과 의의

조선시대 두보시의도는 화제의 선택, 표현방식에서 몇 가지 특징을 보인다. 무엇보다도 조선 후기 두보시의도는 화제로 적은 시구가 시 전문의 서정에 구애되지 않고 화가에 의해 독자적으로 해석되어 그려진다는 특징이 있다. 그 결과 두보시의도에 화제로 쓰이고 표현된 구절은 두보의 삶에 근거한 창작의 배경, 시의 전문을 관통하는 시적 정서, 시 전문이 보여주는 전체적인 분위기와는 다른 모습으로 나타난다. 이 같은 특징은 계절감을 묘사한 시구를 화제로 한 사계산수도의 경우에 두드러진다. 이인상의 〈강남춘의도〉(도 70)는 두보의 시「부강범주송위반귀경涪江泛舟送韋班歸京」중 두 구절인 "꽃은 무수한 나무들 속에 섞여있고 / 구름은 곳곳의 산 위에서 가볍네(花雜重重樹 雲輕處處山)"를 화제로 한 것이다. 이인상은 화제로 적은 구절의 시정에 집중해 신록이 푸르고 생기가 넘치는 봄의 풍광으로 묘사하고 있다. 그러나 시의 전체 내용은 다시 봄을 맞았는데도 정처없이 떠돌아다니며 귀밑에 흰머리를 더하는 두보 자신의 서글픈 신세를 읊은 시임을 알 수 있다.[160] 이러한 경향은 두보의 시「등고」중 "끝없이 낙엽은 우수수 지고 / 그침 없는 장강은 도도히 흐르네(無邊落木蕭蕭下 不盡長江滾滾來)"를 화제로 한 강세황의《사시팔경도》중 〈초동〉(도 76)과 이방운의《팔폭 산수도》

중 〈제7폭〉(도 77)에서도 찾을 수 있다. 「등고」는 두보가 735~736 년경 낙양에서 과거에 낙방하고 이곳저곳을 떠돌아 다니던 시절에 지은 것이다. 강세황과 이방운은 화제로 한 구절에 걸맞게 낙엽이 지는 계절에 도도히 흐르는 강물을 바라보는 인물들로 묘사하며 시정을 표현했다. 사계 산수 중 가을을 표현하는 장면으로 그린 것이어서인지 늙고 병든 두보의 서글픈 노년을 읊은 다음 구절 등이 이루어낸 시정은 계절의 정서에 묻히고 있다.[161] 홍대연의 〈임간급탄〉(도 83)은 시 「백제성」을 화제로 했다. 이 시는 두보가 삼협에 위치한 백제성의 역사를 회고하며 자신이 겪고 있는 전란의 고통을 읊은 것인데, 홍대연은 화제가 된 두 수로 울창한 나무 숲, 계곡 사이를 빠르게 흐르는 물로 화제 구절의 시의를 표현하고 있다. 이처럼 조선시대의 두보시의도는 사계의 정서를 표현하기 위해 두보 시의 전문에 흐르는 시정보다는 화제로 택한 특정 구절에 묘사된 계절적 정서를 강조하며 표현되기도 했다.

　　화면 표현방식에서도 특징을 찾을 수 있다. 화제가 된 시구의 표현은 화가들의 역량을 바탕으로 한 독자적인 표현과 중국 화보의 영향을 받은 표현으로 나누어볼 수 있다. 독자적인 화면 표현방식은 화면에 화제로 적은 시구 외에도 시의 전체 내용을 숙지하고 있거나 시인 두보에 대한 지식을 바탕으로 이루어진 경우가 있다. 김홍도의 〈노년간화〉(간송미술문화재단 소장)와 〈선상관매〉(도 69)는 "나이 들어 꽃들이 마치 안갯속에서 보는 듯하네(老年花似霧中看)"라는 「소한식주중작」 중 한 구절을 화제로 한 것이다.[162] 김홍도는 화면에 한 구절의 시구만을 화제로 적고 있지만 화면에 표현된 인물과 경물을 통해 시인에 대한 인식, 시의 내용을 모두 함축적으로 표현하고 있음을 알 수 있다. 즉 배를 타고 강가 언덕에 핀 꽃을 감상하는 인물은 시의 화자인 애주가 두보를 표현한 듯 술병과 술잔을 그려놓았다. 또한 〈선상관매〉에 표현된 인물을 뒷모습으로 그린 것은 화면에는 적지 않은 시의 마지막 구절인 "수심에 잠겨 바라보니 곧장 북쪽이 장안이구나(愁看直北是長安)"의 표현으로 보인다. 일반적으로 화면의 상단은 방위상 북쪽에 해당한다. 따라서 뒷모습으로 표현된 인물은 시의 화자인 두보로서 화제가 된 시의 시의를 더욱 유기적으로 표현한 것으로 보인다. 이는 김홍도가 화제시는 물론 시인 두보에 대한 이해를 바탕으로 이루어놓은 독창적인 표현으로 볼 수 있다.

중국 화보의 영향을 받아 화면을 표현한 경우는 김유성의 〈나월로화〉와 김홍도의 〈노자출관〉 등에서 찾을 수 있다. 김유성의 〈나월로화〉(도 73)는 『당해원방고금화보』에 실린 〈두보시의도〉도 89의 화면을 차용해 그렸음을 알 수 있다. 묘사된 경물의 방향은 반대지만 배경이 되는 산수 표현, 산 중턱에 올라 손을 들어 달을 가리키는 인물 표현 등이 동일함을 알 수 있다. 김홍

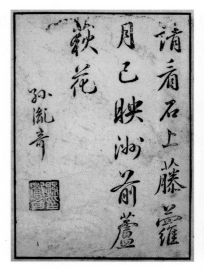

도의 〈노자출관〉(도 84)은 두보의 시 「추흥팔수」 중 화제로 한 시
구가 노자의 행적을 전고典故로 했음에 주목해 『홍씨선불기종』의
〈노군〉도 90 도상을 차용해서 표현했다.

　　조선시대 두보시의도 중 연작시가 화제가 된 경우는 시의
전문을 횡권으로 이어 그리기보다는 화제가 된 한 수의 시만을
한 화면씩 나눠 그린 형태를 선호한 듯하다. 이러한 특징은 김
홍도의 〈지장기마도〉(도 85), 이한철의 〈취태백도〉(도 86)에서 찾
을 수 있다. 이는 두보의 연작시 「음중팔선가」를 화제로 횡권의
형태로 그린 중국의 〈음중팔선도〉류와는 다른 화면 구성이다.
이 같은 점은 앞서 언급한 정조 때의 이덕무, 유득공, 박제가와
같은 규장각 검서관의 글을 통해볼 때 두보가 시에서 읊은 각

인물마다 단일 장면으로 나누어 그리는 것이
이 당시의 일반적인 형식이 아니었을까 추정
할 수 있다.

　　앞서 살펴보았듯이, 두보는 뛰어난 재
주를 지녔으나 때를 만나지 못했던 중국 최
고의 시인이었다. 뛰어난 문학적 능력은 시
어의 취사와 운용에 발휘되어 1,400여 편의
시를 남겼고 시대를 초월한 문학적 공감을
얻어냈다. 그는 과거에 낙방하고 벼슬을 구
하지 못한 채 가난과 병마에 시달리는 불우
한 삶 속에서도 우국충절한 시를 지어 성리
학적 세계관을 대변하는 상징적 인물로 위상

도 90 『홍씨선불기종』 중 〈노군老君〉

이 정립되기도 했다. 유교국가인 조선에서도 이러한 두보와 두
시의 위상을 받아들였다. 두보는 존숭의 인물로 추앙되었고, 두
보 시의 문학적 성취는, 곧 시를 배우는데 전형이 되며 문인들
의 귀감이 되었다. 이러한 사회적, 문예적 분위기는 조선의 화
단에서도 받아들여져 두보 시를 화제로 한 시의도의 활발한 제
작으로 이어졌다. 이처럼 조선시대의 두보시의도는 문인들의
이해와 공감을 바탕으로 시화일률의 예술적 지향을 추구하는데
중요한 위치를 차지하고 있다.

3) 왕유王維의 시로 그린 문인의 이상理想

당대唐代 왕유王維는 자연시, 산수시의 대가, 문인화의 시조始祖로 평가받은 시인이자 화가이다.[163] 그의 시 「도원행桃源行」과 '망천輞川'에서 은거하며 지은 「종남별업終南別業」, 「적우망천장작積雨輞川莊作」, 「망천한거輞川閑居」, 「전원락田園樂」, 『망천집輞川集』의 일련의 시 등은 조선시대 회화의 화제로 자주 사용되었다. 특히 '망천'은 중국의 절경이자 최고의 은거지로 인식되며 문학, 회화 등에서 당시 문인들의 이상향理想鄉과 이상상理想像으로 묘사되었다는 점에서 주목된다. 현존하는 30여 점의 왕유시의도의 이러한 특징은 앞서 살펴본 두보시의도가 자연의 정취, 사계절의 감흥을 주로 표현했던 것과 차별화된 양상을 보인다.

일반적으로 이상향은 상상의 산물로 공간적인 표상을 드러낸다. 인간이 삶을 유지하는데 걱정, 근심이 없고 평화롭고 풍요로운 곳으로 사상, 종교에 따라 이상향의 형태는 조금씩 다를 수 있으나 인간이 행복한 곳이라는 공통점이 있다. 이러한 인간의 열망을 표현한 이상향은 시대에 따라 문인들의 주요 인식과 연관되며 당시 추구되던 구체적 모습으로 문학과 회화 등에 지속적으로 표현되었다. 조선시대 회화의 경우 도잠(陶淵明)이 그의 작품 「도화원기桃花源記」에서 제시한 이상향을 그린 〈도원도桃源圖〉 같은 가상의 이상향은 물론 무이구곡武夷九曲, 소상팔경瀟湘八景 등의 중국 실경實景이 조선에서 이상향으로 인식되며 그려지기도 했다.[164] 또한 이상적인 인물상은 시대, 이념, 종교 등의 영향을 받으며 다양하게 제시된다. 궁극적으로 이상향에서의 삶은 이상 적인 인물상과 불가분의 관계를 맺으며 인간의 궁극적 지향을 표 현하게 된다. 이러한 점에서 왕유의 시를 화제로 한 시의도는 조 선시대 문인 사대부들의 지향을 보여준다는 점에서 주목된다.

(1) 이상향理想鄉과 이상상理想像의 추구

도원桃源과 망천輞川 – 이상향에 대한 동경

조선시대 문인들에게 중국의 절경은 문학작품 등을 통해 인식된 후 문학적 상상이 더해져 동경憧憬의 대상이 되었다. 더 나아가 쉽게 가지 못하는 현실적 제약과 맞물리며 이상향으로 기탁해 지향되기도 했다. 왕유의 「도원행」과 『망천집』에 실린 일련의 시들을 화제로 하는 시의도는 이러한 조선 문인들의 이 상향에 대한 동경을 보여준다. 가상의 이상향인 '도원桃源'과 중 국의 실경에서 이상향으로 기탁된 '망천輞川'이 그것이다.

왕유의 「도원행」은 도연명의 「도화원기」를 재해석한 것이다. 따라서 문학적 측면에서는 '도원桃源'이란 상상 속의 이상향을 읊 었다는 점에서 두 작품이 동일하게 인식되었다. 「도화원기」, 「도원

행」을 화제로 한 회화의 경우도 '도원'이란 이상향의 시각적 표현
에 정형화가 이루어져 이 같은 동일화를 더욱 분명히 보여주고 있
다.[165] 도연명의 「도화원기」와 왕유의 「도원행」을 화제로 한 〈도원
도〉가 실린 여러 본의 《천고최성첩》임모본과 《만고기관첩萬古奇
觀帖》에 실린 〈무릉심원도〉는 동일한 화면 구성, 인물 도상 등으로
표현되어 있다. 《천고최성첩》임모본 중 국립중앙박물관 소장의
이광사李匡師 본과 선문대 소장본은 도연명의 시, 국립중앙박물관
소장의 조두수趙斗壽 본은 왕유의 시가 화제로 적혀 있다. 반면 국
립중앙박물관 소장의 윤득화尹得和 본도91은 도연명의 시 「도화원
기」와 왕유의 시 「도원행」을 모두 적고 있어 시에 따른 화면의 구
성보다는 '도원桃源'으로 정형화된 도상으로 그려내고 있음을 알
수 있다. 이러한 경향은 《만고기관첩》에 수록된 화원 한후량韓後
良(17세기 후반~18세기 초반 활동, 생몰년 미상)의 〈무릉심원도武陵尋源
圖〉도92의 화면 구성 또한 앞서 언급한 작품들과 유사해 주목된
다. 왕유의 시를 화제로 한 한후량의 이 작품에는 화면 우측 하단
에 도원으로 들어가는 동굴이 묘사되었고, 어부를 맞는 도원의 사
람들과 분홍 도화桃花가 핀 나무를 화면 중앙에 그렸다. 또한 화면
원경에 이들을 둘러싼듯한 산봉우리를 표현했다. 한후량의 작품
은 필선을 줄이고 경물을 청록색으로 강조한 특징을 보인다.

　　왕유의 「도원행」 전문을 화제로 적은 것과는 달리 일부 구절
을 화면 안에 화제로 적고 그린 유형은 정선, 김희성金喜誠, 김윤겸

도 91 『천고최성첩』중 윤득화 本 〈도원도(그림 부분)〉,
18세기, 견본채색, 26.2×32.9cm, 국립중앙박물관

도 92 한후량, 『만고기관첩』중 〈무릉심원도〉,
18세기, 지본채색, 38.0×30.0cm, 삼성미술관 Leeum

金允謙의 시의도에서 찾을 수 있다. 정선의 〈초객초전樵客初傳〉도 93은 「도원행」 중 "나무꾼이 처음에는 한나라 성명을 전하네(樵客初傳漢姓名)"라는 구절이 화제이다. 부감법으로 산속의 집들과 밭을 그리고, 인물들의 행동 표현을 통해 화제를 묘사하고 있다. 이 밖에도 정선의 〈월명송하月明松下〉(개인 소장)는 「도원행」 중 "달은 소나무 아래에 밝아 창문가로 조용하구나(月明松下房櫳靜)"라는 구절을 화제로 그려졌다. 김희성의 〈무릉도원도〉 두 점과 김윤겸의 〈도원도〉 또한 왕유의 「도원행」을 화

도 93 정선, 〈초객초전〉,
견본담채, 29.0×19.0cm,
개인소장

제로 했다. 김희성의 작품 두 점은 각각 "나무꾼이 처음에는 한나라 성명을 전하네(樵客初傳漢姓名)"라는 구절과 "다투어 집으로 데려가 고향마을 소식을 묻네(競引還家問都邑)"라는 구절도 94을 화제로 했다. 반면 김윤겸의 〈도원도〉(일본 동경국립박물관 소장)는 「도원행」 중 "동굴을 나와서는 산과 물 건너는 것을 가리지 않았네(出洞無論隔山水)"라는 구절이 화제이다. 이를 통해 볼 때, 정선, 김희성, 김윤겸의 시의도는 「도원행」의 내용을 여러 폭으로 나누

어 그린 것 중의 일부이거나 특정 구절만을 그린 것으로 볼 수 있다.

다음은 왕유의 『망천집』에 실린 시를 화제로 '망천'이란 중국 실경을 이상향으로 삼은 조선 문인들의 인식과 회화적 표현을 알아보겠다.[166] 망천은 중국의 장안長安 남쪽 종남산終南山 자락의 지역으로 왕유가 은거할 때 창작한 시와 그림의 주요 소재가 되었다. 왕유는 돌아가신 어머니를 위해 망천장을 청원사淸源寺로 바꾸고 벽면에 망천의 승경을 그림으로 그렸다. 왕유의 〈망천도〉에 대

도 94 김희성, 〈무릉도원도 2〉, 지본채색, 36.5×28.2cm, 개인 소장

해 당대唐代 장언원張彦遠은 『역대명화기歷代名畵記』에 "청원사 벽 위에 그린 〈망천도〉의 필력이 웅장하다(淸源寺壁上畵輞川筆力雄壯)"고 적고 있다.[167] 또한 송대宋代의 『선화화보宣和畵譜』에는 자신의 시정을 시원하고 대범한 화의로 옮긴 왕유의 〈망천도〉를 언급하며 원본이 유실됨을 안타까워하는 내용도 보인다.[168]

이러한 '망천'은 이미 고려시대부터 인식되었고 조선 문인들도 소상팔경, 무이구곡과 더불어 알고 있던 중국의 승경勝景이

다.[169] 이식李植은 자신의 시에 "빼어난 경치 읊은 서른 개의 노래
를 지어 / 왕망천의 옛 고사를 본떠보려 한다(將題三十景 欲擬王
輞川)"[170]고 읊어 망천은 곧 절경이란 그 당시의 인식을 보여준
다. 이러한 절경을 그린 그림을 완상하는 것에 대해 유희춘柳希
春(1513~1577)은 "격문 읽은 것도 두풍을 낫게 하고 / 〈망천도〉도
사람의 병을 낫게 한다(讀檄尙可愈頭風 輞川圖亦平人瘵)"[171]고
하였다. 이명한李明漢(1595~1645)은 "왕유의 망천장이 산거하기에
가장 좋은 경치인 것을 당송대의 여러 시인들의 노래를 통해 잘
알고 있다. 세상에 전하기를 천하의 보배로 여기는데, 나는 아직
한 번도 보지 못하여 이를 늘 한탄하였다. … 화가 이징李澄에게
수묵 〈망천도〉 제작을 요구했고, 이징은 중국 〈망천도〉를 보았

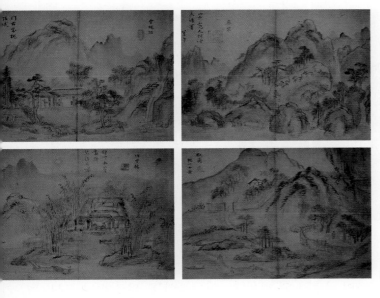

도 95 이방운, 《망천십경도》, 각 지본담채,
27.3×30.5cm, 홍익대박물관

던 기억을 바탕으로 4폭의 〈망천도〉를 그렸다"[172]는 기록을 남긴
것으로 보아 이미 조선 중기에는 왕유의 망천장을 산거하기에
좋은 절경으로 인식하고 있었고, 중국본을 바탕으로 〈망천도〉가
그려졌음도 알 수 있다. 이같이 경치가 좋은 망천이라는 인식은
당시 성행했던 와유 문화의 유행 풍조, 문인들의 산수에 대한 인
식의 변화 등과 중첩되며 단순한 중국의 실경이 아닌 이상향, 은
거지로 전이되어 화면에 그려지고 완상되었다.

　　왕유의 『망천집』 중 맹성요孟城坳, 망구장輞口莊, 문행관文杏
館, 궁괴맥宮槐陌, 녹시鹿柴, 북타北坨, 임호정臨湖亭, 남타南坨, 죽
리관竹里館, 초원椒園 등 10경을 읊은 시의 시정은 이방운의 《망
천십경도輞川十景圖》 10폭도 95의 화제이다. 다만 제2폭인 〈망구

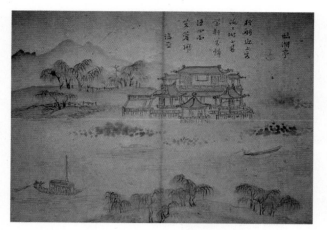

도 96 이방운,《망천십
경도》중〈임호정〉, 지
본담채, 27.3×30.5cm,
홍익대박물관

장〉의 화제는 왕유의 「적
우망천장작」전문이다.
또한 〈맹성요〉, 〈궁괴맥〉
등 일부 작품은 왕유의 친
구인 배적裴迪(716~?)의 시
중 일부 혹은 전문이 화
제이다. 이 중 제7폭 〈임
호정〉도 96은 『망천집』중
〈임호정〉의 전문인 "귀한

손님 맞이하러 날렵한 배 띄우고 / 한가로이 물 위로 손님 모셔
오네 / 창 열고 잔에 술 채워 마주 앉고 보니 / 사방에 고운 연꽃
이 활짝 피었네(輕舸迎上客 悠悠湖上來 當軒對樽酒 四面芙蓉
開)"를 화제로 하였다. 이방운은 화면을 수평의 구도로 구획하
여 화면 앞쪽에는 버드나무가 늘어진 강변, 화면 뒷쪽에 임호정
을 그려 그 사이를 가로지르는 호수의 평온함을 더욱 강조하고
있다. 또한 두 인물이 마주 앉은 정자, 3척의 배, 강가의 연꽃 등
을 그리고 담채하여 평화로운 초여름 일상을 읊은 화제의 시정
詩情을 극대화하고 있다. 이외의 나머지 9폭도 이방운의 간일한
필체와 담채를 통해 화면에 적은 화제를 표현하고 있음을 알 수
있다.

　　이처럼 왕유의 시 「도원행」과 『망천집』에 실린 시를 화제로

하는 시의도는 가상의 이상향인 '도원'과 중국의 실경에서 이상
향으로 기탁된 '망천'의 표현을 통해 조선 문인들의 이상향에 대
한 동경을 보여준다.

은자隱者의 삶 – 유자儒者의 지향

문인 사대부 삶의 가장 큰 목표와 역할은 관직에 나아가 벼
슬을 하고 임금을 섬기며 백성의 안위를 위하는 입신양명立身揚
名에 있었다. 물론 이러한 지향의 성취는 개인적 역량에 의존하
는 것이었지만 본인의 의지와 관계없이 이루어지는 정치적, 사
회적 소용돌이에서는 물러나 때를 기다리는 삶이 대안으로 제
시되기도 했다. "천하에 도道가 행해지면 관직에 나아가고, 도
가 행해지지 않으면 숨는다(天下 有道則見 無道則隱)"[173], "궁색
할 때는 홀로 수양하는데 주력하고, 패가 잘 풀릴 때에는 천하
에 나가 좋은 일을 한다(窮則獨善其身 達則兼善天下)"[174], "군자
의 길은 나아갈 수도 있고, 물러날 수도 있다(君子之道 或出或
處 或黙或語)"[175]는 사상가들의 논지는 이러한 삶의 지침이 되
었다. 이 같은 은거와 은자의 삶은 춘추전국시대 이래 형성되어
시대를 막론하고 지속된 문인 사대부들의 또 다른 지향이었다.
특히 왕유가 살았던 성당시대에는 출사出仕를 준비하거나
혹은 관직생활에서 좌절을 겪고 실의를 달래기 위한 은거隱居,

은일隱逸의 풍조가 더욱 성행하였다. 20여 년에 걸친 왕유의 은거, 특히 14년 동안 종남산과 망천 등에서의 은거는 왕유의 삶과 문학에 큰 영향을 끼쳤다.[176] 이후 소식蘇軾이 망천의 풍취와 정신세계를 높히고 『주자어록朱子語錄』에 거론하며 망천은 '은거'와 '별장'의 대명사가 되었다.[177]

'망천'을 은거지로 인식한 예는 고려시대 이색李穡(1328~1396)의 글에서도 찾을 수 있다. 그의 시 「토랑유산후별서兎郎游山後別墅」에는 "긴 냇물은 응당 망천과 비슷하고 / 깊은 골은 반곡이라 칭할 만하다(長川應像輞 深谷可名盤)"[178]라는 구절이 있는데, 이는 당대唐代 이원李愿(?~762)이 은거하던 태항산太行山 남쪽의 반곡盤谷과 왕유가 은거하던 망천을 대비시키며 반곡, 망천과 같은 중국 절경을 은거지로 인식하고 있음을 보여준다. 조선시대 문인들도 명예와 부를 뒤로하고 탈속한 은자의 삶, 자연에서의 은거를 동경했다. 도연명과 왕유의 삶은 그들이 추구하는 삶의 지표처럼 여겨졌고 그들의 시가 애송되었다. 도연명과 왕유의 시구를 중심으로 은거하는 문인의 삶과 서정을 표현한 시의도가 그려진 것은 이 같은 분위기와 무관하지 않다.

왕유의 시 「종남별업」은 그의 나이 40세 무렵 종남산에서 산수를 감상하고 소요 자적하는 은거 생활 중에 지어졌다. 이 시는 자연에 대한 흥취와 탈속의 정취를 표현한 것으로 일체를 자연에 맡겨 마음에 두지 않는 생활을 읊은 것이다. 「종남별업」

중 "가다가 물이 끝나
는 곳에 이르면 / 앉아
서 구름 이는 그때를 바
라보네(行到水窮處 坐
看雲起時)"라는 구절은
여러 글에서 시정詩情이
뛰어난 구절로 언급되
었다.[179] 이 구절은 조선

도 97 윤두서,《관월첩》
중〈좌간운기시〉, 견본수
묵, 19.1×14.9cm(그림
부분), 국립중앙박물관

화단에서도 그 어느 당시唐詩보다도 은일자의 삶을 묘사하는 화
의畵意에 적합한 시로 인식되어 시의도의 화제로 꾸준히 애용되
었다. 윤두서尹斗緖의『관월첩』에 실린〈좌간운기시〉도 97는「종
남별업終南別業」중 "흥이 나면 자주 홀로 오가며 / 좋은 일도 그
저 혼자 알뿐이네 / 가다가 물이 끝나는 곳에 이르면 / 앉아서 구
름 이는 그때를 바라보네(興來每獨往 勝事空自知 行道水窮處 坐
看雲起時)"를 화제로 한 시의도이다.[180] 윤두서는 화첩 한 면에
예서체로 화제를 적었다. 윤두서의 인물 표현은 시의 내용을 숙
지한 그가 자신만의 개성적인 화면으로 시정을 표현했음을 알
수 있다.[181] 정선의〈좌간운기〉(도 26)는 간략히 표현된 두 명의
인물이 산수를 배경으로 담소하는 모습이 묘사되어 있다. 윤두
서의 시의도 형식과는 달리 화면 안의 좌측 상단에 화제인 "가
다가 물이 끝나는 곳에 이르면 / 앉아서 구름 이는 그때를 바라

보네"라는 구절을 적었다. 화면 우측에 부벽준을 힘차게 내려 그린 절벽, 바위의 표현과 주산主山의 미점米點, 인물 표현을 통해 조선 중기의 절파화풍과 후기의 남종화풍이 공존하는 전환기적 작품임을 알 수 있게 해준다.

김홍도의 〈산거한담山居閑談〉도 98, 〈고사관수도高士觀水圖〉도 99는 정선의 작품과 동일한 왕유의 시구를 그린 시의도이다. 김홍도는 산속의 물길이 시작되는 곳에 가서 마주 앉은 두 인물이 한담閑談을 나누는 모습으로 시의를 표현하고 있다. 〈산거한담〉의 경우 물길이 시작되는 곳에 가서 한담을 나누는 두 인물 표현에 중점을 두고 화면에 흘러내리는 물줄기를 강조했다. 반면 〈고사관수도〉의 경우 인물이 위치한 곳이 높은 곳임을 암시하듯 화면의 위쪽에 인물을 그리고 하단에 여백을 두었다. 멀리 구름이 이는 것을 앉아서 보기 좋은 위치임을 표현한 것이다. 화면의 유사성은 김홍도의 〈남산한담南山閑談〉도 100과 이인문의 〈송하담소도松下談笑圖〉도 101에서도 찾을 수 있다. 두 작품은 앞서 논의한 시의도와는 달리 화면에 「종남별업」의 전문을 화제로 적고 있다. 김홍도의 〈남산한담〉은 화면을 사선으로 분할하고 산 중턱에 마주 앉아 담소를 나누는 인물을 화면의 중앙에 표현하고 있다. 반면 이인문의 〈송하담소도〉에는 노송 밑에 마주 앉은 인물들이 흐르는 물을 바라보며 담소를 나누는 모습으로 묘사되어 있다.[182]

도 98 김홍도, 〈산거
한담〉, 지본담채, 23.5
×27.5cm, 개인 소장

도 99 김홍도, 〈고사
관수도〉, 지본담채, 29.5
×37.9cm, 개인 소장

도 100 김홍도, 〈남산한담〉, 지본담채, 29.4×42.0cm, 개인 소장

이명기李命基(18세기 활동, 생몰년 미상)가 그린 일련의 시의도
는 세속의 명예와 부를 뒤로하고 은거하며 문인의 삶과 정서를 읊
은 왕유의 시를 화제로 하고 있다. 〈초당독서도草堂讀書圖〉도 102
는 왕유의 시 「춘일여배적과신창리방여일인불우春日與裴迪過新
昌裏訪呂逸人不遇」 중 "문 닫고 독서로 오랜 시간을 보내니 / 소
나무가 모두 늙은 용 비늘이 되었네(閉戶著書多歲月 種松皆老
作龍鱗)"라는 구절을 화제로 했다.[183] 이명기는 화면 가득 수령
이 오래된 소나무 두 그루와 초당에서 한가로이 글을 읽는 인
물을 그려 화제의 시정을 표현했다. 또 다른 이명기의 시의도

인 〈의장출문도倚杖出門圖〉와 〈유하사인도柳下士人圖〉 역시 왕유의 시 「망천한거증배수재적輞川閑居贈裵秀才迪」을 화제로 했다.[184] 〈의장출문도〉도 103는 "추운 산은 갈수록 푸르고 / 가을 시냇물 날마다 소리내어 흐르네 / 지팡이 짚고 사립문 밖에 서서 / 바람 맞으며 저녁 매미소리를 듣네(寒山轉蒼翠 秋水日潺湲 倚杖柴門外 臨風聽暮蟬)"라는 구절이 화제이다. 이명기는 화제를 충실히 표현한 듯 화면 근경에는 지팡이를 짚고 사립문 앞에 서있는 인물을 중심에 그려놓았다. 화면 원경에는 단정한 필치로 그린 주산과 시냇물을 그렸는데, 이를 통해 이명기가 시의

도 101 이인문, 〈송하담소도〉, 지본담채, 121.2×53.2cm, 국립중앙박물관

를 표현하기 위해 시구에 언급된 사물들을 화면 곳곳에 배치해 묘사하고 있음을 알 수 있다. 〈유하사인도〉도 104는 시의 다음 구절인 "나루터에 남아있는 저녁 노을 / 마을에는 외로운 연기 피어오르네 / 다시 접여 같은 이를 만나 취하면 / 오류선생 앞에서 미친 듯 노래하리라(渡頭餘落日 墟

도 102 이명기, 〈초당독서도〉,
지본담채, 103.8×48.5cm,
삼성미술관 Leeum

도 103 이명기, 〈의장출문도〉,
지본담채, 90.5×40.5cm, 개인 소장

도 104 이명기, 〈유하사인도〉,
지본담채, 90.5×40.4cm, 개인 소장

裏上孤煙 復値接興醉 狂歌五柳前)"를 화제로 한 시의도이다. 이
명기는 화면 전면에 버드나무를 그리고 시동과 더불어 앉아 있
는 인물을 묘사했다. 특히 시구 중 오류선생五柳先生은 도연명을
말하는데, 화면에 표현된 버드나무가 이를 상징한다.[185]

　　앞서 살펴본 〈망천도〉가 조선 문인들의 이상향에 대한 표
현이었다면, 김홍도의 〈죽리탄금도竹裡彈琴圖〉도 105는 은거하
는 문인 삶의 또 다른 모습을 보여준다. 이 작품은 『망천집』 중

도 105 김홍도, 〈죽리탄금도〉, 지본수묵, 22.4×54.6cm, 고려대박물관

한 수인 〈죽리관竹里館〉을 화제로 한 시의도이다.[186] 김홍도는 시의 전문을 화면 우측에 적고 대숲에 앉아 거문고를 타는 인물과 뒤편에서 차를 달이는 시동을 그렸다. 텅 빈 충만함으로 묘사되는 달과 인간의 교감은 혼탁한 인간 세상을 등지고 산속에서 자신을 성찰하는 인물과 만나는 순간 이루어진다. 또한 속이 빈 대나무에 둘러싸였다는 것은 허심虛心한 은일자를 은유적으로 표현하며 시정을 고취시키는 듯하다. 여기에 탄금彈琴은 달과 인물이란 시각적 이미지와 더불어 음악이란 청각적 표현이 더해졌음을 알 수 있다.

이 밖에도 은거지의 모습은 왕유의 시 「전원락田園樂」을 화제로 하는 시의도에서 찾을 수 있다. 「전원락」은 전원에 사는 즐거움을 읊은 7수의 연작시이다. 강세황의 《사시팔경도四時八景

도 106 강세황, 《사시팔경도》 중 〈만춘〉, 1760년, 견본담채, 90.3×45.5cm, 국립중앙박물관

圖》중 〈만춘晚春〉도 106은 「전원락」의 제오수의 첫 구절인 "산 아래 먼 마을에서 이는 가는 연기(山下孤烟遠村)"를 화제로 적고 있다.[187] 전경의 나무 아래 가옥과 인물, 중경의 넓은 강물, 원경의 산과 마을 표현은 강세황이 주로 그리는 화보풍의 산수 풍경이다. 이러한 구도는 평면적인 화면에 깊이를 더하며 화면의 확장을 이루어내는 회화 방식이다. 이 같은 구도를 통해 강세황은 '산 아래 먼 마을'이라는 화제가 된 시구를 표현하려 했음을 알 수 있다. 이 시는 『당시화보唐詩畵譜』에 「유거幽居」란 제목으로 실려있다. 김홍도의 〈수하오수도樹下午睡圖〉도 107는 「전원락」의 제육수 중 "복숭아꽃은 지난 밤 내린 비를 머금어 붉고 / 버드나무는 아침 연기를 띄우며 푸르네(桃紅復含宿雨 柳綠更帶朝煙)"라는 구절이 화제이다.[188] 김홍도는 화제인 시구의 표현으로 자욱한 안

222

개와 봄 물이 오른 버드나무를 묘사하고 있다. 버드나무 곁에서
잠을 자는 인물의 묘사는 화면에 화제로 적지는 않았으나 시 전
문의 내용에 대한 이해를 바탕으로 그려졌음을 알 수 있다. 대
각선으로 배치한 경물에 비해 화면 좌측단의 화제가 다소 크게
쓰인듯하나 이러한 화면의 불균형은 버드나무를 가로지른 짙게
깔린 안개의 표현으로 극복되고 있다.

　　왕유의 시 「적우망천장작積雨輞川莊作」은 비 온 후 망천의
경치와 청담한 생활, 조용하고 평화로운 전원 풍경을 읊은 시이
다.[189] 시의 전체적인 내용은 비 온 후의 망천장의 풍광을 읊으
며 은거하며 안빈낙도하는 유자儒者의 여름 나기를 묘사하고 있
다. 특히 마지막 두 구절은 출사의 뜻을 접은 은자의 의지를 보

도 108 심사정, 〈산수도〉, 견본담채, 20.6×14.8cm, 국립중앙박물관

여 주목된다. 이 시를 화제로 하는 시의도는 정선, 심사정, 이방운의 작품이 있다. 정선의 〈황려호黃驪湖〉(도 27)는 "아득한 논에 백로가 날고 / 그늘 짙은 여름 숲에는 꾀꼬리가 지저귀네(漠漠水田飛白鷺 陰陰夏木囀黃鸝)"라는 구절을 화제로 했다. 정선은 비 온 후의 망천장을 표현한 듯 습윤한 붓으로 전경의 나무를 그리고 산등성이는 짙은 먹을 써 여름의 녹음을 묘사했다. 세밀한 필선으로 묘사된 산줄기와 마을, 물가를 잇는 부드러운 곡선이 차분한 여름 산수의 면모를 보여준다. 특히 정선은 미점米點, 수지법 사용으로 완숙해진 남종화풍을 구사하고 있다. 심사정沈師正(1707~1769)도 동일한 구절을 화제로 한 〈산수도山水圖〉도 108를 그렸다. 습윤한 나무 사이에 가옥을 그리고 원경에 주산을 묘사한 것은 정선의 〈황려호〉와 구도적 유사성이 보인다. 정선의 필치에 비해 간일하지만 심사정은 화제가 되는 시구를 화면 상단 중앙에 적으며 화의를 더했다.

이방운李昉運의 〈망천별서도輞川別墅圖〉도 109와 〈하경산수도夏景山水圖〉도 110 역시 왕유의 시 「적우망천장작」을 화제로 은

도 109 이방운, 〈망천별서도〉,
지본담채, 45.0×35.0cm,
개인 소장

도 110 이방운, 〈하경산수도〉,
지본담채, 107.3×54.5cm,
고려대박물관

거지의 여름 서정을 표현했다. 〈망천별서도〉는 시의 전문을 화
면 상단에 적으며 산수와 어우러진 별서를 그렸다. 역시 시의 전
문을 화제로 적은 이방운의 《망천십경도》 중 〈망구장〉도 111과 화
면의 연관성을 찾을 수 있다. 즉 〈망구장〉이 가옥에 집중해 표
현했다면, 〈망천별서도〉는 산수 표현이 더해지며 화면을 풍성
하게 했을 뿐 기본적인 화면 구도는 동일함을 알 수 있다. 〈하경
산수도〉는 시의 전문 중 "장맛비 빈 숲에 연기 피어 오르더니 /
명아주 찌고 기장밥 지어 동쪽 밭으로 내어가네 / 아득한 논에
백로가 날고 / 그늘 짙은 여름 숲에는 꾀꼬리가 지저귀네 / 산속
에 좌정하여 아침 무궁화를 관조하고 / 소나무 밑 맑은 집에서

도 111 이방운,《망천
십경도》 중 〈망구장〉, 지
본담채, 27.3×30.5cm,
홍익대박물관

아욱 뜯어먹고 산다네(積雨空林烟火遲 蒸藜炘黍餉東菑漠漠水
田飛白鷺陰陰夏木囀黃鸝 山中習靜觀朝槿 松下淸齋折露葵)"라
는 구절을 화제로 했다. 여름의 망천장 주변 풍광과 안빈낙도하
는 은일자를 묘사하는 구절만을 화제로 했는데, 녹음이 우거진
자연과 풍부한 물의 표현을 통해 은거지의 평화로움을 보여주
고 있다.

　　은거지로 들어와 출사의 꿈을 접는 선비의 모습은 이방운
의 〈망천한거輞川閑居〉도 112에서 찾을 수 있다. 이 작품은 왕유
의 시 「망천한거」 중 "한번 따라 백사에 돌아오니 / 다시 청문에
이르지 않네(一從歸白社 不復到靑門)"라는 구절이 화제이다.[190]
이방운은 전경에 강가 마을의 풍경, 머리에 짐을 인 아낙네, 소

도 112 이방운, 〈망천
한거〉, 지본담채, 25.3
×37.5cm, 국립중앙박
물관

로 밭을 가는 농부와 더불어 그렸다. 굽은 소나무 곁에 선 인물
이 이러한 풍경을 바라보는 모습으로 화제시의 시정을 표현했
다. 경물에 대한 상세한 묘사 등은 초록으로 담채된 화면과 더
불어 농번기의 한 장면을 보는 듯하다. 왕유 시구에 언급된 '백사
白社'는 낙양성 동쪽에 있는 곳으로 진대晉代 동경董京(생몰년 미
상)의 은거지이며, '청문靑門'은 장안성의 동문으로[191] 입관하는
것을 상징한다는 점을 고려할 때, 이방운은 이 구절의 표현에
귀거래하여 출사의 뜻을 접은 도연명의 삶을 이입시켜 표현하
고 있음을 알 수 있다.

   적절한 때가 아니면 세상의 부귀와 명예를 등지고 은거하
며 산수와 더불어 전원생활을 하는 유자의 삶은 곧 조선시대 문

인 사대부들의 이상상이었다. 이 같은 지향은 왕유가 망천에서 삶을 영유하며 지은 시들을 화제로 한 시의도로 표현되었음을 알 수 있다.

(2) 화면 표현의 특징

정형화된 도상의 실경 산수 표현

왕유는 자신이 은거했던 종남산 주변 망천의 모습을 여러 편의 시와 그림으로 남겼다. 왕유가 그린 〈망천도〉는 현재 소실되어 전하지 않고, 북송대 곽충서郭忠恕(약 910~977)가 이를 임모해 횡권 형식으로 그린 〈임왕유망천도臨王維輞川圖〉를 통해 그 형태를 추정할 뿐이다. 왕유의『망천집』중 일부 시를 화제로 한 이방운의《망천십경도》(도 95)는 비록 10곳의 경물이 각 장면으로 나누어져 있지만 곽충서의 〈임왕유망천도〉 화면과 관련이 있음을 알 수 있다. 다만 이방운의《망천십경도》중 〈북타北垞〉와 〈남타南垞〉는 곽충서의 작품과 서로 뒤바뀌어 건물 이름이 적혀있는데, 이는 1617년 곽충서의 작품을 모사해 석각石刻한 곽세원郭世元의 〈망천도권〉에서도 동일하게 나타난다. 따라서 이방운의《망천십경도》는 곽세원의 석각을 탁본한 작품인 〈망천도권〉이나 혹은 곽세원 이후에 곽세원의 〈망천도권〉을 방작

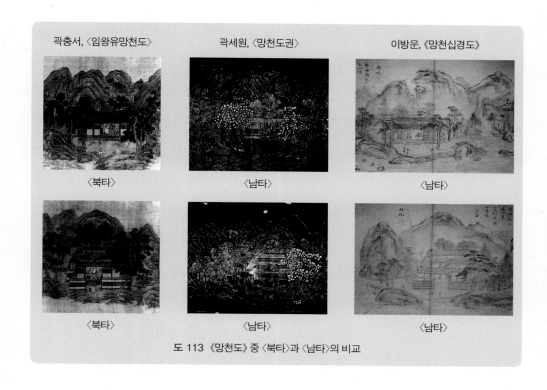

곽충서, 〈임왕유망천도〉　　　곽세원, 〈망천도권〉　　　　　이방운, 《망천십경도》

〈북타〉　　　　　　　　　　〈남타〉　　　　　　　　　　〈남타〉

〈북타〉　　　　　　　　　　〈남타〉　　　　　　　　　　〈남타〉

도 113 《망천도》 중 〈북타〉과 〈남타〉의 비교

한 다른 작품을 모본으로 그린 것으로 추정할 수 있다.[192]도 113 더욱이 곽세원의 작품에 〈망구장〉의 화제시가 없다는 점은 이 방운이 왕유가 읊은 「망구장」을 자신의 《망천십경도》 중 〈망구 장〉의 화제로 쓰지 않고 「적우망천장작」을 화제로 적고 있다는 점에서도 곽세원 본을 모본으로 삼았다는 추정을 가능하게 한 다.[193]

　　이와 연관해서 주목되는 것이 강흔姜俒(1739~1775)의 『삼당 재고三當齋稿』에 실린 「망천도발輞川圖跋」 내용이다. 강흔은 이 글에서 "구영이 곽충서를 임모하여 그리고, 문징명이 20수의 시를 쓴 〈망천도〉를 본 왕세정이 왕유의 시를 읽고 이 그림을 보니 내가 왕유인지 왕유가 나인지를 모르겠다"는 발어跋語를 언급하며 "(강흔이) 명나라 화가가 곽충서를 임모하고 시를 쓴 석각본 〈망천도〉를 보니 그림이 섬세하고 글이 시원스러워 가히 아낄만하다"고 하였다. 강흔은 강세황의 아들로 중국 서화를 접할 기회가 적지 않았을듯하고, 서화에 대한 식견 또한 남달랐던 듯하다. 특히 이 발문에서 명나라의 화가가 곽충서를 임모한 석각본이 있다고 언급한 내용을 통해볼 때 곽세원 본의 조선 유입을 추정할 수 있다.

이처럼 이방운이 화제로 제시된 망천의 경물 표현에 중국의 모본을 충실히 따르고 있음은 「적우망천장작」을 화제로 하는 〈망천별서도〉(도 109)와 〈하경산수도〉(도 110)의 경우에서도 찾을 수 있다. 앞서 언급했듯이, 이방운은 《망천십경도》 2면 〈망구장〉(도 111)과 동일한 도상으로 〈망천별서도〉(도 109)를 그렸다. 또한 〈하경산수도〉(도 110)의 경우에도 《망천십경도》의 〈남타〉와 〈죽리관〉을 화면의 상하에 배치하고 자연스럽게 연결하고 있다. 특히 〈하경산수도〉의 화면 중앙에 그려진 가옥 앞마당에 묘사된 두루미는 《망천십경도》의 〈남타〉에 묘사된 것과 동일해 이방운이 《망천십경도》의 각 가옥과 경물 등을 숙지하고 있는 상태에서 망천과 관련된 왕유의 시를 화제로 그리는데 차용했

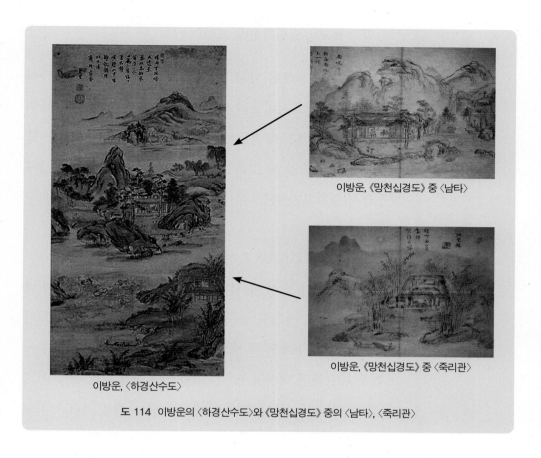

이방운, 《망천십경도》 중 〈남타〉

이방운, 《망천십경도》 중 〈죽리관〉

이방운, 〈하경산수도〉

도 114 이방운의 〈하경산수도〉와 《망천십경도》 중의 〈남타〉, 〈죽리관〉

음을 알 수 있다.도 114

　　이상에서 살펴본 것처럼, 이방운의 《망천십경도》의 경물
은 곽충서의 〈망천도〉 도상을 기본으로 정형화하여 표현하고
있다. 이같이 망천과 관련된 시구 표현에 중국의 모본을 따른
것은 구체적인 실제 지명, 가옥 등의 표현에 필수적인 선택으로
풀이할 수 있다.

중국 화보의 영향과 인물 표현의 변화

중국에서 전래된 화보『개자원화전』의 〈인물옥우보〉와 『당시화보』는 왕유시의도의 인물 표현에 영향을 주었다. 특히 화제에 따라 표현된 화면상의 인물, 즉 은자의 표현에 산수 묘사보다 더욱 중점을 둔 것은 왕유시의도를 통해 은거하는 삶에 자신을 이입하고자 하는 적극적인 표현의 일환으로 해석할 수 있다.

왕유시의도의 인물 표현과『개자원화전』의 〈인물옥우보〉 도상의 영향 관계는 정선, 김홍도, 이방운의 왕유시의도에서 예를 찾을 수 있다. 왕유의 시「종남별업」을 화제로 그린 시의도의 인물 표현이 한 명에서 두 명으로 바뀌며 화면의 변화가 이루어진 것은 대표적인 예이다.도 115 "가다가 물길이 다한 곳에 이르면 / 앉아서 구름 이는 그때를 바라보네"를 화제로 그린 시의도 중 한 명의 인물만을 화면에 그린 시의도는 남송대 마린의 〈좌간운기도〉(도 3)를 들 수 있다. 이 작품은 마하파馬夏派 양식의 변각구도로 화제의 내용처럼 자연을 관조하며 여유자적하는 인물의 이미지를 전달하고 있다.[194] 조선의 경우 윤두서의 〈좌간운기시〉(도 97)가 있다. 두 작품은 시의 주인공이 홀로 앉아 구름이 이는 곳을 바라보는 것으로 묘사되어 있다. 이는 시의 내용 중 "흥이 나면 홀로 찾아가(興來每獨往)"라는 구절을 표현한 것임

『개자원화전』의 〈인물옥우보〉 중   정선, 〈좌간운기〉 (인물 부분)   김홍도, 〈고사관수도〉 (인물 부분)
'행도수궁처 좌간운기시'

도 115 『개자원화전』〈인물옥우보〉의 인물 표현과 왕유시의도 1

을 알 수 있다. 이와 비교해 볼 때 정선의 〈좌간운기〉 중 인물 표현 부분은 『개자원화전』의 〈인물옥우보〉 중 "행도수궁처좌간운기시行到水窮處坐看雲起時"를 표현한 모티브의 영향으로 볼 수 있다. 화보에는 산에 올라 구름이 이는 곳을 함께 보며 앉은 2명의 인물로 그려져있다. 정선과 김홍도는 마주 앉은 두 인물이 물길이 시작되는 곳에서 한담閑談을 나누는 모습으로 표현해 화보의 영향임을 알 수 있다.

앞서 살펴보았듯이, 이방운의 〈망천한거〉는 왕유의 시「망천한거」를 화제로 한 시의도이다. 이 중 화면 오른쪽의 인물 표현은 『개자원화전』〈인물옥우보〉에 실린 도연명의 〈귀거래사〉 중의 한 구절을 그린 도상과 동일함을 알 수 있다.도 116 이 도상은 이방운이 화제로 한 왕유 시구의 시정을 벼슬을 버리고 귀거래한 도연명의 삶과 동일시하며 표현한 것이다. 즉 화면 우측

『개자원화전』〈인물옥우보〉 중 '무고송이반환'　　　　　이방운, 〈망천한거〉 (인물 부분)

도 116 『개자원화전』〈인물옥우보〉의 인물 표현과 왕유시의도 2

　에 표현한 굽은 소나무 곁의 인물은 마치 도연명의 「귀거래사」
중 "외로운 소나무를 어루만지며 서성인다(撫孤松而盤桓)"라는
구절을 묘사한 다른 작품들과 유사하다. 이방운은 〈망천한거〉
에서 벼슬을 접고 귀거래하여 출사의 뜻을 접은 도연명의 삶을
"다시 청문에 이르지 않는다"라는 왕유의 시구와 맥이 닿아있
다고 보고 화보의 도상 차용으로 나타낸 듯하다.

　　한편 『당시화보』의 도상을 차용하여 왕유시의도의 시의를
더한 작품도 주목된다. 김홍도의 〈수하오수도〉(도 107)와 관련해
살펴볼 수 있는 것은 『당시화보』에 실린 〈춘면春眠〉이다.[195] 화
보에는 「전원락」의 여섯 번째 시의 전문을 적고 비질을 하고 있
는 시동과 날고 있는 앵무새를 화면에 그려 시구의 시의를 표현
하고 있다. 이러한 『당시화보』의 삽도와 김홍도의 〈수하오수도〉

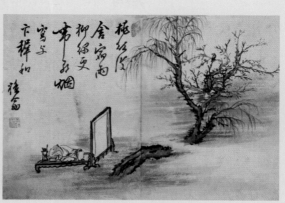

『당시화보』의 〈춘면〉   김홍도, 〈수하오수도〉

도 117 『당시화보』의 〈춘면〉과 김홍도의 〈수하오수도〉

를 비교해 볼 때 표현된 경물과 인물의 자세 등에서 유사함을 보인다. 즉 김홍도는 화면에 적은 「전원락」의 일부 시구만을 표현하려는 듯 이와 상응하는 경물을 차용했는데 화보와는 달리 비질을 하고 있는 시동, 앵무새의 표현 등은 생략하고 있다.도 117

이처럼 조선 후기에 활약한 정선, 이방운, 김홍도 등은 세속의 욕망을 접고 은거하는 은자의 표현으로 『개자원화전』과 『당시화보』의 인물 도상을 차용하며 화제가 된 시구의 시정을 보다 구체적이고 적극적으로 표현했음을 알 수 있다.

(3) 왕유시의도의 특징과 의의

　　왕유의 시는 두보의 시와 더불어 조선시대 시의도의 화제로 애용되었다. 특히 「도원행」, 『망천집』에 실린 시를 화제로 한 시의도는 가상의 이상향인 '도원'과 중국의 실경에서 이상향으로 기탁된 '망천'의 표현을 통해 조선 문인들의 이상향에 대한 동경을 보여주었다. 또한 망천에서의 삶을 읊은 「종남별업」, 「적우망천장작」, 「망천한거」, 「전원락」을 화제로 한 왕유시의도는 나설 때가 아니면 세상의 부귀와 명예를 등지고 은거하며 산수와 더불어 전원생활을 하는 은자의 모습을 표현했다. 이는 곧 조선시대 문인 사대부들이 동경하는 이상적 인물상의 회화적 표현과도 연결된다. 이러한 특징은 자연과 사계절의 정취를 주로 표현한 두보시의도와 구별된다는 점으로 주목된다.

　　이와 더불어 왕유시의도에 표현된 도원과 망천으로 대별되는 이상향의 화면적 재현은 중국의 작품이 모본이 되어 경물의 정형화가 이루어졌음을 알 수 있다. 이는 미지의 공간, 가상의 공간인 이상향 표현을 중국의 실경에 기탁하여 보다 현실적이고 적극적인 욕망 표현으로 성취하려 했다고 풀이할 수 있다. 또한 『개자원화전』, 『당시화보』 같은 중국 화보의 인물 도상을 차용하며 산수의 표현보다 시의 화자인 인물을 비중 있게 화면에 표현하였다. 이것은 회화 창작자이며 문화 향유자인 문인들의 이상적 인물상에 대한 적극적인 자기 이입이 이루어진 것으로 이해된다.

시의도 화풍의 경우 윤두서, 정선의 왕유시의도에서는 조선 중기의 절파화풍과 조선 후기에 정착된 남종화풍이 혼재하는 양상을 보이기도 한다. 반면 강세황, 김홍도 등의 시의도에서는 중국에서 전래된 화보류의 영향을 받아 간일한 필체와 구도 등에서 남종화풍의 정착을 인지할 수 있다. 각 화가별 특징을 살펴보면, 윤두서의 경우 문인 화가로서의 시정 표현이 주목되나 정선의 시의도에 이르면 이미 경물 표현의 정형화가 이루어졌음을 알 수 있다. 따라서 이 시기에 이미 왕유시의도의 제작자와 감상자 간에 공유된 도상적 인식이 이루어졌음을 의미한다. 김홍도의 경우 간일한 필체와 여백의 운용을 통해 시의를 강조한 반면, 이방운은 담채를 적절히 사용하고 화제시에 언급된 경물을 화면 가득 표현하며 시의를 재현하고 있는 특징을 보인다. 이방운과 같은 표현방식은 화원인 이인문과 이명기의 왕유시의도에서도 찾을 수 있다.

왕유시의도의 화면은 윤두서의 〈좌간운기시〉와 같이 시와 그림이 분리된 화첩의 형태에서 점차 화면 안에 시를 적는 형식으로 변화되었음을 알 수 있다. 특히 김홍도 작품의 경우 화제로 적은 시구가 화면 속에 묘사된 경물과 더불어 화면의 조화와 균형을 이루며 시정을 극대화하는 요소로 작용하기도 한다. 왕유의「도원행」을 화제로 한 시의도의 경우 도연명의「도화원기」
와 동일한 화면으로 표현되고 있음을 알 수 있고, 시의 내용에
따라 여러 폭의 화면으로 나누어 그리기도 했다. 이같이 조선시
대의 왕유시의도는 조선 문인들의 이상향에 대한 동경과 은거
에 대한 지향의 회화적 표현임을 보여준다.

4) 조선시의도朝鮮詩意圖를 통한 시대 문화의 발현

한자문화권의 중국, 한국, 일본 3국은 오래 전부터 문학과 회화의 교융交融이 이루어져 문학을 바탕으로 회화가 창작되거나 회화를 소재로 문학작품이 탄생되었다. 3국은 특히 중국의 유명 시문을 화면에 옮기는 창작의 형태를 통해 사의성寫意性을 구현한다는 예술적 지향도 공유하며 시의도라는 예술 형식 또한 공유한다. 이러한 공유 가운데 조선시대 시의도의 독자성을 알기 위해선 시대를 불문하고 한반도에서 지어진 시를 화제로 하는 시의도에 중점을 두고 특성과 이를 통한 고유성 규명이 무엇보다 중요하다.

(1) 성리학 이념, 학통學統의 계승을 다진 시각적 산물

주자성리학은 조선의 건국이념으로 시간의 흐름과 더불어 모든 삶을 관통하는 씨줄이 되었다. 개창開創 이래로 조선의 문인들은 시문을 통해 이러한 이념을 공고화하고 했고, 이를 화제로 한 회화들은 보다 적극적인 시각적 표현을 더하며 효과적으로 전달되었다. 현존하는 작품을 통해볼 때 선조들의 시를 그리는 예는 조선 중기의 회화부터 보이기 시작한다.

이징의 《난죽병》과 〈화개현구장도〉

앞서 살펴보았듯이, 이징의 《난죽병》(도 14)은 조광조의 제화시를 화제로 1635년 11월에 그려진 작품이다.[196] 무엇보다도 이 작품은 조선 문인의 제화시題畵詩를 화제로 그려진 시의도란 점과 조선 중기의 대나무, 난초 그림이 많이 남아 있지 않은 현실에서 조선 중기의 사군자화에 대한 이해를 얻을 수 있다는 점에서 조선 중기 회화사의 중요한 작품이란 의의가 있다.

《난죽병》의 제작 의도는 이징의 회화 표현과 새로운 형태의 화면 구성에서 구체화되었다. 특히 조선 초기 이래의 시의도는 화첩 등의 형태로 시와 그림이 각각 다른 장에 배치되던 것과는 달리 이징의 작품에는 화면 안의 상단 중앙에 시가 적혀있다. 이러한 구성은 선현의 뜻이 담긴 시를 화면에 적을 때 그 예를 표하는 방식으로 이해할 수 있다. 따라서 이징이 그린 《난죽병》은 명화가의 작품과 감상이라는 범주를 넘어 조광조의 시를 시각적으로 표현하여 그의 학덕과 절개를 기리기 위한 공리적 목적으로 제작된 것임을 알 수 있다.[197] 따라서 이징의 《난죽병》은 당시 조광조의 위상과 그를 추종하던 후학들에 의해 제작된 병풍이라는 점에서 조선 중기의 시대상을 집약한 문화의 산물로 평가된다.

이와 더불어 이징이 1643년에 그린 〈화개현구장도〉(도 16)

역시 조선 중기의 시대상을 보여주는 시의도이다. 성리학자인 정여창의 시 〈악양〉을 화제로 한 이 작품은 상단의 〈화개현구장도〉란 제목, 중단에는 섬진강변에 있던 정여창의 주거지와 악양정이 담채로 그려져 있다. 하단에는 정여창의 시 〈악양〉을 비롯해 신익성의 발문, 조식, 정구 등의 문인 글이 쓰여 계회도의 화면 형식을 취하고 있다. 이에 따르면, 이 작품 또한 정여창이 악양정을 그림으로 남기고자 한 뜻을 이루지 못하고 죽은 후 그의 뜻을 기려 후학들이 그림으로 남기려 했던 것임을 알 수 있다. 정여창은 진사시에 합격했으나 벼슬길이 열리지 않아 섬진강 주변에 악양정을 짓고 은거하며 강학하던 사림으로 훈구세력을 견제하려는 의도로 성종(재위 1469~1494)에 의해 중앙의 정치 무대에 등장한 인물이었다. 그의 시를 화제로 그린 이징의 〈화개현구장도〉의 화면 곳곳에서는 이징의 작품인 〈소상팔경도〉(도 6)와의 화면적 친연성을 곳곳에서 찾을 수 있다. 이 같은 점은 정여창이 세운 정자의 이름인 '악양'이 소상팔경에서 읊어지는 동정호의 '악양루'와 동일해 승경으로서의 실경을 암시하는 듯하다. 특히 문학으로 표현된 '소상'이 멋진 경치라는 이미지 외에도 초나라 굴원屈原(기원전 343경~289)이 정치적 암울기를 보냈던 곳으로 은일의 상징으로도 형상화된다는 점을 감안하면 정여창의 시를 모티브로 그의 삶을 화면에 구현한 이징의 화의는 보다 분명해진다고 할 수 있다.

김홍도 등의 《고산구곡시화도병풍高山九曲詩畫圖屏風》

《고산구곡시화 도병풍》도 118은 이이 李珥(1536~1584)의 연 시조 「고산구곡가高 山九曲歌」를 화제로 1803년 7월과 9월에 걸쳐 김홍도 등 도화 서 화원과 문인 화가 들이 그리고 여러 문 신들이 시를 적은 12 폭의 병풍이다.

제1폭에는 이 이의 「산중사경시山 中四景詩」와 조선 중 기 문인인 최립崔岦 (1539~1612)의 「고산 석담기高山石潭記」가 쓰여있다. 제2폭부터 11폭까지는 〈구곡담 총도九曲潭摠圖〉를 포함한 구곡도 10작품으로 구성되어 있다. 그리고 마지막 12폭에는 김창흡金昌翕의 「석담구곡시石潭九曲

詩」, 송시열宋時烈(1607~1689)의 6대손인 송환기宋煥箕(1728~1807) 의 발문이 쓰여있다. 각 폭은 3단으로 구성되어 있는데, 상단에 는 유한지兪漢芝(1760~?)가 예서체로 쓴 표제가 있고, 중단에는 16행의 계선界線으로 주사란朱絲欄을 만들어 이이의 시조「고산

구곡가」, 송시열의 한역시, 김수항金壽恒(1629~1689)을 비롯한 서인계 학자들의 차운시가 김조순金祖淳(1765~1832) 등 안동安東 김씨 일가의 글씨로 적혀있다. 하단에는 이이의 시조를 화제로 한 시의도가 그려져 있는데, 그림의 여백에는 각 폭마다 김가순金可淳(1771~1811)의 제화시를 적고 있다.

이이의 「고산구곡가」는 「서곡」 1수를 비롯하여 제1곡 「관암冠巖」, 제2곡 「화암花巖」, 제3곡 「취병翠屏」, 제4곡 「송애松崖」, 제5곡 「은병隱屏」, 제6곡 「조협釣峽」, 제7곡 「풍암楓巖」, 제8곡 「금탄琴灘」, 제9곡 「문산文山」 등으로 나누어 각각의 경치를 표현하고 있다.[198] 〈구곡담총도〉는 「서사序詞」를 화제로 김이혁金履赫(18세기 활동, 생몰년 미상)이 그린 것으로 괴석, 파초, 소나무 등 문기를 상징하는 경물로 둘러싸인 정자에 앉아있는 인물을 주인공으로 묘사했다. 묘사된 주인공은 시동을 동반하고 자신을 향해오는 지인들의 방문을 바라보고 있는 것으로 보아 '풀을 베고 집을 지으니 벗들이 모여든다'는 구절을 형상화한 것으로 보인다. 이는 「서사」 마지막 구절을 통해 이이가 '주희朱熹가 은일처에서 강학하며 「무이구곡가」를 지었듯이, 자신도 「고산구곡가」를 짓고 주희와 같은 삶을 살고자 한다'며 「고산구곡가」를 지은 뜻을 밝힌 것과 맥이 닿는 표현이다. 제1곡 〈관암〉은 김홍도가 그렸다. 김홍도는 화면 가득 산수를 묘사하고 풍경 중앙에 관모양을 닮은 우뚝 선 바위를 그려놓았다. 지팡이를 짚은 인물이 산에 올라 서서 산을 오르고 있는 친구들을 바라보는 모습을 그려 1곡 시조의 내용을 충실하게 묘사하고 있다. 화면 중앙을 '지之' 자 형태로 흐르고 있는 물길 표현, 간략한 나무의 묘사 등에서 만년의 김홍도 화풍을 읽을 수 있다. 제2곡 〈화암〉은 김득신金得臣(1754~1822)이 그린 작품으로, 물에 띄워져 흐르는 꽃을 보는 듯 화면 속의 인물이 몸을 숙이고 있다. 화면에 엷게 채색된 색은 봄빛의 '화암'을 상징적으로 표현하고 있다. 제3곡 〈취병〉은 이인문李寅文의 그림으로 시조의 내용 중 마지막 구절인 '반송에 청풍이 부니 조금도 여름 더위를 모르겠네'를 묘사한 듯 화면 중앙에 반송 밑에서 더위를 피하는 인물을 그렸다. 원산에 미점을 찍어 녹음이 푸른 계절, 여름을 표현했다. 제4곡 〈송애〉는 윤제홍尹濟弘(1764~?)이 그린 작품이다. 윤제홍은 해가 져서 집으로 향하는 인물을 좌측 하단에 표현하고 있다. 특히 화면 가득 산수를 그려놓아 묘사된 인물의 집이 깊은 산속에 위치했음을 암시했다. 제5곡 〈은병〉은 오순吳珣(18~19세기 활동, 생몰년 미상)의 작품이다. 오순은 화면 전면에 바위 위의 소나무를 그리고 부감법으로 정사亭舍를 그리고 있다. 정사의 모습이 〈무이구곡도〉에서 볼 수 있는 무이정사와 같은 형상으로 〈무이구곡도〉와 〈고산구곡도〉의 연관을 은유하는 듯하다. 제6곡 〈조협〉은 이재로李在魯(생몰년 미상)의 작품으로, 시조의 내용 중 마지막 구절을 표현한 듯하다. 낚싯대를 둘러매고 집으로 돌아가는 주인공 뒤로 둥근 달이 표현되어 있다. 제7곡 〈풍암〉은 문경집文慶集(생몰년 미상)이 그렸다. 다소 도식적인 물가와 나무 표현이 보이지만 채색을 통해 가을 단풍을 표현했고, 화면 하단에 그려진 바위에 앉은 인물을 통해 마지막 구절인 '찬 바위에 홀로 앉아있노라면 집 생각도 잊어버리네'를 묘사한 것으로 보인다. 제8곡 〈금탄〉은 김이승金履承(생몰년 미상)의 작품이다. 홀로 거문고를 타고 있는 인물을 그려 금탄에서 '옥 거문고 금 거문고로 몇 곡을' 타고 있음을 표현하고 있다. 제9곡 〈문산〉은 이의성李義聲(1775~1833)이 겨울의 풍광을 노래한 시조를 그린 것이다. 화면에는 담채로 표현된 산이 흰 눈에 덮여 '기암괴석이 모두 눈 속에 묻혔구나'라는 구절을 묘사하고 있다. 침엽수인 소나무만을 그려 학자의 절개를 은유한 듯하고 적막한 겨울 산수의 모습을 표현했다. 이처럼 《고산구곡시화도병풍》은 조선 후기에 활동했던 화원과 문인 화가들이 그림 제작에 참여하여 각자의 개성적인 화풍을 한곳에 모아놓은 작품이다. 화면 상단에 화제를 쓰기 위해 처음부터 의도된 듯 변각 구도는 사용하지 않았고, 모든 화가들이 화면을 가득 채우며 9곡의 산수를 남종화풍으로 그렸다. 실경임을 분명히 하려는 듯 김홍도, 김득신, 오순이 각각 그린 1곡, 2곡, 5곡에 그려진 경물과 건물에는 이름을 적고 있다. 이들의 표현에서 특히 주목되는 것은 화면 속에 표현된 인물이 시를 읊은 화자話者가 되어 그림을 보는 관객을 화면 속으로 이끌고 있다는 것이다. 이러한 유기적 화면 구성은 화면에 그려진 인물이 바로 「고산구곡가」를 지은 이이로《고산구곡시화도병풍》의 제작 의도를 강조하는데 중요한 역할을 한다. 조선의 성리학자들은 정사를 세우고 강학하며 구곡을 경영하고 「구곡가」를 짓고, 이를 바탕으로 〈구곡도〉를 그려 완상한 주희의 삶을 추종하며 재현하려 했다. 주희에 대한 흠모는 조선 사대부들의 보편적인 지향이었고, 따라서 무이구곡은 조선 사대부들의 유토피아적 미의 실현 공간으로 인식되었다.[199] 따라서 17세기부터 19세기에 이르는 문학을 바탕으로 서인 노론계에 의해 제작이 이루어진《고산구곡시화도병풍》은 주희에서 시작하여 이이, 안동 김씨 일문으로 이어지는 학통 계승과 결속 강화를 위해 제작되었다는 점에서 그 의미와 기능을 눈여겨 볼 수 있다.

(2) 자연의 순환, 인간의 삶에 주목한 문학적 서정의 표현

문학작품을 회화로 표현하는 문화는 특히 조선 후기에 활기차게 전개되었다. 이때 대부분의 문인 화가, 화원 등은 중국 문인의 유명 시문을 화제로 한 작품을 주로 그렸으나 동시에 고려, 조선 문인들의 시를 화제로 한 작품도 그렸다. 이를 통해 자연의 순환과 인간의 삶에 대한 선조들의 인식은 어떻게 문학으

로 표현되었고, 이를 회화로 표현한 화가들의 화의는 어떠했는
지 알 수 있다.

강세황의 〈추경산수도秋景山水圖〉

강세황은 다양한 중국의 문학작품을 화제로 시의도를 그
린 문인 화가이다. 강세황의 산수 대련 중 한 폭인 〈추경산수도〉
도 119는 고려시대의 문인 이규보李奎報(1168~1241)가 지은 "절룩
거리는 나귀 그림자 속에 푸른 산이 저물어가고 / 끊어지는 기
러기 소리 가운데 붉은 단풍 어우러진 가을일세(蹇驢影裏碧山
暮 斷雁聲中紅樹秋)"라는 시구를 화제로 그렸다.[200] 강세황은
화면 좌측을 중심으로 삼아 원경에 마을, 중경에 산자락과 맞닿
은 넓은 강과 강변길, 근경에 키가 큰 나무를 그렸다. 화면 우측
에 나귀 탄 선비와 그를 따르는 시동이 다리를 건너 교목 사이
의 길로 향하고 있다. 이 같은 구도와 표현은 산수와 어우러진
인물을 표현하는데 강세황이 주로 사용하는 화법이다. 담채를
사용해 화면의 생기를 주고 있으며, 특히 나뭇잎 표현에 적극적
으로 활용된 붉은색은 가을을 상징하는 매체로 인식된다. 강세
황은 산과 수목 표현에 중국 화보를 통해 익힌 남종화풍을 구사
하고 있다.

특히 말을 타고 읊은 구절로 알려진 이규보의 이 시는 '푸

른 산', '끊어지는 기러기 소리',
'붉은 단풍 가을' 등의 시구를
통해 가을의 정서를 공감각적
표현으로 성취하고 있다. 특히
'푸르다', '붉다' 등의 시어는 화
면에 가을의 서정을 담는데 중
요한 요소로 작용하고 있다.

강세황은 특히 다른 화가
들에 비해 계절의 서정을 읊
은 시구를 화제로 하는 사계산
수도를 많이 그린 문인 화가이
다. 당시, 송시는 물론 금, 원,
명대의 시구가 그에 의해 화폭
에 옮겨졌다. 따라서 이규보의
시를 화제로 한 〈추경산수도〉
는 강세황의 축적된 문학적 소
양과 예술적 재능을 보여주는

도 119 강세황, 〈추경산
수도〉, 지본담채, 87.2×
38.5cm, 개인 소장

작품이다. 또한 조선 후기의 사대부 문인들이 얼마나 적극적이
고 활발하게 학문과 예술을 접목하며 삼절을 추구했는지도 가
늠할 수 있다.

이인상의 〈송하관폭도松下觀瀑圖〉

이인상의 〈송하관폭도〉도 120는 조선 초기 학자인 박은朴
誾(1479~1504)의 시「유력암遊攊巖」중 "노한 폭포는 홀연히 허
공 너머로 울림이 되고 / 뜬구름은 해 곁에서 그늘을 만들려 하
네(怒瀑忽成空外響 浮雲欲結日邊陰)" 구절을 화제로 한 시의도
이다.[201] 이인상은 선면 중앙에 절벽에서 떨어지는 폭포를 그려
'노한 폭포'를 형상화 하고 있다. 또한 화면 전면 중앙에 굽은 늙
은 소나무를 강조해 그려 깊은 산속의 정취를 담고 있으며 바위
에 앉아 관폭하는 인물을 표현했다. 화면 좌측 상단에 묘사된
구름은 다분히 화제의 시구 중 '뜬구름'을 의식한 작가의 화의로
보인다. 전체적으로 담채를 사용했고, 끊어질 듯 이어진 필선과
농담이 적은 경물 표현은 이인상 화풍의 전형을 이루고 있다.
또한 화제에 이은 관서에는 "가을날 산에 오르니 호로가 산등성
이에 활짝 피었다. 병든 위韋의 부채에 그리다(秋日 山上葫蘆南
罔 寫病韋扇面)"라는 글이 적혀있어 당시 문인들 사이에 이루어
지던 시의도를 통한 공감과 소통 문화의 일면을 알 수 있다.[202]

화제가 된 시를 지은 박은은 갑자사화에 연루되어 요절한
조선의 명문장가였다. 최립崔岦은 그의 글「송이정랑자민호서
시관서送李正郎子敏湖西試官序」를 통해 박은이 국조國祖 이래 문
장으로 일가를 이루었고 청윤淸潤하고도 수발秀發한 기상이 있

도 120 이인상, 〈송하관폭도〉, 지본담채, 23.9×63.5cm, 국립중앙박물관

다고 평가하고 있다.[203] 더 나아가 정조正祖는 박은 시의 탁월함을 높이 평가하고 유고를 간행하도록 명했다. 박은의 절친이던 이행李荇(1478~1534)이 1514년 엮은 『읍취헌유고挹翠軒遺稿』는 지속적으로 재간행되는데, 정조는 1795년에 증정增訂을 명하고 「어제제증정읍취헌집권수御製題增訂挹翠軒集卷首」를 실어놓아 주목된다.[204]

최북의 〈계류도溪流圖〉와 〈한계노수청寒溪老樹聽〉

최북의 〈계류도〉도 121는 신라시대 최치원崔致遠(857~?)의 시 「제가야산독서당題伽倻山讀書堂」 중 "세속의 시비 소리 행여나 들릴까봐 / 흐르는 계곡물로 산을 둘러치게 했나(却恐是非聲到耳 故教流水盡籠山)"[205]를 화제로 그린 작품이다. 화면 가운

도 121 최북, 〈계류도〉,
지본수묵담채, 28.7×
33.3cm, 고려대박물관

데에 간략한 필선으로 계곡을 묘사하고 사선으로 흐르는 물에
담채를 하여 담박한 산수를 표현하고 있다. 특히 화면 중앙으로
경물을 집중시키며 주변을 여백으로 처리해 속세와는 단절된
깊은 산속에서의 은둔을 의미하는 시의를 강조한 듯하다. 물길
가운데 농묵으로 표현한 물속의 돌 표현은 화제로는 적지 않았
으나 시의 첫 구절인 "미친 듯 격한 물 바위를 치며 겹겹 산속에
서 울부짖으니(狂奔疊石吼重巒)"를 표현한 듯 보인다.

　　이 작품과 유사하게 산속의 풍광을 화면에 옮긴 최북의 시
의도로는 〈한계노수청〉도 122 이 있다. 이 작품 역시 조선시대

도 122 최북, 《제가화첩》 중 〈한계노수청〉, 지본수묵담채, 29×37.1cm, 국립중앙박물관

이문보李文輔(1698~?)의 시 「월야침류당月夜枕流堂」 중 "차가운 계곡 물소리 늙은 나무가 듣네(寒溪老樹聽)"라는 구절을 화면에 옮긴 것이다.[206] 최북은 화면의 중앙에 '지之' 자 형태로 흐르는 계곡물을 표현했다. 막힘없는 간결한 선을 내리그으며 물줄기를 표현했고, 바위에 부딪쳐 일어나는 포말 표현을 통해 세찬 계곡물의 시각적 표현을 완성했다. 또한 화면 오른쪽에 뿌리를 내린 굽은 소나무의 가지는 화면 상단을 거쳐 좌측으로 이어지며 울창하게 표현했는데, 이 같은 화면 배치를 통해 나무의 연륜을 드러내고 있다. 최북의 이 작품에서 무엇보다도 주목되는 것은 용비늘을 닮은 나무 표면과 이곳에 생긴 옹이의 표현이다. 용비늘

모양의 수피와 옹이는 오래된 나무에서 볼 수 있는 것으로, 화제로 쓰인 시구 중 "늙은 나무가 듣네(老樹聽)"의 표현에 집중한 듯하다. 다소 과장된 나무 옹이의 표현은 사람의 귀와 같은 모양으로 그려져 있고 그 방향 또한 계곡물 쪽으로 향해있다.

　　이상의 두 작품에서 최북이 화제로 삼은 조선의 시 역시 당시 문인들에게는 익숙한 명시였다. 〈계류도〉의 화제인 최치원의 시구는 김홍도의 『단원유묵』에도 실려있다. 또한 〈한계노수청〉의 화제인 이문보의 시구 역시 동시대 문인들이 인구에 회자되던 구절이다. 이문보는 이영보李英輔(1687~1747)의 동생으로 그의 삶에 대한 상세한 기록은 전하지 않으나 시를 잘 지은 것으로 알려졌다. 그의 시는 형 이영보의 문집인 『동계유고東溪遺稿』에 「대관유고大觀遺稿」라는 이름으로 더해져 있다. 조선시대 문인 이규상李圭象이 당대 인물들을 품평한 『병세재언록并世才彦錄』에 실린 이천보李天輔(1698~1761) 항목에는 끝부분에 이문보에 대한 언급이 보이는데, 이문보가 남긴 시구 하나가 널리 인구에 회자되고 있다며 "이지러진 달 공산에서 지고 / 차가운 계곡 물소리 늙은 나무가 듣네(缺月空山宿 寒溪老樹聽)"라는 구절을 소개했다.

김홍도의 〈도강도渡江圖〉와 이인문의 〈도강도渡江圖〉

김홍도의 〈도강도〉도 123와 이인문 전칭작의 〈도강도〉는
정초부鄭樵夫라 불리운 정이재鄭彛載(1714~1789)의 시 「동호범주
東湖泛舟」의 전문인 "동호의 봄 물결은 쪽빛보다 푸르고 / 백로
두세 마리 또렷하게 보인다 / 노 젓는 소리에 새들은 날아가고 /
석양에 산빛만이 빈 물에 가득하다(東湖春水碧於藍 白鳥分明見
兩三 柔櫓一聲飛去盡 夕陽山色滿空潭)"가 화제이다.[207]

김홍도는 먹선으로 화면 중앙에 돌무더기가 쌓이고 나무
몇 그루가 거칠게 자라고 있는 섬을 표현하고 있다. 화제 또한
화면 상단에 써서 화면의 균형을 이루고 있다. 화면 전면에 그

도 123 김홍도, 〈도강도〉,
지본수묵, 29×37.1cm,
서울대박물관

려진 배에는 갓을 쓴 조선의 선비 두 명이 마주하고 있다. 이 중
한 명은 섬과 강 풍경을 바라보는 듯 뒷모습으로 그려져 있다.
화제의 내용을 감안한다면, 시를 지은 문인인 듯하고 화면을 바
라보는 감상자를 화면 안으로 이끌어주는 역할을 한다. 보존 상
태가 좋지 않아 희미하게 보이지만 화면 좌측의 두 마리 새는
사공의 노 젓는 소리에 놀라 날아가는 백로인 듯해 김홍도가 화
제시의 2, 3구절을 적극적으로 화면에 표현한 것이다. 배에 앉
은 선비, 그들의 하인, 노를 젓고 있는 상투 튼 사공의 모습은 모
두 조선의 복식을 했다. 조선 후기 회화사에서 풍속화의 전성을
이끌었던 김홍도는 조선의 시를 화면에 옮기며 참 조선의 모습
으로 표현하고 있는 것이다.

국립중앙박물관 소장의 『송수관화첩松水館畵帖』에 실려 이
인문의 전칭작으로 알려진 〈도강도〉^{도 124}는 강물과 강변 등을

가로 방향으로 배치하며 화면을 구획하고 있다. 화면 우측에 초
록 잎이 무성한 버드나무, 푸른 물길을 따라가는 배와 배에 탄 3
명의 인물이 표현되어 있다. 배에 탄 인물 중 좌측의 인물은 날
아가는 새를 바라보는 자세로 묘사되어 있고, 중앙의 하인은 강
의 풍경을 구경하는 주인의 심사와는 무관하게 무심한 태도이
며, 사공은 허리를 굽혀 손에 잡은 노에 힘을 주고 있는 듯하다.
화면 좌측 상단에 적힌 화제는 화면의 균형을 이루고 있다. 먹
선과 담채로 그려진 이인문 전칭작의 〈도강도〉는 동자를 대동
하고 강의 봄 경치를 완상하는 선비의 모습을 그려 산수 인물화
유형으로 시의를 표현하고 있다. 앞서 살펴본 김홍도의 〈도강
도〉가 일상생활의 한 장면처럼 묘사되며 풍속화 유형으로 읽혀
지는 것과 차이를 보이는 것이다. 한편 김홍도 선면 〈어주도漁
舟圖〉도 125에는 '서양의 산빛만이 빈 물에 가득하다(西陽山色滿

空潭)'란 화제가 적혀있어 이 작품 또한 정초부의 시를 화제로 그려진 시의도로 볼 수 있다. 김홍도는 잔잔한 물길의 강에 작은 배를 띄우고 물고기를 잡는 2명의 어부를 선면에 그렸다. 오른쪽에 묘사된 인물은 젓던 노를 멈추고 강에 던졌던 그물을 거두는 것을 바라보고 있다. 반면 왼쪽의 인물은 날아오르는 물새를 바라보며 던졌던 그물을 거두는 일을 잠시 잊은 듯하다. 화면 상단에 묘사된 중첩된 산의 모습은 해가 넘어가는 시간의 고즈넉한 풍경으로 화제시의 서정을 묘사하고 있다. 비록 김홍도가 정초부 시의 전문을 화면에 적지는 않았지만 시정을 충분히 인지하고 자신의 화의를 펼치고 있는 것이다.

　　정이재의 시를 화제로 한 시의도는 두 가지 점에 주목된다. 먼저 시의 작가가 사대부 문인이 아닌 미천한 신분의 나무꾼이라는 점이다.[208] 정조 시대를 풍미했던 시인 정이재, 즉 정초부에 대한 기록은 여러 문집을 통해 알 수 있다. 조선 후기 여항시인이었던 조수삼趙秀三(1762~1849)은 그의 문집『추재기이秋齋紀異』에서 "정초부는 양근楊根 사람으로 젊은 시절부터 시를 잘 지어 볼 만한 시가 많았다"고 하며 2편의 시를 소개하고 있는데, 김홍도와 이인문이 그린 〈도강도〉의 화제가 된 시는 그중한 편이다.[209] 이처럼 정초부의 시를 화제로 그린 시의도인 〈도강도〉를 통해 시인의 신분을 중요시하지 않고 시정이 뛰어난 시를 화제로 그렸던 당시의 사회 분위기를 짐작할 수 있다. 이는 반상의 구분이 엄격했던 조선의 신분제, 그 경계가 이완되는 조선 후기 사회의 일면을 보여준다.

다른 하나는 화제시의 소재가 된 '동호'에 대한 당시 사람들의 인식과 이에 대해 오랜 시간 지속된 문인들 사이의 문학적 재현 양상을 알 수 있다. 동호는 현재 중랑천과 한강이 만나는 부분으로 예로부터 경치가 뛰어난 곳이었다. 문인들의 문집에는 동호와 이곳에 있었던 저자도楮子島 역시 강과 어우러진 경치가 절경이라 이곳을 건너며 배 안에서 그 경치를 바라보면 시심이 일어 시를 지었다는 기록이 곳곳에 보인다. 조선 중기 문신인 심수경沈守慶(1516~1599)의 글에는 고려 후기 문신이었던 한종유韓宗愈(1287~1354)가 이곳에 별장을 짓고 시를 지으며 여생을 보냈다고 적고 있다. 이를 통해 동호와 저자도의 뛰어난 경치는 이미 고려시대부터 인식되어 문학적으로 표현되어 왔음을 알 수 있다. 또한 심수경도 동호와 저자도를 소재로 시를 남기고 있다.[210] 이 밖에도 조선 중기 문신인 성여학成汝學(1556~?)도 「동호」라는 시를 지었다.[211] 이를 통해 자연과 동화되어 시심을 얻은 문인의 삶이 시간을 따라 지속적으로 이어지고 있었음을 알 수 있다.

신윤복의 〈월하정인도月下情人圖〉

도 126 신윤복, 《혜원전신첩》 중 〈월하정인도〉, 지본수묵담채, 28.2×35.2cm, 간송미술문화재단

신윤복의 풍속화첩인《혜원전신첩蕙園傳神帖》중 〈월하정인도〉도 126는 "달빛도 침침한 야삼경 / 두 사람 마음은 두 사람만이 안다"[212]라는 화제가 쓰인 풍속화풍의 시의도이다. 신윤복은 눈썹 같은 달이 뜬 삼경의 시각, 집 담장의 한 모퉁이에 서서 시선을 마주치지 못하는 젊은 남녀를 통해 긴장감을 일으키는 화면을 완성해 놓았다. 단정한 선으로 인물을 묘사했고 화면에 담채를 해 밤늦은 시간을 표현했다. 특히 담장의 낙서처럼 쓰여진 화제는 화면의 한 경물같이 역할하며 화면의 균형을 이루고 있다.

〈월하정인도〉의 화제는 『병와가곡집瓶窩歌曲集』 등 20여 권의 시조집에 실릴 만큼 대중화되었던 작품이다. 특히 "두 사람 마음은 두 사람만이 안다(兩人心事兩人知)"는 구절이 유명했다.[213] 20세기 초반에 만들어진 시조집 『대동풍아大東風雅』

에서 이 시의 작가를 김명원金命元(1534~1602)이라고 적고 있다. 그는 조선 중기의 문신으로, 임진왜란 때 팔도도원수였고 좌의정을 지낸 인물이다. 김명원이 활동하던 시대와 신윤복이 이 시를 화폭에 옮긴 시대는 적지 않은 시간 차가 존재하고, 김명원이 문집을 남기지 않아 화제시의 저자로 확정하기 어려우나 사료를 통한 추정은 가능하다.[214] 무엇보다 〈월하정인도〉를 통해 주목되는 것은 화제시의 작가보다 그 내용이다. 이는 신윤복이 활동하던 조선 후기의 사회적 분위기를 알 수 있게 한다. 즉 인구에 회자되며 현실을 표현하는 문학작품은 기존의 내용적 금기 영역을 초월한다는 점이다. 당시 한양은 도시 인구의 증가, 상업의 발달, 소비문화, 유흥 등 도시문화의 만연으로 기존에 금기시되며 억눌렸던 인간 본연의 욕망을 분출하고 문화적으로 표현하는데 관대했다. 사대부가 갖는 계급적 우월성과 이를 유지해야 했던 보수적 처세는 경계로서의 힘을 잃어갔다. 따라서 문학작품의 작자 이력과는 무관하게 작품의 탁월성이 중요하게 선택될 수 있었던 개방적 분위기는 바로 신윤복의 〈월하정인도〉에서처럼 적극적인 회화 표현을 가능하게 했다.

(3) 조선시의도의 회화사적 의의

신라부터 조선시대에 이르는 동안 선인에 의해 쓰여진 시를 그린 조선시의도는 비록 현존하는 수가 극히 적지만 창작 당시의 시대상과 문화를 명확하게 담고 있다.

먼저 조선시대 학자인 조광조, 정여창, 이이의 시를 그린 《난죽병》, 〈화개현구장도〉, 《고산구곡시화도병풍》에선 조선 성리학의 이념, 학통의 계승을 공고화하려는 당시 사대부들 학문적 지향과 권력 의지 등을 가늠할 수 있다. 이징, 김홍도 등의 화가들에 의해 구현된 이러한 작품들은 조선 중, 후기의 주요 화풍을 구사하며 주문자들의 의도를 충실히 수행했다. 주문자들은 회화 제작으로 선현의 가르침을 되짚고 이와 연관된 학통의 맥을 구체적으로 명시하려 했다. 문학작품과 더불어 시각적 표현을 더한 것은 선현의 뜻을 존숭하고 잇는 보다 적극적인 매개체로 삼고자 한 것임을 알 수 있다. 따라서 이징의 《난죽병》과 〈화개현구장도〉는 중국문학에 대한 축적된 소양과 인식이 회화 표현으로 전환되며 조광조, 정여창의 시를 화제로 제작되는 목적을 더욱 명료하게 했다. 자연에 대한 기본적인 인지를 바탕으로 공감각적인 시구 표현에도 거침이 없었다. 또한 김홍도 등에 의해 그려진 《고산구곡시화도병풍》은 화면 구성과 내용, 인용 시구 등의 배열 등에서 회화 제작의 의도를 충실하게 실현했다.

이어 이규보, 최치원, 박은, 이병연, 김명원 등의 유명 시구는 강세황, 정선, 이인상, 김홍도, 이인문, 신윤복 등 조선 후기의 주요 화가들에 의해 화면에 옮겨졌다. 이러한 작품들은 당시 인구에 널리 회자되던 선인들의 시구로서, 주로 수신修身의 의미를 담으며 자연의 풍광을 읊은 것이었다. 김홍도의 〈도강도〉를 통해 신분제 사회인 조선이 후기에 이르면 그 경계가 느슨해지는 현상을 감지할 수 있고, 신윤복의 〈월하정인도〉를 통해 선인의 시구 한 줄의 시정으로 조선 후기 도시문화의 한 켠에 자리했던 은밀한 개인의 영역까지 화면에 담아냈음을 알 수 있었다. 또한 앞서 언급한 정선의 〈시화환상간〉(도 35), 〈양천현아〉(도 36)에서는 화가의 화의가 문학의 서정에 대응하는 색다른 양상도 알 수 있었다.[215] 이러한 회화 표현들이 당시 유행했던 풍속화, 진경산수화의 유형으로 발현됐다는 것은 주목할 일이다. 이 같은 양상은 중국의 유명시를 화제로 한자 문화권의 주요국에서 그려지던 시의도와는 차별화되는 조선만의 특성으로 자리매김할 수 있다. 주어진 동일한 틀에 우리의 시를 담아 다른 지역과는 차별화되는 고유한 정서와 문화를 발현한 것이다.

III

한자 문화권 3국의
시의도

1

당시唐詩를 그린 한·중·일 3국

1) 3국의 당시의도 성행 배경

　　한자문화권에서 중국이 갖는 위상은 회화 이론의 정립과 확산, 공유, 문인화의 발전, 문인 문화의 융성이라는 3국의 공통 분위기의 근간이 됨을 부인할 수 없다. 특히 16~19세기 동아시아 3국에서 시의도가 많이 그려진 원인은 크게 각국의 경제 성장과 문인 문화의 형성과 향유를 들 수 있다. 특히 명대 중기부터 경제, 문화의 요지로 부흥한 소주蘇州를 중심으로 활발히 형성되었던 문인 문화는 청대의 양주揚州를 중심으로 부를 축적한 상인층으로 확대되며 문화향유자의 층을 넓혔다. 이러한 현상들은 유사한 사회적, 경제적 발전을 이루었던 조선, 일본으로 전래되어 적극 수용되었다. 이 과정에서 중국에서 발간된 화보

또한 조선과 일본으로 전래되며 화단의 흥성, 특히 당시의도의 성행에 중요한 요인이 되었다.

(1) 경제 성장과 문인 문화의 형성과 향유

왕조에 따른 수도首都를 제외하고 16~19세기 중국회화사에서 중요시되는 지역은 강남지방의 소주와 양주이다.[1] 소주는 농업, 수공업, 수상 교통망의 발달로 송대 이래로 가장 부유한 지역 중의 하나였다. 명대 중기 이후 강남의 문화 중심 도시로 자리하며 많은 문인과 화가들이 모여들어 활동하였다. 특히 국가체제를 정비하고 유지하기 위해 다양한 사회계층에게 과거시험의 응시 기회를 준 것은 신분 이동을 보다 용이하게 하여 중인계층의 업무에 종사하던 사람들도 관료 사회에 입문할 수 있는 소양을 기르는데 중요한 계기가 되었다. 특히 16~17세기 명나라에서는 관료와 재야 문인을 중심으로 종래의 문인 문화 전통을 생활화하여 일상생활의 일환으로 즐기는 풍조가 성행하였다. 출사出仕의 뜻을 이루지 못한 문인들이 행하던 산림山林에서의 은거는 도시 안에서의 시은市隱으로 변화되었다. 도시나 근교에 서재를 지어 책을 수장하거나 정원을 지어 원예, 수석을 완상하는 새로운 형태의 문화를 이루었다. 정자를 지어 지인들과 향을 피우고 차를 마셨고, 시를 짓는 아회雅會문화가 활발해졌다. 특히 시문詩文을 논하고 수집한 서화, 고동기古銅器, 분재盆栽 등을 완상하고 감평하는 탈속적인 문인 문화가 이루어졌고, 명승지를 유람하고 여행 감상문을 짓거나 실경화를 그려 감상하기도 했다. 명대 중기 소주의 상인 계층 또한 이러한 문화를 즐기게 되었고, 특히 문인의 소양을 바탕으로 하는 시의도에 대한 수요의 증가를 가져오며 주변의 여러 지역으로 확산되기도 했다.[2] 이러한 명대의 탈속적인 문인 문화는 조선 후기 사회의 문화에도 적지 않은 영향을 주었다.[3]

특정지역의 상업화와 도시화는 청대에도 가속되어 양주에서도 이루어졌다. 양주는 중국의 남북을 연결하는 교통의 요지로 각종 상품의 생산과 유통의 중심지였다. 18세기에 이르면, 양주는 이 같은 지리적 여건과 더불어 활발한 상업 활동을 통한 경제적인 기반 구축으로 문학과 예술의 도시로 주목되었다. 특히 안휘安徽 출신의 휘상徽商들은 중국 회화사의 역동적인 흐름에 중요한 역할을 했다. 그들은 16세기를 전후해 양주에 진출하여 소금, 쌀, 차 등의 상품 외에도 고향의 특산물인 서화와 문방용품을 팔아 부를 축적했다. 또한 소금 사업으로 축적한 자금을 바탕으로 상류층의 전유물이었던 문인 문화의 향유자로 떠올랐다. 더 나아가 회화를 중심으로 전개된 강남의 문화에 그들의 자금을 유입시키며 본격적으로 서화書畵 시장을 형성하여 서화의 상품화를 촉진하였다.[4] 휘상들이 이러한 역할을 할 수 있었던 것은 일찍부터 서화에 조예가 깊었고, 그들의 경제력을 바탕으로 명대 말기에 이루어졌던 서화 고동품 소장에도 적극적으로 참여하는 등 문화적 소양을 쌓았기 때문이다. 이같이 명·청대의 소주, 양주에서 발달한 문인 문화는 조선과 일본에 전해졌고 한자문화권의 의식 공감을 바탕으로 한 문화 공유를 이루게 된다.

일본의 에도시대는 정치의 안정을 이루었고 상품경제가 발달하면서 시중의 부유 상인계급(町衆)과 농촌의 부농이 경제적 부를 배경으로 새로운 예술 후원자층이 되었다. 이 시기는 쇄국정책을 기조로 했으나 나가사키항(長崎港)을 통해 이루어진 중국, 네덜란드와의 교역은 동시에 새로운 동·서양의 문화유입도 이루었다. 또한 유학儒學을 중심으로 하는 학문의 흥성은 한시漢詩의 보급과 한시문의 유행을 가져왔다. 이러한 분위기에서 형성된 새로운 지식층은 문인 의식을 가지며 중국의 문인 문화를 받아들였다. 즉 중국 명대의 문화는 새로운 문화 사조로서 자리하기 시작했고, 에도시대의 한학파漢學派와 일부 화가들은 한시를 짓거나 중국 시문을 화제로 장벽화를 그려 집안을 장식하기도 했다.

이처럼 경제적 성장은 도시화된 지역에서 문인 문화의 위상을 높였고, 이를 추앙한 상인층의 사회적 위치를 문화 향유의 주요 계층으로 유도했다. 이 과정에서 회화 시장 형성이 본격화

된다. 회화가 자오自娛와 감상의 대상에서 교환가치의 물물로
자리하게 된 것이다. 또한 회화는 문인 문화를 형성하는 소통의
매개체로 역할이 확대되어 서화 고동기의 수집과 감평 등으로
활발하게 실현되기도 하였다. 이처럼 각국의 지역적, 문화적인
특성은 한자문화권인 3국에서 시의도를 공유하고 발전시킬 수
있는 배경이 되었다.

(2) 중국 화보의 제작과 전래

앞서 살펴본 사회적 문화적 분위기의 변화와 더불어 당시
의도의 성행과 관련해 적극적인 회화 창작의 열기를 더해준 것
은 명·청대에 발간된 중국의 화보이다. 『당시화보唐詩畫譜』,『시
여화보詩餘畫譜』,『고씨화보顧氏畫譜』,『당해원방고금화보唐鮮元
倣古今畫譜』 등은 시의도의 형식에 대해 알게 하였고, 독자가 화
보에 실린 작품을 감상할 수 있는 명화 수록집으로서 그 역할을
하기도 하였다. 또한 『개자원화전芥子園畫傳』,『삼재도회三才圖
會』 등은 문인들에게는 그림 그리는 방법을 구체적으로 알려주
고 예시하였다. 특히 『개자원화전』의 〈인물옥우보〉는 조선 후
기 시의도의 인물 표현과 밀접한 영향을 갖는다.[5] 즉 인물의 표
현과 관련하여 설명글로 인용된 중국의 유명 시구들은 시의도
표현에 인물의 비중을 높여 시의를 더하는데 중요한 학습자료

역할을 했다. 또한 이러한 인물 표현들은 시구와 관련된 경물과 더불어 그려지며 점차 시의도 화면의 정형화를 가져왔다. 기타 수법樹法, 준법皴法, 산석법山石法 등은 중국의 유명 화가의 화법을 학습할 수 있게 하며 특정한 표현의 예를 제시하는 학습서의 역할도 했다. 예를 들어, 『개자원화전』〈산석보山石譜〉 중 돌을 그릴 때 흙을 함께 표현하는 화법인 '화석간파법畵石間坡法'은 황공망黃公望(1279~1368), 예찬이 돌을 그리면서 대개 그 틈에 흙을 그려 넣은 예라고 설명하고 있다. 설명 글에 의하면, "이 같은 석법은 바라보기에 앉기도 눕기도 할 수 있게 만들어 놓은 것이라고 한다. 또한 물가나 대숲 곁에는 흙을 그려 은사隱士를 기다리는 기분을 내는 것이 좋다며 함부로 딱딱한 산이나 울퉁불퉁한 돌만 그리는 것은 보는 이에게 두려운 마음을 준다"며 석법의 효과까지도 설명하였다.[6]

중국의 화보는 조선 후기 화원이 화법을 수련하는데 필요한 교과서로 역할했다. 특히 자비대령화원의 녹취재를 통한 시구의 회화화는 큰 범주로 볼 때 문학과 회화의 접목에 대한 소양을 길러주었고, 이 과정에서『당시화보』,『개자원화전』,『당해원방고금화보』 등의 내용은 임모되고 차용되어 조선 후기의 시의도 발전에 디딤돌 역할을 했다.

중국 화보의 근간을 이루는 남종화풍은 조선 후기 화가들은 물론 일본 에도시대 화가들의 남종화법 습득에도 교과서 역할을 했다. 이케노 다이가池大雅(1723~1776)와 요사 부손與謝蕪村(1716~1784)의 시의도를 살펴보면, 담묵을 사용하며 중국의 남종 문인화풍을 따르고 있다. 특히『개자원화전』에 실린 준법과 수지법 등을 활발히 구사하고 있다. 이처럼 명·청대 중국에서 발간된 화보는 조선 후기 화가들과 에도시대 남화가南畵家들이 당시唐詩의 정서를 표현하는 화풍으로 사의를 중시하는 남종문인화풍을 익혀 표현하는데 중요한 역할을 했다.

2) 당시의도를 제작한 3국 화가의 신분

16~19세기 동아시아에서 당시의도를 제작한 화가 계층은 문인 화가, 화원 화가 등으로 거칠게 나누어지지만 그 제작의 의도, 작품 특징을 논하기는 쉽지 않다. 3국의 신분 계층 구분이 동일하지 않고 그마저도 당시의 정치, 경제, 사회, 문화의 역동적 변화로 계층 구분의 이완이 심해졌기 때문이다.

(1) 중국 : 시의도 향유층과 제작층의 확대

명대 중기부터 소주는 시의도 유행의 중심지가 되었다. 문단의 의고주의擬古主義 경향으로 성당盛唐의 시가 시의 전범이 되었고, 오파吳派 화가들에 의해 당시의도가 활발하게 그려졌다. 소주의 직업 화가들도 이러한 추세에 적극 합류하며 회화 소장가의 취향에 맞는 화제와 화풍으로 당시의도를 그리며 시의도의 유행을 불러왔다. 특히 강남 사회의 문인 문화가 확산되며 회화를 소장하고 감상하는 층이 크게 증가했다. 주요 소비자층이 문인 사대부뿐만 아니라 축적된 부를 기반으로 하는 상인층까지 포함되며 문화 향유층이 확장된 것이다. 신분의 경계가 이완되는 현상은 회화 공급자인 화가 층에서도 일어났다. 문인 화가 외에도 직업 화가로 전환한 문인 화가와 문인 성격이 강한 직업 화가군이 형성되기 시작했다.

심주沈周에서 비롯된 오파 화가들은 시서화詩書畵 삼절三絕로 불리는 문인 화가들로 소주지방에서 주로 활동했다. 그들은 원대元代의 회화 전통을 계승하면서도 문인화의 새로운 화격을 추구했다. 장굉張宏(1577~1652 이후)과 같은 문인 화가들 사이에는 강남지방을 여행하고 실경산수를 그리는 유기문화遊記文化가 성행했다. 일종의 명승도첩인 《장굉선생화첩張宏先生畵帖》(국립중앙박물관 소장)은 장굉이 그림을 그리고 명대 말기의 학자인 신용무申用懋(1560~1638)가 글을 쓴 서화합벽첩이다. 주목되는 것은 신용무가 각 그림마다 고변高駢(821~887)의 시「방은자불우訪隱者不遇」, 한유韓愈(768~824)의 시「유흥遣興」, 백거이白居易(772~846)의 시「행원화하증유낭중杏園花下贈劉郎中」 등을 화제로 쓰며 이전부터 문학의 소재로 꾸준히 다루어졌던 '도원동桃源洞', '취옹정醉翁亭', '도리원桃李園', '동정호洞庭湖', '전적벽前赤壁' 등을 화면의 제목으로 했다는 점이다. 이처럼 오파의 화가들은 누구보다도 활발하게 문학과 회화의 접목을 이루며 시의도의 제작자로도 활동했다.

반면 사시신謝時臣은 직업 화가의 길을 간 문인 화가로 오파, 절파浙派, 원말元末 사대가四大家인 황공망黃公望, 오진吳鎭, 예찬倪瓚, 왕몽王蒙의 양식을 모두 겸하며 다양한 화풍을 구사해 소주의 문인들이 즐겨 그리던 시의도를 다수 남기고 있다. 그의

시의도 중 두보의 시 「배제귀공자장팔구휴기납량만제우우 이수
陪諸貴公子丈八溝攜妓納凉晚際遇雨 二首」중 한 구절인 "대숲은 깊어
손님을 머물게 하는 곳 / 연꽃 깨끗하고 더위를 식히는 때(竹深
留客處 荷淨納凉時)"를 그린 시의도는 화첩인《산수도책》중 한
폭으로 그린 것과 장축의 〈두보시의도杜甫詩意圖〉 등 2점이 전
한다. 이처럼 동일한 화제를 다른 크기와 형태로 그린 것은 시
의도를 사적 감상용 혹은 장식용 등, 그 수요자의 사용 용도에
따라 그렸기 때문이다.[7] 동일한 화제로 다른 형태의 시의도를
제작한 예는 회화를 매개로 하는 수요, 공급의 상호 관련에서
직업 화가의 역할을 알 수 있는 좋은 예이다.

주신周臣(1460~1535)은 남송대 이래 궁정화가들이 만든 화
풍을 가르치던 화실에서 도제 교육을 받았던 직업 화가이다.
오파의 화가인 당인唐寅(1470~1523)과 구영仇英(1492?~1552)의
스승이었으나 직업 화가라는 신분과 교육을 많이 받지 못했다
는 이유로 학자들에게 존경을 받지 못했다. 그러나 그의 작품
의 제재와 표현 주제가 문인의 생활을 그린 것이 많다[8]는 것은
당시의 사회적 선호와 이에 부응한 화단 분위기와 무관하지 않
다.

(2) 조선 : 신분을 초월한 문인화 인식

현존하는 작품들을 통해볼 때 조선에서 당시의도는 화가들의 신분에 구애 없이 다양한 계층에서 그려졌다. 특히 16~19세기 조선 화단에서는 윤두서, 이인상, 강세황, 정수영 등의 문인 화가, 정선, 심사정, 최북, 이방운 등의 화업畵業을 주로 했던 문인 화가, 김홍도, 이인문, 김유성 등 화원 화가 등이 다수의 시의도를 그렸다.

이 시기에 무엇보다도 주목되는 것은 문인들의 적극적인 작화作畵 활동이다. 조선 후기의 문인들에게 시서화악詩書畵樂의 겸비는 필수적인 교양으로 여겨졌다. 따라서 이전 시대에는 여기餘技, 말기末技로 폄하되던 그림을 그리는 일이 점차 자신을 표현하고 문기文氣를 담아 심회를 표출하는 예술활동으로 자리한 것이다. 이는 조선 중기부터 본격적으로 일기 시작한 서화고동기의 수집, 감상, 감평의 문화와 더불어 중국의 유명 시를 그려 감상하는 것이 지식인의 교양을 드러내고 지인들과의 문화적 소통을 위한 매개체가 된 것과 연관되어 있다. 이러한 사회 문화적 분위기에서 문인 사대부 화가들이 그린 당시의도는 각자의 삶의 환경과 사회적 위치 등을 고려할 때 어느 화제보다 적절한 선택이었다고 할 수 있다.

벼슬의 길을 포기하고 학문과 시서화에 매진했던 윤두서

는 본인이 소장했던 중국 화보인 『당시화보』와 『고씨화보』 등을 통해 시의도의 양식을 익혀 그렸다. 그의 시의도 중 왕유의 「종남별업」 중의 한 구절을 그린 〈좌간운기시〉(도 17)는 입신양명의 길을 마다하고 초야에서 자연과 동화되어 사는 자신의 자화상으로 인식된다. 무엇보다도 윤두서는 말예末藝, 완물상지玩物喪志로 폄하되던 회화를 문인 사대부의 인격 표현의 방안으로 격상시켰다. 또한 형사形似뿐만 아니라 사의寫意 또한 문인화의 정수로 인지한 그의 회화론을 바탕으로 시화일률詩畵一律 지향의 시의도를 본격적으로 그리며 조선 중기와 후기의 화단을 이었다.[9] 이인상은 증조부가 서자庶子라는 신분적 한계를 벗어나기 어려웠다. 강직한 그의 성격은 벼슬길을 걷지 못하고 은거하듯 여생을 보냈다. 40대 후기에 이르러 은일자의 심회를 소재로 한 작품이 많다는 것은 이러한 그의 일생과 무관하지 않다. 또한 그는 두보, 한유, 맹호연, 두목 등의 시구를 화제로 하는 당시의도를 주로 그렸는데, 인용한 화제는 자연과 인간의 조응을 읊은 구절이 대다수를 차지한다. 따라서 이인상의 당시의도는 사의적 산수화로 문인으로서 문기를 담아 자신의 삶과 심회를 표현했음을 알 수 있다. 강세황은 당시가 갖는 회화성을 인지하고 사계절에 대한 상징적 표현에 집중했다. 이에 적절한 두보의 여러 편의 시를 비롯하여 왕유, 장구령張九齡(678~740), 온정균溫庭筠(812~870)의 시를 화제로 사계산수도를 그렸다. 그의 이 같은 시의도 제작은 문인으로서 쌓은 문기文氣를 바탕으로 한다는 점에 주목된다. 이와 관련해 조선시대의 시의도 발전에 끼친 강세황의 공로는 당시는 물론 송대宋代, 금대金代, 원대元代, 명대明代의 시 등 중국시에 대한 해박한 지식을 바탕으로 시의도의 화제의 영역을 확장시켰다는 것이다. 그 결과 강세황의 작품은 문인회화로서의 시의도의 위상을 굳건히 했다.

한편 양반 가문이었으나 화업을 주로 했던 정선은 조선 후기 화단의 시의도 성행을 주도한 화가 중의 한 명이다. 앞서 살펴보았듯이, 그는 고려시대부터 회자되던 유명 중국 시문을 망라했고 당시, 송시는 물론 조선시 등을 화제로 그린 다수의 시의도를 남기고 있다. 그의 이러한 시의도 제작은 진경산수화 등과 더불어 주변 문인들의 제작 요구에 부응한 결과이다.[10]

김홍도, 이인문 등 화원 화가들의 당시의도 제작과 관련해 주목할 것은 자비대령화원들에게 실시되던 녹취재이다. 자비대령화원 제도는 정조 7년(1783)에 시작되어 고종 18년(1881) 무렵까지 약 100년간 운영된 것으로 왕실과 관련된 서사 업무, 도화 활동을 전담하기 위해 규장각 소속으로 차출한 궁중 화원제이다. 자비대령화원들에게 실시했던 녹취재는 화원 화가들이 시의도의 화제를 선정하거나 그리는데 적지 않은 도움을 주었을 것으로 본다. 녹취재 화제가 된 시의 시대를 살펴볼 때, 당대唐代의 시가 가장 많은 비중을 차지하는 것은 조선 후기 시의도

중 당시의도가 차지하는 비중이 가장 큰 것과 무관하지 않다.[11]

　　이처럼 16~19세기 조선의 화단은 회화에 대한 말기론에서 벗어나 회화에 대한 예술적 평가가 높아졌고 문인 화가, 화업을 주로하는 문인 화가, 화원들에 의해 당시의도가 다수 그려졌다. 화가의 신분과는 무관하게 시화일률이라는 예술적 지향이 화단 전반에 내제되어 있었고, 형사보다는 사의를 중시하는 문인화의 궁극적 지향을 회화 활동의 중요한 가치로 인식하고 있었다. 따라서 중국에서 전래된 남종문인화풍이 화단에 정착되며 문인, 화원 등 신분의 구분 없이 시의도를 창작하고 감상했다.

(3) 일본 : 중국 문인 문화를 지향한 직업 화가

　　일본의 문인 화가들은 유학자도 있었지만 지배 계급이 아닌 농민, 상인 출신이나 직업 화가가 대부분이다. 비록 중국의 문인들과 동일한 계급에 위치하지는 않지만 중국 문인들이 추구한 정신세계에 공감하고 중국 문화를 동경했던 일본의 화가들이 남종화라는 회화적 양식을 습득하여 그린 그림을 문인화로 보았는데, 이를 특별히 '남화南畵'라 지칭한다.[12] 18세기 전반기부터 일본에서는 전격적으로 남종화가 수용되었는데, 교토 (京都)는 문화적 소양이 갖추어진 지역이었고 중국 문화를 받아들이기에 유리한 위치였다. 시의도와 같은 중국의 문인화와는 달리 에도시대의 문인화는 남종화라는 화풍뿐만 아니라 화가와 감상자 사이의 문인적 화제를 애호하는 현상까지도 포함하는 것이었다. 16~19세기 일본에서의 당시의도는 교토에 기반한 이케노 다이가와 요사 부손 등에 의해 그려졌다. 이들은 중국 문화에 대한 동경憧憬을 바탕으로 중국 성리학의 사상과 이념을 익혔으며 자신들의 화업에도 중요한 목표로 삼았다. 특히 중국 전래의『개자원화전』등을 학습해 당시의도 화면 표현에 적용했다.

기온 난카이祇園南海(1676~1751)는 초기 일본 문인화 성립에 중요한 역할을 한 문학자이며 유학자였다. 중국의『개자원화전』,『팔종화보』등을 통해 화법을 배우며 시화일치를 추구했고, 남종화풍을 일본에서 시도하며 일본의 문인화를 이끌었다.[13] 이후 난카이의 문인화 필법, 회화 표현, 시화詩畵 제작의 미의식 등은 이케노 다이가와 요사 부손에게 영향을 주었다.

이케노 다이가는 대대로 농사를 지은 집안에서 태어나 생계를 위해 〈수구당〉이라는 부채 판매점을 경영하는 전업화가였다. 중국 문화를 동경하며 문인 생활을 추구했고, 화가로서 문인의 한거閑居나 소요逍遙 등 문인적 화제를 주로 그렸다. 이와 관련하여 그의 작품은 두목, 도연명, 왕유, 두보, 이백, 장계張繼(715?~779?), 소식 등 시대를 막론하고 중국의 유명 시인의 시를 화폭에 그려냈다. 이케노 다이가가 그린 시의도는 중국 문인의 심정이나 아회雅會의 모습을 표현한 것과 중국의 명승을 그리고 그 풍광을 선호했던 문인들의 생활이나 시문의 전통을 그린 것이다. 또한 명대의 문인 문화를 선호했던 그는 동기창이 그의 저서『화지畵旨』에 언급한 "만 권의 책을 읽고 만리의 길을 걷는다(讀萬卷書 行萬里路)"는 문인의 자세를 적극 수용하여 여행과 독서를 실천했다. 그는 이 과정에서 진경산수화를 그려 남기기도 하였다.

요사 부손은 하이쿠(俳句)를 짓는 시인, 즉 하이진(俳人)이며 화가였다. 시서화에 능했던 인물로 이케노 다이가와 함께 일본 문인화를 확립하는데 역할했다. 중국의 남종화와 북종화 양식을 모두 학습하며 필법과 화면 구성을 일본화 시킨 '화한혼합 和漢混合'이란 독자적인 양식을 이루었다.[14] 요사 부손은 무엇보다도 일본의 정형시인 하이쿠를 그린 하이가(俳畵)라는 양식을 통해 시의도의 일본 정착이라는 남다른 업적을 남겼다.

이케노 다이가와 요사 부손의 시의도에서 중요한 작품은 《십편십의첩十便十宜帖》(일본 川端康成記念會 소장)이다. 이 화첩은 명말 청초의 문인 이어李漁(1611~1680?)가 산장 생활에서 누렸던 혜택을 읊은 시를 화제로 그린 것이다. 이 중《십편첩十便帖》은 1771년 이케노 다이가가 그린 것이고, 《십의첩十宜帖》은 요사 부손이 그린 것이다. 이 화첩은 지방 부호의 주문에 의한 제작으로 논의된다.[15] 이처럼 에도시대의 당시의도 제작 화가는 교토에서 활동하던 직업 화가 이케노 다이가와 시인이자 화가인 요사 부손 등을 들 수 있다. 문인 계층이 존재하지 않았던 일본에서 문인을 '중국의 시문을 애호한 사람', 문인화를 '중국의 시문을 애호한 사람들이 그린 그림 중 중국의 남종화 양식으로 그린 그림'[16]이라 할 때 이 두 화가는 문인화를 그린 일본의 문인 화가이다.

3) 두보 시를 화제로 한 3국의 시의도

(1) 연원과 전개

중국에서의 두보시의도에 대한 본격적인 언급은 송대宋代에 나타난다. 곽희와 곽사 부자가 엮은 『임천고치』에는 사람의 내면을 잘 드러낸 그림으로 그릴만한 16편의 시를 열거해 놓았다. 이 중 두보의 「객지客至」 중 "집의 남쪽 북쪽 온통 봄물결인데 / 보이는건 날마다 떼 지어 날아드는 갈까마귀 떼(舍南舍北皆春水 但見群鷗日日來)" 구절, 「야망野望」 중 "멀리 보이는 물은 하늘과 더불어 맑고 / 외딴 성은 안개에 숨어 깊네(遠水兼天淨 孤城隱霧深)"라는 구절이 포함되어 있어 송대의 두보 시에 대한 회화 표현을 알 수 있다.

또한 두보의 시를 화제로 한 시의도는 요녕성박물관에 소장된 명대 화가 당인唐寅의 〈임이공린음중팔선도臨李公麟飲中八仙圖〉가 두보의 시 「음중팔선가飲中八仙歌」를 화제로 한 송대의 화가 이공린李公麟(1049~1106)의 시의도를 임모한 작품임을 알 수 있다.[17] 현존하는 두보시의도는 남송대 조규가 그린 〈두보시의도杜甫詩意圖〉(도 68)가 가장 이른 예이다.[18] 명대에 이르면 "문장은 진한 시는 성당(文心秦漢 詩心盛唐)"을 주창하며 복고주의 문학론이 일어 이백, 두보, 왕유 등의 당시를 새롭게 조명하는 문학계의 기류가 형성되었다. 이러한 분위기에서 관계官界에 진출하지 않거나 출사를 포기한 문인들에 의해 당시의도 제작이 이루어졌다.[19] 특히 문징명文徵明 등의 오파吳派 화가들에 의해 유명 시문을 화제로 하는 시의도가 그려졌다. 이는 그들의 문인적 소양을 표현할 수 있는 통로였던 것이다. 특히 두시杜詩의 문학성은 송대에 문학의 전범으로 자리잡았고, 이어 '사대부의 표상'으로 세워진 두보의 위상은 끊임없이 후대로 이어져 명청 대 문인 화가들의 화폭을 풍성하게 하는 바탕이 되었다.[20] 명청 대의 화가인 사시신謝時臣, 주신周臣, 당인, 문가文嘉(1501~1583), 성무엽盛茂燁(1575경~1640), 육치陸治(1496~1576), 문백인文伯仁, 동기창, 송무진宋懋晉(?~1620), 항성모項聖謨(1597~1658), 장로張路(1464~1538), 우구尤求(16세기 활동, 생몰년 미상), 이사달李士達(1550~1620), 두근杜菫(15~16세기), 장충張翀(16세기 활동), 진홍수陳洪綬(1599~1652), 왕시민王時敏(1592~1680), 석도石濤(1642~1707) 등 다수의 화가들이 두보의 시를 화제로 한 시의도를 그렸다.

앞서 살펴보았듯이, 조선시대에 두보의 시를 그린 내용은 조선 초의 문헌 기록에도 보인다. 조선 초기 문신 박팽년朴彭年의 『박선생유고朴先生遺稿』 중 「삼절시서三絶詩序」에 따르면, 안평대군(李瑢, 1418~1453)이 안견安堅에게 두보의 시를 화제로 〈이사마산수도李司馬山水圖〉를 그리게 했다고 한다.[21] 조선 중기 허균許筠의 기록 중 화원 이정에게 임모하게 한 《천고최성첩》의 수록 작품 중, 두보의 시 「악양루」를 그린 것이 있음도 알 수 있다. 김상헌金尙憲(1570~1652)의『청음집淸陰集』중 「제윤세마경지음중팔선도題尹洗馬敬之飮中八仙圖」가 실려 있어 두보의 「음중팔선가」또한 시의도로 그려져 완상되었음을 알 수 있다. 조선 후기에 이르면, 두보의 시 중 25편 가량이 화제가 되어 조선 후기 시의도 화제로서 가장 선호되었음을 알 수 있다. 화제가 된 두보의 시는 「남린南隣」, 「추흥팔수秋興八首」, 「음중팔선가飮中八仙歌」, 「춘야희우春夜喜雨」, 「소한식주중작小寒食舟中作」, 「초당즉사草堂卽事」등 다양하다. 조선에서의 두보시의도는 문인 사대부, 화원 등 화가 신분을 망라하고 다양한 계층에서 다수 그려져 조선인들의 화제에 대한 선호를 알 수 있다.

문인 계층이 존재하지 않았던 일본에서 두보 시를 화제로 한 회화 기록과 작품을 찾는 것은 쉽지 않은 일이다. 특히 사의寫意를 중시하며 시정을 화면에 펼치는 시의도를 문인화로 인지하고 논의하는 중국과 조선의 기준으로 일본의 시의도, 문인화를 동일시하기에는 적지 않은 기준의 간극이 존재한다는 한계도 있다.[22] 일본에서 문학과 회화가 결합한 이른 예는 헤이안 시대(平安時代, 9~12세기)로 거슬러 올라가 귀족들의 주거 공간에 쓰이던 내실 미닫이문(障子) 그림과 병풍에서 찾을 수 있다. 이 당시 화가들은 미닫이문 그림과 병풍에 중국의 시를 화제로 그리거나 고전의 내용을 그리고 관련 문구를 적었다. 중국의 어떤

시가 화제로 쓰였는지는 정확하게 알 수가 없다. 시기적으로 볼 때 당대를 하한선으로 유명 시인의 시문이 그려졌을 것이라 추론할 뿐이다. 더 나아가 그림에 화제로 쓰이던 중국의 시 또한 일본 고유의 시인 와카(和歌)로 대체되었다. 10세기 초의 유명한 궁정 시인 키노츠라유키(紀貫之, ?~945) 시집에는 전체 수록 작품의 약 70%에 해당하는 539수가 미닫이문이나 병풍에 그림으로 표현되도록 지어진 것이라 한다.[23]

따라서 중국 시가 화제가 된 회화에 대한 구체적인 예는 수세기를 지나 에도시대(江戸時代, 1600~1868)의 화단에서 다시 찾을 수 있다. 에도시대 중기부터는 한학漢學의 융성에 따라 시, 서화 등에서 중국적 취미를 즐기던 한학파 인사가 증가했다. 이때 기온 난카이(祇園南海), 이케노 다이가(池大雅), 요사 부손(與謝蕪村) 등은 중국의 사대부들이 애용했던 주제와 형식들을 받아들여 일본화단에 난가(南畵)를 발전시켰다. 이들은 시서화를 동일시하는 삼절론을 바탕으로 자신들의 문예적 취향을 적극적으로 표현하기 시작했다.

에도시대 중기에 이르면, 일본 시인들은 당시唐詩 관련 저술을 펴내며[24] 당시의 회화성에 매료된다. 또한 남종문인화의 교과서 역할을 하는 중국 화보집인 『개자원화전』이 1748년 일본에서 출판되어 남화 화풍의 정착에 큰 역할을 하게 된다.

(2) 화제에 따른 시의도의 유형

두보의 시를 화제로 한 한·중·일 3국의 시의도는 여러 점
이 현존한다. 화제가 된 시는 「남린南隣」, 「추흥팔수秋興八首」, 「음
중팔선가飮中八仙歌」, 「등고登高」, 「배제귀공자장팔구휴기납량만
제우우陪諸貴公子丈八溝攜妓納凉晚際遇雨」, 「춘야희우春夜喜雨」, 「엄
공중하왕가초당겸휴주찬嚴公仲夏枉駕草堂兼攜酒饌」 등이다.

명대 주신의 〈시문송객도柴門送客圖〉도 127, 문가의 『시의
도책詩意圖册』 중 〈제2폭〉, 정가수程嘉燧(1565~1643)의 〈시문송객
도柴門送客圖〉, 왕시민의 《두보시의도책》 중 〈제2폭〉도 128, 조
선시대 성재후의 〈월하송별도〉(도 82), 일본의 작가 미상의 작품
인 〈시문신월도柴門新月圖〉도 129는 두보의 시 「남린」 중 "흰 모
래밭과 푸른 대숲 어우러진 강가 마을에 날이 저물면 / 손님 전
송하는 사립문에 비치는 달빛이 새롭구나(白沙翠竹江村暮 相
對柴門月色新)"라는 구절을 화제로 한 시의도이다. 주신은 이
별하는 인물과 주변의 소나무 등을 화면의 중심에 상세히 묘사
하며 시의를 표현하고 있다. 화면을 가득 채운 수목과 인물의 비
중이 거의 동일하다. 반면 왕시민은 산수 표현에 집중하며 멀리
서 관망하는 듯한 시선으로 이별이 이루어지는 공간과 시간에
화의를 집중했다. 화면 좌측 상단에 쓰인 화제를 통해 화면 앞쪽
에 간략하게 묘사된 인물의 자세가 전별의 상황임을 알 수 있다.

도 127 주신, 〈시문송객도〉,
지본설색, 121×57cm, 남경박물관

도 128 왕시민, 《두보시의도책》 중 〈제2폭〉,
지본채색, 39×25.5cm, 북경 고궁박물원

또한 화면 상단에 담채로 표현한 해진 저녁하늘, 노란 달을 그
려 시구에 읊어진 시간을 표현했다. 조선시대 성재후의 〈월하
송별도〉(도 82)는 화제로 쓰인 시구 표현에 중점을 두고 집 주변
의 대나무와 수목 표현, 인물의 송별 장면, 저녁시간의 산과 달

의 표현, 집 앞의 모래밭 등을 간략한 획과 담채로 표현했다. 중국 작품에 비해 선보다 면을 통한 화면 구성이 이루어져 있다. 이 같은 표현은 일본 후지타미술관(藤田美術館) 소장의 작자 미상의 〈시문신월도〉도 129에서도 찾을 수 있다. 화제에 언급된 흰 모래밭, 대숲 어우러진 강가, 손님 전송, 사립문, 달빛 등 주요 경물을 간략히 그리고 있다. 이 작품은 많은 문사들의 제시題詩를 종축의 화면에 담았다는 특징이 있다. 이상의 작품들은 달이 뜬 저녁 사립문 앞에서 이별하는 인물을 묘사하며 두보의 시를 표현하고 있다. 주신을 제외하고 다른 화가들의 작품은 인물보다 배경 표현을 보다 강조하며 시정을 표현했다.

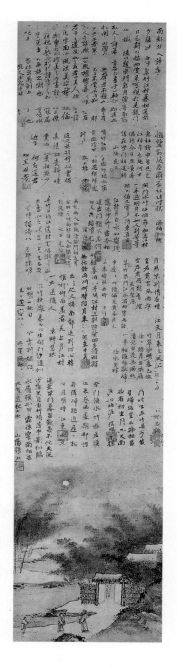

도 129 작자 미상, 〈시문신월도〉, 지본수묵, 129.4×43.3cm, 오오사카 등전미술관

도 130 육치, 《당인시
의산수책》 중 〈두보시
의도〉, 지본담채, 27.6
×26.3cm, 소주박물관

육치의 《당인시의도책》 중 〈제3폭〉도 130, 동기창의 〈추흥
팔경도〉, 왕시민의 《두보시의도》 중 〈제9폭〉도 131은 766년 두
보가 기주에서 지은 시 「추흥팔수」 중 제2수의 "보라, 바위 위 등
나무에 걸렸던 달이 / 이미 물섬 앞 갈대꽃을 비추고 있지 않은
가(請看石上藤蘿月 已映洲前蘆荻花)" 구절을 화제로 한 시의도
이다. 앞서 살펴본 조선시대 김유성의 〈나월로화〉(도 73) 역시 동
일한 시구를 화제로 한 시의도이다. 이 시를 화제로 한 시의도
는 《천고최성첩》(선문대소장본)(도 74)에도 실려 있어 이미 조선

중기부터 그려졌음을 알 수 있다.

　육치의 작품은 화면 좌측에 등나무가 늘어진 바위를 주로 그리고, 물의 갈대와 배를 타고 주변을 완상하는 인물을 표현하고 있다. 반면 왕시민은 황공망의 준법으로 화면 우측에 바위 산을 표현했고 자유롭게 태점을 찍으며 거연의 준법 또한 사용하고 있다. 화면 좌측에는 갈대 숲과 배를 타고 달을 감상하는 인물들을 그려 적극

도 131　왕시민,《두보 시의도책》중 〈제9폭〉, 지본채색, 39×25.5cm, 북경 고궁박물원

적으로 화제 시구를 표현하고 있다. 이같이 명청대의 시의도가 배를 타고 달과 주변을 완상하는 인물을 표현한 것은 시의 작자인 두보가 배를 타고 다니며 말년을 보낸 것과 무관하지 않다고 볼 수 있다. 즉 당인과 왕시민은 두보와 두시에 대한 지식을 바

탕으로 시인인 두보를 그려 시의를 극대화시킨 것으로 볼 수 있다.

이에 비해 김유성의 〈나월로화〉는 산등성이에 올라간 인물들이 손을 뻗어 달을 가르키고 있는 모습이다. 이는 김유성 작품이 『당해원방고금화보』의 두보시의도(도 89)를 차용했음을 보여준다. 이같이 손을 뻗어 달을 가르키고 있는 인물의 동작은 《천고최성첩》 중 「추흥팔수」를 그린 화면에도 등장한다. 《천고최성첩》에는 시의 전문이 화제로 적혀있으나 제2수의 시구 중 "보라"는 구절을 구체적으로 표현한 것으로 풀이된다.

명대 당인이 1517년 그린 요녕성박물관 소장의 〈임이공린음중팔선도臨李公麟飮中八仙圖〉를 비롯해 장로의 〈음중팔선서화수권〉도 132, 진홍수의 〈음중팔선도권〉도 133, 우구, 이사달, 두근, 장충 등이 그린 〈음중팔선도〉류는 모두 횡권 형태이다. 반면 조선 후기 김홍도의 〈지장기마도〉(도 85), 이한철의 〈취태백도〉(도 86)는 특정 인물 1인에 관련된 화제를 1면의 화면에 나타냈다. 일본의 관남官南(생몰년 미상, 16세기 후반 활동)의 〈음중팔선〉도 134 또한 두보의 「음중팔선가」를 화제로 한 작품이다.

3국의 작품 화면을 비교해 보면 각각의 특징을 찾을 수 있다. 명청대의 화가들은 대부분 횡권의 형태로 두보의 시를 그렸다. 화제가 되는 시의 전문을 그림 부분과 별도로 전후에 배치

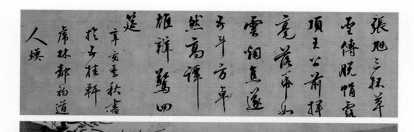

張旭三杯草
聖傳脫帽露
頂王公前揮
毫落紙如
雲烟焦遂
子斗方卓
然高譚
雄祥驚四
廷
席珠都郎道
人媟

辛夘秋書
於子桂軒

도 132 장로(그림), 〈음
중팔선서화수권〉, 건본
설색, 25.5×329cm(그
림 부분), 개인 소장

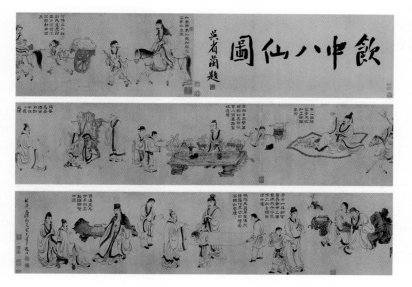

飮中八仙圖

吳省蘭題

도 133 진홍수, 〈음중팔
선도권〉, 지본수묵, 31×
335.5cm, 개인 소장

도 134 관남, 〈음중팔선도〉, 지본수묵, 153.0×224.0cm, 일본 정종사

(당인, 장로)하거나 화면 중간중간에 연관된 시구를 적는 형식
(우구, 진홍수)을 취했다. 배경을 생략하거나 장로의 작품처럼
절파화풍의 산수를 간략하게 표현하며 인물의 특징과 일화 표
현에 중점을 두고 있음을 알 수 있다. 특히 당인의 경우 백묘로
인물을 표현해 이공린 작품의 원형을 추론할 수 있게 한다. 이
같은 화면 형태와는 달리 조선 후기의 김홍도, 이한철의 작품은
팔선 중 한 사람을 한 화면에 표현하는 형식을 취하고 있다. 이
처럼 김홍도와 이한철이 두보의 시를 화제로 술에 취한 인물들
을 그린 것은 당시 지식인층이 가지고 있던 여덟 명에 대한 인식
과 맥이 닿아있다. 문인에게 중국의 팔선은 주선酒仙, 훌륭한 공
경公卿, 유명한 사대부이었고, 이러한 인물들을 찾아 임금 곁에

두고 그 학덕과 능력을 바로 쓰게 해야 한다는 생각에서 비롯된 것이다.[25] 이 같은 인식이 곧 화원들에 의해 〈음중팔선도〉가 그려졌던 배경이 되었다. 일본 화가 관남의 〈음중팔선도〉는 여섯 폭의 병풍 형식으로 한 화면에 인물을 유기적으로 배치했다. 화면에 화제를 적지 않았고 표현된 인물 또한 낙폭이 있어서 그런지 여덟 명을 이루지 못했다. 묘사된 인물의 자세와 행동을 고려할 때 두보의 시구에서 언급한 각 인물의 특정 행동을 상세히 표현하려 했음을 알 수 있다.

도 135 왕시민,《두보시의도책》중 〈제8폭〉, 지본채색, 39.0×25.5cm, 북경 고궁박물원

이 밖에도 계절과 관련된 두보의 시구를 그린 시의도 또한 주목된다. 명대 문징명의 〈오월강심五月江深〉, 당인의 〈강심초각도江深草閣圖〉, 성무엽의 〈강심초각도江深草閣圖〉, 청대 왕시민의 《두보시의도책》중 〈제8폭〉도 135, 조선시대 최북의 선면 〈누각산수도〉(도 71)는 두보가 지은 시 「엄공중하왕가초당겸휴주찬嚴公仲

도 136 사시신, 《산수도책》 중 〈제7폭〉,
견본담채, 22.2×16.8cm, 북경 고궁박물원

도 137 사시신, 《산수도책》 중 〈제5폭〉,
견본담채, 22.2×18.6cm, 북경 고궁박물원

夏枉駕草堂兼攜酒饌」 중 "평생 외진 곳에 살아 사립문 먼데 / 오월의
강은 깊고 초가집은 쓸쓸하네(百年地辟柴門迴 五月江深草閣寒)"
를 화제로 그린 것이다. 왕시민은 수각과 주산主山을 화면 오른쪽
에, 그리고 화면 왼쪽에 물길을 열어 강을 묘사했다. 반면 최북은
선면 좌우와 원경에 산을 그리며 화면의 깊이를 더하려 했다.

　　두보의 시 「춘야희우春夜喜雨」 중 "들길도 구름과 더불어 검
은데 / 강가 배의 불빛만이 홀로 밝네(夜徑雲俱墨 江船火獨明)"
라는 구절은 명대 사시신의 《산수도책》 중 〈제7폭〉도 136과 조선

도 139 『당해원방고금화보』중 〈두보시의도〉

도 138 사시신, 〈두보시의도〉,
지본채색, 326.7×102.6cm, 북경 고궁박물원

후기 심사정이 그린 〈강상야박도〉(도 80)의 화제이다. 두 작품은 모두 밤안개가 드리운 습윤한 물가에 적막한 인가人家, 정박한 배를 그려 유사한 화면을 구사하고 있다.

여름의 정취를 표현한 두보의 시 「배제귀공자장팔구휴기납량만제우우」중 "대숲은 깊어 손님을 머물게 하는 곳 / 연꽃 깨끗하고 더위를 식히는 때(竹深留客處 荷淨納凉時)" 구절은 사시신의 《산수도책》 중 〈제5폭〉도 137과 〈두보시의도〉도 138, 이방운의 〈죽림가竹林家〉(도 72)의 화제이다.[26] 특히 사시신은 같은 화제로 시의도를 그리며 작가

도 140 왕시민,《두보시의도》중 〈제6폭〉,
지본채색, 39.0×25.5cm, 북경 고궁박물원

시선의 폭을 달리했다.《산수도책》중 〈제5폭〉의 경우 화첩 화
면의 크기를 고려해 대숲에서 더위를 식히는 인물을 중심으로 삼
았다. 이 화면은 『당해원방고금화보』에 실린 〈두보시의도〉도 139
와 유사함을 알 수 있다. 반면 〈두보시의도〉는 기암괴석과 수
목이 우거진 계곡 등 산수에 중심을 두며 여름의 정서를 강조했
다.

가을의 쓸쓸한 정서는 두보의 시 「등고登高」 중 "끝없이 낙엽은 우수수지고 / 그침 없는 장강은 도도히 흐르네(無邊落木蕭蕭下 不盡長江滾滾來)"라는 구절을 화제로 화면에 표현된다. 시의도로는 청대 왕시민의 《두보시의도책》 중 〈제6폭〉도 140, 조선 후기 강세황의 《사시팔경도》 중 〈초동〉(도 76), 이방운의 《8폭 산수도》 중 〈제7폭〉(도 77)이 있다. 왕시민은 편파 구도로 경물을 우측에 집중했다. 겹겹이 묘사된 산줄기와 넓게 펼쳐진 강의 모습이 대비를 이룬다. 반면 강세황은 간략한 필체로 전경의 키 큰 나무, 원경의 산 사이를 흐르는 강물을 그려 넓은 강의 공간감을 강조했다. 또한 어느 가을날 도도히 흐르는 강의 풍경을 감상하는 듯한 인물을 화면 전경의 나무 곁에 표현했다.

4) 왕유 시를 화제로 한 3국의 시의도

(1) 연원과 전개

중국에서 왕유시의도에 대한 언급은 송대宋代에 구체적으로 나타난다. 앞서 언급한 곽희와 곽사 부자가 엮은『임천고치』에 왕유의「종남별업」중 한 구절인 "가다가 물이 끝나는 곳에 이르면 / 앉아서 구름 이는 그때를 바라본다(行到水窮處 坐看雲起時)"라는 구절이 포함되어 있다. 또한 현존하는 왕유시의도 중 가장 이른 예는 이 구절과 관련해 남송대 이종이 "행도수궁처 좌간운기시行到水窮處 坐看雲起時"라 화제를 쓰고 마린이 그린 선면〈좌간운기도〉(도 3)를 들 수 있다.

고려시대부터 이어져 온 시와 회화의 상관관계에 대한 이해는 조선시대에도 이어졌다. 왕유 시를 그린 시의도 관련된 기록과 작품은 조선 중기부터 찾을 수 있다. 조선 중기 시인이자 문신인 이명한李明漢이 이징에게〈망천도〉를 그리게 했다는 기록이 있다. 이를 통해볼 때 왕유의『망천집』이나 혹은 중국에서 전래된 망천도를 통해 익힌 '망천'은 조선인들에게 중국의 실경, 이상향 등으로 인식되며 회화로 그려졌음을 알 수 있다.[27] 또한 중국의 주지번이 조선에 전래하여 국내 화가들에 의해 여러 편으로 임모된《천고최성첩》중 왕유의「도원행」를 화제로 한 작품이 있어 왕유 시를 그린 그림은 이미 조선 중기에는 세간에 널리 알려진 듯하다. 이후 조선 후기에 이르면, 왕유의 은거 생활 중 지어진 『망천집』 중 일련의 시와 「종남산」, 「종남별업」, 「적우망천장작」, 「전원락」 등의 시, 도잠陶潛의 「도화원기」를 재해석한 「도원행」을 화제로 한 시의도가 그려져 조선 문인들의 은거 지향, 이상향에 대한 동경 등을 대변하게 된다.

일본의 경우 왕유의 시를 화제로 하는 시의도는 이케노 다이가 등 남화가들에 의해 주로 그려지는데, 「죽리관」, 「종남별업」 등의 시가 화제이다.

(2) 화제에 따른 시의도 유형

왕유의 시를 그린 3국 시의도 중 공통된 화제는 『망천집』의 일련의 시들과 「종남별업」, 「종남산」, 「춘일여배적과신창리방여일인불우春日與裵迪過新昌裏訪呂逸人不遇」, 「도원행」 등이다. 한중일에 알려진 왕유의 문학, 특히 왕유의 시의도를 논할 때 가장 먼저 주목되는 것은 『망천집』에 실린 시들이 화면에 표현된 것이다. 왕유는 종남산의 망천 자락에 송지문宋之問(660~712)의 남전별서를 얻어 살며 친구 배적裵迪(716?~?)과 함께 배를 타고 망천 주변을 돌며 완상하고 그중 20곳과 관련된 시를 지어 『망천집』을 엮었다. 이와 더불어 왕유는 망천 주변의 경관을 소

재로 〈망천도〉를 그렸다고 전해진다. 왕유의 〈망천도〉는 현재
전하지 않으나, 이를 임모해 그린 것으로 알려진 북송대 곽충
서郭忠恕의 〈임왕유망천도〉도 141를 통해 그 실제를 추정할 수
있다. 전칭작을 포함한다면 이어 이공린 등 후대 작가들은 곽
충서의 임모본을 기본으로 〈망천도권〉을 임모한 것으로 보인
다.[28] 명대의 구영仇英은 〈망천십경도〉를 그렸고, 1617년 곽세
원郭世元(1573~1620)은 곽충서의 임모본을 모사해 석각한 〈망천
도권〉도 142을 남기고 있다. 이 중 곽세원의 작품과 명대 구영이
10곳의 경치만을 추려서 그린 것은 조선 후기 화가인 이방운이
그린《망천십경도》(도 95) 화면 표현의 연원을 찾는데 중요한 단
서가 된다. 이방운의《망천십경도》는 기존에 왕유가 그렸다는
〈망천도〉 임모본을 모본으로 하여『망천집』에 실린 시를 그리
는데 화면을 차용했음을 알 수 있다. 즉 이미 도식화된 '망천' 주

도 142 곽세원, 〈망천
도권〉(부분), 석각, 미
국 프린스턴대 박물관

변의 장소, 산수 표현을 차용한 것이다. 이러한 이방운의 인식은
왕유의 시 「적우망천장작」을 그린 시의도 〈하경산수도〉(도 110)
에서도 확인된다. 이방운은 화면 상단에 화제를 적고 여름의
망천장 주변 풍광과 안빈낙도하는 은일자의 삶을 표현하고 있
다.[29] 중국 명청대의 〈망천도〉류가 『망천집』의 시 내용과는 별
개로 임모본을 다시 임모하며 실경 산수도로 그려졌다면, 이방
운은 왕유의 『망천집』에 실린 일련의 시들을 화제로 《망천십경
도》를 그렸고, 이때 화면 표현은 왕유가 그렸다는 〈망천도〉 모
본을 차용해 시의를 표현하려 했음을 알 수 있다.[30]

　　반면 왕유의 『망천집』에 실린 시 「죽리관」은 이를 화제로 하
는 한중일 3국의 시의도 표현에서 다른 양상을 보인다. 항성모
의 《왕유시의도책王維詩意圖册》 중 〈죽리관〉도 143, 김홍도의 〈죽

도 143 항성모, 《왕유시의도책》 중 〈죽리관〉, 1629년, 지본수묵, 28×29.7cm, 북경 고궁박물원

리탄금도〉(도 105), 이케노 다이가의 〈죽리관도〉도 144는 왕유의 시 「죽리관」의 전문, 혹은 일부 시구를 화제로 한 시의도이다. 항성모의 작품은 화첩의 마지막 면에 실린 것으로 "그윽한 대숲에 홀로 앉아 / 거문고 타고 휘파람 부네(獨坐幽篁裏 彈琴復長嘯)"라는 구절을 화제로 적고 있다. 항성모는 인물 표현을 하지 않고 대나무 울타리와 주변의 수목 묘사로 시의를 표현하고 있다. 이같이 인물이 배제된 화면 표현은 화첩에 실린 다른 작품과도 유사한 특징으로 항성모는 화제로 한 시구의 표현에 인물

의 행위보다는 산수 표현에 중점을 두고 시
정을 그려내고 있다. 김홍도의 〈죽리탄금도〉
(도 105)는 선면에 그려진 것으로 화면 우측에
시의 전문을 화제로 썼다. 김홍도는 항성모
가 화제로 취한 「죽리관」의 1, 2구 외에도 "깊
은 숲을 사람들은 알지 못하는데 / 밝은 달만
이 와서 비치네(深林人不知 明月來相照)"라는
3, 4구의 시의까지도 표현하려 했다. 화면
좌측을 중심으로 대숲에 앉아 탄금하는 인
물을 표현한 것 외에도 전면의 바위와 나무
표현으로 탄금하는 인물을 에워싼 깊은 숲
을 암시하며 화면의 균형을 이루고 있다. 특
히 일군의 대나무 숲 사이에 숨기듯 그려낸
보름달은 발묵으로 어둠을 표현한 화면에
시정을 강조하는 경물이다. 이케노 다이가
의 〈죽리관도〉 역시 「죽리관」의 전문을 화제
로 한 시의도이다. 간일한 필체로 그려진 이
케노 다이가의 시의도는 화면 상단에 성근
대나무를 넓게 그려 대나무 숲을 표현하고
그 앞에서 탄금하는 인물을 표현하였다.[31]
탄금하는 인물의 악기가 넓은 바위 위에 엊

도 144 이케노 다이
가, 〈죽리관도〉, 지본담
채, 116.1×29.2cm, 일
본 출광미술관

도 145 『당시화보』 중
왕유의 〈죽리관〉

혀진 것, 주변에 괴석을 묘
사한 것이 이채롭다. 이케노
다이가의 〈죽리관도〉 전면
에는 차를 달이는 시동이 표
현되었는데, 이 같은 표현은
김홍도의 〈죽리탄금도〉 중
대숲 뒤에 묘사된 시동의 표
현과 연관된다. 중국의 〈망
천도권〉이나 이방운의 《망
천십경도》에서의 〈죽리관〉
이 대나무숲으로 둘러싸인
건물이 강조된 반면, 김홍도
와 이케노 다이가의 작품은
시의 내용에 부합하듯 대숲

에서 탄금하는 인물에 비중을 두었음을 알 수 있다. 이 같은 화
면의 변화는 중국에서 출간되어 전해진 『당시화보』에 실린 〈죽
리관〉도 145의 영향으로 볼 수 있다.

   왕유의 시 「종남별업」은 한중일 3국에서 시의도의 화제
로 널리 알려졌다. "가다가 물길이 다한 곳에 이르면 / 앉아서
구름 이는 그때를 바라보네(行到水窮處 坐看雲起時)"라는 구
절은 북송 대부터 그림으로 표현하기 좋은 시구로 주목을 받아

왔고 꾸준히 그려졌다. 가장
이른 시대의 작품으로는 앞
서 언급한 마린의 〈좌간운기
도〉(도 3)이고 이후로 원대 성
무盛懋(생몰년 미상), 〈좌간운
기도〉도 146, 명대明代 전공錢
貢(16~17세기 활동, 생몰년 미상)
〈좌간운기도〉 등이 전한다.
조선 후기의 윤두서의 〈좌간
운기시〉(도 17), 정선의 〈좌간
운기〉(도 26), 김홍도의 〈산거한담〉(도 98), 〈고사관수도〉(도 99),

도 146 성무, 〈좌간운
기도〉, 견본채색, 27×
28cm, 북경 고궁박물원

〈임수간운도〉, 이인문의 〈송하담소도〉(도 101)와 에도시대의 이
케노 다이가의 〈왕유시의도쌍폭〉 중 한 폭도 147도 왕유의 「종남
별업」을 화제로 한 시의도이다.

　　마린의 〈좌간운기도〉와 같이 구름을 바라보는 단독 인물
의 표현은 성무의 〈좌간운기도〉에서도 찾을 수 있다. 성무는 마
린이 여백으로 표현한 구름의 모습을 보다 구체적인 형상으로
제시했을 뿐 물길이 다한 곳에 이르러 앉아 구름이 일어나는 것
을 바라보는 인물의 묘사는 동일하다. 화첩의 형태로 제작된 조
선 후기의 윤두서의 〈좌간운기시〉 역시 화제로 택한 구절 중 "흥
이 나면 자주 홀로 오가며"라는 시구의 시의 표현과 무관하지 않

도 147 이케노 다이가,
《왕유시의도쌍폭》중
〈1폭〉, 크기 미상, 개인
소장

은 듯 앉아있는 단일 인물의 화면으로 시의도가 제작되었다. 반면 명대의 전공을 비롯하여 조선 후기의 정선, 김홍도, 이인문과 에도시대의 이케노 다이가의 인물 표현은 2인 이상으로 변화되는 특징을 보인다. 물길이 끝나는 곳에 이르러 구름 이는 그때를 바라보는 인물이 다수로 표현된 것이다. 이 같은 화면의 변화 요인을 크게 2가지로 볼 수 있다. 첫째는, 화가들이 왕유의「종남별업」 전문을 인식하고 "어쩌다가 산에 사는 늙은이를 만나면 이야기를 즐기다가 돌아갈 줄 모르네"는 마지막 구절을 표현을 했다는 것이다. 둘째는, 1679년 발간된『개자원화전』의 〈인물옥우보〉에 실린 '행도수궁처 좌간운기시行到水窮處 坐看雲起時' 시구를 표현하며 예시한 도상이 두 명의 인물이 담소하는 모습으로 묘사되어 있는 것과 무관하지 않다.[32] 이 같은 점은『개자원화전』을 통해 중국의 남종문인화풍을 익힌 조선 후기와 에도시대 화단의 상황과도 맥을 잇고 있다. 특히 인물 표현 등과 관련해 주목할 것은 이케노 다이가의 작품이다. 그의 〈왕유시의도〉는 견본에 수묵과 채색을 통해 화면 전체를 풍부하게 구성하고 있다.[33] 원만한 산세에 채색, 먹의 농담으로 산수와 바위 등의 원근감과 입체감을 나타냈고『개자원화전』에 수록된 형호荊浩(910~950경), 관동關仝(907~960)의 잡수화법雜樹畵法과 호초점胡椒點으로 전경의 나무를 표현했다. 또한「종남별업」의 2번째 시구인 "늙어서는 종남산 기슭에 집을 짓네"를 표현한 듯 화면 중앙 산자락에 집 한 채가 그려져 있다. 이렇듯 이케노 다이가의 작품은 다른 화가들의 시의도와는 달리 시인의 거주 공간에 대한 구체적인 표현이 이루어져 있다.

조선 후기 화원인 이명기의 〈초당독서도〉(도 102)와 명대 진과의 〈왕유시의도〉도 148

도 148 진과, 〈왕유시의도〉, 견본채색, 198.4×95.1cm, 상해박물관

는 「춘일여배적과신창이방여일인불우」 중 "문 닫고 독서로 오랜
시간을 보내니 / 소나무가 모두 늙어 용비늘이 되었네(閉戶著
書多歲月 種松皆作老龍鱗)"라는 구절을 화제로 그렸다. 두 화가
모두 화제가 된 시구 중 독서, 성장한 소나무 묘사에 집중하며
화면을 이루었다.

　이 밖에도 왕유의 시 「종남산」 중 한 구절을 화제로 그린
시의도가 전한다. 명대 항성모의 《왕유시의도책》 중 11번째 작
품도 149은 "인가에 묵을 곳을 찾고 싶어 / 물 건너 나무꾼에게
물어보네(欲投人處宿 隔水問樵夫)"를 화제로 했다. 항성모는
봇짐을 내려놓은 인물이 물 건너 나뭇짐을 진 인물에게 큰소리

를 지르는 듯한 표현으
로 화제시를 묘사했다.
조선시대 허련의 〈산수
인물도〉도 150는 「종남산」
의 다른 구절인 "흰구름
돌아보니 하나로 합쳐 있
고 / 푸른 안갯속에 들어
가 보니 아무것도 보이지
않네(白雲回望合 靑靄入
看無)"를 화제로 했다. 허
련은 마주 앉은 두 인물
이 하늘에 떠있는 구름을
바라보는 모습으로 시의
를 표현했다. 이처럼 동

일한 시라도 선택한 화제의 시구詩句에 따라 전혀 다른 분위기
의 화의畵意가 펼쳐짐을 알 수 있다.

5) 두목, 가도, 한유, 허혼의 시

동아시아 3국의 화가들은 앞서 살펴본 당대唐代의 왕유, 두
보의 시와 더불어 두목杜牧(803~852?), 한유韓愈(768~824), 허혼許
渾(791?~854?), 가도賈島(779?~843) 등의 시 또한 화제 삼아 당시의
도를 그렸다. 화제가 된 시의 내용은 주로 산수 자연과 사계절
에 대한 서정, 은일자의 삶과 정서 등을 읊은 것이다.

(1) 두목杜牧의 시「산행山行」

"수레를 멈추고 문득 늦가을 단풍을 즐기니 / 서리 맞은 잎
은 봄꽃보다 붉네(停車坐愛 楓林晚 霜葉紅於二月花)"라는 두목
의 시「산행」의 두 구절은 단풍이 든 가을 산의 풍경을 묘사하고
그 서정을 응축한 구절로 유명하다. 이 구절에 대한 한반도 문
인들의 인식은 이미 고려시대부터 있어왔다. 이색李穡은 비 온
뒤 더욱 선명하게 붉어진 단풍을 바라보다 시를 지었는데 "단풍
숲의 시구는 지금까지 회자되거니와 / 이월 꽃보다 붉다는 걸
비로소 증험하였네(至今膾炙楓林句 始驗紅於二月花)"라고 읊
으며 두목의 시구를 빌어 시의를 강조했다.[34] 또한 서거정徐居正
은 시「영물詠物」43수 중 〈단풍〉을 소재로 한 구절 중 "돌길에 수
레를 멈추면 시가 바로 이루어진다(石逕停車詩正就)"고 읊고 있

어[35] 두목의 시 〈산행〉
의 문학적 탁월함에 대
한 문인들의 경도를 알
수 있다.

도 151 주신, 〈풍림정
거도〉, 견본채색, 114.5
×60.5cm, 제남시박물관

이 구절이 시의도
로 그려진 작품은 명대
주신周臣의 〈풍림정거도
楓林停車圖〉와 육치陸治
의《당인시의산수책唐人
詩意山水册》중 〈풍림정
거〉에서 그 예를 찾을 수
있다. 또한 조선시대 이
인상의 〈풍림정거도〉와
일본의 이케노 다이가, 요사 부손이 그린 〈풍림정거〉가 전한다.

주신의 〈풍림정거도〉도 151는 기암괴석이 있는 산 중에서
수레를 잠시 멈추고 단풍을 완상하는 인물을 묘사한 것이 특징
이다. 주신은 이 작품에 산과 바위의 준법, 수목의 표현에서 송
대에 활동했던 이당李唐(1080?~1130?)과 마원馬遠(1160?~1225)의 화
풍을 잇고 있다.[36] 기암괴석의 중량감은 화면을 압도하고 있다.
수레에 앉은 인물 주변에 다수의 수행 인물을 표현해 단풍을 감
상하는 주인공의 신분을 은유적으로 표현하고 있다. 명대의 화

傳車坐愛楓林晚
霜葉紅於二月花

가 육치의 〈풍림정거〉도 ¹⁵²는 수레에서 내려 산마루에 올라 앉은 인물이 단풍을 감상하는 모습으로 표현되었다. 인물의 발밑으로 퍼지는 흰 구름과 선염을 사용한 단풍 든 나무 표현이 화제 시구와 어우러져 가을의 정서를 극대화하고 있다.

조선 후기의 문인 화가 이인상李麟祥(1710~1760)의 〈풍림정 거〉도 ¹⁵³는 마르고 담백한 그의 특유한 필체로 수레에 내려 가을 산의 단풍을 완상하는 인물을 묘사하고 있다. 동심원 구도로 화면 가득히 경물을 배치하고 있는데, 특히 화면 중앙에 그려진

도 153 이인상, 〈풍림
정거〉, 지본담채, 30.5
×40.5cm, 간송미술문
화재단

단풍 든 교목은 보는 이의 시선을 집중시키고 있다. 화면 좌측 상
단에 반듯한 해서체로 두목의 시구를 적어놓았다. 두목의 시 「산
행」을 화제로 한 시의도와 관련하여 주목되는 작품은 정선의 〈풍
림정거〉도 154와 정수영鄭遂榮(1743~1831)의 〈풍림정거〉도 155이다.
정선은 작은 수레에서 내려 산을 굽어보며 단풍을 감상하는 듯
한 인물로 묘사하고 있다. 정수영 역시 수레에서 내려 편안한
자세로 앉은 인물을 표현했는데, 정선과는 달리 숲속에서의 단
풍 구경으로 표현했다. 이 같은 정수영의 표현은 『당해원방고금
화보』 중의 〈풍림정거〉도 156와 친연성을 보인다. 조선 후기에
이르러 유명 시구를 그린 시의도 화면이 정형화를 이루는 특징
을 고려할 때,[37] 정선과 정수영의 작품에는 비록 화면에 화제가

도 154 정선, 〈풍림정거〉, 견본수묵담채, 19.1×30.3cm, 국립중앙박물관

도 155 정수영, 〈풍림정거〉, 지본담채, 24.4×32.6cm, 간송미술문화재단

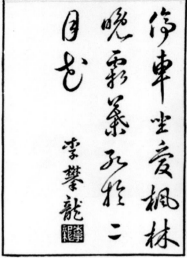

적히지 않고 전하지만 화면의 구성과 내용으로 볼 때 두목의 시
「산행」을 그린 것임을 알 수 있다.

'단풍'이라는 문화적 아이콘을 갖고 있는 일본에서도 두목
의 시구를 시의도로 그린 경우를 찾을 수 있다. 이케노 다이가
의 〈풍림정거〉도 157는 국화점菊花點으로 면을 메운 듯한 특유의
표현으로 화면 중앙에 단풍 든 나무를 표현했다. 주산은 물결치
는 곡선으로 표현하고 태점의 농담으로 입체감을 더했다. 돌에
기대어 앉아 고개를 돌려 단풍을 완상하는 인물과 수레 곁의 시
동 표현은 다소 소극적으로 표현되어 있다. 전체적으로 시의 표
현을 위한 밝은 화면, 수묵의 농담을 통한 화면의 조화 등 이케
노 다이가만의 독특한 화법[38]을 찾을 수 있다. 요사 부손의 〈풍

도 157 이케노 다이
가, 《풍림정거도병풍》,
지본수묵담채, 121.0×
260.0cm, 강전미술관

도 158 요사 부손, 〈풍림정거〉, 재질 크
기 미상, 교토국립박물관

림정거〉도 158는 담묵으로 경물의 바탕을 이루고 그 위에 태점의 농담으로 경물 사이의 원근을 표현했다. 우모준과 태점으로 강조한 주산 봉우리와 물이 흐르는 계곡, 짙게 강조한 단풍 든 나무가 시선을 집중하게 한다. 길이 끊긴 곳에 앉아 단풍을 완상하는 인물의 뒷모습 표현은 송대宋代 마린이 선면에 그린 〈좌간운기도〉(도 3)의 인물 표현과 유사하다. 더불어 요사 부손의 이 작품에서 보이는 끊긴 듯 묘사된 산길과 산수의 중량감은 남송 화가들이 화법과 친연성을 보여[39] 요사 부손이 참고했던 중국의 화풍을 알 수 있다.

(2) 가도賈島의 시 「제이응유거題李凝幽居」

가도의 시 「제이응유거」는 '퇴고推敲'라는 단어의 전거典據가 되는 일화를 바탕으로, 우리나라에는 이미 고려시대부터 문인들 사이에 널리 알려진 듯하다. 고려 후기의 문인인 이숭인李崇仁(1347~1392)은 가도의 시구를 차용해 "스님 계신 달빛 아래 문을 두드리네(便當扣師月下扃)"라고 시를 읊었다.[40]

「제이응유거」 중 "새는 연못가의 나무에서 자고 / 스님은 달밤에 문을 두드리네(鳥宿池邊樹 僧敲月下門)" 구절 또한 중국과 조선에서 시의도로 그려졌다. 명대 화가 성무엽盛茂燁의 〈가도시의도賈島詩意圖〉도 159는 화면을 수직과 수평 구도로 나누어 화면 앞부분에 휘어진 나무와 그곳에 깃든 새 무리를 그리고 있다. 화면 원경의 사찰과 가옥 표현은 특정지역에 대한 설명적 표현으로 추측할 수 있다. 먹의 농담으로 주변 경관의 원근을 표현했는데, 특히 달이 뜬 저녁이라는 시간 표현에 집중했다. 조선 후기 김홍도의 〈월하고문도月下敲門圖〉도 160는 주변 경물들을 생략하며 어둠에 가린 시간을 암시하고 문을 두드리는 스님의 뒷모습을 보다 적극적으로 표현했다. 김홍도 역시 성무엽의 화면과 유사하게 전경에 휘어진 가지에 깃든 새들을 표현했다. 김홍도는 차분하고 쓸쓸한 시의 서정을 나뭇잎을 모두 떨군 나무로 표현해냈다.

도 159 성무엽, 〈가도
시의도〉, 견본담채, 34.3
×43.2cm, 미국 메트로
폴리탄 미술관

도 160 김홍도, 〈월하
고문도〉, 지본담채, 23.0
×27.4cm, 간송미술문화
재단

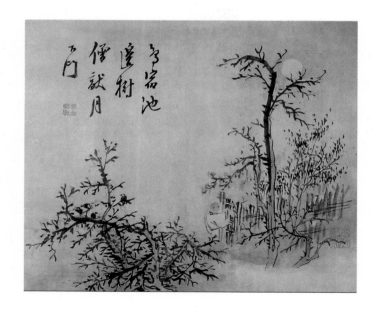

(3) 한유韓愈의 시「송이원귀반곡서送李愿歸盤谷序」

　'은거隱居', '은일隱逸'은 벼슬의 기회를 얻지 못한 문인들의 또 다른 지향 문화였다. 특히 당대의 은거 문화 유행은 다수의 시로 읊어지기도 했다. 한유의 시「송이원귀반곡서送李愿歸盤谷序」는 이원이 태행산 남쪽 반곡으로 은거하려 한다는 이야기를 전해 듣고 한유가 지은 송별시이다. 명대 문백인文伯仁(1502~1575)의 선면〈이원귀반곡도李愿歸盤谷圖〉, 조선 후기의 이인상의〈어초문답도漁樵問答圖〉, 김홍도의〈관산탁족도觀山濯足圖〉는 한유의 이 시를 그린 시의도이다. 선면에 그려진 문백인의〈이원귀반곡도〉도 161는 특정 시구를 화제로 그렸다기보다는 은거지 반곡의 전경을 그린 듯하다. 교목이 울창한 숲에 소박한 가옥이 묘사되었고 화면 좌측에서는 다리를 건너 집으로

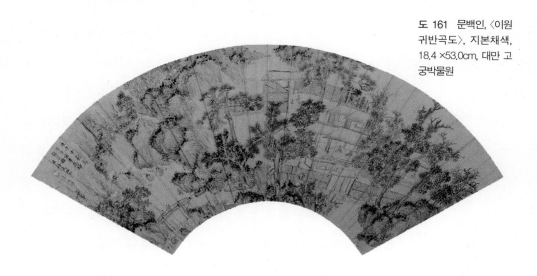

도 161　문백인,〈이원귀반곡도〉, 지본채색, 18.4×53.0cm, 대만 고궁박물원

향하는 일행의 모습을 찾을 수 있다. 화면을 가득 채운 울창한
삼림, 소박한 가옥의 표현은 복잡한 세상사를 등지고 돌아가 은
거하려는 이원의 상황과 심리를 이해하는데 도움을 준다. 역시
선면에 그려진 이인상의 〈어초문답도〉도 162에는 "산에서 나물
을 캐면 맛이 좋아 먹을 만하고 / 물가에서 낚시질하면 신선해
먹음직하네(採於山菜可茹 釣於水鮮可食)"라는 화제를 전서체로
적고 있다. 이인상은 선면 중앙에 주요 경물을 그리고 강가에 배
를 대고 앉아 있는 어부와 산에서 채취한 것을 내려놓고 앉은 나
무꾼의 대화 장면을 그렸다. 시구에서 묘사한 강과 산에서의 소
박한 삶을 그린 것이다. 옅은 채색과 습윤한 먹선으로 평화로운
여름 풍경을 이루었다. 김홍도의 〈관산탁족도〉도 163는 한유의
시 중 "하루 종일 무성한 나무 밑에 앉아 / 맑은 샘물에 몸을 씻
으니 스스로 깨끗하네(坐茂樹而終日 濯淸泉而自潔)" 구절을 화
제로 한 작품이다. 김홍도는 계곡의 물가에서 무심한 듯 앉아있

도 163 김홍도, 〈관산
탁족〉, 지본담채, 23.9
×34.5cm, 간송미술문
화재단

는 인물로 화제의 시정을 표현하고 있다. 특히 인물과 경물을 화
면 상단에 위치시켜 속세와의 거리를 둔 고사高士의 자세를 은유
하는 듯하다. 간략한 필선으로 표현한 가파른 산세를 따라 흘러
내리는 물줄기와 굽어 자란 나무 표현은 인물이 앉아있는 곳이
높은 곳임을 암시하는 역할을 한다. 화면의 우측을 중심으로 경
물을 위치시키고 화제를 좌측에 적어 화면의 균형을 이루고 있
다. 한유의 시구 중 "맑은 샘물에 몸을 씻으니 스스로 깨끗하네
(濯淸泉而自潔)"에서 선비들이 물에 발을 씻는 '탁족'을 연상하게
한다.[41] 따라서 김홍도의 〈관산탁족도〉는 화제가 된 시구와 더불

어 세상의 부귀영화를 뒤로하고 자연에 은거하여 초연하게 살고자 한 고사의 심상을 표현한 시 의도로 볼 수 있다. 김홍도가 화제로 한 한유의 시는 조선 후기 문신인 남유용南有容(1698~1773) 이 산천을 유람하고 적은 글 중 속세와는 떨어진 깊은 계곡에서 자연과 동화된 감상을 표현하는데 인용되기도 했다.[42]

(4) 허혼許渾의 시 「만자조태진지위은거교원晩自調台津至韋隱居郊園」

허혼의 시 「만자조태진지위은거교원」 중 "마을 길은 산을 두르고 솔잎은 짙은데 / 사립문이 물에 닿아 있으니 벼꽃이 향기롭네(村徑繞山松葉暗 柴門臨水稻花香)" 구절은 명말明末의 화가 장굉張宏의 〈촌경시문도村徑柴門圖〉

도 164 장굉, 〈촌경시 문도〉, 견본채색,1643, 250.0×86.8cm, 북경고 궁박물원

와 조선 화가 정수영의 〈시문임수柴門臨水〉의 화제이다. 장굉의 〈촌경시문도〉도 164는 화면 전경에 세필로 교목과 인가로 이어지는 길을 표현하고 있다. 깊은 산속임을 표현한 듯 중경에서 후경으로 이어지는 중첩된 산은 담묵의 농담과 산 사이의 연기와 안개로 화면의 깊이를 더하고 있다. 실경산수화를 즐겨 그렸

324

던 장굉은 구체적인 경물 표현보다는 전체적인 시의를 담은 한 폭의 산수화로 시의도를 완성했다. 조선 후기의 문인 화가인 정수영이 그린 〈시문임수〉도 165는 "사립문이 물에 닿아있으니 벼꽃이 향기롭네(柴門臨水稻花香)"를 화제로 쓰고 "물과 밭이 넓게 펼쳐지는 그림에는 이 법이 가장 마땅하다(水田漠漠 平遠中 此法最宜耳)"고 이어 적었다. 이 구절은 『개자원화전』 중 「산석보山石譜」 부분의 '평전법平田法'으로 제시된 그림의 설명과 동일한

도 165 정수영, 〈시문임수도〉, 지본담채, 86.8×53.4cm, 간송미술문화재단

구절이다. 정수영은 화면 중앙을 따라 근경에서 원경으로 이어지는 산수와 수목을 갈필로 표현했다. 원대 예찬倪瓚(1301~1374)의 화풍에 대한 인식과 운용으로 보인다. 화면 전경의 좌측에는 낚시를 하는 인물을 그려 넣었다. 또한 먹의 농담보다는 '지之'자 형태로 경물을 위치시켜 화면의 깊이를 얻고 있다. 비록 『개자원

화전』을 참고했지만 화보에서 제시한 화면을 답습하지 않고 정수영의 독자적인 화의畵意로 표현했다. 정수영이 화제로 한 허혼의 시구는 조선 중기의 문인 신흠申欽(1566~1628)이 차용해 벼슬에서 물러나 시골에서 지내는 감회를 읊기도 했다.[43]

6) 화제가 같은 3국 시의도의 특징

이처럼 3국에서 화제로 했던 당대 시인들의 시는 은일자의 삶, 산수자연의 풍광, 사계절의 정서 등을 표현한 것이 주를 이루고 있다. 특히 두보와 왕유의 시를 그린 3국 시의도는 공통점과 독창성을 동시에 지닌다는 특징이 있다.

(1) 시인과 시에 대한 존경이 이룬 정경교융

두보와 왕유의 시를 화제로 그린 명청대 화가의 작품은 기존에 이루어져 있던 두 시인과 시에 대한 존숭과 회화 표현에 대한 공유된 인식의 일환으로 지속되었다.

왕유가 그의 별장이 있던 종남산 자락 '망천'에서의 보낸 시간은 그의 시 창작과 화가 활동에 중요한 계기가 되었다. 왕유의 시는 자연시, 산수시로 지칭되며 후대 문인들에게 영향을 주었고, 왕유는 '시화일률'이란 예술적 성취의 전범典範으로서 문인화의 비조로 추앙되었다. 두보와 두보의 시 또한 크게 다르지 않다. 중국에서 두보에 대한 평가는 이미 중당대부터 시작되어 그의 시는 애국애민 사상이 강조되며 평가되었고 만당대 문단에서는 두시杜詩의 형식 예술이 중시되었다.[44] 이러한 두시를 화제로 그린 시의도는 이미 북송대부터 그려졌다.

이처럼 명청대에 왕유와 두보의 시 중 선택된 화제가 산수인물화의 형태로 그려진 것은 동기창董其昌의 화론과도 무관하지 않다. 동기창은 『화지畵旨』의 화론을 통해 "자연을 마음으로 관조함으로써 마음과 대상이 하나로 합치되면 최후에 심령의 신(본질)이 산수에 의탁하여 표출된다"고 했다. 이때 왕유와 두보의 시는 적절한 매개체가 되었고 시의도가 단순히 시구의 도해가 아닌 회화라는 특징과도 부합했다. 동기창의 화론은 당시 화가들이 정경교융의 경지를 보인 두 시인의 시를 그린 것과 맥이 닿는 이론임을 알 수 있다.

명청대의 왕유시의도와 두보시의도에서 주목되는 것은 육치의 《당인시의산수책》, 사시신의 《산수도책》, 항성모 《왕유시의도책》, 왕시민의 《두보시의도책》, 석도의 《두보시의도책》 등 화첩 형태가 다수 전해진다는 점이다. 화첩 형태는 시인과 시에 대한 대중성, 선호는 물론 개인 소장을 통한 감상, 품평 등으로 시의도 형식을 공유하고 있었음을 예증한다.

(2) 성리학 이념상의 구현

조선에서 그려진 왕유와 두보시의도는 주로 은자의 삶, 사계 산수의 서정과 인간의 동화 등이 그 주제임을 알 수 있다. 이러한 점은 시인과 시에 대한 위상, 선호와 더불어 조선시대의 치국이념인 성리학의 문예적 구현과도 연관된다.

윤두서, 정선, 김홍도 등이 그린 왕유시의도의 주제는 곧 은자의 삶이다. 이는 조선시대 사대부들이 입신양명하는 삶의 목표를 이루지 못하고 물러나 있거나 출사를 기다릴 때 스스로를 단련하던 또 다른 이상적 모습이었다. 왕유가 살았던 성당시대에 성행했던 은거, 은일의 풍조가 왕유의 삶과 문학에 큰 영향을 미쳤고,[45] 소식蘇軾에 의해 왕유의 망천 생활과 그 풍취, 정신세계가 높혀진 것은 조선 후기 문인사대부들의 왕유 인식과도 무관하지 않다.

조선에서 두보는 우국우민하는 충절의 인물로, 탁월하게 언어를 조탁하는 시인으로 인식되었다. 따라서 그의 행적은 충절이 중시되는 조선사회의 귀감이 되었고, 그의 시는 시학의 전범으로 자리했다. 감각적이고 회화성 짙은 그의 시어는 강세황, 심사정, 이방운 등이 사계 산수의 정취와 인간의 동화를 표현하는데 화제가 되었다. 앞서 살펴보았듯이, 3국 사이에서 공통으로 그려진 화제를 보면 산수의 풍광과 사계절의 정서를 표현한 시구가 주를 이루고 있다. 자연의 순환과 인간의 삶을 같은 주기로 보는 성리학적 인식과 충절의 삶을 중시하는 치국 이념 등이 조선 후기 문인 사대부들의 문예적 지향에도 영향을 준 것이다.

조선에서의 왕유시의도와 두보시의도의 화면 표현은 중국에서 전래된 회화와 명청대에 간행되어 전래된 화보의 영향을 받았음을 알 수 있다. 회화가 모본이 된 경우는 이방운이 그린 왕유의『망천집』관련 작품에서 잘 알 수 있다. 중국에서 출간된 『당시화보』,『당해원방고금화보』,『개자원화전』등은 중국의 남종화풍이 조선 화단에 정착하는데 영향을 주었다. 특히 사의를 중시하는 문인화의 이해와 시의도의 확산에도 중요한 역할을 하였다. 명청대 화가들이 시인에 대한 지식이나 시에 대한 화가적 이해를 바탕으로 시의詩意를 표현한 것과는 달리 조선 후기 화가들은 이러한 화보의 차용과 응용으로 시의도를 제작하기도 했다. 특히『개자원화전』의 〈인물옥우보〉에 실린 유명 시구에 따른 인물 표현의 예는 조선 후기 화가들이 시詩의 화자(시인)를 화면상에 적극적으로 등장시키며 시의詩意를 표현하기 위해 차용한 중요한 모티브가 되었다.

조선시대 시의도 형태의 경우 대부분 한 폭의 단일 작품으로 현존하고 있다. 명청대와 같이 한 시인의 시구를 그려 엮은 화첩 형태는 이방운의《백거이 시의도첩》, 이인문의《한중청상첩》, 정선과 이광사의《사공도시품첩》정도에서 찾을 수 있다.[46] 이러한 작품의 장첩 형태 등은 지역 간의 회화 창작과 수용과 관련해 문화적 인식 차이, 전승 과정의 문제 등 논의할 여지가 남아있는 부분이다.

(3) 시화詩畵 공존 형식의 자국화

일본 에도시대에 그려진 왕유와 두보의 시를 화제로 하는 시의도는 극히 소략하다. 현재까지 조사된 작품도 10여 점을 넘지 못한다. 중국 화보인 『개자원화전』이 1748년 일본에서 출판되며 일본에서의 남화 화풍을 정착시키는데 역할을 했지만 사의를 중시하는 문인화풍의 확산으로 이어지고 시의도의 제작과 연계될 만큼 에도 화단의 수용은 적극적이지 않았던 듯하다. 소상팔경, 악양루 등 중국의 시문을 화제로 하는 그림은 이미 헤이안 시대부터 그려져 왔지만 귀족들의 주거공간의 장식화 역할에 그쳐 지배 계층에서의 대중화는 쉽게 이루지 못한 것으로 보인다. 특히 시화의 공존이란 인식은 중국시 대신 일본 고유시인 와카(和歌)로 대체된 경향을 보여 시를 화제로 그리는 회화라는 틀만을 유지하며 중국의 시의도와는 화제면에서 차별화되었다. 에도시대에 와서 한학漢學이 융성하고 당시 중국의 문화를 받아들이려는 한학파漢學派를 중심으로 중국시를 화제로 하는 시의도가 이케노 다이가, 요사 부손 등 일부 화가들에 의해 그려졌다. 현존하는 에도시대의 왕유시의도는 이케노 다이가의 작품 정도로 한정되어 그 특징을 일반화한다는 점에서는 한계가 있다. 다만 에도시대의 화단과 문단에 시를 화제로 그림을 그린다는 인식은 활발했던 것 같다. 이케노 다이가는 요사 부손과 함께 청대 이어李漁(1611~1685)의 시를 화제로《십편십의첩十便十宜帖》을 제작했다. 이케노 다이가가 10가지의 유익한 부분을 그리고 요사 부손이 10가지의 즐거움에 대한 부분을 그렸는데, 화제 선택이나 화면의 표현에서 명청대나 조선 후기의 시의도와는 차별화된 양상을 보인다.

에도시대 화가들의 중국 문화에 대한 선호와 답습은 인식적인 면에서 시화일률론에 대한 동의, 중국 화보를 통해 익힌 준법 등의 화면 활용 등에서 찾아볼 수 있다. 요사 부손의 경우 일본의 짧은 정형시인 하이쿠(俳句)를 잘 지은 대가로 알려져 있고 이를 화제로 하는 그림, 즉 하이가(俳畵)를 그리는 화가로도 활약했다는 사실은 중국의 시의도가 에도시대에 어떻게 자국화되었는가를 보여주는 실례로 들 수 있다. 동아시아 한자문화권에서 시를 화제로 하는 회화라는 기본 형식은 유지하며 내용의 변화를 이루어낸 양상은 문예 주체자의 사회 환경과 문화에 따라 새로운 회화세계를 이룬 경우로 설명될 수 있다.

이처럼 중국 문학의 영향권에 있던 조선 후기와 에도시대는 왕유와 두보 작품의 문학적 탁월성과 시가 지닌 회화성, 시인에 대한 역사적 평가 등에 긍정적 인식을 공유하고 있었다. 이러한 인식을 바탕으로 왕유의 『망천집』의 일련의 시들과 「종남별업」, 「종남산」, 「춘일여배적과신창리방려일인불우」, 「도원행」의 시구들이 3국 시의도의 공통된 화제로 그려졌다. 두보의 경우 「남린」, 「추흥팔수」, 「음중팔선가」, 「등고」, 「배제귀공자장팔구휴기납량만제우우」, 「춘야희우」, 「엄공중하왕가초당겸휴주찬」 등의 시구가 공통의 시의도 화제가 되었다. 이 밖에도 두목의 「산행」, 가도의 「제이응유거」, 한유의 「송이원귀반곡서」, 허혼의 「만자조태진지위은거교원」 등도 동아시아 3국의 시의도에 공통된 화제였음을 알 수 있다.

　　화제가 된 시의 내용은 은일자의 삶을 읊은 것, 산수자연의 경치나 사계절의 정서를 표현한 것, 중국 유명인의 고사故事를 표현한 것이 주를 이루었다. 이러한 화제는 3국 모두 산수 인물화의 형태로 화면에 표현되었다. 명청대 화가들의 경우 〈음중팔선도〉류를 제외하면 다른 시의도는 섬세한 필치로 화면 가득 경물을 배치하는 치밀한 필법이 특징이다. 또한 시의詩意를 표현하기 위해 시 내용의 배경이 되는 산수 표현에 보다 적극적임을 알 수 있다. 조선 후기 화가들의 시의도는 시에서 언급된 경물의 특징을 간략한 필선으로 표현하고 있다. 특히 조선 후기 시의도에서 주목되는 것은 중국에서 전래된 『당시화보』, 『당해원방고금화보』, 『개자원화전』 등 화보의 화면을 적극적으로 차용하고 있다는 점이다. 특히 『개자원화전』의 〈인물옥우보〉에 실린 인물 표현을 적극 수용하여 중국의 시의도와는 다른 화면을 보이고 있다. 이와 더불어 화제의 시의 표현에 시의 화자인 인물을 자세, 동작 등을 강조하며 산수 표현보다 중시한 경향을 보인다. 에도시대 시의도의 경우 주목되는 것은 『개자원화전』에 소개된 준법을 소화하여 화면에 유기적으로 배치하고 있다는 점이다. 또한 왕유와 두보의 시를 화제로 한 작품이 한학파漢學派를 중심으로 그려졌다는 점과 무관하지 않게 화제 시구에 언급한 경물 외에도 중국 문화에 대한 이해를 보여주는 경물을 추가하며 작품을 완성시키고 있다.

시의도의 장첩 형태는 명청시대의 경우 화첩 형태가 다수 전해져 시인과 시의 대중성, 선호는 물론 개인 소장을 통한 감상, 품평 등으로 시의도의 형식을 공유하고 있었음을 알 수 있다. 반면 조선 후기는 단품으로 전하는 것이 주를 이루며 에도시대의 경우 병풍 형식의 예를 통해 장식품으로서의 회화 효용을 추론케 한다.

이렇듯 명청시대의 화가들은 시의도를 통해 송대宋代부터 이어진 시화일률詩畵一律의 예술적 지향을 이루려했음을 알 수 있다. 조선 후기의 화가들은 조선 치국의 이념이 된 성리학적 이상상理想像과 자연관自然觀을 바탕으로 시의도를 통한 시화일률詩畵一律이란 문예적 성취를 추구했다. 반면 에도시대 화가들에게 왕유시의도와 두보시의도는 중국 문화에 대한 선호의 대상으로 인지되며 시도되었다. 문인계급의 부재라는 사회적 특성은 당시의도의 제작을 적극화하는데 쉽지 않았고, 시를 그린다는 형식적인 면을 자국화해 일본의 정형시인 하이쿠(俳句)를 화면에 옮기는 하이가(俳畵)의 발달로 이어진 특성을 보인다. 이처럼 동아시아 3국에서 공통된 화제로 그린 시의도 비교를 통해 시의도가 발생국에서 발달되는 과정은 물론 주변의 동일 문화권으로 확산되며 공감대를 이루었다. 이 과정에서 시의도는 수용하는 지역의 사회 이념과 미적 취향을 담으며 변화하고 자국화되며 더 나아가 독자적 회화 영역으로 자리 잡았다.

2

한자 문화권의 회화 이해

1) 17세기 중국의《두보시의도책杜甫詩意圖册》

　　청초淸初인 17세기 중국 화단의 왕시민王時敏(1592~1680)과 석도石濤(1642~1707)는 두보의 시만을 시의도 화제로 하여 화첩으로 묶은《두보시의도책》을 제작하였다. 왕시민과 석도는 각각 명말청초의 정통파와 개성파 화가군의 대표적인 인물로 평가받는 화가들이다.[47] 따라서 두 화가가 제작한 두보시의도 화첩에 대한 주목은 단순히 작가와 작품의 분석이란 틀을 넘어 동시대를 산 화가들의 서로 다른 회화관이 이루어놓은 다양한 문화현상과 예술적 지향을 알 수 있다는 점에서 의미가 있다.

　　앞서 논의되었듯이, 두보는 성쇠와 전란 등 광풍의 현실을 헤치며 살면서 1,400여 편의 시를 남긴 시인이다. 그는 충절한 자세로 우국우민憂國憂民의 삶을 살며 탁월한 문학적 감수성과 뛰어난 언어 감각으로 시구마다, 행간마다 현실을 반영했다. 시성詩聖으로 추앙되었고, 그의 시는 곧 시의 역사(詩史)로 남아 있다. 두보 시의 탁월한 정경교융情景交融의 성취와 시구가 지닌 회화적 특성은 송대 이래로 많은 화가들의 그림에 화제가 되어 시정화의 결과물로 전해진다.[48] 따라서 두보 사후 900여 년 뒤에 이루어진 두 화가의 화첩에 수록된 시의도를 통해 제작 의도, 화제시, 화풍, 표현 방법 등을 살펴본다는 것은 〈두보시의도〉의 역사에 또 한 줄을 더할 것이다.

(1) 왕시민王時敏의《두보시의도책》

이 화첩은 12폭의 두보시의도와 1폭의 제발문으로 이루어졌다. 왕시민은 두보의 시 중「구일남전최씨장九日藍田崔氏莊」, 「남린南鄰」,「객지客至」,「칠월일일제종명부수루 2수七月一日題終明府水樓 二首」,「부성현향적사관각涪城縣香積寺官閣」,「등고登高」, 「모등사안사종루기배십적暮登四安寺鍾樓寄裴十迪」,「엄공중하왕가초당겸휴주찬嚴公仲夏枉駕草堂兼攜酒饌」,「추흥 8수秋興 八首」, 「송이팔비서부두상공막送李八秘書赴杜相公幕」,「제장씨은거題張氏隱居」등 7언 율시의 일부 구절을 화제로 했다(표1 참조).

〈제1폭〉은 두보의 시「구일남전최씨장」중 "남수는 멀리 천겹 골짝에서 흘러내리고 / 나란히 높은 옥산 두 봉우리에 한 기가 서렸네"를 화제로 그린 시의도이다. 왕시민은 세밀한 필체로 중첩된 산을 표현하며 화면의 좌측에 경물을 위치시키고 있다. 첩첩이 쌓인 산봉우리는 원대元代 왕몽王蒙(1308~1385)의 산수 표현을 익혀 구사하고 있음을 알 수 있다. 이 같은 왕몽의 준법은 왕시민의 시의도책 중 〈제2폭〉, 〈제7폭〉, 〈제8폭〉, 〈제10폭〉에서도 찾을 수 있다. 또한 산수 표현에 능했던 오대五代 거연居然(10세기 중반 활동), 송대 동원董源(?~962), 원대 황공망黃公望 등의 준법을 화면 곳곳에 실현하며 고인의 필법을 지켜 따른 전통 화파의 면모를 보여주고 있다.

〈제2폭〉은 두보가 760년 성도의 초당에서 지은 시 「남린」 중 "흰 모래밭과 푸른 대숲 어우러진 강가 마을에 날이 저물면 / 손님 전송하는 사립문에 비치는 달빛이 새롭네"를 화제로 했다. 이 구절은 앞서 살펴보았듯이, 명대 주신의 〈시문송객도〉(도 127) 등의 화제이기도 하다. 왕시민은 화면 상단에 담채로 해진 저녁 하늘과 노란 달을 그려 시구에 읊어진 시간을 표현했다. 집 앞에서 서로 인사를 나누는 듯한 인물의 모습은 "손님을 전송하는" 구절을 시각화한 것으로 명대에 그려진 작품들에도 동일하게 묘사되어 있어 화면의 정형화를 알 수 있다.

〈제8폭〉 또한 명대부터 두보시의도 화제로 많이 애용되었던 시 「엄공중하왕가초당겸휴주찬」 중 "평생 외진 곳에 살아 사

립문 먼데 / 오월의 강은 깊고 초가집은 쓸쓸하네"를 화제로 그
린 것이다. 이 시는 762년 51세의 두보가 성도의 초당에서 지은
시이다. 명대의 문징명, 당인, 성무엽 등이 동일한 화제로 두보
시의도를 그렸다. 왕시민은 정치한 필세로 첩첩이 쌓인 산속의
집을 그려 외진 곳이라는 장소를, 무성한 나무를 화면 전면에
위치시키고 화면 중앙에 그린 수각을 통해 오월이라는 시간을
화면에 옮기고 있다. 특별한 채색없이 먹의 농담만으로 산수의
기세를 표현했고 여름이라는 계절적 정서를 나타냈다.

〈제9폭〉은 가을의 서정을 화면에 담은 두보시의도이다.
이 작품은 766년 두보가 기주에서 지은 시 「추흥팔수」 중 2수의
한 구절인 "보라, 바위 위 등나무에 걸렸던 달이 / 이미 물섬 앞
갈대꽃을 비추고 있지 않은가"를 화제로 그린 것이다. 화면 우
측으로 치우쳐 표현된 둥글게 쌓아 올린 산의 표현에서 황공망
의 준법이, 자유롭게 부분부분 찍은 태점 표현에서 거연의 준법
이 찾아진다. 화면 좌측에 갈대숲과 배를 타고 달을 감상하는
인물들을 그려 보다 적극적으로 시구를 표현하고 있음을 알 수
있다. 이 같은 표현은 동일한 구절을 화제로 그린 명대 육치의
《당인시의도책》 중 〈제3폭〉(도 130) 화면과 유사함을 알 수 있다.
왕시민은 이 시의도에서 화제가 된 시의 내용이 가을밤의 정서
를 읊은 것임을 고려해 특별한 채색 없이 갈대, 잎이 진 나무 등
경물의 표현만으로 계절감을 충분히 나타내고 있다. 반면 〈제5

폭〉은 채색을 통해 가을의 정서를 극대화시킨 예를 보여준다. 이 시의도는 두보가 763년 한주漢州에서 재주梓州로 돌아가던 길에 지은 시인 「부성현향적사관각」 중의 "바람 머금은 푸른 벽 위로 조그맣게 외로운 구름 떠있는데 / 석양에 단풍나무들은 만 그루가 잎을 떨구네"라는 구절을 화제로 그려졌다. 두보 시의 회화적 특성이 잘 드러나 있는 화제이다. 왕시민은 푸른 벽(翠 壁), 흰 구름(雲), 붉은 단풍나무(丹楓)의 시어들에 적절한 채색 으로 시의 정서를 극대화하고 있다.

이상에서 살펴본 왕시민의 《두보시의도책》에 실린 시의 도는 경치와 이에 대한 정서가 어우러진 두보의 7언 율시의 구 절을 화제로 적고 산수화의 형태로 그려졌음을 알 수 있다. 왕 시민은 거연을 비롯하여 동원, 황공망, 왕몽의 준법을 능숙하게 구사하고 있는데, 이 같은 양식상의 특징은 명말 동기창의 화론 과 밀접한 연관이 있다. 동기창은 화가들이 본받아야 할 대상은 고인古人, 자연의 조화, 마음을 들었는데, 이는 왕시민을 포함한 정통파 화가들이 지켜 따르던 화론이다. 왕시민은 저술을 통해 "한 자 폭의 비단에 예전 사람을 나열하고 붓 아래 뭇 아름다움 을 발췌하며… 각고의 노력으로 옛 법식을 배워야 한다(羅古人 於尺幅 萃衆美於筆下… 刻意師古)"[49]고 밝히며 자신의 회화적 추종을 분명히 하고 있다. 특히 동기창의 화론 중 자연을 마음 으로 관조함으로써 마음과 대상이 하나로 합치되면 최후에 심령의 신(본질)이 산수에 의탁하여 표출된다는 논지는 왕시민이 정경교융의 경지를 이룬 두보의 시를 화제로 그린 것과 밀접하게 연결된다.[50] 왕시민은 자신이 학습한 고인의 필법으로 사의 산수화 한 점씩을 정연하게 그리며 12수의 두보 시에 담긴 시정을 표현한 것이다.

한편 두보 시를 화제로 한 이유, 화첩의 제작 동기, 과정에 대한 내용 등은 왕시민이 적은 제발문을 통해 상세히 알 수 있다.[51] 왕시민은 서두에 "두보의 시는 여러 가지 묘함을 널리 갖추고 있어 뜻의 구상과 문장 짓는 솜씨에 탁월한 짜임새가 있으며, 그 깊고 웅장함은 실로 고래를 끌고 봉황의 정수를 더듬는 힘이 있으니, 그리하여 마땅히 백대의 표준이요 고금의 으뜸이로다. 내가 매번 그의 칠언시를 읽을 때마다 그 경물 묘사가 아름답고도 높고 서늘함이 내 눈에 또렷하여 황홀하기가 내 몸이 그 속을 노니는 듯하고, 문득 흥에 부쳐 마음이 시원하더라"고 적고 있다. 두보의 시에 대한 왕시민의 인식을 알 수 있는 대목이다. 이어 왕시민은 "조카 욱함이 큰 화책으로 그림을 부탁하기에, 추운 날 창가에서 여가가 날 때 마침내 경치가 있는 좋은 연구聯句를 뽑아 먹점을 찍고 선염을 베풀어 그림을 완성했다"고 제작 동기와 과정을 밝히고 있다.

이를 통해 왕시민이 그린 두보시의도는 두보의 7언 율시 중의 일부 구절을 화제로 했음을 알 수 있다. 왕시민이 제발문의 마지막 부분에는 "그리고 보니, 마르고 얼어붙은 폐장으로 속되게 메꾸었을 뿐, 시인의 비동하는 뜻과 운치에는 대략 그 약간도 얻지 못했구나. 시는 글자마다 그림이 있는데, 그림은 붓질마다 시가 없도다"라며 시화일률에 대한 인식을 나름대로 표현했다. 이어 자신이 그린 시의도가 "두보를 망친 것이 적지 않아 부끄럽다"는 겸양의 글로 맺고 있다. 이를 통해 볼 때, 왕시민의 『두보시의도책』은 조카의 부탁을 받아 평소 으뜸으로 생각하던 두보의 시를 화제로 그림을 그려 엮었음을 알 수 있다.

(2) 석도石濤의《두보시의도책》

이 화첩은 총 10폭으로 두보의 5언 율시인 「동둔북엄東屯北崦」, 「이거기주작移居夔州作」, 「일모日暮」, 「객정客亭」, 「억유자憶幼子」, 「효망曉望」 등의 일부 구절을 화제로 그려졌다(표2 참조).

〈제1폭〉은 「동둔북엄」 중 "골짜기를 걸으니 바람이 얼굴에 불고 / 소나무를 쳐다보니 이슬이 몸에 떨어지네"라는 구절을 화면에 옮겼다. 이 시는 두보가 767년 기주의 동둔에서 이민족의 약탈로 헐벗고 굶주린 기주인의 고단한 삶을 읊은 것이다. 석도는 화면 우측에 경물을 위치시켰는데, 특히 물가 절벽에 위태롭게 서있는 세 그루의 소나무와 홀로 앉아 자연을 응시하는 인물로 시정을 표현하고 있다. 이와 관련해 「동둔북엄」 중 "빈 촌락에는 새들만 보이고 / 해 저물어도 사람 만날 수가 없어라"는 구절은 〈제8폭〉의 화제이다. 석도는 화제에 언급한 빈 촌락의 표현을 위해 문을 연 집들을 통해 보이지 않는 인적을 강조하고 있다. 또한 쓸쓸한 마을 분위기를 은유하듯 잎이 무성하지 않은 나무를 표현했고, 화면도 먹에만 의존한 채 색의 사용을 억제하며 시의를 강조했다.

〈제2폭〉은 「이거기주작」 중 "봄은 버들 푸르게 하여 이별 재촉할 줄 알고 / 강은 물 맑게 하여 배 띄울 수 있게 하여라"라는 구절을 화제로 적었다. 이 시는 기주로 옮겨와 살게 된 두보가 766년 봄에 지은 시이다. 물가 나무의 모습을 먹으로 그리고 그 위에 담채를 더해 봄물이 오른 버드나무를 효과적으로 표현하고 있다. 또한 화면 우측 상단에 표현된 배의 돛은 정착되어 있지 않고 바람의 영향으로 전진하는 듯 표현되어 있다. 〈제2폭〉과 같은 발묵, 담채 효과는 〈제3폭〉과 〈제9폭〉에서도 시의를 더하는 석도의 화법으로 사용되었음을 알 수 있다.

특히 〈제3폭〉은 「일모」 중 "바위샘은 어두운 석벽에 흐르고 / 풀잎의 이슬이 가을 뿌리에 떨어지네" 구절을 화제로 그렸는데, 석도의 효과적인 발묵 담채의 운용을 알 수 있게 해준다. 석도는 시구에 언급된 어두운 석벽의 표현은 물론 바위샘이 이루어놓은 물길의 표현과 주변 바위에도 황색, 청색 계열의 담채를 더해 석벽, 물, 바위 등의 자연물을 자연스럽게 이어놓고 있다.

　석도가 두보 시의 시의詩意 표현을 위해 발묵 담채 기법을 가장 적절하게 운용한 작품은 〈제4폭〉이다. 이 시의도는 두보가 762년 가을에 지은 시 「객정」 중 "해는 찬 산 밖에서 떠오르고 / 강은 묵은 안개 가운데로 흐르네"를 화제로 한 것이다. 석도는 화면 전면에 높이 솟은 산봉우리를 표현하고 화면 중앙에 배의 돛들을 묘사했다. 무엇보다 화면 상단의 청색 발묵 담채는 하늘과 이어진 강의 표현을 위해 효과적으로 사용되어 있고, 중앙을 가로지르는 흰색의 안개 표현은 어색함 없이 하늘과 강을 잇고 있다. 더 나아가 실제적으로는 시각적 인지가 어려운 산 너머의 강을 자연스럽게 화면 안으로 이동시키며 시의 정서를 극대화하는 역할을 하고 있다.

　한편 〈제5폭〉과 〈제6폭〉은 석도의 개성적인 화면 구성의 일면을 잘 보여주나 화제로 적힌 구절의 출전을 알 수 없어 석도의 자제自題로 추정한다. 더욱이 이 화첩에 실린 두보시의도와는 전혀 다른 화면의 형태를 보여 화첩을 장첩하거나 재장첩할 때 함께 엮은 듯하다. 또한 "문을 닫고 잠드니 즐거움을 얻는다"는 구절을 화제로 겨울의 정서와 풍광을 그린 〈제9폭〉도 출전을 알 수 없다. 다른 작품들이 계절의 정서를 표현한 두보의 시구를 화제로 했다는 점과 관련해서는 공통점을 찾을 수 있으나 화제 아래 찍힌 '대척자大滌子'라는 호인號印이 다른 화폭에서는 찾을 수 없다.[52] '대척자'라는 인장은『황연여시의책黃硯旅詩意册』에 찍혀있어 적어도 〈제9폭〉은 이 화첩이 그려진 1701년 무렵에 그린 작품으로 추정한다.

〈제7폭〉에 적힌 화제는「억유자」중의 "흐르는 시냇물과 텅 빈 산속의 길 / 사립문과 늙은 나무가 서있는 마을"이란 구절이다. 이 시는 두보가 부주에 떨어져 살던 어린 둘째 아들을 생각하며 757년 장안에서 지은 것으로, 특히 화제로 한 구절은 둘째 아들이 기거하는 곳의 정경을 읊은 듯하다. 석도는 시냇물 곁을 따라 난 산속 길과 초라한 인가를 향해가고 있는 인물의 표현을 통해 화제가 된 구절은 물론 시 전문에 담긴 그리움의 정서를 표현하고 있다.[53]

〈제10폭〉은「효망」중 "높은 봉우리에 떠오르는 해는 차갑고 / 첩첩 산에는 아직도 어두운 구름이 머물러있네" 구절을 화제로 한 시의도이다. 완만한 곡선의 형태로 고봉준령을 그린 석도는 청담채로 일출의 기운을 표현했다. 또한 화면 우측 상단의 산허리를 감싸는 구름은 시구를 보다 적극적으로 표현하려 한 석도의 화의를 알 수 있게 해준다.

이상에서 살펴보았듯이, 석도의『두보시의도책』에 실린 시의도는 두보가 40대 후반에서 50대에 기주에서 지은 5언 율시가 화제의 주를 이루어 산수, 산수 인물화의 형태로 그려졌다. 석도는 시의도 제작에 구도나 준법, 설색設色 등에서 옛 방식의 답습을 벗어나 자신만의 개성을 담은 붓과 먹을 사용했다. 이 같이 개성적 표현은 "어떠한 방법도 주창하지 말고 취하지도 말라(不立一法也 不舍一法)"를 실천한 것으로, 이러한 이론은 그의 저서 『고과화상화어록苦瓜和尙畵語錄』에 실린 글과 시를 통해서도 확인된다.[54] 따라서 앞서 살펴본 《두보시의도책》의 시의도들은 석도가 자신의 화론을 실천한 결과를 잘 보여주는 것이다.

석도의 《두보시의도책》은 화첩에 제발이 없어 제작 시기와 제작 동기 등을 정확하게 알 수 없다.[55] 그러나 그가 몰락한 왕실 출신으로 승려 생활을 한 직업적 화가였다는 점, 당대의 유명 문인들과 교유를 통해 시와 그림에 대한 공감대를 이루었다는 점 등은 그의 작품 제작의 동기 등을 추정할 수 있는 배경이 된다.[56] 특히 1692년부터 정착해 화업에 몰두했던 양주揚州라는 지역적 특성을 통해 화첩의 제작 시기와 동기 등을 추정할 수 있다. 즉 석도는 "나는 한가한 때에 완성한 산수를 팔 뿐이다."고 밝혀 그림을 팔아 생활한 직업 화가였음을 알 수 있다.[57] 특히 그가 머물렀던 양주는 소금을 파는 염상鹽商들이 막대한 부를 축적하여 16~18세기에는 문학과 예술을 후원했고 양주를 문화 중심지로 만드는데 중요한 역할을 하였다.[58] 염상들은 문학과 회화에 대한 감상력을 갖추고 재력을 겸비하며 사인화士人化되었고, 가난한 사인 화가들은 부유한 상인의 원림園林에 기거하며 작품을 제작하였다.[59] 석도의 화업과 양주의 상인 후원자들과의 밀접한 관계는 이미 잘 알려져 있다. 즉 후원자들은 떠돌며 사는 석도에게 경제적, 문화적 후원을 하였고, 이러한 후원을 받은 석도 또한 상인들의 위상을 호의적으로 묘사하기도 했다.[60] 따라서 석도의 《두보시의도책》 또한 후원자들의 주문에 의해 그려져 그들에게 넘겨진 작품으로 보인다.[61] 그렇다면 석도가 두보의 시를 화제로 택한 이유는 명확해진다. 후원자의 선호는 물론 대중화된 시인과 시로써 넓은 공감대를 가질 수 있기 때문이다. 석도는 두보 시를 화제로 한 화첩 외에도 친구 황연여가 여행을 하고 지은 시를 화제로 그린 《황연여시의책》(홍콩 지락루至樂樓 소장), 《도연명시의책陶淵明詩意冊》(북경 고궁박물원 소장), 왕유 등 당대 시인의 시를 화제로 한 《당인시의책唐人詩意冊》(북경 고궁박물원 소장), 《동파시의도책東坡詩意圖冊》(타이베이 석두서옥石頭書屋 소장) 등 여러 첩의 시의도 화첩을 남기고 있다. 따라서 『두보시의도책』은 두보 시에 대한 석도의 소양과 화가로서의 화의 표출 능력이 이루어낸 회화 형태의 한 부분임을 알 수 있다.

(3) 왕시민과 석도 작품의 특징과 의의

중국 최고 시인의 반열에 오른 두보의 시는 송대부터 청대에 이르기까지 많은 화가들에 의해 그려졌다. 청초의 정통화파와 개성화파의 선두에서 논의되는 왕시민과 석도의『두보시의 도책』은 확연히 다른 예술적 지향의 두 화가가 공통적으로 두보 시의도를 그려 화첩으로 묶었다는데 관심이 모아진다. 이 같은 공통점은 명대에 일기 시작한 복고주의 문학의 기류가 청대에도 지속적으로 이어졌음과 무관하지 않다. 또한 서정적이고 계절감을 잘 드러낸 두보 시가 긴 시간 동안 시의도 화제로 꾸준히 선택되어 두 화가의 작품을 통해 발현되고 있음을 알 수 있다. 비록 왕시민은 두보의 시중 7언 율시, 석도는 5언 율시에서 시구를 취해 화면에 옮겼다는 차이가 있으나 화제가 된 시들은 대부분 사계절의 풍광과 정서를 표현하며 정경교융의 경지에 이른 시구이다.

무엇보다도 두 화가의 가장 큰 차이는 시의도를 표현한 화풍에서 찾을 수 있다. 왕시민은 동기창의 회화 이론을 추종하는 전통화파의 면모를 드러내듯 거연, 동원, 왕몽, 황공망 등 옛 화가들의 준법을 익혀서 정치한 필선으로 두보시의도에 운용했다. 반면 석도는 보다 간일한 필치와 발묵 기법 등으로 산수를 표현했으며, 특히 색 사용의 적절한 운용과 대범한 구도의 실현을 통해 개성 있는 화법을 강조한 자신의 화론을 시의도에서도 실현했음을 보여준다.

　화면의 형태는 두 화가의 화첩 모두 산수화 혹은 산수인물화의 형태로 그려졌다. 왕시민은 두보 시의 시정을 흉중구학胸中丘壑의 대경大景 산수山水로 표현했다. 그러나 석도의 시의도는 화가가 주목하는 자연의 규모를 특정 부분으로 집중 조망하여 왕시민의 산수에 비해 부분적으로만 확대되었음을 알 수 있다. 산수인물화의 경우 두 작가 모두 인물 표현을 통해 보다 긴밀한 시정과 화의의 관계를 유도하고 있다. 다만 석도는 왕시민에 비해 화면 속의 인물을 더욱 부각시키며 적극적으로 화제를 표현했다. 이처럼 왕시민, 석도의《두보시의도책》은 900여 년을 이어져 내려온 중국에서의 두보 인식과 두보 시에 대한 위상을 잘 드러내고 있다. 또한 두보시의도에 담긴 작가들의 개성 있는 화풍을 통해 동시대에 이루어진 다양한 회화의 발현 양상도 명확히 보여준다.

〈표 1〉 왕시민의 《두보시의도책》
(1616년, 지본수묵담채, 각 폭 39.0×25.5cm, 북경 고궁박물원)

폭	화면	화제 〈출전〉
1		남수는 멀리 천겹 골짝에서 흘러내리고 / 나란히 높은 옥산 두 봉우리에 한기가 서렸네(藍水遠從千澗落 玉山高竝兩峯寒). 〈구일남전최씨장九日藍田崔氏莊〉
2		흰 모래밭과 푸른 대숲 어우러진 강가 마을에 날이 저물면 / 손님 전송하는 사립문에 비치는 달빛이 새롭네(白沙翠竹江村暮 相對柴門月色新). 〈남린南鄰〉
3		꽃길은 손님이 온다 해서 쓸어본 일 없고 / 사립문은 이제 그대 위해 비로소 여네(花徑不曾緣客掃 蓬(紫)門今始爲君開). 〈객지客至〉
4		절벽을 지나는 구름은 수놓은 비단을 펼쳐놓은 듯하고 / 계곡을 낀 성긴 솔밭에선 바람 소리 생황을 부는 듯하네(絕(斷)壁過雲開錦繡 疏松夾水奏笙簧). 〈칠월일일 제종명부수각 이수七月一日題終明府水樓 二首〉 중 1수

5		바람 머금은 푸른 벽 위로 조그맣게 외로운 구름 떠있는데 / 석양에 단풍나무들은 만 그루가 잎을 떨구네(含風翠壁孤雲細 背日 丹楓萬木稠). ⟨부성현향적사관각涪城縣香積寺官閣⟩
6		끝없이 낙엽은 우수수지고 / 그침 없는 장 강은 도도히 흐르네(無邊落木蕭蕭下 不盡 長江滾滾來). ⟨등고登高⟩
7		외로운 성의 낙조는 붉은빛 스러져가는데 / 근처 도시에서 피어난 연기 푸르고 짙구나 (孤城返照紅將斂 近市浮煙翠且重). ⟨모등사안사종루기배십적暮登四安寺鍾樓寄 裴十迪⟩
8		평생 외진 곳에 살아 사립문 먼데 / 오월의 강은 깊고 초가집은 쓸쓸하네(百年地辟柴 門迥 五月江深草閣寒). ⟨엄공중하왕가초당겸휴주찬嚴公仲夏枉駕草 堂兼攜酒饌⟩

9		보라, 바위 위 등나무에 걸렸던 달이 / 이미 물섬 앞 갈대꽃을 비추고 있지 않은가(請看 石上藤蘿月 已映洲前蘆荻花). 〈추흥팔수秋興八首〉 중 2수
10		바위 드러나 단풍잎 지는 소리 거꾸로 들려오고 / 젓는 노의 뒤끝은 활짝 핀 국화를 가리키네(石出倒聽楓葉下 櫓搖背指菊花開). 〈송이팔비서부두상공막送李八秘書赴杜相公幕〉
11		초나라 강의 무협은 비구름 덮인 날이 다반사인데 / 시원한 대자리에 앉아 성긴 발 치고 바둑을 구경하네(楚江巫峽半雲雨 淸簟疏簾看弈棋). 〈칠월일일 제종명부수각이수七月一日題終明府水樓 二首〉 중 2수
12		계곡 따라 이어진 길엔 추위 남아 얼어붙은 눈 밟으며 걸었고 / 비스듬히 햇빛 스미는 돌문 지나 숲 우거진 언덕에 이르렀네(澗遺(道) 餘寒歷冰雪 石門斜日到林丘). 〈제장씨은거題張氏隱居〉 연작시 중 제1수 乙巳臘月 寫少陵詩意十二幀似 旭咸賢甥 時年七十有四 時敏

〈표 2〉 석도의 《두보시의도책》

(제작년 미상, 지본수묵담채, 각 폭 27×35.9cm, 동경 송도미술관)

폭	화면	화제시 〈출전〉
1		골짜기를 걸으니 바람이 얼굴에 불고 / 소나무를 쳐다보니 이슬이 몸에 떨어지네(步壑風吹面 看松露滴身). 〈동둔북엄東屯北崦〉
2		봄은 버들 푸르게 하여 이별 재촉할 줄 알고 / 강은 물 맑게 하여 배 띄울 수 있게 하여라(春知催柳別 江與放船淸). 〈이거기주작移居夔州作〉
3		바위샘은 어두운 석벽에 흐르고 / 풀잎의 이슬이 가을 뿌리에 떨어지네(石泉流暗壁 草露滴秋根). 〈일모日暮〉
4		해는 찬 산 밖에서 떠오르고 / 강은 묵은 안개 가운데로 흐르네(日出寒山外 江流宿霧中). 〈객정客亭〉
5		갈대 사이로 멀리 바라보니 / 소리를 내지르고 싶은 절경이라 (蘆中遠望 令我叫絶). 〈출전 미상〉

6		길 가운데서 구하지 말라(勿生要路中). 〈출전 미상〉
7		흐르는 시냇물과 텅 빈 산속의 길 / 사립문과 늙은 나무 서있는 마을 (澗水空山道 柴門老樹村). 〈억유자憶幼子〉
8		빈 촌락에는 새들만 보이고 / 해 저물어도 사람 만날 수가 없어라 (空村唯見鳥 落日未逢人). 〈동둔북엄東屯北崦〉
9		문을 닫고 잠드니 즐거움을 얻는 구나(樂得閉門睡). 〈출전 미상〉
10		높은 봉우리에 떠오르는 해는 차 갑고 / 첩첩 산에는 아직도 어두운 구름이 머물러있네(高峰寒上日 疊嶺宿霾雲). 〈효망曉望〉

2) 문학작품을 소재로 한 일본 에도시대의 회화

문학작품을 소재로 한 회화의 제작은 이른 시기부터 중국에서 이루어졌다. 문학과 회화는 때로는 주종의 우열이 논해지기도 했지만 표현 방식의 상이함에도 불구하고 본질의 일체성이 강조되기도 했다. 이러한 중국의 문화는 한반도와 일본에도 전해지며 두 나라의 문학, 예술 형성에도 적지 않은 영향을 주었다. 특히 회화사에서 문학을 소재로 하는 회화 양식은 조선은 물론 일본 에도시대의 문화예술 부흥에도 중요한 부분이어서 주목된다.

17~19세기는 동아시아 역사에서 안정과 발전의 시기로, 전란이 종식된 후의 사회적 안정과 발전은 문화의 융성을 이루었고 근대기를 앞둔 격동의 시간이었다. 경제발전을 이루었고 주목할 만한 신분제의 변화가 이루어졌다. 에도시대 역시 상업에 종사하며 과시적 소비를 특징으로 하는 조닌문화町人文化라는 새로운 문화의 지형을 형성하게 된다. 특히 문학과 회화의 각 분야에서 에도시대만의 다양성과 고유성을 찾을 수 있는 영역의 확산이 이루어졌다. 이 시기 일본의 문단에서는 정형시인 하이쿠(俳句)가 성행했고, 화단에서는 남종문인화풍의 영향으로 형성된 남화가 정착했으며, 풍속화의 성행으로 육필 혹은 목판화 우키요에(浮世繪)가 제작되었다.

이러한 현상은 동아시아 문화권에서는 국가 간 '상호교섭'이라는 거시적 틀 속에서 한국, 중국, 일본의 영향 관계를 살피는데 중요한 현상이 된다. 즉 한자를 공유하는 동일한 문화권역에서 3국 회화의 보편성과 연동성을 조명하며 상호 관련성을 찾아 각국 문화의 공통점 이면의 독자성과 특수성을 밝히는데 첫 단계가 되기 때문이다.[62]

(1) 문학작품을 그린 일본 회화의 흐름

　　일본의 경우, 문학작품을 화제로 그림을 그렸다는 사례는 자국의 문학을 화제로 그린 헤이안 시대(9~12세기)로 소급된다. 10세기 말 궁녀인 무라사키 시키부(紫式部, 생몰년 미상)가 쓴 소설 「원씨물어源氏物語」를 두루마리에 그린 〈원씨물어회권源氏物語繪卷〉이다. 이 작품은 54첩으로 구성된 장편 「원씨물어」의 각 첩에서 주요 내용이 되는 장면을 묘사한 것으로 당시 귀족 애호가들 사이에서 완상되었다. 이와 더불어 「원씨물어」와 삽화를 곁들여 히라가나로 쓰여진 수필인 「침초자枕草子」 등 10~11세기 명작들이 두루마리 그림으로 그려졌다.[63] 일본 전통 시가인 와카(和歌)도 화제로 그려졌다.[64] 10세기 초의 궁정 시인으로 『고금화가집古今和歌集』을 엮어 주군에게 바친 키노츠라유키(紀貫之, ?~945)는 그의 시집 중 다수의 시가 미닫이문이나 병풍에 그려질 내용으로 쓰여졌다는 점에서 문학작품과 회화의 결합을 추정할 수 있다.[65] 또한 미나모토노 시게유키(源重之, ?~약 1000)의 『삼십육인가집三十六人家集』에는 수백 수의 와카가 수록되어 있는데, 이 같은 시가 장식화된 그림 위에 쓰이기도 했다.[66] 이 같이 장식적인 바탕 그림 위에 시를 쓴 형식이 후대까지 꾸준히 전래되었음은 혼아미 코에츠(本阿彌光悅, 1558~1638)가 글씨를 쓰고 타와라야 소타츠(俵屋宗達, 1570~1643)가 그림을 그려 제작된 와카켄(和歌卷)에서 확인된다.

일본의 기록에 의하면, 3세기 말에 백제의 왕인王仁(?~?)이 『논어』, 『천자문』을 전했다고 하며 본격적으로 중국의 역사, 문학작품이 들어온 시기는 대략 5세기로 추정한다. 이러한 중국 문학이 화면의 화제로 보이는 예는 시화축詩畵軸에서 찾을 수 있다. 일본의 시화축은 14세기 말에 등장한 회화의 새로운 형식으로 선승들의 문인적 아회에서 만들어진 것이다. 산수화의 여백에 제시를 적는 것으로 화면의 내용상 두보, 이백, 도잠 등 중국 시인의 시적 정취를 담고 있다.[67] 1405년에 그려진 작자 미상의 〈시문신월도〉(도 129)는 두보의 시 「남린」을 화제로 그린 것이다. 화면에는 상단에 18명의 승려가 찬을 적었다.

중국 문학작품은 에도시대에 이르러 더욱 활발히 유입되고 에도 사회에 영향을 주었다. 18세기 일본 문단에서 중요한 역할을 한 문파는 오규 소라이(荻生徂徠, 1666~1728)를 중심으로 한 고문사파古文辭派이다. 이들은 명대의 문인문화를 받아들였고 문인 의식을 갖고 한시를 지으며 일본에서의 한학을 발전시켰다. 이들은 특히 명대의 전후칠자 중 후칠자의 중심인물인 이반룡李攀龍(1514~1570)과 왕세정王世貞(1526~1590)의 "문장은 반드시 진한이요, 시는 반드시 성당이라(文必秦漢 詩必盛唐)."라는 복고 문학론을 받아들였다. 오규 소라이의 제자 핫토리 난카쿠(服部南郭, 1683~1759)가 1724년에 펴낸 『이우린당시선李于鱗唐詩選』은 에도시대 문단 최고의 베스트셀러였다고 한다. 다카미 소큐(鷹見爽鳩, 1690~1735)는 성당 시인들의 시어를 주제별로 분류하여 모아놓은 『시전詩筌』을 간행해 한시를 짓는 일본 유학자들의 필독서가 되었다. 또한 18세기 중반에는 구어체로 쓰인 중국의 백화 소설류가 일본에 들어와 이를 번역한 작품들은 일부 지식층의 향유 문화에서 서민들까지 확대되어 유행했다.[68] 소라이 문파의 이 같은 출판 활동은 당시 죠닌 계층을 대상으로 한 출판업의 비약적인 발전을 바탕으로 가능했다.[69] 따라서 죠닌의 문화와 밀접히 연결되어 있던 남화가들의 회화 소재로 중국의 시문이 자연스럽게 자리했던 것으로 보인다.

이케노 다이가, 요사 부손, 다니 분초(谷文晁, 1763~1841) 등 남화가들은 한학을 공부했고 시, 서, 화, 전각 등 중국적 취미를 즐기던 한학파 인사들과 교류하였다. 또한 중국에서 출판된 화보류를 익히며 화가로서의 소양을 길렀던 인물들이다. 중국 명대에 간행된『팔종화보八種畫譜』(1621~1628년 출간)는 1672년에 일본에서 번각되었고,『고씨화보顧氏畫譜』(1603년 간행)는 1798년 다니 분초가 번각했으며『개자원화전芥子園畫傳』초집(1679년 간행)은 1748년 일부 번각되어 남화가들이 남종문인화풍을 익히고 중국 문학을 소재로 그리는 회화에 대한 인식을 더하는데 중요한 교본이 되었다.

(2) 문학작품을 소재로 한 에도시대 회화의 유형과 양식

중국 문학을 소재로 한 회화

에도시대의 난가(南畫)를 이끌었던 이케노 다이가, 요사 부손, 다니 분초 등의 화가들은 중장통의「낙지론」, 도잠의「도화원기」, 소식의「적벽부」, 왕유의「종남산」, 두목의「산행」과 같은 중국의 문학 작품을 화제로 한 회화를 제작했다.

중국 후한 때의 문인 중장통이 지은「낙지론」은 벼슬에 나아가지 않고 안빈낙도하는 은사의 삶을 읊은 작품이다. 이케노 다이가의〈낙지론도권〉도 166은 권두의 제자題字는 야나기사와 기엔(柳澤淇園, 1703~1758)이, 권말의「낙지론」전문은 기온 난카이(祇園南海, 1677~1751)가 각각 적은 작품이다. 세 사람은 중국으로부터 전래된 문인화에 심취하여 일본에 문인화풍을 정착시킨

도 166 이케노 다이가, 〈낙지론도권〉(그림 부분), 지본수묵담채, 1750년, 28.2×135.5cm, 일본 우메자와(梅澤)기념관

장본인들이다. 따라서 이 작품은 일본 남화가들의 교유를 알 수
있는 작품이며 방은도訪隱圖의 형태로 그려진 것 또한 이러한
상황과 무관하지 않다. 이케노 다이가는 자연 속에서 소박한 삶
을 사는 인물의 표현을 위해 다양한 수지법으로 그려진 수목을
화면 전면에 위치시켰고 담채로서 밝은 기운을 더했다.

    참고로, 중장통의 글을 화제로 그린 조선시대의 작품은
1606년 조선에 전해진 『천고최성첩』의 임모본(17세기 후반부
터 제작)도 167에 처음 보인다. 또한 김홍도가 1801년에 그린
〈삼공불환도三公不換圖〉도 168는 수두를 앓던 순조 임금의 쾌
유를 기념하기 위해 그려진 것임을 제8폭에 쓰인 홍의영洪儀泳
(1750~1815)의 발문을 통해 알 수 있다. 김홍도는 화면 좌측 상단
에 적힌 「낙지론」 구절 구절을 화면 곳곳에 표현해 내고 있다.
『천고최성첩』 임모본에 묘사된 소박한 주거 환경과는 달리 권세
가의 삶으로 묘사하고 있다.

도 167 《천고최성첩》 중 〈중장통 낙지론〉, 저본수묵담채, 27.0×30.7cm(그림 부분), 선문대학교박물관

도잠의 「도화원기」는 동아시아 문학과 회화에 다양하게 영향을 끼친 문학작품이다. 일본 문학에서 도잠은 일본 한시집인 『양풍조懷風藻』(751년)에 '도원'이라는 단어가 보여 8세기 나라시대부터 소개되었으리라 추정한다. 당시 일본의 귀족들은 불멸의 장소로 도원을 이해했다. 이후 에도시대에 이르면, 도잠이라는 인물과 그의 작품이 한문학과 순수 일본 문학에 크게 영향을 주어 하이카이(俳諧)에도 '도원', '귀거래'라는 단어가 다수 채용되었다고 한다.[70] 또한 〈도원도〉를 그린 명, 청대의 회화는 에도시대 남화가들에게 영향을 주었다. 에도시대의 경우 이케노 다이가의 〈무릉도원도〉, 요사 부손의 〈도원도〉, 다니 분초의 〈무릉도원도〉 등이 전한다. 이케노 다이가의 〈무릉도원도〉 도 169

도 168 김홍도, 〈삼공불환도〉, 1801년, 견본수묵담채, 133.7×418.4cm, 삼성미술관 Leeum

는 도원으로 들어가는 동굴을 화면 전면, 원경으로 가며 도원의
모습을 그려보는 사람의 시선을 이끌고 있다. 요사 부손의 〈도
원도〉도 170는 도원으로 들어가는 동굴로 배를 저어가는 어부
의 모습을 묘사하고 있다. 도원 주변의 자연 경관에 집중한 화
면이다. 반면 또 다른 요사 부손의 〈도원도〉도 171는 가로로 긴
화면에 화려한 복숭화꽃이 피어있는 강가, 동굴로 배를 저어 들
어가는 인물을 묘사하고 있다. 특히 이 작품은 1781년 기년작
으로 동굴 입구와 어부를 확대해 그려놓았다. 이 작품에는 명대
말기의 문인 원굉도袁宏道(1568~1610)의 시 「입도화원 기일入桃
花源 其一」이 화제로 적혀 있다.[71] 요사 부손의 이 작품은 도잠의
작품 중 '도원'에 대한 다른 시대 인식이 더해지고 화면 표현 또

도 169 이케노 다이가, 〈무릉도원도〉, 견본채색, 110.3×44.6cm, 일본 문화청(좌)

도 170 요사 부손, 〈도원도〉, 재질 크기 미상, 개인 소장(우)

도 171 요사 부손, 〈도원도〉, 1781, 견본 수묵채색, 크기 미상, 일본 각옥보존회

362

도 172 다니 분초, 〈도
원도〉(부분), 견본채색,
24.6×502.9cm, 대영박
물관

한 이상향이라는 상징에서 또 다른 은유를 담은 작품으로 분석
되어 주목된다.[72] 다니 분초의 〈도원도〉도 [172]는 그가 화권 말미
에 적은 낙관에서 밝혔듯, 중국 명대의 화가인 구영仇英(생몰년 미
상)의 〈방조백구도원도倣趙伯驌桃源圖〉(16세기, 지본수묵담채, 33.0×
468.2cm, 보스턴미술관)를 모사한 것으로 「도화원기」의 내용을 처
음부터 끝까지 서술적으로 화면에 묘사하고 있다.[73] 도원으로
들어간 어부의 일정을 이시동도법을 사용해 서술하고 있다.

　　도잠의 또 다른 작품인 「귀거래사」를 그린 작품은 이케노
다이가의 〈귀거래도〉도 [173]는 한 폭 작품으로 그려졌다. 관직
을 내려놓고 집으로 귀향하는 도연명과 문 앞에서 그를 반기는
아이들의 모습을 화면 앞쪽에 표현하고, 중경과 후경 모두 산
수 표현에 집중하고 있다. 각종 준법으로 울창한 산수를 표현했
고 담채의 운용으로 화면에 깊이를 주고 있다. 이와 더불어 조
선시대의 〈귀거래도〉는 「귀거래사」의 주요 장면을 7언의 화제

도 173 이케노 다이가,
〈귀거래도〉, 지본수묵
담채, 136.5×58.6cm,
교토국립박물관

로 집약해 화면에 쓰고 그린 정선의 작품이 주목된다. 이 같은 형태의 작품은 〈무고송이반환撫孤松而盤桓〉, 〈문정부이전로問征夫以前路〉, 〈운무심이출수雲無心以出岫〉(정선미술관 소장본, 각 견본수묵담채, 24.5×22.5cm)과 〈면정가이이안眄庭柯以怡顏〉, 〈원일섭이성취園日涉以成趣〉, 〈무고송이반환撫孤松而盤桓〉, 〈장유사우서주將有事于西疇〉를 화제로 적은 삼성미술관 리움본도 174이 전한다. 두 작품은 모두 미점과 선염의 남종문인화풍을 활용한 산수인물화 형태로 그려졌다.

북송대 문장가인 소식의 「적벽부」 또한 에도시대 회화의 화제가 되었다. 이케노 다이가는 여러 점의 〈적벽도〉를 남기고 있다. 그중 〈적벽주유도〉도 175는 화면을 사선으로 나누고 우측에 바위를 좌측에 주유하는 인물을 묘사하고 있다. 특히 날카로운 표면의 바위를 사선으로 묘사하고 농담으로 입체감을 준 화면에 주목된다. 후대로 내려와 츠키오카 요시토시(月岡芳年, 1839~1892)의 우키요에인 〈적벽월〉도 176은 「적벽부」의 회화적 표현이 달밤, 적벽, 주유舟遊라는 모티브로

도 174 정선, 《귀거래사》 중 〈면정가이이안〉 (상좌), 〈원일섭이성취〉 (상우), 〈무고송이반환〉 (하좌), 〈장유사우서주〉 (하우),
각 지본담채, 23.9×21.6cm, 삼성미술관 Leeum

도 175 이케노 다이가, 〈적벽주유도〉,
견본채색, 52.4×73.8cm, 1748년, 교토국립박물관

도 176 츠키오카 요시토시, 《월백자》 중 〈적벽월〉

정착되어 표현되었음을 명확히 보여준다. 조선에서는 이른 시기부터 「적벽부」를 그린 회화가 전해지는데, 이 중 17세기 후반에 모사된 것으로 추정되는 《천고최성첩》(선문대박물관 소장본)의 작품은 소식이 지은 2편의 「적벽부」 중 「후적벽부」를 그린 그림이다.도 177 화면에는 화제의 내용에 조응하듯 하늘을 나는 학 한마리가 정확하게 묘사되어 있다. 이후 「적벽부」를 그린 그림은 '적벽 아래에서의 뱃놀이'라는 상징으로 자리 잡는다. 따라서 김홍도의 〈적벽야범〉도 178은 「전적벽부」, 「후적벽부」의 화제 구분 없이 달이 뜬 밤에 수직으로 깎아지른 적벽 아래서 뱃놀이 장면을 묘사하며 중국 문인 소식이란 인물에 주목하고 있다.

도 177 《천고최성첩》
중 〈후적벽부〉(그림
부분), 저본수묵담채,
27.0×30.7cm, 선문대
박물관

당대唐代의 왕유는 소식에 의해 문인화의 시조始祖로 추앙
된 인물이다. 그의 시 「종남별업」은 에도시대의 시의도 화제로
인용되었다. 주목되는 작품은 이케노 다이가의 《부악 종남산
조발백제성도》 3폭 중 한 폭인 〈종남산〉도 179이다. 이 작품에는
「종남별업」의 한 구절인 '행도수궁처行到水窮處'가 적혀있다.[74]
화면 전체에 겹겹이 쌓아 올린듯한 산봉우리가 묘사되어 있고
그 곁을 흐르는 물길을 부감시로 그렸다. 조선시대의 표현과 달
리 물길이 시작되는 곳에 이르려는 듯 산길로 접어드는 인물을
표현했다.

도 178　김홍도, 《중국고사도 8첩 병풍》 중 〈적벽야범〉, 견본 담채, 98.2×48.5cm, 국립중앙박물관

도 179　이케노 다이가, 《부악·종남산·조발백 제성도》 중 〈종남산〉, 지본수묵, 131.2×27.8cm, 1763년작, 일본 천엽시미술관

앞서 살펴보았듯이, 가을의 서정을 표현한 시의도 중 가장 많이 애용된 중국의 시는 두목杜牧의 시 「산행山行」인데, 이케노 다이가는 이를 화제로 한 다수의 작품을 그렸다. 그중 6폭으로 구성된《풍림정거도병풍》(도 157)은 화면 앞쪽에 단풍이 든 활엽수를 침엽수인 소나무 사이사이에 그려 넣어 단풍의 색감을 강조하듯 표현했다. 요사 부손의 〈풍림정거〉(도 158)는 전경의 세밀한 수목 표현과 원경의 우모준과 태점으로 표현한 산봉우리 화면 중간에 안개를 표현하며 화면의 깊이를 주고 있다.

중국의 여산 폭포를 소재로 이백이 지은 시인 「망여산폭포」를 화제로 적은 에도시대의 작품 중 스즈키하루노부(鈴木春信, 1725?~1770)의 우키요에 작품인 〈폭하상풍도瀑下賞楓圖〉도 180 에는 폭포 곁에서 단풍을 구경하는 3인의 남녀가 표현되어 있다. 수직으로 내리꽂는 폭포의 물줄기를 배경으로 화면 중앙에 단풍을 구경하는 남자의 손에 들려 있는 부채에는 이백의 시 「망여산폭포望廬山瀑布」 중 유명한 구절인 "비류직하삼천척飛流直下三千尺"이 적혀있다.[75] 회화 표현 유형은 다르지만 중국의 유명 시문을 담았다는 점에서 흥미로운 작품이다. 동일한 이백의 시를 화제로 한 시의도로 비교할 수 있는 것은 조선 후기 화원 화가인 이명기李命基(생몰년 미상, 18세기 활동)의 〈관폭도〉도 181가 있다. 이명기는 이백의 「망여산폭포 이수望廬山瀑布 二首」 중 첫 수의 한 구절[76]을 화제로 산에 올라 골짜기를 흘러내리는 폭포

도 180 스즈키 하로노부, 〈폭하상풍도〉,
1760년대 후반, 대영박물관

도 181 이명기, 〈관폭도〉,
지본담채, 99.5×47.2cm, 국립중앙박물관

를 올려다보는 인물로 표현했다. 이 같은 구도는 산수인물화 중
관폭觀瀑을 소재로 하는 회화의 전형을 따른 것이다.

　　이 밖에도 중국의 시문을 화제로 그린 일본 남화가들의 작
품 중 몇 작품을 살펴보면 다음과 같다. 이케노 다이가의 《사계

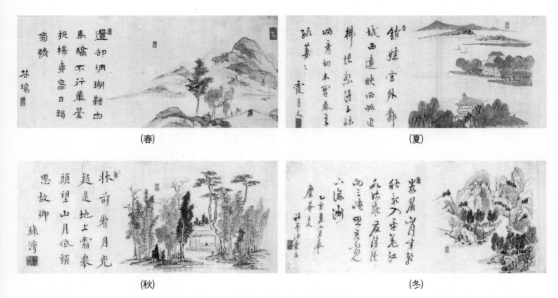

도 182 이케노 다이가, 《사계산수도권》, 견본 수묵담채, 34.7×290.7cm, 1755년, MOA미술관

산수도권四季山水圖卷》도 182은 계절의 서정을 읊은 중국의 시 4편
을 화제로 한 작품이다. 이케노 다이가가 33세 때 그린 것으로
화면과 시의 전문이 번갈아 배치된 두루마리 그림이다. 화제가
된 시의 작가는 모두 당대 시인으로 각 작품에는 최국보崔國輔(8
세기 초 활동)의 「소년행少年行」(봄), 온정균溫庭筠(812~870)의 「양
류사楊柳詞」(여름), 이백의 「양류사楊柳詞」(가을), 이백의 「아미
산월가峨眉山月歌」(겨울)가 화제로 적혀있다. 이케노 다이가는
다양한 수지법으로 수목을 형상화하고 화면의 여백을 두며 4계
절을 상징하듯 자연의 풍광을 묘사하고 있다. 화제가 된 시 중

도 183 요사 부손, 《십의첩》 중 1폭,
지본채색, 17.9×17.9cm, 1771년, 일본 천단강성기념관

도 184 이케노 다이가, 《십편첩》 중 1폭,
지본채색, 17.9×17.9cm, 1771년, 일본 천단강성기념관

최국보의 「소년행」은 조선 후기 화가들 또한 춘흥을 상징하는
그림의 화제였다. 정선의 〈소년행〉(도 31)과 김홍도의 〈소년행
락〉(도 32)은 화면에 화제로 적은 '춘일로방정春日路傍情'이란 구
절을 보다 적극적으로 표현한 듯 말을 타고 봄물이 오른 버드나
무 곁을 지나가는 청년을 묘사했다. 반면 이케노 다이가는 봄을
맞은 산수 표현에 집중했고 말을 타고 다리를 건너는 인물은 작
게 그렸다. 김홍도가 인물을 동적으로 표현한 화면과 달리 이케
노 다이가의 화면은 정적으로 묘사되었다. 한편 선택한 화제와
화면 표현에서 이채로운 것은 겨울 부분이다. 이케노 다이가가

선택해 적은 이백의 「아미산월가」는 가을의 서정을 읊은 것이기 때문이다.[77]

요사 부손과 이케노 다이가는 명말청초의 문인인 이어李漁가 지은 시 「이원십편십이의시伊園十便十二宜詩」를 화제로 그려 요사 부손은 《십의첩十宜帖》도 183을 이케노 다이가는 《십편첩十便帖》도 184으로 묶었다. 화제가 된 시는 이어가 자신의 별장 이원에서 생활하며 그 이로움과 편리함을 읊은 것이다. 두 화가는 소폭의 화면에 화제의 내용을 충실히 묘사하고 개성적인 서체로 화제를 적었다.

자국自國 문학의 회화 표현

문학작품을 화제로 하는 17~19세기 에도의 회화 중 일본의 정형시인 와카(和歌), 하이쿠(俳句)를 그린 작품들이 있다. 이 같은 작품들은 헤이안 시대부터 이루어졌던 시를 화제로 그리는 전통을 잇는 것으로 볼 수 있다.

타와라야 소타츠(俵屋宗達, 1570~1643)가 밑그림을 그린 화면 위에 혼아미 코에츠(本阿彌光悅, 1558~1637)가 와카를 쓴 작품이 〈녹하회신고금집화가鹿下繪新古今集和歌〉도 185이다. 두 사람은 이 작품 외에도 다수의 와카켄(和歌卷)을 합작했는데, 혼아미 코에츠의 유려한 글씨와 금은니 등으로 학, 사슴을 그린 소타츠

의 밑그림은 화려하고 장식적이다.

쿠스미 모리카게(久隅守景, 1610?~1700)의 〈납량도병풍〉도 186
은 기노시타 초쇼시(木下長嘯子, 1569~1649)가 읊은 와카를 소재
했다. 화제가 화면에 적히지는 않았으나 연구자들은 기노시타
초쇼시의 시 "나팔꽃 드리운 처마 끝에 이는 서늘한 바람 남자
는 잠방이 아낙은 속고쟁이(夕顔の咲ける軒場の下涼み 男は
ててら女はふたのして)"를 담은 작품으로 보고 있다. 쿠스미
모리카게는 당시 화단에 한 획을 그었던 가노파의 일원으로 활
동했으나 가노파의 경직된 화풍을 거부하고 유연하고 생동감
있는 자신의 화풍을 이루었던 화가이다. 이 작품 또한 서민의
여름을 묘사한 풍속화로서 그 의미를 더한다.

이케노 다이가의 《사계가찬四季歌贊》도 187은 『고금화가집』
에서 뽑은 사계절의 정서를 읊은 4편의 와카를 소재로 화면에
표현하고 있다.[78] 사계절의 특징적인 사물과 정서를 읊은 와카

4편이 화면 옆에 쓰여
있다. 이케노 다이가
는 간략한 필치로 각
계절의 서정을 묘사
하고 있는데 붓선과
먹의 농담이 시의를
더하고 있다.

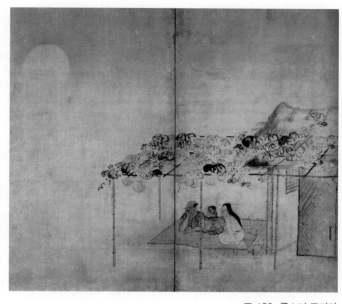

도 186 쿠스미 모리카
게, 《납량도병풍》, 지
본수묵담채, 149.1×
165cm, 17세기, 도쿄
국립박물관

하이쿠 시인으
로도 잘 알려진 요사
부손은 특히 하이쿠
를 간결하게 그린 하
이가(俳畫)를 창시한 화가이다. 이러한 그의 면모는 그가 그린
〈무촌자찬상蕪村自贊像〉도 188에서 잘 나타난다. 요사 부손은 그
가 지은 하이쿠 "잇몸으로 붓의 얼음을 씹는 밤이여(歯あらはに
筆の氷を嚙む夜哉)"를 화면에 적었다. 이가 빠져 몇 개 남지 않
은 이와 잇몸으로 추위에 얼은 붓을 녹여가며 글을 쓰거나 그림
을 그리는 자신의 모습을 막힘없는 몇 획이 붓질로 간략하게 표
현하고 있다.

이상에서 논한 붓을 이용한 회화 외에도 판화기법으로 자
국의 문학을 화면에 옮긴 예를 찾을 수 있다. 특히 스즈키하루
노부에 의해 시작된 다색판화 니시키에(錦繪)는 하이카이 취미를

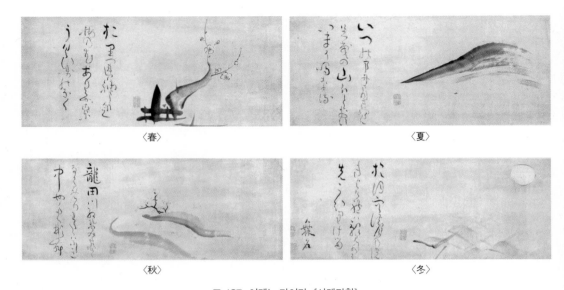

〈春〉 〈夏〉

〈秋〉 〈冬〉

도 187 이케노 다이가, 《사계가찬》,
지본수묵담채, 春: 28.5×63.5cm 夏: 28.0×55.1cm 秋: 27.6×69.7cm 冬: 27.4×75.8cm, 일본 교토국립박물관

도 188 요사 부손, 〈무
촌자찬상〉, 지본수묵,
16.2×15.2cm, 18세기
후반, 소장처 미상

가진 죠닌 등 부유한 호사가들이 즐기던 달력
제작 등의 호사 취미에 큰 역할을 했다. 그가
화제로 한 문학류는 전통시 와카와 중국 문학
작품 등인데, 이 같은 그의 작품 제작은 당시
교양을 갖춘 사람들의 유흥문화에 매개체가
되었다. 그 예로 《삼십육가선三十六歌仙》 중
〈이세伊勢〉도 189는 헤이안 시대의 여류 시인
인 이세伊勢(875~938)의 시 "미와산에서 얼마
나 더 기다려야 할까 몇 해가 지나도 찾아올

사람은 없는데(三輪の山いか
に待見ん 年ふとも たづぬる
人もあらじとおもへば)"를 그
린 작품이다. 사귀던 남자와
이별을 하고 아버지를 따라
미와산이 있는 곳으로 옮겨
온 이세가 이별에 대한 아쉬
움과 그리움을 노래한 것이
다. 스즈키하루노부는 화면
상단을 구름 모양으로 구획
하고 이세의 와카를 적어놓
았다. 화면에 묘사된 배경과
여성의 복식은 헤이안 시대
가 아닌 에도시대의 모습이

도 189 스즈키하루노
부, 《삼십육가선》 중
〈이세〉, 1767~1768년
경, 28.0×20.9cm, 미국
보스턴미술관

다. 이러한 표현은 다음에 살펴볼 작품과 더불어 스즈키하루노
부 작품의 특징을 이룬다. 《풍류강호팔경風流江戶八景》중 〈우에
노의 만종(上野の晚鐘)〉도 190은 중국의 문학과 회화의 소재인 '소
상팔경'에서 기원한다. 스즈키하루노부는 에도의 8경을 소재로
작품을 구상하며 소상팔경 중 '연사만종'을 변용해 우에노의 저
녁을 묘사했다. 이 같은 스즈키하루노부의 우키요에는 특히 미
타테에(見立繪)로 불리우는데, 에도인들이 공유하고 있는 와카

나 중국의 고사, 문학 작품 등 고전 주제를 현재 유행하는 화제로 변용해 회화화한 것이다.[79] 앞서 언급한 스즈키하루노부의 〈폭하상풍도〉(도 180) 역시 또 다른 양상의 미타테에로 볼 수 있을 것이다.

도 190 스즈키하루노부, 《풍류강호팔경》 중 〈우에노의 만종〉, 1768년, 27.3×20.4cm, 미국 보스턴미술관

이처럼 17~19세기 일본에서 자국의 문학작품을 소재로 한 회화는 앞선 시대에 문학작품의 배경 정도로 장식성이 강조되며 결합되던 양식에서 회화성이 강조되며 문학과 동등한 위치로 격상되는 양상을 보인다. 이 같은 변화에는 교토에서 활동하던 이케노 다이가와 같이 남화 계열 화가들뿐만 아니라 에도에서 활동하던 스즈키하루노부와 같은 우키요에 화가들에 의해서 다양한 형태와 양식으로 창작되었다는 점에 주목된다.

글을 마치며

　시를 그린 회화인 시의도는 시화일률이라는 동양 회화론을 바탕으로 시정詩情과 화의畵意가 만나는 새로운 회화 영역을 열어주었다. 시의도는 단순한 시구의 도해圖解가 아니며 상호 보완적인 관계로 예술적 성취를 이룬다는 점에서 문학과 회화의 위치를 평등한 곳에 자리시킨 회화이다. 시인의 시를 화가의 회화적 재해석을 통해 창조된 시의도는 이를 보는 감상자가 회화의 시각적 이미지를 초월하여 마치 회화에서 시를 보는 것처럼 다른 예술적 경계를 체험하게 되는 것이다.

　이 글은 조선시대의 시의도에 대한 관심을 첫 시작으로 조선시대에 그려진 시의도의 양상과 특징 등에 집중하여 기술되었다. 또한 한자문화권의 중국, 일본과 비교하여 조선의 시의도만이 갖는 독자성을 찾고자 하였다. 이 과정에서 얻어진 조선시대의 시의도는 그 모양새는 물론 시의도가 품고 있는 의미 또한 그동안 간과되었던 조선

시대 회화사의 한 흐름으로 자리매김하기에 부족함이 없었다.

　　조선시대에 시의도가 그려진 배경은 문인들이 시서화 겸비를 사대부들의 필수적인 교양으로 간주했던 의식의 변화와 더불어 사회적 요인과 문화적 요인이 동시에 작용했다.

　　사회적 요인으로는 중국 시·문집의 수입과 재출간과 중국 화보의 유입을 들 수 있다. 즉 조선시대에는 중국의 서적들이 여러 경로를 통해 수입되어 유통되었고 다시 국내에서 재발간되며 독자층을 넓혔다. 특히 중국 시집의 유입과 유통, 재발간과 문단에의 확산은 조선 문인들에게 중국 시인과 시에 대한 지식을 쌓게 하는 계기가 되었고 당시, 송시에 대한 숙독과 인지는 조선 문단의 시풍詩風의 변화에까지 영향을 미쳤다. 조선시대 시의도는 이러한 사회적 여건과 분위기에서 다양한 중국시를 화제로 하여 그려졌다. 주관적 심회心懷를 포함한 문인의 아취를 표현할 수 있는, 사의성寫意性을 최고의 미적 가치로 여기던 남종문인화풍의 전래는 시의도 제작에 기폭제가 되었고, 이를 매개해 준 것이 중국 회화와 중국 화보의 유입이었다.

　　또한 문화적 요인은 서화를 애호하여 수집, 감평하는 것을 문인 사대부의 아취로 인식했던 문인 문화의 확산이 주요했다. 특히 시의도가 양적, 질적 발전을 이루었던 조선 후기에는 활발한 서화 애호와 수집, 감평 활동이 중인층에까지 확산되며 이를 뒷받침했다. 이러한 분위기에서 문인들에게 익숙한 시를 화제로 제작된 시의도는 상호 공감을 이루었고, 이에 따른 교류의 장을 넓힐 수 있는 매개체로 선호될 수 있었다. 더불어 조선 후기 상업 자본주의의 발전은 이러한 문화적 분위기가 겹쳐지면서 자연스럽게 예술품의 시장이 형성되었고 시의도의 상품화, 대중화로 이어졌다.

조선시대 시의도의 화제가 된 시는 중국의 유명 시가 대부분이다. 중국 당대唐代의 시를 화제로 하는 작품이 가장 많았고 송대, 명대, 원대, 청대 등 다양한 시대의 시를 화제로 산수, 화훼, 영모 등의 여러 화목으로 그려졌다.

당시를 화제로 한 당시의도가 조선 문인들의 서정을 대변한데 비해, 송시의도는 성리학적 세계관을 투영하는 경향을 보이기도 한다. 당시의도의 화제가 된 시는 조선 문인들의 삶의 지향, 시에 대한 취향과 더불어 당시가 가지는 회화성과 서정성이 그림으로 옮기는데 용이했기에 화제로 채택되었다. 특히 두보와 왕유의 시가 화제로 많이 그려졌는데, 이는 화제로 인용된 두 시인의 시구가 내포하는 회화성과도 무관하지 않다. 특히 도시 생활에서 시은市隱을 추구하려 했던 조선 문인들의 지향은 은거를 주제로 하는 왕유의 시구를 화제로 하는 시의도가 그려진 요인으로 풀이할 수 있다.

조선시대의 송시의도는 정치, 사상, 문화 등 모든 분야에서 성리학적 세계관을 통해 삶을 조율하려 한 조선왕조의 정치적 이념과도 연관된다. 화제가 된 송시의 주제에 따라 성리학의 설리적 이념을 표현한 시의도, 새로운 유형의 은거가 표현된 시의도, 화훼의 속성에 의탁해 이상적인 군자상을 제시한 시의도, 고사 인물에 관련된 시의도, 산수자연의 풍취를 담은 시의도 등으로 나눌 수 있다. 강세황의 경우 주희의 「무이도가」를 화제로 한 설리적 시의도와 화훼의 속성에 의탁해 이상적인 군자상을 표현한 시의도를 그렸다. 정선은 송대 성리학자들의 고사 등을 읊은 시를 화제로 하여 고사 인물화류의 시의도를 그렸다. 화원인 김홍도는 치국이념으로서의 성리학을 주희의 시를 통해 회화로 공고히 하는 역할을 했고, 이인문은 은거에 대한 조선 선비들의 이상을 담은 시의도를 그렸다. 송시의도의 화목은 주로 사군자, 산수인물화 등으로 표현되었으나 표현 양식이나 화풍 등에서 당시의도와의 차이는 거의 없음을 알 수 있다.

이 밖에 많이 그려진 시의도는 도연명의 시를 화제로 한 것이다. 도연명의 시를 화제로 그린 시의도는 도연명의 삶에 대한 조선 문인들의 추앙을 단적으로 보여주고 있다. 즉 세속의 욕심을 접고 귀거래해서 살아가는 도연명의 삶은 시은市隱을 추구하던 조선 문인들의 지향이 시의도로 표현된 것으로 풀이할 수 있다. 반면 송대 이후의 원대, 명대, 청대 시인의 시도 화제로 그려졌는데, 산수자연의 풍광과 계절 표현에 적합한 시구를 화제로 한 산수인물화가 주를 이루었다.

이 과정에서 조선의 화가들은 중국에서 유입된 화보를 차용하기도 했고, 일방적인 답습에서 벗어나 내용과 시정에 따라 변용하기도 했다. 이러한 변용은 인물 표현의 경우에 두드러졌다. 정선, 김홍도는 「개자원화전」 등에서 익힌 인물 표현으로 시의 화자話者인 인물의 역할을 강조했고, 이를 통해 화면에서의 시정詩情을 감상자에게 보다 적극적으로 전달함으로써 이해와 공감을 이루어냈다. 반면 동일한 화제로 그려진 시의도에서 화면 표현의 정형화가 이루어지는 양상을 보이기도 하는데, 이것은 조선 후기에 들어서며 시의도가 대중화되었는지를 보여주는 것이다.

일군의 화가들은 개성있고 독창적인 표현으로 새로운 시의도를 모색하기도 했다. 바로 조선 문인의 시를 화제로 한 시의도가 제작된 것이다. 조선인의 시를 화제로 해 제작한 조선 시의도는 중국에서 발생해 유입된 시의도가 조선에 정착되었음을 보여준다는데 중요한 의의가 있다. 특히 화제시를 통해 시대상의 변화를 알 수 있다. 조선의 개국과 성리학의 정착, 이와 연관된 성리학자들의 시 등이 화제가 되었고 신분제가 이완되었던 조선 후기에는 천민의 시 또한 화제로 쓰였다. 조선 전기의 시의도는 주로 공리적 목적에 충실한 경향을 보였으나 조선 후기로 갈수록 산수자연을 읊은 시가 화제로 전환되어 그려졌다. 특히 정선과 김홍도는 조선의 시를 화제로 하는 시의도에 관념 산수가 아닌 조선의 산수를 화면에 담았고, 인물 또한 조선의 복식을 한 조선인의 모습으로 표현하는 등 진경화풍과 풍속화풍을 시의도에 접목하는 창의적인 화면을 구사했다.

조선시대 화가의 신분에 따라 선택되는 화제, 표현 방식 등에서는 적지 않은 차이를 보인다. 신분제 사회였던 조선에서 윤두서, 강세황, 이인상 등 문인 화가들의 경우 시 내용에 대한 정밀한 묘사보다는 사의에 충실하고, 정선, 심사정, 이방운 등 화업畵業을 주로 한 문인 화가들은 회화적 표현에 보다 주력하며 문기文氣와 화기畵技의 조화를 추구했다. 김홍도, 이인문 등의 화원들은 국가의 회화적 수요에 부응하며 기록과 감계를 위한 시의도, 치국 이념인 성리학을 공고화하는 주제의 시의도, 서화 수요 계층인 문인들의 삶의 지향과 문화적 취향에 부응하는 화제의 다양한 시의도를 그렸다. 특히 화원들의 시의도는 조선 후기 자비대령화원의 녹취재 시제試題의 영향과 무관하지 않다. 조선 후기에 들어 사회경제의 변화와 이에 따른 신분제의 이완, 신분의 변동은 화원들의 시의도에도 변화를 가져왔다. 시대가 앞설수록 화원들은 신분적 한계로 인해 문인 사대부의 회화 수요에 부응하는 소극적인 면을 보였는데, 조선 후기에는 회화에 대한 인식의 변화와 더불어 화원들의 지위가 상승되었고 화가로서의 자의식을 갖게 된 화원들은 시의도에 자신의 문기文氣를 담아내기도 했다.

　이처럼 조선시대의 시의도는 단순하게 새롭게 유행하는 양식, 화풍의 전래와 모방이라는 일차적인 현상에서 더 나아가 사의寫意를 중시하는 발생론에 중심을 두며 남종문인화풍을 조선 화단에 정착시키고 시화일률을 추구했다는 의의가 있다. 화가들은 중국 화보 등을 모사하는 방식으로 시의도를 제작했지만 점차 남종문인화풍을 조선적인 화풍으로 정착시켜 중국과는 다른 유형으로 시의도를 발전시켜 나갔다. 특히 조선 시를 바탕으로 하는 시의도의 제작이 이뤄지면서 진경화풍, 풍속화풍 등을 시와 그림이 어우러지는 독특한 회화에 접목한 것을 통해 중국에서 발생한 시의도가 조선 후기에 이르러 조선의 시의도로 정착했음을 알 수 있다.

| 본문 각주 |

● 글을 시작하며

1   서양의 경우도 일찍부터 詩와 회화의 관계에 대한 언급이 있었다. 시모니데스(Simonides
    of Ceos, B.C. 556~468)는 "회화는 말하지 않는 시이며, 시는 말하는 회화이다"고 했
    다. 마리오 프라즈 저, 임철규 역, 『문학과 미술의 대화』(연세대학교 출판부, 1986),
    p.5. 또한 고대 로마의 시인인 호라티우스(Quintus Horatius Flaccus, B.C. 65~8)는 『詩
    學 De arte Poetica』에서 "시는 그림과 같은 것이다"라고 말했다. 아리스토텔레스 저,
    천병희 역, 『시학』(문예출판사, 1990), p.116.

2   "與可之文 其德之糟粕 與可之詩 其文之毫末 詩不能盡 溢而為書 變而為畫 皆詩之餘 其
    詩與文 好者益寡 有好其德如好其畫者乎 悲夫"『東坡集』권20, 「文與可畫墨竹屛風贊」.
    『蘇東坡全集』권3, (한국문화간행연구소, 1983), p.116.

3   이 구절은 蘇軾이 1087년에 지은 「書鄢陵王主簿所畫折枝 二首」 중 1수의 구절이다.
    "論畫以形似 見與兒童隣 賦詩必此詩 定非知詩人 詩畫本一律 天工與淸新 邊鸞雀寫生
    趙昌花傳神 何如此兩幅 疏淡含精勻 誰言一點紅 解寄無邊春"『全宋詩』권812.

4   "詩與畫妙處相資 號爲一律 古之人以畫爲無聲詩 以詩爲有韻畫 蓋模寫物象 披割天慳
    其術固不期而相同也" 이인로, 『동문선』권102, 「題李佺海東耆老圖後」.

Ⅰ 시詩, 회화繪畫 그리고 시의도詩意圖

1   "子曰 小子 何莫學夫詩 詩可以興 可以觀 可以群 可以怨 邇之事父 遠之事君 多識於鳥
    獸草木之名".『論語』, 「陽貨」17.

2   김연주, 「東洋繪畫의 寫意性에 관한 연구」(홍익대학교대학원 미학과 박사학위논문,
    2004), pp.76~99.

3   이 구절은 朱熹의 「六先生畵像贊」 중 周敦頤의 畵像에 붙인 시로 전문은 다음과 같다. "書不盡言 圖不盡意 風月無邊 庭草交翠"

4   나종면, 「18세기 시서화론의 미학적 지향」(성균관대학교 대학원 박사학위논문, 1997), pp. 46~47.

5   전영숙, 「北宋의 詩畵一律觀 硏究」(연세대학교 대학원 박사학위논문, 1997), p. 17, 각주 19 참고.

6   이 구절은 王維의 시 「偶然作 六首」 중 마지막 수의 두 구절로 시의 전문은 다음과 같다. "나이 들자 시 짓는데 게을러지고 / 몸 따라 마음도 함께 늙는다 / 지금은 잘못 시인이 되었지만 / 전생에는 반드시 화가였으리 / 못된 버릇 못 버린 채 세상에 나와 / 사람들에게 쓸데없이 이름이 알려졌다 / 이름이야 본래부터 그렇다 해도 / 이 마음은 아직도 알 수가 없다(老來嬾賦詩 惟有老相隨 宿世謬詞客 前身應畵師 不能捨餘習 偶被世人知 名字本皆是 此心還不知)" 葛路, 『중국 고대회화이론 발달사』(상해인민미술출판사, 1982), p. 78.

7   수잔 부시 지음, 김기주 번역, 『중국의 문인화』(학연문화사, 2008), pp. 100~103.

8   葛路 지음, 강관식 옮김, 『중국회화이론사』(미진사, 1989), p. 216.

9   鄭師驤 강술, 劉翔飛 筆記, 「題畵詩與畵題詩」, 『中外文學』(臺灣: 中外文學月刊社, 1978), pp. 5~13.

10 靑木正兒는 題畵文學의 범주에서 題를 畵讚, 題畵詩, 題畵記, 畵跋로 나누고 題를 하는 사람의 입장에서 自題와 他題로 구분했다. 상세한 설명은 靑木正兒, 『靑木正兒全集』, 권2(東京: 春秋社, 1970), pp. 491~500.

11 서은숙, 「蘇軾 題畵詩 硏究-회화론을 중심으로」(연세대학교 대학원 박사학위논문, 2004), pp. 95~96.

12 『宣和畵譜』 권1(中華書局, 1985), p. 263.

13 『宣和畵譜』 권2(中華書局, 1985), p. 295.

14 박은화, 「明代 後期의 詩意圖에 나타난 詩畵의 相關關係」, 『미술사학연구』 201(한국미술사학회, 1994), pp. 76~77.

15 方聞, 「詩·書·畵 三絶」, 『上海博物館集刊』, 第4期, pp. 15~16.

16 Edwards, Richard, "Painting and poetry in the Late Sung" Words and Images: Chinese Poetry, Calligraphy and Painting(The Metropolitan Museum of Art, 1991), p. 412.

17 서은숙, 위의 논문, pp. 95~96.

18 張彦遠 지음, 조송식 옮김, 『歷代名畫記』下(시공아트, 2008), pp. 25~26.

19 葛路 지음, 강관식 옮김, 앞의 책, p. 214.

20 "그림이란 교화를 이루고 인륜을 돕고 변화를 다하고 오묘한 이치를 헤아리므로 육경
    과 그 기능이 같다(夫畫者 成教化 助人倫 窮神變 測幽微 與六籍同功)" 張彦遠 지음, 조
    송식 옮김, 위의 책, p. 10.

21 전영숙, 앞의 논문, pp. 24~25.

22 이병한, 「시와 그림-有聲畫와 無聲詩의 논리를 중심으로」, 『중국어문학연구논총』(魯
    城 崔完植先生頌壽論文集, 1991), pp. 298~313.

23 박은화, 앞의 논문, pp. 78~83.

24 김종태, 『東洋繪畫思想』(일지사, 1999), p. 328.

25 "…余因暇日閱晉唐古今詩什 其中佳句 有道盡人腹中事 有裝出目前之景…", 장언원 외,
    김기주 역주, 『중국화론선집』(미술문화, 2002), p. 305.

26 郭熙·郭思, 위의 책, p. 46.

27 葛路 지음, 강관식 옮김, 앞의 책, p. 215.

28 James Cahill, *The Lyric Journey: Poetic Painting in China and Japan*(Harvard
    University Press, 1996), pp. 31~33.

29 시의 全文은 다음과 같다. "꽃 걸어 놓고 거문고 타고 여유롭게 지내니 / 초동은 바람
    에 술을 실어 오는 시간 / 산은 가을빛을 가까이 머금었고 / 제비는 석양으로 천천히
    날아간다 / 나타났다 사라지는 오리는 물결을 이루고 / 구름 덮힌 봉우리는 사람의 뜻
    을 따르고 / 오고 가며 서로 따라 흩어진다(花縣彈琴暇 樵風載酒時 山含秋色近 鳥(燕)
    度夕陽遲 出沒鳧成浪 蒙籠竹亞枝 雲峰逐人意 來去解相隨)" 시의 원문에는 4절의 첫
    자가 '鳥'로 되어 있다. 『全唐詩』권 147.

30 이타쿠라 마사키(선승혜 번역), 「馬麟의 〈夕陽山水圖〉(네즈미술관)에 대하여」, 『미술
    사 논단』 13호(한국미술연구소, 2001. 12), p. 261.

31 夏文彦, 『圖繪寶鑑』(중화서국, 1985), p. 63. 顧炳, 『顧氏畫譜』(문물출판사, 1983), 馬和
    之 條에는 "聞德壽孝皇每書毛詩三百篇命其圖寫和之"로 기록되어 있다.

32 夏文彦, 위의 책, p. 69. 顧炳, 위의 책, 劉松年 條에는 "寧宗朝以進耕織圖稱旨賜金帶"로
    기록되어 있다.

33 박은화, 위의 논문, pp. 78~83.

34 Shen Fu, *Traces of the Bruch: Studies in Chinese Calligraphy*(New Heaven: Yale

University Art Gallery, 1977), pp. 185~186.

35 이 책의 시대구분은 조선 초기(1392~약 1550), 조선 중기(약 1550~약 1700), 조선 후기(약 1700~약 1850), 조선 말기(약 1850~1910)로 나눈 안휘준,『한국 회화사 연구』(시공사, 2000)를 따랐다.

36 홍선표,「高麗時代의 繪畫 理論」,『朝鮮時代繪畫史論』(문예출판사, 1999), p. 160.

37 조선시대의 회화를 公利的 기능과 修己的 기능으로 고찰한 논지는 홍선표,「조선 전기 서거정의 회화 관련 기록」,『미술사논단』제32호(한국미술연구소, 2011), p. 191.

38 이와 관련된 상세한 내용은 이수자,『朝鮮朝名家 題畫詞鈔』(진현사, 1987) 참조.

39 "命圖前古可法之事於殿壁 上召禮曹典書金瞻曰 壁上欲畫前古可法之事而觀之 瞻對曰 文王世子時問寢 漢高帝獻壽於太上皇 周宣王后諫宣王晏起 唐長孫皇后賀主明臣 直 皆可圖也 上卽命瞻曰 卿使畫工 圖於壁中"『太宗實錄』권3, 태종 2년, 1402년 4월 23일(乙亥) 기사. "賜禮曹典書金瞻內廐馬 以文王問寢等圖成 且進豳風圖也"『太宗實錄』권3, 태종 2년, 1402년 4월 26일(戊寅) 기사 참조. 이하 글에서 참고한『조선왕조실록』은 국사편찬위원회,「조선왕조실록」(http://sillok.history.go.kr)의 자료를 참고했다.

40 "豐海道都節制使柳殷之進 無逸圖 殷之進圖 以誕辰也 上嘉之 檢校漢城尹崔卜河亦進 賀詩 賜米十石 豆五石"『太宗實錄』권3, 태종 2년, 1410년 5월 16일(乙亥).

41 "命畫工畫周文王后妃 宣王姜后 齊華孟姬 楚樊姬 漢馮昭儀 班婕妤 漢明德皇后 唐長孫皇后 宋光獻曹皇后 宣仁高皇后可勸事跡及吳王夫差 漢武帝 晋武帝 唐玄宗 · 德宗先明後暗事跡于屛風"『成宗實錄』권71, 성종 7년, 1476년 9월 13일(癸丑).

42 "一日 匪懈堂命畫師安堅 畫李司馬山水圖 手書其詩於左方 以賜承旨公 公寶愛之甚 將歌詩以侈之 委余敍其端 余觀此圖 眞古之所謂三絶也 鄭虔善畫山水 嘗自寫其詩幷畫以獻玄宗 玄宗署其尾曰 鄭虔三絶 今是圖也 堅也畫之 子美詩之 匪懈堂又書之 夫子美詩中天子 其詩無與擬倫 匪懈之書…"朴彭年,「三絶詩序」,『朴先生遺稿』. 이 같은 내용은 안휘준,「安堅과 그의 畫風–夢遊桃源圖를 중심으로」,『한국 회화사 연구』(시공사, 2000), pp. 352~353 참조.

43 詩意圖와 관련하여〈瀟湘八景圖〉제작에 관한 가장 이른 기록은 고려 明宗(재위 1170~1197)대로 올라간다. 明宗은 문신들에게「소상팔경시」를 짓게 하고 화원인 李光弼(생몰년 미상, 12~13세기 활동)에게 그것을 그림으로 그리게 했다는 기록이 전한다. "子光弼 亦以畫見寵於明宗 王命文臣 賦瀟湘八景 仍寫爲圖 王精於圖畫 尤工山水 與光弼 高惟訪等 繪畫物像 終日忘倦 軍國事慢不加意 近臣希旨 凡奏事以簡爲尙 光弼

子 以西征功補隊正 正言 崔基厚議曰 此子年甫二十 在西征方十歲矣 豈有十歲童子能
從軍者 堅執不署 王召基厚責曰 爾獨不念光弼榮吾國耶 微光弼, 三韓圖畫殆絶矣 基厚
乃署之』『高麗史』卷122,「李寧列傳」이 밖에도『東文選』권20에는 고려시대의 문신인
李仁老(1152~1220)의「宋迪八景圖」에 관한 7언절구 시가 실려 고려시대에 성행했던
'소상팔경'관련 시와 회화 활동을 알 수 있다.

44   "匪懈堂 一日謂余曰 我嘗於東書堂古帖 得宋寧宗八景詩 寶其宸翰 而因想其景 遂令撝
     其詩 畫其圖 以名其卷 曰八景詩…"李永瑞,「瀟湘八景圖詩卷」序 중.「瀟湘八景圖詩
     卷」은 世宗 24년(1442)에 安平大君이 宋 寧宗의〈八景詩〉를 模搨하고〈八景圖〉를 그
     리게 했고, 고려의 李仁老와 陳澕의 八景詩를 移書하고 金宗瑞, 成三問, 朴彭年, 申叔
     舟, 安止, 姜碩德, 崔恒, 南秀文, 辛碩祖 등 당대의 문사 19명의 詩文을 받아 두루마리
     로 꾸민 詩卷이다. 현재는〈八景圖〉와 寧宗의〈八景詩〉는 전하지 않고 후대에 帖裝으
     로 개장했다. 이와 관련되는 논문은 임창순,「匪懈堂 瀟湘八景 詩帖 解說」,『태동고전
     연구』제5집(한림대학교 태동고전연구소, 1989), pp.257~323.

45   이 같은 견해는 안휘준의 글에서 처음 제기되었다. (안휘준, 앞의 책, p.389) 이어 박해
     훈은 申叔舟가 1445년에 쓴「畫記」에 기록된 安平大君의 서화목록 중 安堅의 작품이
     30점으로 가장 많아 安平大君과 安堅의 밀접한 관계에 주목하고 이 중 첫 번째로 기
     록되어 있는〈八景圖〉가 바로「瀟湘八景圖詩卷」에 속한〈八景圖〉일 것으로 추정하고
     있다. 박해훈,「조선시대 瀟湘八景圖 연구」(홍익대학교 대학원 박사학위논문, 2007),
     pp.95~96.

46   박해훈, 위의 논문, p.102.

47   "…瀟湘八景之勝 擅名海內 古今詩人賦詠 不勝其多 而妍醜巧拙 各隨其人 惟我成宗大
     王萬幾之暇 戲賦短律十六章 每景各二章 流傳藝苑 咸以爲在聖人誠爲餘事 終非詞人墨
     客所能到也 我殿下命元勳八人各寫二章 唯延平府院君李貴未及寫進而歿 從其家得草
     本 字多剩缺 紙亦不類 乃命畫史李澄描以繪事 聯爲巨帖 旣成 命臣維識之…"張維,『谿
     谷先生集』, 권7, 序 중「成廟御製瀟湘八詠帖序」이후 인용되는 조선시대 文人들의 文
     集에 수록된 글의 원문은 한국고전번역원의 한국고전 종합DB를 참고했다.

48   성종의「소상팔경시」두 편은 다음과 같다.「소상팔경 1」(산시청람) 宛轉山橫翠 霏微
     雨弄晴 羅紈輕掩暎 岩樹乍分明 日薄前村影 溪喧何處聲 隔林知有屋 雞趁午時鳴(연사
     모종) 嵐翠千峰色 招提第幾層 樹深催晩景 山寂量寒燈 渺渺疎鍾動 飄飄餘響凌 石梯歸
     意倦 行脚任烏藤(어촌낙조) 遠樹嗓昏鴉 長洲三兩家 斜陽明島嶼 夕霽暎蘆葭 籬落橫疎

網 江干點小車 微風飜錦浪 漁艇自歆斜(원포귀범) 納納乾坤大 溶溶江水流 山川供遠眼 風日送扁舟 一葉天涯影 多生水上漚 落帆何處是 月白且停留(소상야우) 風定江天靜 篷窓羊夜眠 踈聲侵楚竹 亂點入吳船 滴破三更夢 寒凝一炷烟 苦吟應到曉 遣興不須編(평사낙안) 萬里衡陽鴈 秋空一雨行 寒聲喧七澤 斜影落三湘 飮啄隨江渚 生涯寄稻梁 低飛避殘照 點綴亦成章(동정추월) 風掃浮雲盡 天高滿目秋 一輪初碾上 萬里故遲留 夜永淸輝發 波寒素影浮 年年無限意 多少客登樓(강천모설) 天地洗氛埃 江山淨域開 雲容嬌不歇 雪意浩難回 襯竹湘娥粉 盈船賈客瑰 瀟橋詩興遠 僵臥只寒酷「소상팔경 2」(산시청람) 深迤山含翠 雲收雨霽晴 蒼麓藤蘿蔓 青天目强明 千岩苔競色 萬壑水爭聲 野店熹微處 群雞彷彿鳴(연사모종) 嵯峨深古寺 雲霧碧層層 煙影籠岩樹 僧心鎖佛燈 金鴉纔轉去 凫氏忽侵凌 百八聲殘後 淸風舞葛藤(어촌낙조) 山角紅將斂 餘光照水家 扁舟橫薄影 細露濕殘葭 半碎收漁網 長歌揮釣車 乾坤無特緖 風月自然斜(원포귀범) 風起靑帆後 從飛萬里流 千峰呼吸過 知是夕陽舟 烟霧蒼蒼際 波濤日日漚 湖光淸興盡 何以爲魚留(소상야우) 天黑瀟湘夜 篷窓孰買眠 竹間精魂閣 江岸釣魚船 蛛網懸珠玉 茅簷鑠冷烟 誰甘三漏夢 不作一新編(평사낙안) 雲裏隨陽鳥 靑天布陣行 功勳照漢國 情緖接瀟湘 漸羽尋淸水 充腸擇稻梁 斜陽何逗 *(缺)千古似文章(동정추월) 水寒烟色薄 月出委金秋 未缺淸輝滿 高懸玉宇留 漁舟天上坐 綸網鏡中浮 美哉山河影 湖光動庾樓(강천모설) 奔走寒雲起 同天四不開 氛埃鑠暮靜 簑笠已舟回 鳥絶山嘯日 風吹樹瀉瑰 波鬐銀色滿 茅屋只氷酷『列聖御製』一(서울대학교 규장각, 2002), pp.603~609.

49 안장리, 「조선시대 왕의 八景 향유 양상」, 『東洋學』제42호(단국대학교 동양학연구소, 2007), pp.7~8.

50 "昔者 吾友竹里公 嘗因館課 詠瀟湘八景 其詩膾炙一時 公歿後 公之胤子氏倩好手 摸其景寫其詩 將作短屛 以爲傳家寶 一日袖示余于銅雀僑居 要余題其尾 相對披展則詩工畫妙 各臻其極 而江干物色 適與相符 雖目擊湘江 所賞必不出於此畫 雖口占卽景 所詠亦不外於此詩 眞所謂詩中畫畫中詩也 撫跡懷人 奚但六一蠻布之感而已 遂掩涕而爲之跋" 南龍翼,『壺谷集』, 권16, 跋 중「瀟湘八景詩畫屛跋」.

51 《千古最盛帖》에 관련한 상세한 연구는 유미나, 「中國詩文을 주제로 한 朝鮮侯期 書畫合璧帖 硏究」(동국대학교 대학원 박사학위논문, 2005) 참고.

52 중국 吳派에 대한 개론적 서술은 單國强, 「明代吳門繪畫槪論」, 『北平故宮博物院藏 明代吳門繪畫』(臺灣商務印書館, 1990), pp.8~19.

53 J. 케힐 지음, 조선미 번역, 『中國繪畫史』(열화당, 1978), p.174.

54 許筠은《千古最盛帖》의 전래 과정, 수록 내용, 감상, 李澄으로 하여금 임모하게 한 내용 등을 다음과 같이 기록하고 있다. "朱 태사(朱之蕃을 가리킴)가 吳輞川의 솜씨를 빌려 小景 20폭을 그렸는데, 모두 名人의 詩文 중에 그림에 넣을 말한 것을 취하여 실었으며, 또 손수 文과 賦와 시詩를 해당되는 그림 밑에 썼으니, 참으로 좋은 일이다 … 桃花源·榮桑·山陽·山陰·鶴林莊·兔園·鄭園·竹樓·子陵臺·滕王閣·岳陽樓·夔府城·蜀道·豐樂·醉翁亭·赤壁·喜雨亭·廬山 등 각처가 모두 그 가운데 있으므로, 대체로 내가 놀아보고 싶었던 것들을 눈을 들어 한 번에 다 볼 수가 있으니, 어찌 인간의 일대 유쾌한 일이 아닌가. 내 심히 기뻐서 감상했다.(朱太史倩吳輞川畫小景二十幅 皆取古名人詩文可入於畫者以載之 又自書文與賦若詩於其下 誠好事也 其本自內 今在義昌家 舍兄倩李澄榻之 其嫡兄瀟書之 書雖不及朱公 而畫則優焉 如桃花源榮桑 如山陽山陰 如鶴林莊 如兔園鄭園 如竹樓子陵臺 如滕閣岳陽樓 如夔府城蜀道 如豐樂醉翁亭 如赤壁喜雨亭廬山等處 皆在其中 凡余之所欲游者 一舉目而具得之 豈非人間一大快事耶 余甚樂之 玩不已焉)" 許筠,『惺所覆瓿稿』권13, 文部十 題跋「題千古最盛後」.

55 이 같은 논지는 유미나, 앞의 논문, pp. 42~114.

56 "羅學士夢賚先君牧使公 舊藏有石敬畫十帖 帖以黑爲質而用黃白金泥筆之 左旁各貼詩 皆一代名家 余高王父容齋公一章 亦在其中 考諸本集 乃爲尹主簿宕者所作 不知幾傳而爲羅氏有也 夢賚嘗欲改粧 離畫與詩 丁卯虜變 畫湮於海而詩獨全 乃命國工李澄 按詩作畫 一依前觀 復以其詩配焉 夢賚要僕記其槩曰 吾恐後人以澄疑敬也 余聞敬與澄俱稱名畫 而評者或以敬特以古貴 比澄不無少遜云爾 則後之觀者 當不恨於失敬矣 況此十帖所畫 乃園塢間恒物 卽寫生還魂 於敬與澄何擇焉 顧後時昇平 館閣無事 看畫賞物 唱酬之盛 猶可想見 今雖干戈怳悴 數王名勝詞翰之妙 何啻與澄爭工 羅君倘盡求得之 其傳當益奇 僕何幸與寓目焉 戊辰冬 德水李植汝固識" 李植,『澤堂先生集』권9,「羅夢賚家藏畫帖序」.

57 石敬은 1430년경 태어났으나 정확한 생몰년은 알 수 없다. 난초, 인물, 용그림에 뛰어나고 〈雲龍圖〉와 〈麻姑採芝圖〉 등이 전한다. 『동국문헌록』 중 화가 편에 "생년 및 姓貫은 미상이다. 安堅의 高弟로 師法을 계승하여 인물과 묵죽을 가장 잘하였다."고 적혀 있다. 특히 石敬의 〈雲龍圖〉(국립중앙박물관 소장)는 "기발한 畫格, 웅건한 필력, 暢達한 기술, 발묵의 신묘, 怒濤의 묘사, 龍首의 장엄이 일가를 자성하였다."고 평가받고 있다. 유복열,『韓國繪畫大觀』(문교원, 1979), pp. 83~84. 한편 李植의「羅夢賚家藏畫帖序」의 내용을 통해 石敬이 생존해서 작품 활동을 했을 것으로 짐작되는 15세기에도

'한 시대를 울린 명가들의 작품 (詩)'을 畫題로 한 詩意圖가 그려졌음을 추정할 수 있다.

58 『鶴林玉露』병편 권6에는 「道不遠人」이란 제목 아래 尼의 悟道詩로 "…有尼悟道詩 云…盡日尋春不見春 芒鞋踏遍隴頭雲 歸來笑撚梅花嗅 春在枝頭已十分…"이 수록되어 있다. (밑줄은 필자) 羅大經 撰, 『鶴林玉露』(中華書局, 1997), p.346.

59 원대 시인 萬氏는 정확한 생몰년과 이력을 알 수 없으나 여성 시인으로 추정된다. 어 몽룡의〈묵매도〉화면에 적힌 萬氏의 詩句 중 첫째 구의 '樣'은 原詩에 '一'로, 셋째 구 의 '妻'는 원시에 '姿', '猶'은 원시에 '欲'으로 되어 있다.

60 시의 전문은 다음과 같다. "들판의 강에는 들쭉날쭉 물이 불었던 흔적 / 성긴 숲에는 얼기설기 서리 맞은 흰 뿌리 / 작은 배 노 저어서 어디로 돌아가나 / 집은 강남 땅의 노 란 낙엽 지는 마을인가 보다(野水參差落漲痕 疎林敧倒出霜根 扁舟一櫂歸何處 家在江 南黃葉邨)" 『全宋詩』권812.

61 李㴭는 인조의 셋째 아들인 인평대군으로 淸에 먼저 볼모로 끌려간 소현세자, 봉림대 군 두 형에 이어 1640년 瀋陽에 끌려가 다음 해에 귀국했다. 이후 1650년부터 4차례 謝恩使로 청에 다녀왔는데, 글씨·그림에도 뛰어나 淸의 화가 孟永光(1590~1648)과 교류하였다.

62 그동안 학계에서는 6, 7폭이 망실된 5폭의 그림과 1폭의 발문만이 논의되어왔다. 그러 나 최근 개인 소장자에 의해 망실된 줄 알았던 2폭의 그림이 소개되어 전체적인《蘭竹 屛》연구에 도움을 주었다. 각 폭의 화제시가 된 조광조의 제화시 원문은 다음과 같다. (제1폭) 南巡飄不返 哭帝喪英皇 血染成斑竹 淚沾漾碧湘 (제2폭) 數竿蒙薈雨 葉葉下 垂垂 天意雖同潤 幽貞恐卒萎 (제3폭) 筍生俄苗葉 稚長却成竹 觀物做工夫 如斯期進學 (제4폭) 人生本自靜 淸整乃其眞 穩毓馨香德 何殊草與人 (제5폭) 幽芳誰共賞 高節衆 同猜 所以隱君子 孤懷倚此開 (제6폭) 嫩質托巖隈 孤根依雲壑 倩描寓逸懷 擬取幽潛德 (제7폭) 崖懸蘭亦倒 石阻竹從疏 苦節同夷險 危香郁自如.

63 《난죽병》에 그려진 이정의 대나무는 줄기가 가늘고 잎이 크게 묘사되어 조선 초 기 화풍을 잇고 있으며 먹의 농담으로 원경과 근경을 표현했다는 점에서 灘隱 李霆 (1541~1622)의 화풍과 연관성을 가진다. 백인산, 「朝鮮時代 墨竹畵 研究」(동국대학교 대학원 미술사학과 박사학위논문, 2004), p.129. 또한《난죽병》에 그려진 蘭은 잎의 강약이 절제되어 유연하게 표현되어 있고 蕙蘭을 주로 그린 특징이 있는데, 이 같은 필선의 유연함, 농묵과 담묵의 혼용 등은 조선 중기의 시대 양식을 보여주고 있다. 안

휘준, 앞의 책, p.52, 각주 2 참조.

64 朱熹와 관련 서적에 관한 연구는 김항수, 「16세기 士林의 성리학 이해」, 『韓國史論』 제
    7집(서울대학교 사학과, 1981), pp.59~60.

65 윤진영, 「조선시대 구곡도의 수용과 전개」, 『미술사학연구』 217·218(한국미술사학회,
    1998), pp.61~65.

66 陳普는 「武夷棹歌」 서문을 "朱文公九曲 純是一條進道次序 其立意固不苟 不但爲武夷
    山水也 第一首言道之全體 徹上徹下 無內無外 散之萬物萬事 無所不在 然其妙處 過於
    膏粱之 美 金玉之貴也 不可無人發明 故曰欲識箇中奇絶處 棹歌閑聽兩三聲"라고 풀이
    하고, 이어 1곡부터 9곡까지 각 首를 학문의 入道次第의 성격으로 해제하고 있다. 陳
    普, 「武夷棹歌 十首」, 『孝學』(中華書局出版, 1985), pp.1~6.

67 강신애, 「朝鮮時代 武夷九曲圖의 淵源과 特徵」, 『미술사학연구』 254(한국미술사학회,
    2007), pp.14~17.

68 최해갑, 「性理學의 自然觀에 關한 小考 (基一): 周子의 太極圖를 중심으로」, 『論文集』
    12권 1(진주교육대학교, 1976), pp.5~18.

Ⅱ 조선시대朝鮮時代의 시의도

1 "李澄 鶴林之庶子 其父與叔俱解畫 故澄世其學而遂自名家 山水士女之外 凡翎毛竹樹
   草蟲花卉 皆得其法 人以爲難也 自懶翁沒 渠卽爲本國第一手也…"許筠, 〈題李澄畫帖
   後〉, 『惺所覆瓿稿』 권13 文部 10 題跋.

2 안휘준, 「조선왕조 중기 회화의 제 양상」, 『미술사학연구』(한국미술사학회, 11호, 1997),
   p.51. 화가 이징에 대한 학계의 연구는 김지혜, 「虛舟 李澄의 繪畫 硏究」(홍익대학교
   대학원 석사학위논문, 1992)가 생애와 작품에 대해 논의하고 있다.

3 특히 이 시기에 士林은 사상, 정치, 문화 등 사회 전반을 주도하는 집단으로 부상하게
   된다. 士林은 지방에 근거지를 가지는 在野의 讀書人群으로 경제적으로는 중, 소 지
   주층에 속했다. 士禍로 浮沈을 계속하던 사림들은 戰亂을 겪은 후 사회질서를 회복
   하기 위한 행동규범과 생활의례로서 주자가례를 중심으로 한 禮學을 발달시키기도
   한다. 그러나 17세기 후반에 이르러 이러한 사림의 정치, 사족지배체제, 사회 경제
   적인 여건의 변동 등의 현실은 이상과의 거리차를 좁히지 못했다. 정통 이념으로서

의 명분과 의리 등 가치 문제를 중시하는 주자학의 특성은 현실 문제를 해결하기에
는 역부족이었고 이러한 한계를 극복하게 위해 양명학이 사상계에 한 조류로 자리했
고 실학이 태동하기 시작했다. 이렇듯 조선 중기는 지배 이념의 공고화와 그 모순에
대한 자각, 지배 계층의 변화, 戰亂으로 인한 사회 변동 등 다양한 國內外의 도전과
변화에 대처해야 했었다. 국사편찬위원회, 「조선 중기의 사회와 문화」, 『한국사』31,
1998. pp.267~291 참조.

4   안휘준, 앞의 논문, pp.5~55 참조.

5   鄭蘊,〈趙靜菴先生題蘭竹七絶後序〉,『桐溪先生文集』권10 序 참조.

6   金尙憲,〈題趙靜菴先生蘭竹畫屏詩後〉,『淸陰先生集』권39.“正德中 姜葵亭滭畜一屏
    上寫蘭竹 靜菴趙先生 就題五言絶句八首 其家寶傳 至萬曆壬辰 沒於兵火 趙平澤守倫
    追記得七章而忘其一 先生曾孫婦柳孺人 聞而愴慕 計費捐貲 命其子察訪松年 俾復舊觀
    求敍其事 嗚呼 觀於此詩 先生平日毓德進學之功 夷險一節之志 亦可知矣 聖人所謂修
    辭立誠者 豈不然乎 其可敬也 夫當先生際遇之隆 群賢彙進 擧世同好 而幽貞卒萎 高節
    衆猜之句 遽發於吟詠 慨然有感物傷時之歎 豈見微知著 將有不可得而違者歟 抑世道反
    覆 君子少而小人多 自古而然歟 其又可悲也已 舊畫尹彦直筆 今所作李澄云 崇禎丙子
    日南至 安東金尙憲識”(밑줄 필자)

7   許穆,〈趙文正公蘭竹詩畫帖跋〉,『記言』권29 하편 書畫.“丙戌冬 穆行嶺南 過趙君於三
    年城下 君出示墨畫蘭竹七帖 上皆有五言詩 昔正德年中葵亭姜內翰滭 得尹彦直蘭竹八
    帖 趙文正公各題詩其上 未久禍作 至今爲儒林之痛 何可勝道哉 嗟乎 世移事易 墨跡猶
    在 而語苦志潔 足令人感惋 嗚咽出涕 姜氏傳世寶畜之 至萬曆兵亂失之 適有趙平澤守
    倫 少時一誦玩而悅之 及年老猶誦之 尙恨忘其一 文正公有曾孫婦柳氏 聞其事 手織素
    求畫於當世之名能畫者李澄 而又各題詩其上 一如舊跡 善哉乎 賢者之世 果有賢婦人
    能不泯其古事如此 君文正公之玄孫 而柳夫人之子 今宗廟令趙松年也”(밑줄 필자)

8   이 같은 그림의 내력은 유홍준, 「虛舟 李澄의〈蘭竹屏〉考證과 작품분석」, 『조선 후기
    그림과 글씨』(학고재, 1992), pp.124~125 참조.

9   백인산, 『朝鮮時代 墨竹畵 硏究』(동국대학교 대학원 미술사학과 박사학위논문, 2004),
    p.129.

10 안휘준, 앞의 논문, p.52.

11 斑竹은 소상 강가에 많이 자라 瀟湘斑竹이라는 말이 유래가 되었다. 이와 관련하여 舜
    임금이 나라를 다스리다 蒼梧에서 죽자, 舜임금의 두 아내인 娥皇과 女英이 소상강가

에서 순임금을 그리며 흘린 눈물이 대나무에 묻어 얼룩졌다는 이야기가 전한다. 조선시대 문인들도 이 같은 이야기를 바탕으로 瀟湘斑竹을 이해한 듯하다. 조선 중기의 문인인 金湜(1482~1520)은 그의 시 〈瀟湘竹〉에서 "江上萬竿竹 至今依舊斑 二妃冤不極 千古蒼梧山"이라고 읊고 있다.

12 조광조의 오언절구 8수를 화제로 그린 이징의 그림은 이 글에서 논의하고 있는 《蘭竹屛》 외에 화첩의 형태로도 함께 제작되었을 수도 있다. 6폭병 중 한 폭에 쓰인 제발에 '명화가'가 이징임을 알 수 있게 한 당시 문인들의 문집 글 중 許穆(1592~1682)의 『記言』 原集에 실린 글 제목 중 「趙文正蘭竹詩畵帖跋」(밑줄 필자)이란 글이 있기 때문이다.

13 이 작품에 대한 해설과 출처는 안휘준, 이정섭, 「29, 화개현구장도」, 『動産文化財指定報告書』('90 지정편)(문화부 문화재관리국, 1991), pp. 228~232 참조.

14 〈花開縣舊莊圖〉를 別墅圖로 분류한 논문은 조규희, 「조선시대의 山居圖」, 『미술사학연구』217(한국미술사학회, 1998), p.38.

15 〈화개현구장도〉에 적힌 유호인의 시는 정여창이 두보의 시 〈卜居〉에 차운하여 지은 것에 대한 화답시로 역시 두보의 시 〈卜居〉에 차운하여 지은 것이다. 정여창이 지은 시는 전하지 않는다. 유호인의 〈岳陽停〉 詩는 다음과 같다. 한가닥 하늘 끝으로 돌아가고픈 마음 / 악양에는 어딘들 맑지 않은 곳 있으랴 / 또렷한 산수는 흥만 실어오는데 / 아득한 관복은 시름을 불러일으키네 / 두보 놀던 숲속의 못은 봄햇살이 따스하고 / 왕유 살던 망천의 가랑비는 저녁산에 뿌리네 / 서연에서 매번 은총이 더욱 깊기에 / 달빛 가득한 정자를 저버리고 있구나(一掬歸心天盡頭 岳陽無處不淸幽 雲泉歷歷偏供興 軒冕悠悠惹起愁 杜曲林塘春日暖 輞川煙雨暮山浮 書筵每被催三接 辜負亭前月滿舟) 이종묵, 「하동 악양정에 깃든 정여창의 절조」, 『조선의 문화공간』1책(휴머니스트, 2006), pp. 327~328 참조.

16 윤진영, 「16세기 契會圖에 나타난 山水樣式의 변모」, 『미술사학』19권 1호(한국미술사교육학회, 2005), p.219. 이 논문에서 이 같은 현상은 16세기 후반기의 契會圖가 상상의 경관에서 실경을 지향한 변화의 주요 특징과도 부합되는 양식상의 뚜렷한 변화로 지적하고 있다.

17 『해동잡록』6 鄭汝昌 부분에 〈악양〉시와 연관된 다음과 같은 기록이 전한다. "선생이 평생에 시 짓기를 좋아하지 않았으므로, 일찍이 頭流山에 卜築할 적에 지은 시 한 편만이 있어 세상에 전하는데, '산들 바람에 부들 풀은 하늘하늘 / 4월 화개에 보리가 벌써

익었네 / 두류산 천만 굽이를 다 보고 나서 / 외로운 배를 타고 다시 큰 강으로 내려간다' 하였다. 가슴속이 깨끗하여 한 점의 티끌 낀 모습이 없는 것을 이로써 상상할 만하다(先生平生不喜作詩 早卜築頭流山 只有一篇流傳於世云 風蒲獵獵弄輕柔 四月花開麥已秋 觀盡頭流千萬疊 扁舟又下大江流 其胷中洒落 無一點塵態 此可想矣)"

18 이 작품이 실경을 그린 것임을 전제할 때 이정의 이 같은 묘사와 연관해 주목할 것은 魚得江(1470~1550)의 詩〈加隱谷〉이다.〈加隱谷〉은 중종 16년(1521) 3월 홍문관 부응교로 부름을 받은 魚得江이 河東, 求禮를 거쳐 全州로 가다가 병을 얻어 廬山(지리산)에서 한달간 쉬었으나 병이 낫지 않아 끝내 사직하게 된 무렵에 쓴 시들 중 한 수이다. "대나무 숲은 鄭公의 오두막을 반쯤 가렸네 / 생각컨대 당시에는 영원히 살 곳으로 터를 골라 자리 잡았나 / 바르게 살던 중년에 불운을 맞아 / 늙어서는 이 강의 고기를 먹지 못하셨구려(竹林半掩鄭公廬 想得當時卜永居 正坐中年猿鶴怨 老來不食此江魚)"라는 시를 통해 당시 존숭을 받던 성리학의 대가 정여창의 일생은 물론 화개현 加隱谷에 위치했던 그의 실제 집이 '대나무 숲으로 반이 가려진 곳'에 있었음을 알 수 있다. 시가 쓰여 진 시기와 그림이 그려진 시기와는 시간차가 존재하지만 화면의 중앙부분에 표현한 정여창의 집이 주변의 대나무 숲으로 가려져 표현된 것은 주변 사람들이 전한 실경의 모습도 참고했을 것이란 점을 배제할 수 없다. 魚得江의 시집 『灌圃詩集』(1617년 간행)에는 '辛巳三月 以副應敎蒙 召 由河東求禮 至全州而病 留礪山一月 辭職而還 紀行若干首 錄于左'란 설명 아래 실경산수를 돌아보며 느낀 감회를 옮긴〈岳陽途中〉,〈加隱谷〉,〈過雙溪〉,〈潺水驛〉,〈宿南原〉,〈任實〉,〈登抹峴〉,〈快心亭〉등 8편의 시를 싣고 있다. 민족문화추진회, 『韓國文集叢刊 續 1』, 2005, p. 458.

19 朱之蕃의 來朝와 『千古最盛帖』에 관한 상세한 내용은 유미나, 앞의 논문, pp. 42~114 참조.

20 許筠,〈題千古最盛後〉, 『惺所覆瓿稿』권13 文部 十 題跋.

21 화제가 된 詩文에 대한 추정은 유미나, 앞의 논문, p. 51 참조.

22 이정의 『千古最盛帖』모사 작품은 현재 남아있지 않다. 그러나 이정의 산수화에 특징적으로 나타나는 胡椒點이 현존하는 7점의 『千古最盛帖』임모본 중 尹得和(1688~1759)가 주도해 제작한 임모본의〈歸去來辭〉와〈蘭亭〉등에도 나타나는 점으로 미루어 이정이 임모한 『千古最盛帖』이 후대에 뒤이어 다시 임모되었을 가능성을 시사한다. 이와 같은 논지는 유미나, 「趙斗壽 소장《千古最盛帖》고찰」, 『강좌미술사』26집(한국불교미술사학회, 2006), p. 1012.

23 박해훈, 앞의 논문, p. 178.

24 장유, 〈성묘어제소상팔영첩서〉, 『계곡선생집』 권7.

25 이상아, 『朝鮮時代 八景圖 硏究』, 이화여자대학교 대학원 석사학위논문, 2008, pp.18~19.

26 "…我曾王考贊成公 在礪山郡任所 使虛舟李澄瀟湘八景之圖 其排鋪點綴之工 淋漓濃郁
之態 得其妙絶 未知眞境界眞景色 果能得如此畵也否 此屛絹而素者也…" 權燮, 〈瀟湘
八景圖跋, 贈仲兒德性〉, 『玉所集』 권10.

27 李植, 〈羅夢賚家藏畵帖序〉, 『澤堂先生集』 권9 序.

28 이징에 대한 사회적 평가는 화가로서의 능력에 앞서 화원이라는 신분을 전제한 평가
도 이루어졌음을 알 수 있다. 柳壽垣, 〈論變通規制利害〉, 『迂書』 권10(민족문화추진
회, 1982), p.216. "…所謂圖畵 不過族史渲染 而一自澄楨二李出入華人幕中 多閱畵廚
略解寫生 而筆學未當 才不充格 厥後又復無傳 今之丹靑 絶無生氣 只成按本作耳…(圖
畵라는 것도 族史와 渲染 따위에 불과한 것인데, 李澄, 李楨 등이 중국 사람의 막하에
출입하면서부터 소중하게 간직된 그림을 많이 구경하여 사생하는 법을 어느 정도는
터득하였지만 필학이 격에 미치지 못하고 재주가 합당하지 못하여 그나마 그 뒤로는
또 다시 그 법을 전한 이가 없어 오늘의 그림이라는 것은 전혀 생기가 없고 다만 원본
을 따라서 그릴 뿐이다.)"

29 "…彼澄也 雖博而不能雄 雖精而不能妙 雖工而不能化 其槩也 凡常而已…" 남태응, 『聽
竹畵史』 해제, 유홍준, 앞의 책, p.144에서 재인용.

30 박은순, 『공재 윤두서』(돌베개, 2010), p.199.

31 이내옥, 『공재 윤두서』(시공사, 2003), p.12. 윤두서와 윤두서 일가의 회화에 관한 연
구는 이영숙, 「尹斗緖의 繪畵世界」, 『미술사연구』 창간호(홍익미술사학연구, 1987), 차
미애, 『공재 윤두서 일가의 회화연구』(홍익대학교대학원 미술사학과 박사학위논문,
2010), 참조.

32 박은순, 앞의 책(각주 3), pp.306~309.

33 "…恭齋子德熙 亦世其畵名于世 而得其父之工 其妙則不傳如滄江父子焉 德熙之子愹
亦有絶才其進未可量也 姑儗其成就之如何耳…" 『聽竹畵史』 원문은 이태호 유홍준 편,
『조선 후기 그림과 글씨』(학고재, 1992), pp.159~160 참조 재인용.

34 약 1700년부터 1850년에 이르는 조선 후기 회화의 신동향에 대해서는 안휘준, 『한국
회화사 연구』(시공사, 2000), pp.642~665.

35 詩와 畵는 상이한 텍스트 임에도 天人合一의 자연관이 농축된 창작자의 意가 결집되
어 표현되어 있다는 점, 意在筆先의 단계를 중시하며 창작자의 意, 즉 道를 구현한다

는 점, 예술공간에서 '逍遙遊'를 제공한다는 점에서 공통점을 가지며 詩畵一律, 詩畵一體, 詩畵同源 등으로 상호관계가 논해진다. 김연주, 앞의 논문, pp. 76~99 참조.

36 윤덕희 회화에 대한 본격적인 논의는 차미애, 「駱西 尹德熙 繪畵 研究」, 『미술사학연구』제240호(한국미술사학회, 2003), 참조.

37 남종화의 개념, 전래, 조선에서의 수용 등에 관한 논의는 안휘준, 「한국 남종산수화의 변천」, 『한국회화의 전통』(문예출판사, 1988), 강관식, 「朝鮮後期 南宗畵風의 흐름」, 『간송문화』39(한국민족미술연구소, 1990), 김기홍, 「玄齋 沈師正의 남종화풍」, 『간송문화』25(한국민족미술연구소, 1983), 「18世紀 朝鮮 文人畵의 新傾向」, 『간송문화』42(한국민족미술연구소, 1992), 한정희, 「문인화의 개념과 한국의 문인화」, 『미술사논단』(한국미술연구소, 1997), 참조.

38 조선 후기 사회에서 문인들이 가졌던 寫意의 개념과 이를 화단에서 실현했던 사의산수화, 시의도와의 관련성에 대해선 박은순, 「조선 후기 산수화와 호생관 최북의 시의도」, 『탄신 300주년 특별전 호생관 최북』(국립전주박물관, 2012), pp. 134~137에 상세하다.

39 "…或有一毫不稱意 一畵不應法 輒棄前功而不自惜必也 十分得意十分造工乃肯出也…" 南泰膺, 『聽竹畵史』원문은 이태호·유홍준 編, 앞의 책(각주 1), p. 159에서 재인용.

40 이태호, 「綠雨堂 恭齋 尹斗緖의 繪畵觀－筆寫本 『記拙』의 畵評을 중심으로」, 『해남 녹우당의 고문헌』제1책(태학사, 2003), pp. 193~194.

41 "…作詩爲無形之畵 作畵爲不語之詩 大都品格超絶 清寂之妙時露筆端…" 顧炳, 『顧氏畵譜』, 王維 條(문물출판사, 1983).

42 "…又好作枯木奇石 時出新意 木枝虯屈石皴老硬 大抵寫意不求形似" 顧炳, 위의 책, 蘇軾 條.

43 "…或兎或松鼠 精絶不可形容 遇得意處 輒自賦詩題其隙云" 顧炳, 위의 책, 錢選 條.

44 "…工畵山水人物禽馬佛像 嘗作苕溪圖 …然其伎倆精絶 固清玩者所必珍也" 顧炳, 위의 책, 趙孟頫 條.

45 海南 尹氏家의 소장 서적 목록을 통해 윤두서가 보았을 것으로 추론한 화보나 회화 관련 서적 등에 관한 논의는 차미애, 「恭齋 尹斗緖의 중국출판물의 수용」, 『미술사학연구』264호(한국미술사학회, 2009), 참조.

46 동기창의 『畵旨』에 관한 논의로는 한정희, 「동기창의 회화 이론과 〈화지〉」, 『미술사학보』제11호(미술사학연구회, 1998. 12).

47 "作畵大要 去邪·甜·俗·賴 四箇字" 황공망, 『사산수결』. 원문은 박은순, 「恭齋 尹斗緖의 畵論:《恭齋先生墨蹟》」, 『미술자료』 제67호(국립중앙박물관, 2001), p.112.

48 "無襲古人死法 須用自家胸中 見成丘壑蒼峭奇壯中 別具一種 秀潤古雅之態 方可謂眞 正士大夫畵矣" 李夏坤, 「與畵師書」, 『頭陀草』 권13(한국고전번역원, 『한국문집총간』 권191).

49 정혜린은 『記拙』의 고찰을 통해 윤두서가 문인화의 기풍을 선호했지만 그가 집중하고 개척하고자 했던 것은 문인화의 품격이 아닌 조형미의 성숙으로, 사의나 서화동필론 과 같이 형사를 도외시하는 남종문인화론의 원칙들은 찾을 수 없다고 논하고 있다. 정 혜린, 「공재(恭齋) 윤두서(尹斗緖)의 문인화관 연구」, 『한국실학연구』 제13호(한국실 학학회, 2007), pp.347~349.

50 윤두서의 회화관에 대해 기술한 논문은 차미애, 앞의 논문, pp.16~20, 차미애는 윤덕 희의 회화관을 眞景에 대한 인식, 寫意的 創作態度, 末藝觀으로 요약해 논의했다.

51 "…隨意揮灑 不惟肖物之爲主 精神意態宛轉活動…" 윤덕희, 「恭齋公行狀」의 원문은 차 미애, 앞의 논문, pp.567~579 참조.

52 "紙裁天容圓 墨染造化紋 胸中巖壑在 筆底生烟雲" 『溲勃集』 상권(밑줄 필자), 시의 원 문은 차미애, 앞의 논문, p.19 참조.

53 "展君手裡箋 寫我胸中景 岩壑隨毫折 雲霞潑墨騁" 『溲勃集』 상권(밑줄 필자), 시의 원 문은 차미애, 앞의 논문, p.19 참조.

54 이와 관련된 내용은 박은순, 앞의 책, pp.161~164 참조.
『貫月帖』에 대한 기록은 趙龜命(1693~1737)의 문집 『東谿集』에 실린 「貫月帖序」에 상 세하다. 이 서문에는 "…나의 형〔조귀명의 형 趙駿命(1677~1732)을 이름〕이 글 읽는 여가에 그림을 감상하는 취미가 있어 근세의 명화 5권을 모았다. 옛 시를 쓴 사람의 글에 畵境을 더했다…(…余兄養一公書史之暇 游心淸賞 集近世名畵五卷 取能書者所 書古詩語 合於畵境者 以類附之…)"는 내용이 전한다. (趙龜命, 『東谿集』 권1, 한국고전 번역원, 『한국문집총간』 권215) 현재 국립중앙박물관 소장(德 2699)의 이 화첩에는 윤 두서와 동시대의 선비이며 직업화가인 朴東普(1711 통신사행)의 시의도가 서화합벽 첩 형태로 실려있으며, 金昌錫(18세기 전반 활동), 鄭瑞, 金振汝 등의 산수화, 도석인 물화, 화보 방작 등시와 그림 19폭이 수록되어 있다. 조귀명이 서문을 썼다고 기록한 庚子年은 1720년으로 윤두서 死後에 화첩으로 처음 장첩되었고 현재 전해지는 것은 이후 재장첩 된 듯하다.

55 시의 전문은 다음과 같다. "높은 나무 많아 해를 가리고 / 배를 매어두고 나무를 한다. / 가만히 강가 노인 말 들어보니 / 모두가 군인을 싫어하는 사람들이다(翳日多喬木 維舟取束薪 靜聽江叟語 俱是厭兵人)"

56 최근에 윤두서의 작품으로 소개된 동산방화랑 소장의 〈酒酣走馬〉(동산방화랑,『조선후기 회화전 옛 그림에의 향수』, 2011, 도판 3 참조)는 화면 안에 孟浩然의 시구가 쓰여 있어 시의도의 가능성을 제시한다. 그러나 화면 안에 唐詩가 적혀있는 이채로운 형식과 윤두서의 감상인이 찍혀있다는 점 등에서 윤두서가 그린 시의도인지는 재고의 여지가 있다. 특히 윤두서가 용례에 따라 인장을 구별해서 사용했다는 논지는 노기춘, 「孤山 尹善道 家門의 印章考」,『서지학연구』제24집(서지학회, 2002), p.514.

57 "만물의 情에 능통하고 만물의 무리를 변별해, 삼라만상을 포괄하고 이를 헤아리는 것을 識이라 한다. 뜻과 형상을 얻어 道로써 짝지우는 것을 學이라 한다. 법도에 맞게 만드는 것을 工이라 한다. 궁리하는대로 손을 놀려 거리낌이 없는 것을 才라 한다. 이러한 경지에 이르렀을 때 그림의 道를 이룰 수 있다(能通萬物之情 能辨萬物之衆 包括森羅 揣摩裁度者 識也 得其意象 而配之以道者 學也 規矩製作者 工也 匠心應手 行所無事者 才也 至此而畵之道成也)." 윤두서, 〈自評〉, 원문은 이영숙, 앞의 논문, p.93 참고.

58 윤덕희의 제화시와 관련한 논문은 박명희, 「駱西 尹德熙 題畵詩에 표출된 山水의 이미지」,『한국언어어문학』53집(한국언어어문학회, 2004).

59 李宜炳(1683~?)은 조선 후기 서예가로 鄭敾의 그림에도 화제를 썼다. 이와 관련된 내용은 차미애, 앞의 논문, p.16. 각주 35에 상세하다.

60 제목이 〈訪道者不遇〉라고 되어 있는 판본도 있다. 시의 전문은 '소나무 아래에서 동자에게 물었더니 / 스승은 약초 캐러 가셔서 / 이 산중에 계시지만 / 구름이 자욱하여 계신 곳을 모르겠다 하네(松下問童子 言師採藥去 只在此山中 雲深不知處)'

61 吳激(1090~1142)은 宋代 문인으로 字는 彦高이다. 금나라에 사신으로 갔다가 억류되어 금나라의 벼슬을 하고 지내 일부에서는 金代 사람으로 분류하기도 한다. 송나라 재상이었던 吳拭의 아들로 米芾의 사위였다.

62 "遠水無痕 遠人無目" 황공망의 「寫山水訣」, 원문은 박은순, 앞의 논문, p.111. 재인용.

63 안휘준, 「조선 후기(약 1700~약 1850) 회화의 신동향」,『한국회화사연구』(시공사, 2003), p.645.

64 홍선표, 「조선 후기 회화의 새 경향」,『조선시대회화사론』(문예출판사, 1999), pp.301~302.

65 최완수,『겸재 정선』1권(현암사, 2009), p.17.

66 박은순, 「겸재 정선 신고」, 『겸재 정선』(겸재정선기념관, 2009), p. 235.

67 조선 후기 회화애호 풍조와 수집 활동에 대한 연구로는 홍선표, 앞의 책, pp. 231~254; 박효은, 「조선 후기 문인들의 서화수집 활동 연구」(홍익대 대학원 석사학위논문, 1999), 참조.

68 정선의 수응화에 대한 연구로는 장진성, 「정선과 수응화」, 『미술사의 정립과 확산』 항산 안휘준 교수 정년퇴임논총(사회평론사, 2005), pp. 264~288.

69 한편 정선의 입장에선 상징과 은유를 이용해 반복되는 작품 제작에도 용이할 수 있었을 것이다. 비록 이러한 답습화된 작화 태도가 수응화와 더 나아가 태작을 만들어내 작가로서의 명성에 오점을 남기기도 하였다. 이하곤李夏坤(1677~1724)은 1715년에 김광수金光遂(1699~1770) 소장의 망천도에 대해서 쓰면서 정선에게 왕유의 「망천도시」를 다시 읽고 자신이 원하는 방향으로 시의詩意를 담아줄 것을 요구하기도 했다(박은순, 앞의 논문, p. 208에서 재인용.) 또한 조구명趙龜命(1693~1737)은 정선이 그린 시의도에 대해 불만을 가지고 "정선은 시를 300번은 다시 읽고 그려야 한다."고 비판한 기록이 전한다("赤壁二賦 神矣而入畵 若無殊觀 不如石鍾記之句 句奇境 顧俗師陋於趣舍耳 此筆稍不稱境 特命題不腐可喜 余欲元伯快讀記文三百篇然後更下筆也." 『동계집』, 「題鄭元伯扇畵石鍾山爲柳煥文作」).

70 박은순, 앞의 논문, p. 217.

71 "…一日余詣槎川李公見 其架上堆積唐板牙籤環之壁上 余日戚文唐板書何如是多也 李公笑日 此爲一千五百卷皆吾自辨者也已 而又日人誰知皆出於鄭元伯 北京畵肆 甚重元伯之畵 雖掌大片紙之畵 莫不易以重價 吾與元伯最親 故得其畵最多 每於燕使之行 無論大小郞 付之以買 可觀之畵 故能致如此之多…" 신돈복, 『학산한언鶴山閑言』, 『한국문헌설화전집』 8(동국대학교부설 한국문학연구소편, 1981), p. 380. 정옥자, 「사천 이병연의 시세계—겸재 정선의 그림과 관련하여」, 『두계 이병도 박사 구순 기념 한국사학논총』(지식산업사, 1987), p. 652, 각주 55 참조 인용.

72 이병연의 서화 수집에 관한 내용은 박효은, 앞의 논문, pp. 139~158 참조.

73 「소년행」의 전문은 다음과 같다. "산호 채찍 잃고 나니 / 백마는 버릇없이 가지 않는다 / 장대에서 버드나무를 꺾으니 / 봄날 길가의 정취로다(遺却珊瑚鞭 白馬驕不行 章臺折楊柳 春日路傍情)"

74 이와 관련된 상세한 설명은 박은순, 앞의 논문, pp. 216~217 참조.

75 정옥자, 앞의 논문, pp. 631~633.

76 이병연의 가계와 생애에 대해선 이상주, 「사천 이병연론」, 『한문교육연구』 제9호(한국
한문교육학회, 1995), pp.214~219에 자세하다.

77 홍선표, 앞의 책, p.301.

78 이병연, 『槎川詩抄』 상권 p.48. 상권 p.8. 한국고전번역원 편, 『한국문집총간』 속 57,
p.246, p.251.

79 "우리 동네 사천옹은 시로써 세상을 울렸는데 산수와 더불어 노는 고벽痼癖이 오래 되
더니 이제 삼척부사로 나가게 되었다. 바다와 산의 승경勝景은 우리나라 동쪽 지방에
서 제일인데 옹은 가기도 전에 먼저 대관령도를 그려달라고 정원백鄭元伯에게 부탁해
서 벽에 걸어놓고 즐겼다(吾里槎川翁 以詩鳴於世 而盡與山水痼癖久矣 今出宰三陟府
海山之勝 甲於我東 翁未至而請鄭元伯 先作大關嶺圖揭之壁上)." 조영석, 「송삼척부사
이병연서」, 『관아재집觀我齋集』 권2.

80 "當時 詩非李槎川 畵非鄭謙齋不數之 謙齋畵冠當世…" 이규상, 「일몽고」.

81 상세한 내용은 최완수, 앞의 책, pp.47~55 참조.

82 기존의 논의에서는 〈경교명승첩〉에 나오는 시구는 모두 이병연이 겸재에게 보낸 것
을 정선이 쓴 것으로 그 시상詩想에 맞춰 화의畵意를 펼쳤던 것으로 기술하고 있다. 특
히 〈경교명승첩〉 1권 중의 〈목멱조돈〉, 〈안현석봉〉, 〈공암층탑〉, 〈금성평사〉, 〈양화환
도〉, 〈행호관어〉, 〈종해청조〉, 〈소악후월〉을 '시제를 화제로 하여 그 시상詩想과 화의
畵意를 바꾸어 놓았다'거나, '시의詩意에 따라 구도를 정하고 암시적으로 강조하고 있
다'고 설명하며 그림 모두가 사천 이병연의 시를 바탕으로 그려졌다고 기술하고 있다.
최완수, 앞의 책, pp.116~158 참조. 그러나 이런 관점은 두 가지 점을 제고해야 한다.
첫째, 시의도는 이미 지어진 시를 화제로 그린다는 점에서 그림을 보고 감상이나 평
을 적은 제화시가 적힌 것과 동일하게 볼 수 없다. 둘째, 위의 언급한 그림들은 양천현
에 있으며 강 너머의 도성지역을 그린 그림으로 그림을 그린 정선의 시선이 명확하게
반영되어 있다. 따라서 강을 사이에 두고 정선과는 반대 위치에 있는 이병연의 시선으
로 바라보고 시가 먼저 지어졌다고 보는 것은 무리가 있다. 따라서 〈경교명승첩〉 중의
시의도는 화면의 형태나 함께 장첩된 시찰등의 내용으로 보아 〈시화환상간〉, 〈양천현
아〉, 〈홍관미주〉, 〈행주일도〉를 이병연의 시를 바탕으로 그려진 시의도로 볼 수 있다.

83 "我詩君畵換相看 輕重何言論價間 詩出肝腸畵揮手 不知誰易更誰難 辛酉仲春 槎弟" 최
완수, 앞의 책, p.185 참조.

84 "莫謂陽川落 陽川興有餘 妻孥上宦去 桂玉入倉初 雨後船遊客 春來網稅魚 忽看鳬鷖迅

飛到似文書" 최완수, 앞의 책, p.181 참조.

85 "叩須我友褰中洲 書畫移廚影碧流 秪恐龍爭山谷扇 定應虹貫米家舟" 최완수, 앞의 책, p.189 참조.

86 "宿雲散墨點蘭洲 洞庭巴陵湘水流 載酒雲亭多小客 春來豈爲葦魚舟" 최완수, 앞의 책, p.192 참조.

87 위의 작품에는 모두 '천금물전千金勿傳'이라는 사구인詞句印이 찍혀 있다. "천금을 준다해도 남에게 전하지 말라."는 문구를 새겨 넣은 인장이다. 이 인장에 대해 기존 연구를 통해 정선이 직접 만들어 이병연과의 시화환상간에 의한 〈경교명승첩〉 각 작품들을 소중히 하려한 의도라고 알려져 있다. 그러나 이 도장은 경교명승첩이 만들어지기 전인 1737년 62세의 나이로 어머니 상을 치르고 청평, 단양, 영춘, 영월등 네 곳의 명승지로 사생 유람을 한 후 제작한『四郡帖』중 〈단사범주〉, 〈한벽루〉에도 보여 1741년에 제작된 〈경교명승첩〉만을 위해 만들어져 사용되었다고 보기는 어렵다. 특히 이 구절이 새겨진 도장이 1800년대 청나라에서 들어온 탁본집 〈난정서 당임모본〉에 권돈인權敦仁(1783~1859)의 자인字印 등과 같이 찍혀 있어 1800년경에 많이 유행되었던 수장인의 하나라고 볼 수 있다. 또한 정선의 많은 그림에는 이름 위에 찍은 頭印의 형태는 보이지 않는데 유독 '천금물전'이라는 이 도장만이 두인의 형태로 찍혀 있는 경우가 많아 정선의 낙관태도와 상이함을 보인다. 따라서 '천금물전'은 정선이 만들어 찍은 것이라기보다 후대의 수장인收藏人이 찍은 수장인收藏印일 가능성이 높다.

88 학계의 〈사공도시품〉에 관한 연구는 시 창작과 비평에 관련해 문학분야에서 주로 이루어져 왔다. 정선의 그림과 관련하여 〈사공도시품첩〉에 관한 논문은 이종호, 「한국 시화비평과 사공도의 시품」,『대동한문학』13집(대동한문학회, 2000), 유준영·이종호, 「정선적 〈사공도시품첩〉 연구, 鄭歚的, 〈司空圖詩品帖〉 研究」,『문예연구』, 2001, 1기(총 제131기), 유미나, 「中國詩文을 주제로 한 朝鮮後期 서화합벽첩연구」(동국대학교 대학원 박사학위논문, 2005) 등이 있다.

89 정선의 그림 안에는 작자를 알 수 없는 화평이 각 폭마다 쓰여있다. 이 제발을 쓴 인물에 대해 이종호는 동일한 백악사단白岳詞壇의 일원이었다는 점, 정선의 그림을 평론해준 전례前例가 있다는 점, 글씨체의 흡사함을 이유로 조영석趙榮祏(1686~1761)이라 추정하고 있다. 이종호, 앞의 논문, pp.197~198 참조.

90 유미나, 위의 논문, p.197. 이에 근거해『겸재 정선 붓으로 펼친 천지 조화』(국립중앙박물관, 2009), p.70에서는 형가가 목적하던 바를 이루지 못하고 느꼈을 비개를 의식

해 이 그림을 화첩 중 유일한 고사도로 보고 있으나 화평畵評이란 특색을 볼 때「형가전」을 수만 번 읽고 나면 이 그림에서 의도하는 비개를 비로소 감상자는 느낄 수 있을 것이란 편으로 이해하는 것이 옳을 듯하다.

91 사공도에 대한 문인들의 인식과 〈시품〉의 전래에 관해선 이종호, 위의 논문, pp.183~195 참조.

92 이종호, 위의 논문, p.217.

93 중국 학계에서는 1994년 陳尙君, 汪涌豪 교수에 의해 사공도 사후 만력연간萬曆年間(1573~1620)에 〈시품〉이 수록된 서책들이 출간되기까지 700여 년간 어느 글에서고 〈시품〉을 거론하거나 그 내용을 인용한 적이 없다는 이등을 들어 원작자는 사공도가 아니라는 주장이 제기되었다. 이종호, 앞의 논문, p.177, 각주 2 참조.

94 조선이 성리학을 치국이념으로 세운 왕조이기에 이론적인 기틀 마련을 위해 적극적으로 중국본 관련 서적들을 수입했고, 이를 다시 조선본으로 간행하여 보급했기 때문이다. 이 중『朱子大全』은 학자들의 필독서라 할 만큼 그 학습을 중시했다. 성리학을 집대성한 주희에 대한 경도는 英祖대에 가서 확연히 나타나는데『朱子大全』,『朱子文集大全』,『朱子語類』,『朱文公齋居感興詩』등이 발간되었다. 김학주,『조선시대 간행 중국문학 관계서 연구』(서울대학교출판부, 2002), p.19.
학문적 기반을 주자학에 두었던 正祖는 주자학을 익히게 하기 위해『朱子會選』(1774년),『兩賢傳心錄』(1774년),『紫陽子會英』(1775년),『朱子選統』(1781년),『朱書百選』(1794년),『朱文手圈』(1798년),『雅誦』(1799년),『朱子書節約』(1800년)과 같은 選本을 편찬해 보급했다. 김학주, 앞의 책, pp.35~38.

95 宋 문학작품 중 선호되었던 작가와 작품은 歐陽脩의 〈醉翁亭記〉(9회), 朱熹의 〈武夷棹歌〉(6회), 蘇軾의 〈전적벽부〉(6회), 〈白鶴觀觀棋〉(5회), 程顥의 〈偶成〉(5회) 등으로 모두 5회 이상 출제되었다. 이외에도 歐陽脩의 〈秋聲賦〉, 寇準의 〈春日登樓懷歸〉, 蘇轔의 〈淸夜錄〉, 蘇軾의 〈惠崇春江晩景 2首〉, 〈和秦太虛梅花〉, 〈後赤壁賦〉, 〈喜雨亭記〉, 王安石의 〈夜直〉, 黃庭堅의 〈鄂州南樓書事〉, 禹偁의 〈黃州竹樓記〉, 陸游의 〈夏雨〉, 林逋의 〈梅花3首〉, 〈山園小梅〉, 朱熹의 〈醉下祝融峯作詩〉, 陳與義의 〈水墨梅〉, 韓琦의 〈九日水閣〉 등의 일부 문구들이 화제로 출제되었다. 강관식,『조선 후기 궁중화원 연구(상)』(돌베개, 2001), pp.137~507 참조.

96 陳普는 〈武夷棹歌〉 서문을 "朱文公九曲 純是一條進道次序 其立意固不苟 不但爲武夷山水也 第一首言道之全體 徹上徹下 無內無外 散之萬物萬事 無所不在 然其妙處 過於

膏粱之美 金玉之貴也 不可無人發明 故曰欲識箇中奇絶處 棹歌閑聽兩三聲"라고 풀이하고 이어 1곡부터 9곡까지 각 首를 학문의 入道次第의 성격으로 해제하고 있다. 陳普, 「武夷棹歌十首」, 『孝學』(中華書局出版, 1985), pp.1~6.

97　"…직접 보지 못한 지역을 그리는 것보다 더 어려운 것은 없다. 그것은 억측으로 닮게 할 수가 없기 때문이다… 선생이 이 그림을 그리게 한 것은 사람 때문이지 그 지역 때문이 아닌, 즉 한 지역의 산수가 비슷하거나 비슷하지 아니한 것은 문제가 될 것이 없다…내가 생각하기에 천하에 좋은 산수가 얼마든지 있는데, 지금 선생이 두 곳을 뽑아서 병환이 위독한 중에 이것을 그리라 하는 것은 아마도 朱(熹), 李(滉) 선생을 소중히 여겨서 그런 것이 아니겠는가, 여기서도 선생이 선현을 사모하여 道를 좋아하는 뜻이 위급하고 경황없는 중에도 잊지 않는다는 것을 볼 수 있다." 변영섭, 『豹菴 姜世晃繪畫研究』(일지사, 1988), pp.72~74.

98　민길홍, p.42.

99　강신애, 「朝鮮時代 武夷九曲圖의 淵源과 特徵」, 『미술사학연구』254(한국미술사학회, 2007), pp.14~17.

100　순조대에 3번(7년, 19년, 24년), 헌종대에 2번(7년, 15년) 출제되었다. 강관식, 앞의 책, p.346 참조.

101　'…寄胡籍溪者 千古心法 夫子旣儀刑之 而又將萬川之明月 要與人各明其德 以示任道自重之義也.'『朱書百選·雅誦』(서울大學校奎章閣, 2000), pp.392~393 참조.

102　'…欲驗其體用顯微之妙…', 위의 책, p.389.

103　정조는 文風을 통해 世教를 할 수 있고 文風의 변화로 정치, 사회, 현실을 변화시킬 수 있다고 보았다. 강혜선, 『정조의 시문집 편찬』(문헌과 해석사, 2000), pp.17~19.

104　글 첫머리에 '구양자가 책을 읽고 있다가 서남쪽에서 들려오는 소리를 들었다(歐陽子方夜讀書 聞有聲自西南來者)' 부분에서 서남쪽은 「河圖」에서 가을의 방향이다. 또한 글 중간에 언급한 "…대저 가을은 형관이요, 때로 치면 陰의 때, 무기(전쟁)의 象이고 五行의 金에 속한다, 이는 천지 간의 정의로운 기운이라 하니 항상 냉엄하게 초목들이 시들어 죽게 하는 본성을 지니고 있다. 하늘은 만물에 대해 봄에는 나고 가을에는 열매를 맺게 한다. 그러므로 음악으로 치면 가을은 商聲으로 서쪽의 음을 주관하고, 夷則으로 七月의 음률에 해당한다. 商은 상하게 하는 것이다. 만물이 이미 노쇠하므로 슬프고 마음 傷하게 되는 것이다. 夷는 살육이다. 만물이 성한 때를 지나나 마땅히 죽게 되는 것이다(…夫秋 刑官也 於時爲陰 又兵象也 於行爲金 是謂天地之義氣 常以肅

殺而爲心 天之於物 春生秋實 故其在樂也 商聲主西方之音 夷則爲七月之律 商 傷也 物
旣老而悲傷 夷戮也 物過盛而當殺)."라며 『주례』에 나오는 六官과 陰陽五行 이론으로
가을을 설명하고 있다.

105 "식사 이미 마쳤으니 바리때 엎고 앉으셨네 / 동자가 차 봉양하려고 대롱에 바람 불어
불 붙이네 / 내가 불사를 짓노니 깊고도 묘하구나 / 빈 산에 사람 없고 물 흐르고 꽃이
피네(飯食已畢 撲鉢而坐 童子茗供 吹籥發火 我作佛事 淵乎妙哉 空山無人 水流花開)"

106 "푸르른 산 언저리는 구름이 끊어 막았고 / 깊은 나무숲으로 이어진 강엔 기슭이 보이
질 않는다 / 외로운 나이, 해질녘에 찾아오는 이 없는데 / 그늘진 벼랑에서 새소리만
어지럽게 들려온다(翠微一帶雲隔斷 深樹連江不見岸 孤年落日無人來 陰厓只聞鳥聲
亂)"

107 조선에 『鶴林玉露』가 전래된 시기는 정확하지 않다. 다만 최근 서울특별시 유형문화
재 239호로 지정된『鶴林玉露』권9~11이 성종 15년(1484년)에 주조된 甲辰字로 찍은
것이며 활자의 마모상태로 보아 16세기 초에 인출되었다고 알려짐에 따라『鶴林玉露』
는 15세기 후반 경 전래되어 16세기에는 조선의 문인들에게 인지되었을 것으로 추정
할 수 있다. 한편 일부 圖錄에 실린 작품은 〈山靜日長〉의 글이 실린 羅大經의 문집 제
목과 연관해 〈鶴林玉露圖〉로 명기되어 있다.

108 조규희, 「朝鮮時代의 山居圖」, 『미술사학연구』217·218 (한국미술사학회, 1998), p.53.

109 『옥로일단화첩』에 실린 6점의 작품에는 '山靜似太古 日長如小年', '坐弄流泉瀨齒濯足',
'山妻稚子 作筍蕨供麥飯', '讀周易國風左氏傳', '隨大小作數十字', '笛聲兩兩來歸'가 각각
적혀 있다.

110 국립중앙박물관 소장본은 林熙之의 전서체 화제가 쓰인 작품으로 제2폭 '隨意讀書圖',
제4폭 '麥飯欣飽圖', 제7폭 '倚杖柴門圖', 제8폭 '月印前溪圖'이다. 반면 간송미술문화재
단 소장의 또 다른 〈山靜日長圖〉 1점은 화면에 행초서의 화제가 적혀 있는 것으로 '山
靜日長', '煮茗讀書', '坐弄流泉', '山居淸興', '讀畫試茗', '溪邊邂逅' 장면이 그려져 다른
작품들과는 다른 구성을 보인다.

111 오주석, 『이인문의 강산무진도』(신구문화사, 2006), pp.55~56.

112 작품의 크기나 재질, 낙관 등 화면 구성 요소의 공통점 외에도 화제의 연관관계를 통
해서도 세 작품이 한 폭의 병풍에서 분리된 그림임을 알 수 있다. 金素英, 「小塘 李在
寛의 繪畫研究」(전남대학교 대학원 석사학위논문, 2004), pp.47~49.

113 민길홍, 앞의 논문, p.51.

114 隱遁에 대한 이 같은 논의는『周易』의 33번째 괘(天山遯)에 언급되어 있다. 상세한 내용은 이기동 역해,『주역강설』(성균관대학교출판부, 2006), p.470~480 참조.

115 김학주,『新譯 宋詩選』(명문당, 2003), p.28.

116 화제로 적힌 시의 全文은 다음과 같다. '梅梢春色弄微和 作意南枝剪刻多 月墨林間逢縞袂 霸陵醉尉誤誰何 相逢月下是瑤臺 藉艸清尊連夜開 明日酒醒應滿地 空令飢鶴啄莓苔'

117 강관식, 앞의 책, p.467.

118 안휘준, 앞의 책, p.645.

119 "菊之爲花也 其性傲其色佳 其香晚 畫之者 當胸具全體 方能寫其幽致 全體之致…亦須各得其致菊雖草本 有傲霜之姿 以與松並稱 則枝宜孤勁 異於春花之和柔 葉宜肥潤 異于殘卉之枯槁…仰者不可過直 偃者不可過垂 此言全體之法…" 완역『芥子園畫傳』,「菊譜」(능성출판사, 1976), p.620.

120 『개자원화전』(인민출판사, 1957), p.227.

121 조규희, 앞의 논문, p.54.

122 이 같은 내용은 진준현, 앞의 책, p.142.

123 조선 후기 시의도의 화제가 된 시는 대략 133수인데 이 중 唐詩가 85수로 가장 많고 宋詩 29수, 기타 19수이다. 화제가 된 당시 중 두보의 시는 23수로 그 어느 시대 시인의 시보다 가장 많은 것으로 집계되었다. 이 같은 통계는 조인희,「조선 후기 詩意圖 연구」(동국대학교 대학원 미술사학과 박사학위논문, 2013), pp.313~320 참조.

124 그동안 국내외 학계의 두보에 관한 논의는 주로 문학 영역에서 이루어졌다. 두보의 문학적 성취와 조선 문단에의 영향에 관한 것이 다수이고, 회화와 관련해서는 두보의 題畫詩와 관련한 논의가 있었다. 이병주,『詩聖 杜甫』(대현각, 1982); 이영주,『韓國詩話에 보이는 杜詩』(서울대학교출판부, 2006); 이영주 외,『두보의 삶과 문학』(서울대학교출판문화원, 2012); 전영란,『杜甫, 忍苦의 詩史』(태학사, 2000); 고진아,『두보와 두시에 대한 사랑의 역사』(도서출판 양지, 2003); 김의정,「杜甫 詩의 人物 典故」,『중국어문학지』25권(중국어문학회, 2007), pp.287~322; 정호준,「八哀詩 初探」,『中國研究』vol.52(한국외국어대학교 중국연구원, 2011), pp.151~193; David Kenneth Schneider, Hero of Sympathy: *Du Fu's Political-philosophical Poetics 752~756*, University of California, Berkeley, 2005; Michael V. Yang, "*Man and Nature: A study of Du u's Poetry.*" Monumenta Serrica, Vol.50(2002), pp.315~336; Daniel HSIEH, "*Fragrant*

Rice and Green Paulownia: Note on a couplet in Du Fu's "Autumn Meditation",
Chinese Literature: Eassays, Articles, Reviews, Vol. 31(Dec., 2009), pp. 71~95; Joseph
J. Lee, *"Tu Fu's Art Criticism and Han Kan's Horse Painting,"* Journal of the American
Oriental Society, Vol. 90, No. 3 (Jul. -Sep. 1970), pp. 449~461; 葉嘉瑩, 「杜甫〈秋興八
首〉集說」(上海古籍出版社, 1988); 蔡鎭楚, 「中國詩話與杜甫崇拜」, 『중국학보』 31권(한
국중국학회, 1991), pp. 127~132.

125 고진아, 앞의 책, pp. 302~304.

126 敏澤 지음, 성신중국어문연구회 옮김, 『中國 文學理論批評史』(성신여대출판부, 2001),
     p. 46.

127 "두보는 또한 진시사(시대적 사건을 서술하는 것)를 잘했다. 시율이 정묘하고 깊어 천
     자에 이르러도 소홀함이 적어 세칭 시사라 했다(甫又善陳時事 律切精深 至千言不少
     衰 世稱詩史)." 『新唐書』 권201. 〈杜甫傳〉. 실제로 두보 시에 묘사된 안록산의 난 등 역
     사적 사실과 두보의 경력에 대한 상세한 내용들은 兩宋 이후의 正史를 기록할 때 미비
     한 부분을 채우는 근거 자료로 활용되었다.

128 "고금의 시인은 많은데 그 가운데 두보가 제일이다. 어찌 떠돌아다니며 배고프고 추운
     생활을 하면서 일생 동안 한 번도 쓰이지 못하고도 식사 때마다 임금을 잊어본 적이
     없을 수 있단 말인가(古今詩人衆矣 而子美獨爲首者 豈非以其流落饑寒 終身不用 而一
     飯未嘗忘君也歟)" 蘇軾, 「王定國詩集敍」, 『東坡集』 권14.

129 "風雅久寂寞 吾思見其人 杜君詩之豪 來者孰比倫 <u>生爲一身窮 死也萬世珍 言苟可垂後
     士無羞賤貧</u>" 歐陽脩, 『居士外集』 권4, 밑줄은 필자.

130 宋代 이후 중국에서의 杜詩에 관한 위상 정립에 관해서는 고진아, 앞의 책, pp. 306~310
     에 상세하다.

131 Joseph J. Lee, *"Tu Fu's Art Criticism and Han Kan's Horse Painting"*, Journal of the
     American Oriental Society, Vol. 90. No. 3 (Jul. -Sep. 1970), pp. 449~461.

132 "六朝已來題畫詩絶罕見 盛唐如李太白輩 問一爲之 拙劣不工 王季友一篇 雖有小致 不
     能佳也 杜子美始創爲畫松 畫馬 畫鷹 畫山水諸大篇 搜奇抉奧 筆補造花 子美創始之功
     偉矣" 王士禎, 『帶經堂詩話』. 왕사정의 글은 서은숙, 「蘇軾 題畫詩 硏究-회화론을 중
     심으로-」(연세대학교 대학원 박사학위논문, 2004), p. 25에서 재인용.

133 이창숙, 「畫幅 속의 소릉, 戲臺 위의 子美」, 『두보의 삶과 문학』(서울대학교출판문화원,
     2012), p. 379.

134 민길홍, 앞의 논문, p.9.

135 宋代부터 淸代까지 두보의 시를 쓴 서예 작품이나 두보시의도에 관한 중국의 자료는 殷春梅,「現存有關杜甫的古代書畵作品目錄」,『杜甫硏究學刊』, 제2기 총 제88기(2006), pp.74~80에 상세하다.

136 이창숙, 앞의 논문, p.417.

137 전영란, 앞의 책, p.184.

138 『東文選』권102「題李佺海東耆老圖後」중 부분.

139 "國風과 二雅가 없어진 뒤로부터 詩人이 모두 杜子美를 獨步라고 추숭하였으니, 어찌 오직 말을 한 것이 정밀하고 힘이 있어서 天地의 精華를 다 긁어내었기 때문일 뿐이 겠는가. 비록 한 끼 밥을 먹을 때에도 일찍이 임금을 잊은 적이 없어서 굳센 忠義의 節 操가 속에 뿌리를 박아 밖으로 드러나서 구절구절마다 稷과 契의 입으로부터 흘러나 오지 않는 것이 없으므로, 이것을 읽으면 족히 나약한 사람으로 하여금 뜻을 세우게 할 수 있기 때문이니, 그 소리가 영롱하니 그 바탕이 옥이라는 것이 대개 이런 것이다. (自雅缺風亡 詩人皆推杜子美爲獨步 豈唯立語精硬 刮盡天地菁華而己 雖在一飯 未嘗 亡君 毅然忠義之節 根於中而發於外 句句無非稷契口中流出 讀之足以使懦夫有立志 玲 瓏其聲 其質玉乎 盖是也)" 李仁老,『破閑集』卷 중.

140 이인로,『破閑集』卷上, 이영주, 앞의 책, pp.24~32 참고.

141 "공자는 석 달 동안 모실 주군이 없으면 불안해했고, 두자미는 곤궁한 상황에 있으면 서도 시의 구절구절에서 군신 사이의 큰 절의를 잊지 않았다.(孔子三月無君 則皇皇如 也 杜子美在寒窘中 句句不忘君臣之大節)" 崔滋,『補閑集』卷 中.

142 "옛사람이 두보를 칭찬한 것은 비단 시에 있어서 성인인 때문만이 아니라, 시가 모두 나라를 걱정하고 백성을 걱정하며 한 번 밥을 먹을 때에도 군주를 잊지 않는 마음에서 나왔기 때문이다(古人稱杜甫 非特聖於詩 詩皆出於憂國憂民 一飯不忘君之心)." 徐居 正,『東人詩話』上.

143 이영주, 앞의 책, pp.41~43.

144 "王維, 賈至, 岑參은 모두 絶唱이나 少陵詩가 가장 우수한데, 후에 본받아 짓는 자들이 모두 미치지 못한다(王維, 賈至, 岑參皆絶唱 少陵詩爲最優 後來效而作者皆不及)." 申 欽,『晴窓軟談』卷 上.

145 전영란, 앞의 책, p.191.

146 고진아, 앞의 책, p.299.

147 안휘준, 「안견과 그의 화풍-몽유도원도를 중심으로」, 『한국회화사 연구』(시공사, 2000), pp.252~253 참조, 〈李司馬山水圖〉를 두보의 시를 화제로 한 시의도라고 본 견해는 민길홍, 앞의 논문, pp.14~15.

148 유미나, 앞의 논문, pp.57~58.

149 유미나, 앞의 논문, pp.42~114.

150 이 같은 자료는 강관식, 『조선 후기 궁중화원 연구』상·하(돌베개, 2001)의 내용을 정리해 분석한 것이다.

151 이 같은 유형 분류 중 '四季 풍광을 담은 것'과 '산수의 정취를 담은 것'간의 구분이 명료하지는 않다. 그러나 전자는 사계의 계절적 특징을 묘사하는데 중점을 둔 것에 비해 후자는 산수 자연의 정취에 동화되어 있는 인간의 내면을 표현하고자 했다는데 차이를 갖고 있어 유형을 나누었다.

152 첫 번째 유형의 시의도는 필자가 확인한 두보시의도 총 29점 가운데 12점으로 가장 많음을 알 수 있다.

153 두보시의도가 2점이나 포함된 강세황의 《사시팔경도》(국립중앙박물관 소장)는 전통의 四時圖를 시의도로 재해석해 후대까지 제작, 향유되는 계기를 제공했다는 의의가 있다. 박은순, 「古와 今의 變奏: 豹菴 姜世晃의 寫意山水畵와 眞景山水畵」, 『온지논총』 37집(온지학회, 2013), p.472.

154 「草堂卽事」의 전문은 다음과 같다. "동짓달 황량한 마을에 새로 지은 집에 달 떠있고 / 나무 한 그루 우뚝한 곳은 나 늙은이의 집이네 / 눈 내리는 속을 나룻배 건너가고 / 바람 앞 오솔길에 대나무 비껴있다 / 차가운 물고기는 마름 풀에 가까이 숨어있고 / 잠자던 백로는 둥근 모래톱에서 날아오르네 / 촉나라 술이 이 시름을 막을 수 있지만 / 돈이 없으니 어디서 외상으로 살 수 있을까(荒村建子月 獨樹老夫家 雪裏江船渡 風前逕竹斜 寒魚依密藻 宿鷺起圓沙 蜀酒禁愁得 無錢何處賒)"

155 이병한, 「山水自然과 漢詩의 傳統」, 「외국문학」 1985, 여름호(열음사, 1985) 참조.

156 許鍊(1809~1892)도 이와 동일한 화제로 〈高岡古木〉(20.4×27.5cm, 지본담채, 간송미술문화재단 소장)을 그렸는데, 홍대연이 표현한 화면과 동일한 화면으로 그려져 있어 주목된다.

157 두보가 적극적으로 벼슬을 구하던 시기에 인물 典故를 인용해 지은 干謁詩는 과거 역사에 대한 識見의 표현과 더불어 벼슬을 구하는 자신의 어려운 처지를 호소하는 중의적인 의미 전달의 역할을 했다. 김의정, 「杜甫 詩의 人物典故」, 『중국어문학지』 25권

(중국어문학회, 2007), pp.292~293.

158 강경희, 「詩의 변주, 詩意圖와 序跋 - 「飮中八仙歌」, 「飮中八仙圖」, 「飮中八仙圖序」 - 」, 『동양고전연구』 제37호.(동양고전학회, 2009), pp.189~216.

159 유미나, 앞의 논문, p.144.

160 「涪江泛舟送韋班歸京」의 전문은 다음과 같다. "따라가 전별하며 배를 함께 타던 날 / 한 줄기 강가에서 봄을 슬퍼한다 / 정처 없이 떠돌며 나그네 된 지 오래되어 / 노쇠한 늙은이는 군의 돌아감이 부럽다 / 꽃은 무수한 나무들 속에 섞여있고 / 구름은 곳곳의 산위에서 가벼운데 / 하늘가에 친구 적어지니 / 흰 귀밑머리가 다시 더해진다(追餞同舟日 傷春一水間 飄零爲客久 衰老羨君還 花雜重重樹 雲輕處處山 天涯故人少 更益鬢毛斑)"

161 「登高」의 전문은 다음과 같다. "바람은 빠르고 하늘은 높은데 원숭이 울음소리 애절하니 / 맑은 물가 하얀 모래 위로 새는 날아 돌아온다 / 끝없이 낙엽은 우수수 지고 / 그침 없는 장강은 도도히 흐르는데 / 만 리 밖에서 항상 가을을 슬퍼하는 나그네 신세 되어 / 평생 병을 안고 홀로 누대에 오른다 / 가난과 고통과 한스러움에 머리 밑 백발만 늘어가고 / 늙어 쇠약하여 새로 술잔을 멈춘다(風急天高猿嘯哀 渚淸沙白鳥飛回 無邊落木蕭蕭下 不盡長江滾滾來 萬里悲秋常作客 百年多病獨登台 艱難苦恨繁霜鬢 潦倒新停濁酒杯)"

162 「小寒食舟中作」의 전문은 다음과 같다. "좋은 날이라 억지로 술 마시고 여전히 찬 음식 / 쓸쓸히 책상에 기대어 할관을 썼다 / 봄날 물 위에 배 띄우니 하늘에 앉은 듯하고 / 나이들어 꽃들이 마치 안갯속에서 보는 듯하다 / 예쁘게 장난치며 나는 나비는 한적한 장막을 스치고 / 가벼이 날던 갈매기는 세찬 여울로 하강한다 / 흰 구름 푸른산 만 리도 넘게 펼쳐져 있는데 / 수심에 잠겨 바라보니 곧장 북쪽이 장안이다(佳辰强飮食猶寒 隱几蕭條戴鶡冠 春水船如天上坐 老年花似霧中看 娟娟戲蝶過閒幔 片片輕鷗下急湍 雲白山靑萬餘里 愁看直北是長安)"

163 왕유는 『全唐詩』에 382수의 시가 실린 시인이다. 중국 詩壇에서는 陶淵明의 전원시를 익혀 자연시를 개척한 시인으로 평가받는다. 또한 〈망천도〉 등을 그려 『唐朝名畵錄』, 『歷代名畵記』, 『圖畵見聞誌』 등에 이름을 올린 화가이다.

164 이와 관련된 논문은 한정희, 「동아시아 산수화에 보이는 이상향」, 『산수화, 이상향을 꿈꾸다』(국립중앙박물관, 2014), pp.208~222. 참조.

165 도연명의 「도화원기」와 왕유의 「도원행」 등 도원을 이상향으로 그린 일련의 〈도원도〉

는 특히 명대 중기 이후 강남 지역에서 널리 그려졌다. 〈도원도〉는 내용의 전개에 따라 세부적인 내용을 충실하게 표현한 횡권형식과 도원으로 진입하는 모습과 같이 특정한 장면을 그린 것으로 나눌 수 있다. 한정희, 앞의 논문, p.212.

166 『輞川集』은 輞川 주변의 草堂, 精舍, 竹林, 果樹園 등 20곳의 勝景에 이름을 붙이고 친구 裴迪(716~?)과 酬唱한 5언절구의 연작시를 묶은 것으로『輞川集幷序』,『輞川二十景』,『輞川二十首』라고도 알려져 있다. 『舊唐書』「王維傳」에는 "(왕유는) 말년에 오랫동안 재계하고 무늬 있는 옷을 입지 않고 輞口에 있는 宋之間의 藍田別墅를 얻어 살았다. 거처 아래로 輞水가 둘렀고 또 대나무 섬과 화오에는 물이 넘쳐 흐르고, 도우 裴迪과 배를 저어 왕래하면서 거문고 타며 시를 지어 하루 종일 읊었다. 그 내용을 시로 지어『輞川集』을 엮었다(晚年長齋 不衣文綵 得宋之問藍田別墅在輞口 輞水周於舍下 別漲竹洲花塢與道友裴迪浮舟往來 彈琴賦詩 嘯詠終日嘗聚其田園所爲詩 別爲輞川集)"고 기록되어 있다. 『舊唐書』권190 下(中華書局, 1995), p.5052.

167 張彦遠, 『歷代名畫記』권10(中華書局, 1985), p.307.

168 "…(왕유는) 망천에 거처를 정하였는데, 이 또한 망천도 속에 있다. 이는 그 가슴속에 있는 것이 자연스럽고 대범하였는데, 그 뜻을 화폭에 옮겨놓았으니, 다른 이를 뛰어넘음은 당연한 것이다. 심히 애석한 것은 戰禍로 말미암아 몇백 년 동안 유리되다 거의 남지 않게 되었다. 이 후 그 모사본을 얻게 되었는데 凡俗을 초월한 듯 하였다(至其卜築輞川 亦在圖畫中 是其胸次所存 無適而不瀟灑 移志之於畫 過人宜矣 重可惜者 兵火之餘 數百年間而流落無幾 後來得其髣髴者 猶可以絶俗也)." 『宣和畫譜』권10, 〈山水一〉王維條(中華書局, 1985), pp.258~261. 이후〈망천도〉는 五代 郭忠恕(?~977)가 모사했고, 北宋代 李公麟(약 1041~1106)에 의해 재현되었다. 현존하는〈망천도〉의 종류에 관한 내용은 고연희, 「회화가 시문에 끼친 영향–망천의 이미지를 중심으로」, 『문화예술연구』제3집(동방대학원대학교, 2014), pp.149~150 참조. 왕유의『망천집』과〈망천도〉에 대한 唐宋代 문인들의 인식에 관해선 紺野達也, 「王維『輞川集』と「輞川圖」の唐宋期にににおける評價の變遷」, 『日本中国學會報』61집(日本中国學會, 2009), pp.59~73 참조.

169 조선에서의 중국 실경에 대한 이상향으로의 인식 전환과 문학적, 회화적 표현의 정착은 앞서 기술한 무이구곡과 소상팔경의 경우도 생각해 볼 수 있다. 소상팔경의 경우 屈原(기원전 약 343~278년경)이 자신의 불우한 정치적 상황을 읊었던 곳인데, 점차 이상화하며 산수미의 전형으로 인식전이가 이루어졌다(Alfreda Murk, "Eight Views

of the hsiao and Hsiang River by Wang Hung" Image of the Mind(New Jersey : Princeton University), pp. 214~217) 또한 시와 그림으로 확대 재생산되며 유토피아적 상상력이 가미된 공간이라는 소상팔경의 관념성을 획득했고, 조선 전 기간을 걸쳐 지속적으로 소비된 것은 문화적 주체가 문인 사대부였기 때문이다. 김인숙, 김태순, 「소상팔경도의 장소성에 관한 연구」, 『기초조형학회』 Vol. 14, No. 3(한국기초조형학회, 2013), p. 68. 무이구곡은 주희가 은거하며 강학하던 곳으로 주자 성리학을 치국의 이념으로 삼았던 조선에서 존숭하는 인물의 학통을 계승하면서 이상화되었다. 따라서 무이구곡은 조선 문인들에게 도학의 실현처이며 또 다른 이상향으로 여겨졌다.

170 李植, 『澤堂集』 권6, 「具主簿鎏挽」 중 부분.

171 柳希春, 『眉巖集』 권1, 「門人作詩賀余病愈謝以詩」 중 부분. 이는 宋代의 문인 秦觀이 객지에서 병들어 누워있을 때, 知人이 보여 준 王維의 〈망천도〉를 보고 마치 왕유와 함께 망천에서 차를 마시고 글을 짓는 듯한 느낌을 받고는 며칠 만에 병이 나았다고 하는 《緯略》 卷6의 기록을 典據로 지어진 것이다.

172 李明漢, 『白洲集』 卷16, 「稧屛後跋」 참조.

173 『論語』, 〈泰伯〉편.

174 『孟子』, 〈注疏〉편.

175 『周易』, 〈正義〉편.

176 왕유의 시에 보이는 출사와 은거의 갈등은 전영실, 「王維詩에 나타난 詩人의 隱逸과 官職에의 모순된 感情 硏究」, 『중국연구』 제50권(한국외국어대학교 중국연구소, 2010), pp. 193~213 참고.

177 고연희, 앞의 논문, p. 149.

178 李穡, 『牧隱詩藁』 권10, 「兔郞游山後別墅」 중 부분.

179 『宣和畫譜』 권10 〈왕유 조〉에 특히 "行到水窮處 坐看雲起時" 구절에 畫意가 있다고 적고 있다(중화서국, 1985), p. 259. 北宋代 화가인 郭熙, 郭思 父子가 엮은 『林泉高致』에 사람의 내면을 잘 드러낸 16편의 詩句 중의 하나로 소개되었다. 郭熙 郭思, 『林泉高致』, 文淵閣四庫全書 812, 子部(118)(臺灣商務印書館, 1983), p. 46. 북송대 李公麟이 〈寫王維看雲圖〉를 그렸다는 기록이 있으나 작품은 남아있지 않다.(『宣和畫譜』 권7) 현존하는 작품 중 이 구절을 그린 가장 이른 시기의 작품으로는 南宋代畵員인 馬麟(13세기에 활동)의 扇面 〈坐看雲起圖〉(미국 클리브랜드 박물관 소장)를 들 수 있다. 이후 元代의 盛懋와 明代의 錢貢도 〈坐看雲起圖〉를 그려 이 구절은 중국에서도 오래

전부터 왕유의 名句로 주목받으며 시의도로 그려졌음을 알 수 있다.

180 시의 전문은 다음과 같다. "중년의 나이부터 불도를 좋아하여 / 늙어서는 종남산의 기슭에다 집을 짓고 / 흥이 나면 자주 홀로 오가며 / 좋은 일도 그저 혼자 알 뿐이네 / 가다가 물이 끝나는 곳에 이르면 / 앉아서 구름 이는 그때를 바라보네 / 어쩌다가 산에 사는 늙은이를 만나면 / 이야기를 즐기다가 돌아갈 줄 모르네(中歲頗好道 晚家南山陲 興來每獨往 勝事空自知 行到水窮處 坐看雲起時 遇然値林叟 談笑無還期)" 『全唐詩』 권126.

181 尹斗緖 詩意圖에 대해서는 박은순, 『공재 尹斗緖』(돌베개, 2010), pp.161~165 참조.

182 李寅文의 〈松下談笑圖〉에 쓰인 화제의 전문은 金弘道가 행초서로 쓴 것이다.

183 시의 전문은 다음과 같다. "곧장 가면 무릉도원, 바람과 먼지 끊기고 / 버드나무 서 있는 남쪽 어귀에는 잔잔한 물 / 문에 닿았으나 감히 새떼에게 말 붙이지 못하고 / 대나무 바라보며 주인에게 묻네 / 성 위의 푸른 산은 지붕과 같고 / 동쪽 집의 물은 서쪽으로 흘러든다 / 문 닫고 독서로 오랜 시간 보내니 / 소나무가 모두 늙은 용비늘이 되었네(桃源一向絶風塵 柳市南頭訪隱淪 到門不敢題凡鳥 看竹何須問主人 城上青山如屋裏 東家流水入西鄰 閉戶著書多歲月 種松皆老作龍鱗)" 『全唐詩』 권128.

184 시의 전문은 다음과 같다. "추운 산은 갈수록 푸르고 / 가을 시냇물 날마다 소리내어 흐르네 / 지팡이 짚고 사립문 밖에 서서 / 바람 맞으며 저녁 매미소리를 듣는다 / 나루터에 남아있는 저녁 노을 / 마을에는 외로운 연기 피어오르네 / 다시 접여 같은 이를 만나 취하면 / 오류선생(陶淵明) 앞에서 미친 듯 노래하리라(寒山轉蒼翠 秋水日潺湲 倚杖柴門外 臨風聽暮蟬 渡頭餘落日 墟裏上孤煙 復値接輿醉 狂歌五柳前)" 『全唐詩』 권126.

185 이명기의 詩意圖 〈倚杖出門圖〉와 〈柳下士人圖〉는 동일한 시의 다른 구절을 화제로 했다는 점, 작품의 규격, 재질, 화풍 등의 공통점을 들어 한 벌로 제작되었을 가능성이 제기되었다. 張寅昔, 「華山館李命基 繪畵에 대한 硏究」(명지대학교 대학원 미술사학과 석사학위논문, 2008), p.64.

186 시의 전문은 다음과 같다. "그윽한 대숲에 홀로 앉아 / 거문고 타고 휘파람 부네 / 깊은 숲을 사람들은 알지 못하는데 / 밝은 달만이 와서 비치네(獨坐幽篁裏 彈琴復長嘯 深林人不知 明月來相照)" 『全唐詩』 권128.

187 시의 전문은 다음과 같다. "산 아래 먼 마을에서 이는 가는 연기 / 하늘가 높은 언덕에는 나무가 홀로 서있네 / 안빈낙도하는 안회가 사는 누추한 동네 / 고결한 성품의 오류

선생(陶淵明)이 맞은편 집에 사네(山下孤烟遠村 天邊獨樹高原 一瓢顔回陋巷 五柳先生對門)" 『全唐詩』권128.

188 「전원락」중 여섯 번째 시의 전문은 다음과 같다. "복숭아꽃은 지난밤 내린 비를 머금어 붉고 / 버드나무는 아침 연기를 띄우며 푸르네 / 떨어진 꽃잎을 아이는 아직 쓸지 않고 / 앵무새도 우는데 손님은 아직 꿈결(桃紅復含宿雨 柳綠更帶春煙 花落家童未掃 鶯啼山客猶眠)" 詩句 '柳綠更帶朝' 중 '朝'는 원문에는 '春'으로 적혀있다. 『全唐詩』권128.

189 시의 전문은 다음과 같다. "장맛비 빈 숲에 연기 피어 오르더니 / 명아주 찌고 기장밥 지어 동쪽 밭으로 내어간다 / 아득한 논에 백로가 날고 / 그늘 짙은 여름 숲에는 꾀꼬리가 지저귀네 / 산속에 좌정하여 아침 무궁화를 관조하고 / 소나무 밑 맑은 집에서 아욱 뜯어 먹고 사네 / 시골 노인네 자리다툼 그만두었거늘 / 갈매기는 어이해서 의심의 눈길 못 거두는가(積雨空林烟火遲 蒸藜炊黍餉東菑 漠漠水田飛白鷺 陰陰夏木囀黃鸝 山中習靜觀朝槿 松下淸齋折露葵 野老與人爭席罷 海鷗何事更相疑)" 『全唐詩』권128.

190 시의 전문은 다음과 같다. "한번 따라 백사에 돌아오니 / 다시 청문에 이르지 않네 / 때로는 처마 앞에 있는 나무에 의지하여 / 멀리 언덕 위의 촌을 바라보네 / 청고는 물에 임해서 피고 / 흰 새는 산을 향해서 뒤돌아나네 / 적막하다 어능자여 / 두레박이 바야흐로 농원에 물을 대네(一從歸白社 不復到靑門時倚檐前樹 遠看原上村 靑菰臨水發 白鳥向山翻 寂寞於陵子 桔槹方灌園)" 『全唐詩』권126.

191 왕력 저, 송용준 역, 『중국시율학 1』(소명출판사, 2005), p.431. 각주 334, 335 참조.

192 곽세원의 〈망천도권〉은 〈郭忠恕摹輞川圖卷〉 또는 〈郭世元摹郭忠恕筆輞川圖卷〉으로 불리기도 한다.

193 姜俒, 『三當齋稿』권春「輞川圖跋」"往者 仇實夫臨郭忠恕 文待詔書二十絶句 王鳳洲 跋語云 讀摩詰詩覽此畵 不知我爲摩詰 摩詰爲我也 今觀石刻一本 皇明人從忠恕本移摸者 且書諸詩 畵頗纖密 書亦蕭散可愛" 이 같은 내용은 고연희, 앞의 논문, p.155. 각주 27, 28 참조.

194 박은화, 앞의 논문, p.80.

195 王維의 「田園樂」7수는 『唐詩畵譜』6言 화보 부분에 「幽居」, 「田園樂」, 「三台」, 「村居」, 「散懷」, 「春眠」이란 제목으로 모두 6수가 실려 있다. 화보에 실려 있는 순서는 시의 원순서를 따르지 않았다. 또한 『唐詩畵譜』에 「田園樂」, 「三台」, 「村居」라는 제목으로 실려 있는 시의 작자는 王維가 아닌 王建(약 767~약 830)으로 잘못 기록되어 있다.

196 이징의 시의도와 관련해선 앞의 'II-1-1) 이징' 부분에 상세하다.

197 이처럼 화면 속에 그림과 더불어 시가 쓰여진 것은 조선 후기에 많이 나타나는 형식이
다. 화첩 형태와는 달리 한 화면에 그림과 시가 함께 할 경우 시가 쓰여진 위치, 시를
쓴 서체 등이 화면의 조형요소로서 역할을 해서 詩情과 畵意의 조응이 더욱 긴밀해진
다는 점에서 이 작품은 시의도 형식의 변화를 예시한다는 중요한 의미를 지니고 있다.

198 최진원, 「高山九曲歌와 淡泊」, 『한국고전시가의 형상성』(성균관대 대동문화연구원,
1988), pp. 43~44.

199 이와 같은 논의는 민주식, 「조선시대 지식인의 미적 유토피아: '무이구곡'의 예술적 표
현을 중심으로」, 『미학』 26집(한국미학회, 2009).

200 이규보는 詩話를 내용으로 하는 『白雲小說』에 이 시구의 내력을 다음과 같이 적고 있
다. "… 余昔登第之年 嘗與同年遊通齊寺 余及四五人 伴落後挓行 聯鞍唱和 以首唱者
韻 各賦四韻詩 此旣路上口唱 非有所筆 而亦直以爲詩人常語 便不復記之也 其後再聞
有人傳云 此詩流入中國 大爲士大夫所賞 其人唯誦一句云 寒驢影裏碧山暮 斷雁聲中紅
樹秋 此句尤其所愛者 余聞之亦未之信也 …"(밑줄 필자), 『동국이상국집』 부록.

201 시의 전문은 다음과 같다. "만월대 앞에서 매우 비감에 잠기고 / 광명사 뒤에서 다시
경치를 찾노라 / 고국의 흥망이 묻힌 지 응당 천 년인데 / 우리가 와서 우연히 시 한 수
읊노라 / 노한 폭포는 홀연히 허공 너머로 울림이 되고 / 뜬구름은 해 곁에서 그늘을
만들려 하네 / 우선 술을 마셔 가슴속을 씻어내야지 / 고금의 흥망에 회포가 끝이 없어
라(滿月臺前從敗意 廣明寺後更幽尋 地藏故國應千載 詩得吾曹偶一吟 怒瀑自成空外
響 愁雲欲結日邊陰 且須盃酒洒胸臆 不盡興亡今古心)" 朴誾, 『읍취헌유고』 권3.

202 이인상은 선면의 〈江南春意圖〉(국립중앙박물관 소장), 〈樓上觀瀑圖〉(국립중앙박물
관 소장)를 그렸는데, 두 작품의 관서에 '韋菴에게 준다(각각 爲 韋菴, 贈 韋菴)'고 밝히
고 있다. 따라서 〈송하관폭도〉의 관서에 언급된 '韋'는 이인상과 교유했던 위암 李最中
(1715~1784)을 위해 그린 것으로 판단된다.

203 "…國朝 이래로 문장을 가지고 一家를 이룬 몇 분 가운데, 容齋 李公과 挹翠軒 朴公이
마침 같은 시대에 나와 활약하면서 空前絶後의 경지를 보여주었다. 읍취헌은 나이 30
이 되기도 전에 士禍로 목숨을 잃었는데, 그때 일가를 이룬 것이 이미 그와 같았다…
(…國朝以來 以文章占家數者 容齋李公挹翠軒朴公 適會同時 而邁絶前後 挹翠年未
三十 而死於士禍 然其已到者如彼…)" 최립, 『간이집』 권3, 「送李正郎子敏湖西試官序」
중 부분.

204 "읍취헌(박은의 호)은 시를 잘 지어 그의 시에는 국풍의 유향遺響이 있어 동방의 절
학絶學을 다시 창도唱導하였거니와, 나는 읍취헌의 시가 시의 근본에 가까운 것이라
는 점을 특히 좋아한다(挹翠若於詩 有國風之遺響 爲東方絶學之倡 而予特愛挹翠之
於詩 倘庶乎詩之)" 朴誾,『읍취헌유고』중 정조의「御製題增訂挹翠軒集卷首」일부분.

205 이 시는 최치원이 40세 이후 가야산에 은거하며 지은 시로 알려져 있는데,『동문선』
권19에 실려있다. 원문은 다음과 같다. "미친 듯 격한 물 바위를 치며 겹겹 산속에서
울부짖으니 / 가까운 곳 사람의 말소리조차 구별하기 어렵다 / 세속의 시비 소리 행여
나 들릴까봐 / 흐르는 계곡물로 산을 둘러치게 했나(狂奔疊石吼重巒 人語難分咫尺間
常恐是非聲到耳 故教流水盡籠山)"

206 이문보는 李英輔(1687~1747)의 동생으로 삶에 대한 상세한 기록은 전하지 않으나 시
를 잘 지은 것으로 알려졌다. 그의 시는 형의 문집인『東溪遺稿』(奎5287)에「大觀遺稿」
라는 이름으로 附集되어 있다. 李圭象(1727~1799)이 당대 인물들을 품평한『竝世才
彦綠』중 李天輔(1698~1761) 항목 끝에는 이문보에 대한 언급이 보이는데, 이문보가
남긴 시구 하나가 널리 인구에 회자되고 있다며 '이지러진 달 공산에서 지고 / 차가운
계곡 물소리 늙은 나무가 듣네(缺月空山宿 寒溪老樹聽)' 구절을 소개했다. 이규상 지
음, 민족문화연구소 한문분과 옮김,『18세기 조선인물지: 幷世才彦錄』(창작과비평사,
1997), p.49.

207 김홍도의 〈도강도〉에는 '東湖'가 '高湖'로 적혀있다.

208 정초부에 대한 상세한 논의는 안대회,「18세기의 노비 시인 정초부」,『역사비평』봄호
(역사비평사, 2011), p.370. 정조대에는 한강의 뚝섬에서 동대문 주변까지 땔감을 실
어오는 사람들이 많아 큰 시장이 형성되었는데, 한강의 물길을 이용해 경기도 일대에
서 땔감을 한양으로 공급했다고 한다. 정초부 역시 경기도 양평 사람으로 나무를 해서
한양 시장에 내다 파는 직업을 가져 붙여진 이름이다.

209 "樵夫 楊根人也 自少能詩 詩多可觀 如日 翰墨餘生老採樵 滿肩秋色動蕭蕭 東風吹送長
安路 曉踏靑門第二橋 東湖春水碧於藍 白鳥分明見兩三 柔櫓一聲飛去盡 夕陽山色滿空
潭…"(밑줄 필자) 趙秀三,『秋齋集』권7,「詩○紀異」, 안대회 옮김,『추재기이』(한겨레
출판사, 2010), p.90에서 재인용.

210 "동호의 저자도는 절승絶勝이다. 전조前朝 때 정승 한종유가 별장을 짓고 여생을 보내
며 시를 읊기를 '10리나 되는 판판한 호수에 가랑비 지날 제 / 긴 피리 소리 갈대꽃 저
편에서 들리네 / 금정에서 국을 조리하던 손을 가지고 / 다시 낚싯대 잡고 늦게 모래가

로 내려가네 / 홑적삼 짧은 모자로 연못을 돌아드니 / 건너편 언덕 늘어진 버들 서늘한 바람 보내는구나 / 산 보하다 돌아오니 달은 산 위에 떠올랐고 / 지팡이 끝에 연꽃 향기 어려 있네 하였으니' 시 또한 흥취가 좋다. 봉은사는 저자도에서 서쪽으로 1리쯤에 있다. 몇 해 전에 내가 동호 독서당에서 사가 독서할 때에 타고 간 배를 저자도 머리에 정박하고 봉은사를 구경하고 돌아오니, 강가 어촌에 살구꽃이 만발하여 봄 경치가 더욱 아름답기에, 배 안에서 시를 짓기를 '동호의 빼어난 경치는 모두들 알고 있지만 / 저자도 앞은 더욱 절경이네 / 절에 가는 길 솔잎 우거진 길이요 / 어촌을 두루 보니 살구꽃 흐드러진 울타리로세 / 따스한 모래밭 연한 풀에 원앙 한 쌍 잠들었고 / 물결은 잔잔하고 바람은 솔솔 부는데 돛대 한 척 흘러가네 / 봄 흥취와 봄 수심을 채 읊기도 전에 / 압구정 언덕엔 벌써 석양이로세' 하였다…(東湖楮子島絕勝也 前朝政丞韓宗愈爲 別業退老 其詩曰 十里平湖細雨過 一聲長篴隔蘆花 直將金鼎調羹手 還把漁竿下晚沙 單衫短帽繞池塘 隔岸垂楊送晚涼 散步歸來山月上 杖頭猶襲露荷香 詩亦好矣 奉恩寺在 島西一里許 昔年余於湖堂 賜暇時 乘舟泊島頭訪寺而還 江邊漁村 杏花盛開 春景正佳 舟中有作 東湖勝槩衆人知 楮島前頭更絕 蕭寺踏穿松葉徑 漁村看盡杏花籬 沙暄草軟雙 鴛睡 浪細風微一棹移 春興春愁吟未了 狎鷗亭畔夕陽時…)「遣閑雜錄」,『(국역) 대동 야승』, (민족문화추진회(편), 1989).

211 "동호의 절반은 양주 땅에 속했는데 / 만고에 푸른 물결은 쉼 없이 흐르네 / 어젯밤 술 취해 어느 주막에 잤던고 / 달빛에 피리소리 외로운 배에 있었네(東湖一半是楊州 萬 古滄波不盡流 昨夜酒醒何廬宿 月明漁笛在孤丹)" 이명우 편, 『한국역대 한시선집』(집 문당, 2007), p.353.

212 시조의 전문은 다음과 같다(괄호 안은 한역) "窓外 三更 細雨時에 兩人心事兩人知라 新情이 未洽하여 하늘이 將次 붉아온다 다시금 羅衫을 부여잡고 훗기약을 ᄒ노라(窓 外三更細雨時 兩人心事兩人知 歡情未洽天將曉 更把羅衫問後期)" 김교헌, 『대동풍아』 (우문관, 1908), p.31.

213 강명관, 『조선 사람들, 혜원의 그림 밖으로 걸어 나오다』(푸른역사, 2002), pp.66~68.

214 명종 18년 (1563) 7월 22일 「헌부에서 예빈시 정 김경원과 홍문관 박사 김명원의 파직 을 청하다」는 기록에 의하면, 김명원이 술과 여자를 좋아하여 검속함이 없었다는 지적 을 받은 것으로 보아 연애에 대한 개방적 태도와 이를 바탕으로 한 문학적 서술이 가 능했을 것으로 본다.
"예빈시 정 김경원과 홍문관 박사 김명원은 자기 행동에 검속함이 없고 벗을 취하는

데도 단정하지 못하며, 청반에 높이 발탁되었는데도 근신할 줄 모르고 술자리를 따라 다니면서 천한 짓이라는 것도 잊곤 하였습니다. 근자에 최예수의 집에서 죄인 창녀 옥복과 술을 취하도록 마시면서도 그 잘못을 깨닫지 못했으니, 어찌 도리를 아는 선비로서 차마할 수 있는 짓입니까. 물의에 비웃음을 당하고 '저것들(彼哉)'이라는 기롱을 면치 못했으니, 그를 파직하소서(禮賓寺正金慶元 弘文館博士金命元 行己無檢 取友不端 顯擢淸班 而不知其謹愼 追隨盃酒 而或忘其賤惡 頃者崔禮秀之家 與罪人娼女玉福酣飮 而不覺其非 此豈識理之士所可忍爲乎 見嗤物議 未免有彼哉之譏 請罷其職)"

215 이 책 'Ⅱ-1-3) 정선' 부분 참조.

Ⅲ 한자 문화권 3국의 시의도

1 명청대의 강남지방의 발전에 관해선 오금성, 「명청대의 강남사회-도시의 발달과 관련하여」, 『중국의 강남사회와 한중 교섭』(집문당, 1997), pp. 95~122 참조.

2 James Cahill, *The lyric Journer: Poetic Painting in China and Japan*(Harvard Univ. Press, 1996), pp. 80~90.

3 명말의 탈속적인 문화 형성이 조선 후기 문화에 미친 영향에 관련된 논문은 홍선표, 「조선 후기 회화애호 풍조와 鑑評 活動」, 『미술사논단』 5(한국미술연구소, 1997), pp. 110~138 참조. 이 책 'Ⅰ-3. 한반도로 전래된 시의도' 부분 참조.

4 양주 휘상과 화단의 관계에 대해서는 권석환, 「명청대 강남지역의 문화 후원의 전개 과정-황실후원에서 상업적 후원으로의 변화 과정」, 『중국문학연구』 제37집(한국중문학회, 2008), pp. 149~176; 배현진, 「명말 강남지역의 서화 매매와 그 의미」, 『동양예술』 제25호(한국동양예술학회, 2014), pp. 170~200 등 참고.

5 『개자원화전』〈인물옥우보〉에 실린 인물 표현들은 중국의 유명 시, 문구를 화면에 그린 것이다. 이는 중국 『畵藪』의 〈천형도모〉와 『十竹齋箋譜』의 일부 도상을 자료로 참고해 수록한 것이다. 고바야시 히로쓰미·김명선 옮김, 『중국의 전통판화』(시공사, 2002), p. 134.

6 『개자원화전』(綾城出版社, 1976), p. 160.

7 이와 관련된 상세한 논의는 박은화, 「명대 중기 소주의 화가 사시신의 산수화」, 『明淸繪畵』(국립중앙박물관, 2010), pp. 228~229.

8 　리처드 반하트 외, 정형민 옮김, 『중국회화사 삼천년』(학고재, 1999), p. 221.

9 　이 책 Ⅱ-1-2) 윤두서 부분 참조.

10 　정선의 회화 수응에 관해서는 장진성, 「정선의 그림 수요 대응 및 작화 방식」, 『동악미술사학』 11(동악미술사학회, 2010), pp. 221~236 참조.

11 　자비대령화원들의 녹봉을 주기 위해 1년에 12번 실시했던 녹취재의 화제가 된 시는 당시, 송시, 기타 시대의 시로 크게 분류할 수 있다. 이 중 두보, 이백, 왕유, 왕창령, 두목, 유종원, 한유, 이상은, 유장경, 전기, 백거이, 유우석, 위응물, 왕적, 왕발, 허혼 등 당대 시인의 시가 화제로 가장 많이 제시되었다. 산수 32건, 인물 26건, 속화 12건, 누각 14건, 영모 20건, 초충 9건, 매죽 10건, 문방 1건 등 총 124건으로 집계되었다. 이에 비해 송시를 화제로 한 시제는 36건, 기타 시대의 시는 27건이었다. 이 같은 통계는 강관식, 『조선 후기 궁중화원 연구(상·하)』(돌베개, 2001)를 기본 자료로 조사된 것이다.

12 　황빛나, 「'南畵' 탄생-용어의 성립 시기 및 개념 변천에 관한 小考」, 『미술사논단』 41(한국미술연구소, 2015), pp. 191~211.

13 　사사키 조헤이, 이원혜 역, 「일본의 문인화」, 『미술사논단』 4(한국미술연구소, 1997), p. 71.

14 　신나경, 「일본의 문인화 개념과 요사 부손(與謝蕪村)의 예술세계」, 『동양예술』 제14호(한국동양예술학회, 2009), p. 239, p. 254.

15 　고바야시 유코, 이원혜 역, 「池大雅-산수 표현의 추구」, 『미술사논단』 4(한국미술연구소, 1997), p. 247.

16 　일본의 문인화, 문인 개념은 米澤嘉圃·吉澤忠, 『日本の美術 25 文人畵』(平凡社, 1966), pp. 13~119.

17 　王曉蓉, 「明末淸初的杜甫詩意圖硏究」(上海大學校美術學 碩士學位論文, 2010), pp. 3~4.

18 　민길홍, 「朝鮮後期 唐詩意圖의 硏究」(서울대학교 대학원 석사학위논문, 2001), p. 9.

19 　유순영, 「李白의 이미지 유형과 이백 문학의 회화」, 『미술사학연구』 274(한국미술사학회, 2012), p. 131.

20 　중국에서의 두보와 두시에 대한 위상은 고진아, 『두보와 두시에 대한 사랑의 역사』(양지, 2003), pp. 302~310.

21 　안휘준, 「安堅과 그의 畵風-夢遊桃源圖를 중심으로」, 『한국회화사연구』(시공사,

2000), pp. 352~353.

22 한중일 문인화의 개념에 관한 논의는 한정희, 「문인화의 개념과 한국의 문인화」, 『미술사논단』 제4권(한국미술연구소, 1996), 신나경, 앞의 논문, pp. 230~235.

23 아키야마테루카즈 지음, 이성미 옮김, 『일본회화사』(예경, 2004), p. 83.

24 박윤희, 「이케노 다이가(池大雅, 1723~1776)의 문인화에 대한 이해와 실제」, 『미술사학연구』 255호(한국미술사학회, 2007), p. 203.

25 강경희, 「詩의 변주, 詩意圖와 序跋-『飮中八仙歌』, 『飮中八仙圖』, 『飮中八仙圖序』-」, 『동양고전연구』 제37호(동양고전학회, 2009), pp. 189~216.

26 두보의 시를 그린 사시신의 산수도책 중 제5폭의 그림, 이방운의 〈죽림가〉는 『唐解元倣古今畵譜』 중 〈두보시의도〉의 화면과 밀접한 관련이 있다.

27 이와 관련된 논문은 한정희, 「동아시아 산수화에 보이는 이상향」, 『산수화, 이상향을 꿈꾸다』(국립중앙박물관, 2014), pp. 208~222; 김창경, 「왕유의 회화와 시가-〈망천도〉와 〈망천집〉을 중심으로」, 『동북아문화연구』 제21집(동북아시아문화학회, 2009), pp. 299~313.

28 高原 宏伸, 『中國畵論の硏究』(中央公論美術出版, 2006), pp. 37~74.

29 작품의 화면 구성과 관련된 내용은 이 책 'Ⅱ-2-3) 왕유의 시로 그린 문인의 이상'에 상세하다.

30 이 같은 내용은 이 책 앞의 글에 상세하다. pp. 228~231.

31 鄭麗芸, 「文人の 詩畵表現-王維 「竹里館」 詩意圖をめぐって-」, 『鹿島美術硏究』 第17號 別冊(鹿島美術財團, 2000), pp. 59~72.

32 작품의 인물 표현과 관련된 내용은 이 책 'Ⅱ-2-3) 왕유의 시로 그린 문인의 이상'에 상세하다.

33 이케노 다이가는 화면 좌측 상단에 「종남별업」의 전문과 '霞樵' 서명을 초서체로 적었다. 朝日新聞社, 「池大雅筆 王維詩意圖雙幅」, 『國華』 1207호, pp. 22~23.

34 『牧隱詩藁』 권4 중 「雨後紅樹可愛次韻賦之」.

35 『四佳詩集』 권4 중 「詠物」 43수 중 〈丹楓〉.

36 리처드 반하트 외, 정형민 옮김, 앞의 책, p. 221.

37 조인희, 「조선 후기 詩意圖 연구」(동국대학교 대학원 미술사학과 박사학위논문, 2013), pp. 212~214 참고.

38 고바야시 유코, 이원혜 역, 앞의 논문, p. 254.

39   James Cahill, op. cit., p. 151.

40   『陶隱集』중「十月十五日夜霜月滿天負手行庭吟得短篇寄呈息谷長老」.

41   '탁족'은 한여름 더위를 식히기 위한 선비들의 피서법으로, 초나라 굴원(屈原)의「漁父
     詞」중 "滄浪之水淸兮 可以濯吾纓 滄浪之水濁兮 可以濯吾足" 구절을 통해 '은일'의 의
     미까지 더해졌다.

42   『雷淵集』권14「東遊小記」중 '仙巖' 부분.

43   『象村集』권29「村居卽事」5수 중 제1수.

44   고진아, 『두보와 두시에 대한 사랑의 역사』(도서출판 양지, 2003), pp. 302~304.

45   전영실,「王維詩에 나타난 詩人의 은일과 관직에의 모순된 감정 연구」,『중국연구』제
     50권(한국외국어대학교 중국연구소, 2010), pp. 193~213.

46   간송미술문화재단 소장의《閒中淸賞帖》은 李寅文이 그림을 그리고 洪儀泳(1750~
     1815), 兪漢芝(1760~1834)가 두보의 시「戲爲韋偃雙松圖歌」,「早起」,「丹靑引 贈曺將
     軍覇」,「右僕射相國張公九齡」 등을 화제로 적은 화첩으로 두보시의도첩과 관련된 보
     다 심화된 논의가 필요하다.

47   淸代 회화(1644~1911)는 四王吳惲을 중심으로 하는 정통파 화파, 金陵과 新安에서 활
     동한 四僧의 개성파 화파, 揚州를 중심으로 한 양주화파, 19세기 후반부터 형성되기
     시작한 해상화파 등으로 개략적으로 분류된다. J. Cahill, Chinese Painting(New York:
     Rizzoli, 1977), pp. 161~194.

48   두보 관련 논의는 賈蘭,「《飮中八仙歌》詩意畵評介」,『杜甫硏究學刊』(제4기, 1996); 王
     飛,「杜詩與中國書畵創作」,『杜甫硏究學刊』(제4기, 2002); 殷春梅,「現存有關杜甫的古
     代書畵作品目錄」,『杜甫硏究學刊』(제2기, 2006); 王曉蓉,「明末淸初的杜甫詩意圖硏
     究」(上海大學 碩士學位論文, 2010); 洪麗君,「明淸飮中八仙圖之硏究」(국립대만사범대
     학 석사학위논문, 1998) 참고.

49   왕시민,『西廬畵跋』, 溫肇桐 지음·강관식 옮김,『中國繪畵批評史』(미진사, 1994),
     pp. 228~230. 각주 88, 89 재인용.

50   동기창과 왕시민의 화론적 연관성에 대해서는 李鑄普,「王時敏與董其昌」,『淸初四王
     畵派硏究』(上海書畵出版社, 1993), pp. 449~472.

51   題跋의 全文은 다음과 같다. "少陵詩體弘衆妙 意匠經營高出萬層 其奧博沈雄 眞有掣
     鯨魚探鳳髓之力 故宜標準百代 冠古絶今 余每讀七律 見其所寫物 瓔麗高寒 歷歷在眼
     恍若身遊其間 輒思寄興盤礴 旭咸賢甥以巨冊屬畵 寒窓偶暇 逢拈景聯佳句 點染成圖

顧以肺腸枯涸 俗賴塡塞 於作者意愜飛動之致 略未得其毫末 詩中字字有畵 而畵中筆筆
無詩 慢借强題 鈍置浣花翁不少 慙愧慙愧 西廬老人王時敏"

52 석도의 『두보시의도책』에는 일반적으로 화첩을 꾸밀 때 마지막 폭에 적는 제발의 양
   식이 담긴 화폭이 없어 장첩 과정이나 재장첩 과정에서 落幅이 의심되며, 이러한 점에
   서 제5, 6, 9폭은 보다 신중한 논의를 필요로 한다.

53 시의 전문은 다음과 같다. "기자(두보의 둘째 아들의 兒名)는 봄이 되었어도 여전히 떨
   어져 있는데 / 꾀꼬리 노래는 따뜻한 날씨에 한창이구나 / 헤어진 후로는 계절의 변화
   에도 깜짝 놀라니 / 그 아이의 총명함을 누구와 이야기 할 수 있으랴 / 흐르는 시냇물
   과 텅 빈 산속의 길 / 사립문과 늙은 나무가 서있는 마을(驥子春猶隔 鶯歌暖正繁 別離
   驚節換 聰慧與誰論 澗水空山道 柴門老樹村 憶渠愁只睡 炙背俯晴軒)"

54 石濤의 이 같은 논지는 『苦瓜和尙畵語錄』의 여러 부분에서 찾을 수 있으나 대표적으
   로〈變化章〉에서 언급된 내용을 살펴보면 다음과 같다. "그림이란 것은 천하변통의 큰
   법이요, 고금의 천지를 창생하는 기의 조화요, 음양 기상의 큰 흐름이다. 붓과 먹을 빌
   어 천지만물을 그리며 그 천지만물이 나라는 존재 속에 생성되고 노닐게 만드는 것이
   다. 지금 사람들은 이 이치를 깨닫지 못하고 말하길, 어느 대가의 준과 점을 따라해야
   한다며, 어느 대가의 산수를 닮게 그리지 않으면 오래 남을 수 없고 어느 대가의 청담
   함으로 그림의 품격을 세워야 하고, 어느 대가의 공교로움만이 사람을 즐겁게 해준다
   한다. 이것은 내가 어느 대가의 부림을 당하는 것일뿐, 어느 대가가 나에게 소용이 되
   는 상황이 아니다. 어느 대가의 그림과 핍진하게 그린다는 것은 그 사람이 먹고 남은
   국의 찌꺼기를 들이키는 꼴일 뿐 나에게 무엇이 있으랴(夫畵 天下變通之大法也 山川
   形勢之精英也 古今造物之陶冶也 陰陽氣度之流行也 借筆墨以寫天地萬物 而陶泳乎我
   也 今人不明乎此 動則曰 某家皴點 可以立脚 非似某家山水 不能傳久 某家淸澹 可以入
   品 非似某家工巧 祇足娛人 是我爲某家役 非某家爲我用也 縱逼似某家 亦食某家殘糞
   耳 于我何有哉)" 본문과 의역은 김용옥, 『石濤畵論』(통나무, 2004), p.64~65 참조.

55 이 화첩의 제작 시기에 대해 Richard Edwards는 화풍 등을 고려해 石濤 말년에 그
   려진 것으로 추정했다. Richard Edwards, "TAO-CHI the painter", The Painting of
   TAO-CHI(Museum of Art, Univ. of Michigan, 1967), pp.48~49.

56 석도의 교유와 관련해서는 朱良志, 「石濤硏究」(北京大學出版社, 2005), pp.231~506.

57 이 같은 논의는 리차드 에드워드 지음, 한정희 옮김, 『中國 山水畵의 世界』(도서출판
   예경, 1992), p.137에 상세하다.

58 미술 후원에 대한 연구로는 Chu-tsing Li, eds., *Artists and Patrons: Some Social and Economic Aspects of Chinese Painting*(Lawrence: University of Kansas, 1989); 김홍남, 「美術後援研究의 方法論에 대한 小考」, 『서양미술사학회논문집』 제6집(서양미술사학회, 1994) 등 참조.

59 허영환, 「揚州와 揚州美術-淸代 18世紀前後 繪畫를 중심으로-」, 『미술사학』 13(한국미술사교육학회, 1999), p.71.

60 후원자의 취향을 의식하여 다양한 화풍을 구사하고 형태를 변형시키거나 하는 것은 1690년대의 석도 화법이란 논의는 박효은, 「石濤의 1696年 作《淸湘書畫稿》에 구현된 詩畫의 境界」, 『미술사학』 21호(한국미술사교육학회, 2007), pp.27~31 참조.

61 Jonathan Hay, *Shitao: Painting and Modernity in Early Qing China*(Cambridge University Press, 2001), pp.249~251.

62 장진성, 「朝鮮時代 繪畫와 동아시아적 시각」, 『동악미술사학』 21(동악미술사회, 2017), pp.119~120.

63 마츠바라 사브로 지음, 한정희 외 옮김, 『동양미술사』(도서출판 예경, 1993), pp.572~577.

64 와카(和歌)는 일본의 6-14세기의 궁정시로 단카(短歌)로도 불리운다. 일본시의 가장 기본적인 형태로 5·7·5 / 7·7의 31음절로 구성되어 있다.

65 아키야마테루카즈 지음·이성미 옮김, 『일본회화사』(예경, 2004), p.83.

66 조앤 스텐리베이커·강민기 편역, 『일본 미술의 역사』(시공아트, 2020), pp.126~127.

67 島田修二郎, 「室町時代の詩畫軸について」, 『日本繪畫史研究』(中央公論美術出版, 1987), pp.130~153.

68 김옥희, 「에도시대의 문화 수용과 번역」, 『일본학연구』 제18집(일본학연구회, 2006), p.212.

69 노경희, 「18세기 일본 고문사파의 중국 시선집 간행과 한시 학습 방법의 보급」, 『한문학논집』 제50집(근역한문학회, 2018), p.100.

70 선승혜, 「일본 문인화에 있어서 桃源圖의 수용 양상-仇英과 谷文晁의 〈桃源圖〉연구」, 『미술사학』 16(한국미술사교육학회, 2002), pp.27~28.

71 시의 전문은 다음과 같다. "溪雨濯雲根 花林水氣溫 睡鸞常守月 仙犬欲遮門 綠壁紅霞宅 丹砂石髓村 人中幾甲子 洞裏一黃昏"

72 제임스 케힐은 이 작품의 논의에서 한자 '桃源'을 일본말로 읽는 언어 유희와 더불어 화면에 묘사된 동굴이 안전한 안식처로 가는 이미지가 지나치게 낮고 좁게 묘사되어

있는 점을 들어 '性的 함축성'을 지니고 있다고 보았다. J. Cahill, op. cit. pp. 164~165.

73 다니 분초가 구영의 작품을 충실히 모사하고 있으나 화면의 끝부분에 어부를 도원으로 되돌려보내는 듯한 표현은 〈도원도〉의 기본 틀을 깬 일본 에도시대 문인화의 독특한 유머 감각에서 나온 기발한 착상이라는 분석도 있다. 선승혜, 앞의 논문(각주19), pp. 44~45.

74 이케노 다이가는 왕유의 「종남별업」의 한 구절을 화제로 하는 작품 외에 후지산을 그린 그림에 자작시를 나머지 한 폭에는 이백의 시 「早發白帝城」을 화제로 적었다.

75 일본에서의 폭포 그림은 가마쿠라 시대에 종교적 모티브로 처음 그려졌다. 이어 무로마치시대에는 이백의 시 「望廬山瀑布」에서 영감을 받아 선승들이 폭포를 바라보며 지은 문학 작품 표현에 이백의 시와 같은 중국 한시가 차용되며 인기를 끌었다. Seunghye Sun, *The Lure of painted poetry Japanese and Korean Art*, The Cleveland Museum of Art in association with Hudson Hills Press, 2011, p. 40.

76 화면에 쓰인 화제는 다음과 같다. "掛流三百丈 噴壑數千里 欻如飛電來 隱若白虹起(삼백 장 높이로 걸려 흐르며 / 수천 리 산골짜기를 솟구쳐 흐르네 / 갑자기 번개인 듯 날아오니 / 희미하게 흰 무지개가 일어나는 듯하네)"

77 겨울 화제로 쓰인 이백의 「아미산월가」 전문은 다음과 같다. "峨眉山月半輪秋 影入平羌江水流 夜發清溪向三峽 思君不見下渝州(아미산의 반달이 가을밤 하늘에 떠서 / 달 그림자 평강강에 어려 강물 따라 흐르네 / 청계를 밤에 떠나 삼협으로 향하는데 / 그대 그리면서도 보지 못하고 유주로 내려가네)"

78 각 폭에 적힌 화제는 다음과 같다. (春)"おりつれは 袖こそ匂へ 梅の花 ありとやここに うくひすのなく(꺾어보니 / 옷소매에 스며든 / 매화꽃 향기 / 어느새 다가온 / 꾀꼬리 울음소리)" (夏)"いつのまに さ月きぬらん 足曳の 山ほととぎす いまそ鳴なる(어느 새 / 5월이 되었구나 발 밑에서 / 산속의 두견새가 / 이렇게 울고 있네)" (秋)"龍田川 紅葉みたれて なかるめり わたらはにしき 中やたへなむ(다츠다강에 / 단풍이 휘황 찬란히 / 흐르고 있네 / 건너자니 비단천 / 끊어질까 두렵네)" (冬)"おほ空の 月の光し きよけれは 影見し 水そ 先こほりける(하늘의 / 달빛이 / 차고 선명하니 / 그림자를 담은 연못이 / 먼저 얼어버렸네)"

79 마타테(見立)는 에도시대 문학 중 특히 하이카이(俳諧)에서 사용된 일종의 비교, 모방의 개념이다. 이것을 판화 우키요에에 응용시켜 표현한 것이 미타테에(見立繪)로서 스즈키하루노부가 당시 화단에서 유행을 주도했다. 김지영, 「우키요에(浮世繪) 표현

기법으로서의 미타테(見立) 연구-스즈키 하루노부(鈴木春信) 작품을 중심으로」, 『일본사상』8호(한국일본사상사학회, 2005), pp. 265~266.

|참고문헌|

일차자료

姜澆,『三當齋稿』

權燮,『玉所集』

金尚憲,『淸陰先生集』

南龍翼,『壺谷集』

南有容,『雷淵集』

朴誾,『挹翠軒遺稿』

朴彭年,『朴先生遺稿』

徐居正,『東文選』,『東人詩話』

申欽,『象村集』

申欽,『晴窓軟談』

魚得江,『灌圃詩集』

柳琴(편),『四佳詩集』

柳壽垣,『迂書』

柳希春,『眉巖集』

尹德熙,『溲勃集』

李奎報,『東國李相國集』

李圭象,『一夢稿』

李明漢,『白洲集』

李秉淵, 『槎川詩抄』

李穡, 『牧隱詩藁』

李崇仁, 『陶隱集』

李植, 『澤堂先生集』

李仁老, 『破閑集』

李夏坤, 『頭陀草』

張維, 『谿谷先生集』

鄭汝昌, 『一蠹先生續集』

鄭蘊, 『桐溪先生文集』

趙龜命, 『東谿集』

趙秀三, 『秋齋集』

趙榮祏, 『觀我齋集』

崔岦, 『簡易集』

崔滋, 『補閑集』

許筠, 『惺所覆瓿稿』

許穆, 『記言』

洪柱國, 『泛翁集』

(이상의 문헌과 사료는 한국고전번역원, 한국고전 종합DB(https://db.itkc.or.kr)와
국사편찬위원회, 「조선왕조실록」(http://sillok.history.go.kr)를 주로 참고했다.)

국문

葛路, 강관식 옮김, 『중국회화이론사』, 미진사, 1997.

강경희, 「〈음중팔선가〉의 李白에 관한 詩意圖 읽기」, 『中國語文學論集』 제56호, 중
　국어문학연구회, 2009.

강경희, 「詩의 변주, 詩意圖와 序跋-『飮中八仙歌』, 『飮中八仙圖』, 『飮中八仙圖序』-」,
　『동양고전연구』 제37호, 동양고전학회, 2009.

강관식, 「朝鮮後期 南宗畵風의 흐름」, 『澗松文華』 제39호, 한국민족미술연구소, 1990.

강관식, 『조선 후기 궁중화원 연구』(상, 하), 돌베개, 2001.

강명관, 「조선 후기 서적의 수입·유통과 장서가의 출현」, 『조선시대 문학예술의 생성 공간』, 소명출판사, 1999.

강명관, 『조선 사람들, 혜원의 그림 밖으로 걸어 나오다』, 푸른역사, 2002.

강명관, 『조선시대 문학 예술의 생성 공간』, 소명출판사, 1999.

강신애, 「朝鮮時代 武夷九曲圖의 淵源과 特徵」, 『미술사학연구』 제254호, 한국미술사학회, 2007.

강혜선, 『정조의 시문집 편찬』, 문헌과 해석사, 2000.

고바야시 다다시 지음 이세경 옮김, 『우키요에의 美』, 이다미디어, 2004.

고바야시 히로미쓰, 김명선 옮김, 『중국의 전통판화』, 시공아트, 2002.

고바야시유코, 이원혜역, 「池大雅-산수표현의 추구」, 『미술사논단』 4, 한국미술연구소, 1997.

고연희, 「회화가 시문에 끼친 영향-망천의 이미지를 중심으로」, 『문화예술연구』 제3집, 동방대학원대학교, 2014.

고진아, 『두보와 두시에 대한 사랑의 역사』, 도서출판 양지, 2003.

구본현, 「『顧氏畫譜』의 전래와 朝鮮의 題畫詩」, 『규장각』 제28집, 서울대학교 규장각 한국학연구원, 2005.

국립중앙박물관, 『겸재 정선 붓으로 펼친 천지 조화』, 2009.

국사편찬위원회, 『한국사』 31, 1998.

권석환, 「명청대 강남지역의 문화후원의 전개 과정-황실 후원에서 상업적 후원으로의 변화 과정」, 『중국문학연구』 제37집, 한국중문학회, 2008.

권정은, 「'高山九曲詩畫屛'에 드러난 이상향의 재현 양상」, 『관악어문 연구』 제28권, 서울대학교 국어국문학과, 2003.

권주연, 「조선 후기 祿取才에 출제된 陶淵明의 詩文의 시대적 의의」, 『국제어문』 제28집, 국제어문학회, 2003.

金素英, 「小塘 李在寬의 繪畫研究」, 전남대학교 대학원 석사학위논문, 2004.

금지아, 「朝鮮後期 唐詩詩意圖에 나타난 朝鮮風 南宗文人畵의 실천과 변용」, 『中國語文學論集』 제50호, 중국어문학연구회, 2008.

김교헌, 『대동풍아』, 우문관, 1908.

김기홍, 「18世紀 朝鮮 文人畵의 新傾向」, 『澗松文華』 제42권, 한국민족미술연구소, 1992.

김기홍, 「玄齋 沈師正의 남종화풍」, 『澗松文華』 제25권, 한국민족미술연구소, 1983.

김명선, 「『개자원화집』 초집과 조선 후기 남종산수화」, 『미술사학연구』 제210호,

한국미술사학회, 1996.

김상규,『일본 문학의 흐름』, 책사랑, 2014.

김소영,「小塘 李在寛의 繪畵研究」, 전남대학교 대학원 석사학위논문, 2004.

김양균,「豹菴 姜世晃 산수화의 題畵詩 연구-書寫樣狀을 중심으로」, 동국대학교 대학원 석사학위논문, 2005.

김연주,「東洋繪畵의 寫意性에 관한 연구」, 홍익대학교 대학원 박사학위논문, 2004.

김옥희,「에도시대의 문화 수용과 번역」,『일본학연구』제18집, 단국대학교 일본연구소, 2006.

김요진,「조선시대 회화에 나타난 소나무 표현에 관한 연구」, 전북대학교 대학원 석사학위논문, 2009.

김용옥,『石濤畵論』, 통나무, 2004.

김의정,「杜甫 詩의 人物 典故」,『중국어문학지』25권, 중국어문학회, 2007.

김인숙, 김태순,「소상팔경도의 장소성에 관한 연구」,『기초조형학회』vol. 14, No. 3, 한국기초조형학회, 2013.

김종태,『東洋繪畵思想』, 일지사, 1999.

김지영,「18세기 畵員의 활동과 화원화의 변화」,『韓國史論』제32권, 서울대 국사학과, 1994.

김지영,「우키요에(浮世絵) 표현기법으로서의 미타테(見立)연구-스즈키하루노부(鈴木春信) 작품을 중심으로」,『일본사상』8, 한국일본사상학회, 2005.

김지혜,「虛舟 李澄의 繪畵 研究」, 홍익대학교 대학원 석사학위논문, 1992.

김창경,「왕유의 회화와 시가-〈망천도〉와 〈망천집〉을 중심으로」,『동북아문화연구』제21집, 동북아시아문화학회, 2009.

김풍기,「고산구곡가高山九曲歌에 나타난 이상향理想鄕 의미意味-주자朱子의 무이도가武夷櫂歌와의 비교를 중심으로」,『율곡사상연구』29, 율곡학회, 2014.

김학주,『新譯 宋詩選』, 명문당, 2003.

김학주,『조선시대 간행 중국문학 관계서 연구』, 서울대학교 출판부, 2002.

김항수,「16세기 士林의 성리학 이해」,『韓國史論』제7집, 서울대학교 사학과, 1981.

김홍남,「美術後援研究의 方法論에 대한 小考」,『서양미술사학회논문집』제6집, 서양미술사학회, 1994.

김홍대,「322편의 시와 글을 통해 본 17세기 전기『顧氏畵譜』」,『溫知論叢』제9집, 溫知學會, 2003.

나종면,「18세기 시서화론의 미학적 지향」, 성균관대학교 대학원 박사학위논문, 1997.

노경희, 「18세기 일본 고문사파의 중국 시선집 간행과 한시 학습 방법의 보급」, 『한문학논집』, 제50집, 근역한문학회, 2018.

노기춘, 「孤山 尹善道 家門의 印章考」, 『서지학연구』, 제24집, 서지학회, 2002.

동국대학교부설 한국문학연구소편, 『한국문헌설화전집』 8, 1981.

리처드 반하크 외, 정형민 옮김, 『중국회화사삼천년』, 학고재, 1999.

리처드 에드워드, 한정희 옮김, 『中國 山水畫의 世界』, 도서출판 예경, 1992.

마리오 프라즈 저, 임철규 역, 『문학과 미술의 대화』, 연세대학교 출판부, 1986.

마츠바라 사브로, 한정희 외 옮김, 『동양미술사』, 도서출판 예경, 1993.

마츠오 바쇼 외 김향, 『하이쿠와 우키요에 그리고 에도시절』, 다빈치, 2006.

문화재청, 『비해당 소상팔경시첩』, 2008.

민길홍, 「朝鮮後期 唐詩意圖의 硏究」, 서울대학교 대학원 석사학위논문, 2001.

민족문화추진회(편), 『(국역) 대동야승』, 1989.

민주식, 「조선시대 지식인의 미적 유토피아: '무이구곡'의 예술적 표현을 중심으로」, 『미학』, 26집, 학국미학회, 2009.

敏澤 저, 성신중국어문연구회 옮김, 『중국 문학이론 비평사』, 성신여대출판부, 2001.

박명희, 「駱西 尹德熙 題畫詩에 표출된 山水의 이미지」, 『한국언어문학』 53집, 한국언어문학회, 2004.

박수밀, 「조선 후기 文學과 繪畫의 상호 조명-상호 친연성 및 천기를 중심으로」, 『한국한문학연구』 30집, 한국한문학회, 2002.

박윤희, 「이케노다이가(池大雅, 1723~1776)의 문인화에 대한 이해와 실제」, 『미술사학연구』 255호, 한국미술사학회, 2007.

박은순, 「古와 今의 變奏: 豹菴 姜世晃의 寫意山水畫와 眞景山水畫」, 『온지논총』 37집, 온지학회, 2013.

박은순, 「恭齋 尹斗緖의 畫論: 《恭齋先生墨蹟》」, 『미술자료』 제67호, 국립중앙박물관, 2001.

박은순, 「寫意와 眞境의 경계를 넘어서: 謙齋 鄭敾 新考」, 『겸재 정선』, 겸재정선기념관, 2009.

박은순, 「조선 후기 산수화와 호생관 최북의 시의도」, 『탄신 300주년 특별전 호생관 최북』, 국립전주박물관, 2012.

박은순, 『공재 윤두서-조선 후기 선비 그림의 선구자』, 돌베개, 2010.

박은화, 「명대 중기 소주의 화가 사시신의 산수화」, 『明淸繪畫』, 국립중앙박물관, 2010.

박은화, 「明代 後期의 詩意圖에 나타난 詩畵의 相關關係」, 『미술사학연구』 제201호, 한국미술사학회, 1994.

박해훈, 「조선시대 瀟湘八景圖 연구」, 홍익대학교 대학원 박사학위논문, 2007.

박효은, 「石濤의 1696年作《淸湘書畵稿》」, 『미술사학』 21, 미술사교육학회, 2007.

박효은, 「朝鮮後期 문인들의 繪畵蒐集活動 연구」, 홍익대학교 대학원 석사학위논문, 1999.

배현진, 「명말 강남지역의 서화매매와 그 의미」, 『동양예술』 제25호, 한국동양예술학회, 2014.

배현진, 「명말 도시문화 변화와 서화수장 취미 전개양상」, 『동양예술』 제28호, 한국동양예술학회, 2015.

백인산, 「朝鮮時代 墨竹畵 硏究」, 동국대학교 대학원 박사학위논문, 2004.

변영섭, 『豹菴 姜世晃繪畵硏究』, 일지사, 1988.

변혜원, 「호생관 최북의 생애와 회화세계 연구」, 고려대학교 대학원 석사학위논문, 2008.

사사키조헤이, 이원혜 역, 「일본의 문인화」, 『미술사논단』 4, 한국미술연구소, 1997.

徐復觀, 권덕주 외 옮김, 『중국예술정신』, 동문선, 2000.

서울대학교 규장각, 『列聖御製』 一, 2002.

서울대학교 규장각, 『朱書百選·雅誦』, 2000.

서은숙, 「蘇軾 題畵詩 硏究-회화론을 중심으로」, 연세대학교 대학원 박사학위논문, 2004.

선승혜, 「일본 문인화에 있어서 桃源圖의 수용 양상 仇英과 谷文晁의〈桃源圖〉연구」, 『미술사학』 제16호, 한국미술사교육학회, 2002.

성민우, 「조선시대 니금산수화 연구」, 홍익대학교 대학원 석사학위논문, 2005.

송태원, 「兢齋 金得臣의 繪畵 硏究」, 홍익대학교 대학원 석사학위논문, 1990.

송혜경, 「『顧氏畵譜』와 조선 후기 화단」, 홍익대학교 대학원 석사학위논문, 2002.

송희경, 「한중 소상팔경도의 조형성과 표상 비교: '소상야우'를 중심으로」, 『한국문학과 예술』 vol. 13, 2014.

수잔 부시, 김기주 옮김, 『중국의 문인화』, 학연문화사, 2008.

신나경, 「일본의 문인화 개념과 요사부손(與謝蕪村)의 예술세계」, 『동양예술』 제14호, 한국동양예술학회, 2009.

아리스토텔레스 외, 천병희 옮김, 『詩學』, 문예출판사, 2002.

아키야마 테루카즈 지음, 이성미 옮김, 『일본회화사』, 예경, 2004.

안대회, 「18세기의 노비 시인 정초부」, 『역사비평』 봄호, 역사비평사, 2011.

안장리, 「조선시대 왕의 八景 향유 양상」, 『東洋學』 제42호, 단국대학교 동양학연구소, 2007.

안휘준, 「조선왕조 중기 회화의 제 양상」, 『미술사학연구』 11호, 한국미술사학회, 1997.

안휘준, 『한국회화사 연구』, 시공사, 2003.

안휘준, 이정섭, 「29, 화개현구장도」, 『動産文化財指定報告書』('90 지정편), 문화부 문화재 관리국, 1991.

안휘준, 『韓國繪畵의 傳統』, 문예출판사, 1988.

오금성, 「명청대의 강남 사회 - 도시의 발달과 관련하여」, 『중국의 강남사회와 한중교섭』, 집문당, 1997.

오다연, 「조선 중기 니금화연구」, 서울대학교 대학원 석사학위논문, 2009.

吳戰壘, 유병례 역, 『중국시학의 이해』, 태학사, 2003.

오주석, 「金弘道의 〈朱夫子詩意圖〉 - 御覽用 繪畵의 性理學的 性格과 관련하여」, 『美術資料』 제56호, 국립중앙박물관, 1995.

오주석, 『이인문의 강산무진도』, 신구문화사, 2006.

溫肇桐 지음, 강관식 옮김, 『中國繪畵批評史』, 미진사, 1994.

왕력 저, 송용준 역, 『중국시율학』, 소명출판사, 2005.

왕백민, 강관식 옮김, 『동양화구도론』, 미진사, 1997.

유미경, 「양주 휘상의 문화적 욕구와 그림시장에 미친 영향」, 『동양미술사학』 제2집, 동양미술사학회, 2013.

유미나, 「趙斗壽 소장 《千古最盛帖》고찰」, 『강좌미술사』 26집, 한국불교미술사학회, 2006.

유미나, 「中國詩文을 주제로 한 朝鮮後期 書畵合璧帖」, 동국대학교 대학원 박사학위논문, 2005.

유복열, 『韓國繪畵大觀』, 문교원, 1979.

유순영, 「李白의 이미지 유형과 이백 문학의 회화」, 『미술사학연구』 제27호, 한국미술사학회, 2012.

유승민, 「凌壺觀 李麟祥(1710~1760)의 山水畵研究」, 『미술사학연구』 제225호, 한국미술사학회, 2007.

유준영, 이종호, 「鄭敾的 〈司空圖詩品帖〉 研究」, 『문예연구』 제1기(총제131기), 2001.

유홍준, 「李麟祥 繪畵의 形成과 變遷」, 『미술사학연구』 제161호, 한국미술사학회,

1984.

유홍준, 「조선 후기의 회화사상」, 『한국문화사상대계』 제4호, 영남대민족문화연구
소편, 영남대학교 출판부, 2003.

유홍준, 「盧舟 李澄의 〈蘭竹屛〉 考證과 작품 분석」, 『조선 후기 그림과 글씨』, 학고
재, 1992.

유홍준, 『화인열전』 2, 역사비평사, 2001.

윤석우, 「杜甫의 飮酒詩에 대한 고찰」, 『중국어문학논집』 제32호, 중국어문학연구
회, 2005.

윤진영, 「16세기 契會圖에 나타난 山水樣式의 변모」, 『미술사학』 19권 1호, 한국미
술사교육학회, 2005.

윤진영, 「朝鮮時代九曲圖의 受容과 展開」, 『미술사학연구』 제217호, 제218호, 한국
미술사학회, 1998.

윤혜진, 「箕埜 李昉運(1761~1815 以後)의 繪畵研究」, 홍익대학교 대학원 석사학위
논문, 2007.

이국화, 「동아시아 문학 속의 '桃花源'-그 형상의 遞變과 '人文化成'의 세계」, 『한자
한문연구』 11, 고려대학교 한자한문연구소, 2016.

이규상 지음, 민족문화연구소 한문분과 옮김, 『18세기 조선인물지: 幷世才彦錄』,
창작과 비평사, 1997.

이기동 역해, 『주역 강설』, 성균관대학교 출판부, 2006.

이내옥, 『공재 윤두서』, 시공사, 2003.

이동주, 『韓國繪畵小史』, 범우사, 1996.

이명우 편, 『한국역대 한시선집』, 집문당, 2007.

이병주, 『詩聖 杜甫』, 대현각, 1982.

이병한, 「山水自然과 漢詩의 傳統」, 『외국문학』 여름호, 열음사, 1985.

이병한, 「시와 그림-有聲畵와 無聲詩의 논리를 중심으로」, 『중국어문학연구논총』,
魯城崔完植先生頌壽論文集, 1991.

이상아, 「朝鮮時代 八景圖 研究」, 이화여자대학교 대학원 석사학위논문, 2008.

이상원, 「고산구곡시화병高山九曲詩畵屛의 구성상 특징과 소재所載 시문詩文에 대
한 검토」, 『국제어문』 31, 국제어문학회, 2004.

이상주, 「사천 이병연론」, 『한문교육연구』 제9호, 한국한문교육학회, 1995.

이선옥, 「中國畵譜와 朝鮮時代 梅花圖」, 『미술사학보』 제24집, 미술사학연구회,
2005.

이수자, 『朝鮮朝名家 題畵詞鈔』, 진현사, 1987.

이순미, 「조선시대 『海內奇觀』의 수용과 화단에의 영향」, 『강좌미술사』 제31호, 한국불교미술사학회, 2008.

이영숙, 「尹斗緖의 繪畵世界」, 『미술사연구』 창간호, 홍익미술사학연구, 1987.

이영주 외, 『두보의 삶과 문학』, 서울대학교 출판문화원, 2012.

이영주, 강성위, 홍상훈, 『完譯 杜甫律詩』, 명문당, 2006.

이영주, 『韓國詩話에 보이는 杜甫』, 서울대학교 출판부, 2006.

이종묵, 「하동 악양정에 깃든 정여창의 절조」, 『조선의 문화공간』 1, 휴머니스트, 2006.

이종숙, 「朝鮮時代 歸去來圖 연구」, 『미술사학연구』 제245호, 한국미술사학회, 2005.

이종호, 「한국 시화비평과 사공도의 시품」, 『대동한문학』 13집, 2000.

이창숙, 「畵幅 속의 소릉, 戲臺 위의 子美」, 『두보의 삶과 문학』, 서울대학교 출판문화원, 2012.

이타쿠라 마사키·선승혜 번역, 「馬麟의 〈夕陽山水圖〉(네즈미술관)에 대하여」, 『미술사논단』 제13호, 한국미술연구소, 2001.

이태호, 「綠雨堂 恭齋 尹斗緖의 繪畵觀-筆寫本 『記拙』의 畵評을 중심으로」, 『해남 녹우당의 고문헌』 제1책, 태학사, 2003.

이태호, 유홍준, 『조선 후기 그림과 글씨: 인조부터 영조 연간의 서화』, 학고재, 1992.

임창순, 「匪懈堂 瀟湘八景 詩帖 解說」, 『태동고전연구』 제5집, 한림대학교 태동고전연구소, 1989.

장언원 외, 김기주 옮김, 『중국화론선집』, 미술문화, 2002.

장언원, 조송식 옮김, 『歷代名畵記』 下, 시공아트, 2008.

張寅昔, 「華山館 李命基 繪畵에 대한 硏究」, 명지대학교 대학원 석사학위논문, 2007.

장지성, 「조선시대 중기 화조화 연구」, 동국대학교 대학원 박사학위논문, 2007.

장진성, 「정선의 그림 수요 대응 및 작화 방식」, 『동악미술사학』 11, 동악미술사학회, 2010.

장진성, 「朝鮮時代 繪畵와 동아시아적 시각」, 『동악미술사학』 21, 동악미술사학회, 2017.

전경원, 『소상팔경 동아시아의 시와 그림』, 건국대학교 출판부, 2007.

전영란, 「杜甫「秋興八首」考」, 『人文科學研究』 7, 대구대학교 인문과학연구소, 1989.

전영란, 『杜甫, 忍苦의 詩史』, 태학사, 2000.

전영숙, 「北宋의 詩畵一律觀 硏究」, 연세대학교 대학원 박사학위논문, 1997.

전영실, 「王維詩에 나타난 詩人의 은일과 관직에의 모순된 감정 연구」, 『중국연구』 제50권, 한국외국어대학교 중국연구소, 2010.

정옥자, 「사천 이병연의 시세계-겸재 정선의 그림과 관련하여」, 『두계 이병도 박사 구순 기념 한국사학논총』, 지식산업사, 1987.

정혜린, 「공재恭齋 윤두서尹斗緒의 문인화관 연구」, 『한국실학연구』 제13호, 한국실학학회, 2007.

정호준, 「八哀詩 初探」, 『중국연구』 52, 한국외국어대학교 중국연구원, 2011.

제임스 캐힐, 조선미 옮김, 『중국회화사』, 열화당, 1978.

조규희, 「조선 유학의 '道統'의식과 九曲圖」, 『역사와 경계』 61, 경남사학회, 2006.

조규희, 「朝鮮時代의 山居圖」, 『미술사학연구』 제217호~제218호, 한국미술사학회, 1998.

조민환, 「朝鮮朝 儒學者들의 朝鮮朝 後期 繪畵認識에 관한 연구」, 『東洋哲學硏究』 제61집, 동양철학연구회, 2010.

조수삼·안대회 옮김, 『추재기이』, 한겨레출판사, 2010.

조앤 스탠리베이커·강민기 편역, 『일본미술의 역사』, 시공아트, 2020.

조인수, 「정선의 〈겸재화〉 화첩 중 고사인물을 주제로 한 그림」, 『使人心醉』, 용인대학교 박물관, 2010.

조인희, 「조선 후기 詩意圖 연구」, 동국대학교 대학원 박사학위논문, 2013.

지순임, 『중국화론으로 본 繪畵美學』, 미술문화, 2005.

진보라, 「『唐詩畵譜』와 조선 후기 회화」, 이화여자대학교 대학원 석사학위논문, 2006.

진준현, 『단원 김홍도 연구』, 일지사, 1999.

차미애, 「恭齋 尹斗緒 一家의 繪畵 硏究」, 홍익대학교 대학원 박사학위논문, 2010.

차미애, 「恭齋 尹斗緒의 중국 출판물의 수용」, 『미술사학연구』 제264호, 한국미술사학회, 2009.

차미애, 「駱西 尹德熙 繪畵 硏究」, 『미술사학연구』 제240호, 한국미술사학회, 2003.

최경원, 「朝鮮後期 對淸 회화교류와 淸회화양식의 수용」, 홍익대학교 대학원 석사학위논문, 1996.

최경현, 「조선시대 도원도와 표현의 근대적 변천」, 『한국학』 제40권 제4호, 한국학중앙연구원, 2017.

최완수 외, 『진경시대』 1, 돌베개, 1998.

최완수, 『겸재 정선』 1~3권, 현암사, 2009.

최종현, 「朱子의 武夷九曲圖」, 『실학사상연구』 제14호, 역사실학회, 2000.

최진원, 「高山九曲歌와 淡泊」, 『한국고전시가의 형상성』, 성균관대 대동문화연구원, 1988.

최해갑, 「性理學의 自然觀에 關한 小考(基一): 주자의 太極圖를 중심으로」, 『論文集』 12권 1, 진주교육대학교, 1976.

하향주, 「조선 후기 화단에 미친 『唐詩畵譜』의 영향」, 동국대학교 대학원 석사학위 논문, 2005.

한국문화간행연구소, 『소동파전집』 권3, 1983.

한정희, 「17~18세기 동아시아에서 實景山水畵와 그 의미」, 『미술사학연구』 237, 한국미술사학회, 2003.

한정희, 「동기창의 회화 이론과 〈화지〉」, 『미술사학보』 제11호, 미술사학연구회, 1998.

한정희, 「동아시아 산수화에 보이는 이상향」, 『산수화, 이상향을 꿈꾸다』, 국립중앙박물관, 2014.

한정희, 「문인화의 개념과 한국의 문인화」, 『미술사논단』 제4권, 한국미술연구소, 1996.

한정희, 『동아시아 회화교류사』, 사회평론, 2012.

한정희, 『한국과 중국의 회화』, 학고재, 1999.

허영환, 「芥子園畵傳 연구」, 『미술사학』 제5권, 미술사학연구회, 1993.

허영환, 「양주와 양주미술-청대 18세기 전후 회화를 중심으로」, 『미술사학』 13, 한국미술사교육학회, 1999.

홍선표, 「조선 전기 서거정의 회화 관련 기록」, 『미술사논단』 32, 한국미술연구소, 2011.

홍선표, 「조선 후기의 회화 애호풍조와 鑑評活動」, 『미술사논단』 5, 한국미술연구소, 1997.

홍선표, 『朝鮮時代 繪畵史論』, 문예출판사, 1999.

황빛나, 「'南畵' 탄생-용어의 성립 시기 및 개념 변천에 관한 小考」, 『미술사논단』 41, 한국미술연구소, 2015.

황정연, 『조선시대 서화수장 연구』, 신구문화사, 2012.

일문

『文人畵粹編 中國篇』v.1 王維, 中央公論社, 1985.

『池大雅作品集』, 中央公論美術出版, 1960.

『天衣無縫の旅の画家 池大雅』, 京都國立博物館, 2018.

紺野達也, 「王維『輞川集』と「輞川圖」の唐宋期ににぉける評價の變遷」, 『日本中国学
　　会報』61輯, 日本中国学会, 2009.

高原 宏伸, 『中国畵論の研究』, 中央公論美術出版, 2006.

島田修二郎, 『日本繪畫史研究』, 中央公論美術出版, 1987.

鈴木敬, 『中國繪畫史』上, 吉川弘文館, 1981.

米澤嘉圃·吉澤忠, 『日本の美術 25 文人畵』, 平凡社, 1966.

鄭麗芸, 「文人の詩畵表現-王維「竹里館」詩意圖をめぐって-」, 『鹿島美術研究』, 年
　　報第17號 別册, 鹿島美術財團, 2000.

朝日新聞社, 「池大雅筆 王維詩意圖雙幅」, 『國華』1207號.

青木正兒, 『青木正兒全集』권2, 春秋社, 1970.

板倉聖哲, 「朝鮮王朝前期の瀟湘八景図-東アジアの視点から」, 『朝鮮王朝の繪畵と
　　日本』, 2008.

중문

『芥子園畵傳』, 人民美術出版社, 1957.

『唐詩畵譜』, 上海古籍出版社, 1982.

『唐解元倣古今畵譜』, 中國文聯出版公司, 1997.

顧炳, 『顧氏畵譜』, 文物出版社, 1983.

郭熙·郭思, 『林泉高致』, 文淵閣四庫全書 812: 子部(118), 臺灣商務印書館, 1983.

羅大經 撰, 『鶴林玉露』, 中華書局, 1997.

張彦遠, 『歷代名畵記』권10, 中華書局, 1985.

『舊唐書』卷190 下, 中華書局, 1995.

『三才圖會』, 上海古籍出版社, 1985.

『石渠寶笈續編(御書房)』, 上海書店, 1988.

『宣和畵譜』, 中華書局, 1985.

『詩餘畵譜』, 山東美術出版社, 1988.

『完譯 芥子園畵傳』, 綾城出版社, 1976.

『全唐詩』

『全宋詩』, 北京大學出版社, 1991.

『海內奇觀』, 『續修四庫全書』, 史部 地理類.

『黃庭堅全集』, 四川大學出版社, 2001.

賈蘭, 「《飮中八仙歌》詩意畵評介」, 『杜甫硏究學刊』 제4기, 1996.

葛路, 『中國 古代繪畵理論 發達史』, 上海人民美術出版社, 1982.

單國强, 「明代吳門繪畵槪論」, 『北平故宮博物院藏 明代吳門繪畵』, 臺灣商務印書館, 1990.

李鑄普, 「王時敏與董其昌」, 『淸初四王畵派硏究』, 上海書畵出版社, 1993.

方聞, 「詩書畵三絶」, 『上海博物館集刊』 제4기, 1985.

葉嘉瑩, 『杜甫〈秋興八首〉集說』, 上海古籍出版社, 1988.

王飛, 「杜詩與中國書畵創作」, 『杜甫硏究學刊』 제4기, 2002.

王曉蓉, 「明末淸初的杜甫詩意圖硏究」, 上海大學校 美術學 碩士學位論文, 2010.

殷春梅, 「現存有關杜甫的古代書畵作品目錄」, 『杜甫硏究學刊』 제2기 총 제88기, 2006.

李亮, 『詩畵同源与山水文化』, 中華書局, 2004.

李漢偉, 「論‘詩中有畵 畵中有詩’之遠近及其三種界義(1)-(3)」, 『故宮文物月刊』 제7권, 제7~9기, 1989.

張華芝, 「『司空圖 二十四詩品』 所轉化而來的藝術形象」, 國立古宮博物院 編, 『古宮文物月刊』 제325기, 臺北: 國立故宮博物院出版祖, 2010.

鄭師驀, 劉翔飛, 「題畵詩與畵題詩」, 『中外文學』, 中外文學月刊社, 1978.

鄭振鋒, 『中國古代木刻畵史略』, 上海書店出版社, 2010.

朱良志, 『石濤硏究』, 北京大學出版社, 2005.

陳普, 「武夷棹歌十首」, 『孝學』, 中華書局出版, 1985.

陳普, 『孝學』, 中華書局出版, 1985.

蔡鎭楚, 「中國詩話與杜甫崇拜」, 『중국학보』 31권, 한국중국학회, 1991.

洪麗君, 「明淸飮中八仙圖之硏究」, 國立台灣師範大學 碩士學位論文, 1998.

영문

Cahill, James. *Chinese Painting*, New York: Rizzoli, 1977.

Cahill, James. *The Lyric Journey: Poetic Painting in China and Japan*, Cambridge, MA, and London: Harvard University Press, 1996.

Daniel HSIEH. "Fragrant Rice and Green Paulownia: Note on a couplet in Du Fu's 'Autumn Meditation'", *Chinese Literature: Eassays, Articles, Reviews*, Vol. 31, 2009.

David Kenneth Schneider, *Hero of Sympathy: Du Fu's Political-philosophical Poetics 752~756*, University of California, Berkeley, 2005.

Edwards, Richard. "Painting and poetry in the Late Sung", *Words and Images: Chinese Poetry, Calligraphy and Painting*, The Metropolitan Museum of Art, 1991.

Edwards, Richard. "TAO-CHI the painter", *The painting of TAO-CHI*, Museum of Art, University of Michigan, 1967.

Fu, Shen. *Traces of the Bruch: Studies in Chinese Calligraphy*, New Heaven: Yale University Art Gallery, 1977.

Hay, Jonathan, Shitao: *Painting and Modernity in Early Qing China*, Cambridge University Press, 2001.

Jonathan Chaves. "Reading the Painting: Levels of Poetic Meaning on Chinese Pictorial Art", *Asian Art*, 1(1), Fall-Winter, 1987~1988.

Joseph J. Lee. "Tu Fu's Art Criticism and Han Kan's Horse Painting'" *Journnal of the American Oriental Society*, Vol. 90. No. 3, 1970.

Jungmann, Burglind, *Painters as Envoys-Korean Inspiration in Eighteenth-Century Japanese Nanga*, New Jersey: Princeton University Press, 2004.

Li, Chu-tsing eds., *Artists and patrons: Some Social and Economic Aspects of Chinese Painting*, Lawrence: University of Kansas, 1989.

Michael V. Yang. "Man and Nature: A study of Du Fu's Poetry", *Monumenta Serrica*, Vol. 50, 2002.

Murck, Alfreda and Fong, Wen C., *Words and Images: Chinese Poetry, Calligraphy and Painting*, New York: The Metropolitan Museum of Art, 1991.

Murck, Alfreda, *The Subtle Art of Dissent: Poetry and Painting in Song China*, Cambridge, MA, and London: Harvard University Press, 2000.

Murck, Alfreda. "Eight Views of the Hsiao and Hsiang River by Wang Hung",

Image of the Mind, New Jersey: Princenton University, 1984.

Nelson, Susan E. "Revisiting the Eastern Fence: Tao Qian's Chrysanthemums", *The Art Bulletin*, 83(3), 2001.

Pegg, Richard. "Tang Poetry in Late Ming Painting: An Album by Sheng Maoye", *Oriental Art*, 43, 1997/98.

Peter C. Sturman. "The Donkey Rider as Icon: Li Cheng and Early Chinese Landscape Painting", *Artibus Asia*, 55(12), 1995.

Robert E. Harrist, Jr. "Watching Clouds Rise: A Tang Dynasty Couplet and Its Illustration in Song Painting", *The Bulletin of the Cleveland Museum of Art*, 78(7), 1991.

Ronald C. Egan. "Poems on Paintings: Su Shih and Huang T'ing-chien", *Harvard Journal of Asia Studies*, 43(2), 1983.

Seunghye Sun. *The Lure of painted poetry Japanese and Korean Art*, The Cleveland Museum of Art in association with Hudson Hills Press, 2011.

Stanley-Baker, Joan. "The Transmission of Chinese Idealist Painting to Japan", *Michiigan Papers in japannese Studies* No. 21, Center for Japanse Studies, The University of Michigan, 1992.

| 찾아보기 |

시정화의 詩情畫意

초판 인쇄   2025년 2월 28일
초판 발행   2025년 3월 7일

지 은 이   조인희
발 행 자   김동구
디 자 인   이명숙·양철민
발 행 처   명문당(1923. 10. 1 창립)
주   소   서울시 종로구 윤보선길 61(안국동)
             국민은행 006-01-0483-171
전   화   02)733-3039, 734-4798, 733-4748(영)
팩   스   02)734-9209
Homepage   www.myungmundang.net
E-mail   mmdbook1@hanmail.net

등   록   1977. 11. 19. 제1~148호
ISBN 979-11-94314-15-8 (93810)

35,000원